Un verano en el viñedo

Barbara Delinsky

Un verano en el viñedo

Traducción de
Valeria Watson

CÍRCULO de LECTORES

Agradecimientos

El trabajo de investigación para escribir un libro es una fuente potencial de satisfacción a muchos niveles. En el transcurso de la redacción de *Un verano en el viñedo* fui afortunada al conseguir tanta información como entusiasmo. Sin ellos, este libro no habría sido como es.

Acerca de la vendimia y de los trabajos en las viñas de la costa Sur de Nueva Inglaterra, debo expresar mi agradecimiento a Anne Samson Celander, Susan y Earl Samson y Joetta Kirk de los viñedos Sakonet en Little Compton, Rhode Island. Asimismo, agradezco a Bob Russell, de Westport Rivers, Massachusetts, su colaboración sobre las crisis en esos viñedos.

Mi agradecimiento más sincero a Cecile Selwyn, por compartir conmigo las últimas teorías sobre la dislexia y su tratamiento; a Carol Baggaley, por su información sobre cómo nacen los gatitos; a Daisy Starling, por los temas portugueses, y a Jack Williams, por sus explicaciones sobre los huracanes de tipo seco.

Todos ellos son buenos conocedores de sus especialidades. Solamente yo soy la responsable de cualquiera de los errores o de las licencias que me he permitido en nombre de la literatura.

Por su apoyo, sus expertos consejos y su energía, doy las gracias a Amy Berkower, Jodi Reamer, Michael Korda, Chuck Adams y Wendy Page.

Y como siempre, con amor, doy las gracias a mi familia.

I

Después de haber comido con unas amigas y en lo que comenzó simplemente como otro día de junio en Manhattan, Susanne Seebring Malloy regresó a su edificio de piedra de color rojizo en el Upper East, y entre la correspondencia encontró un sobre amarillo. Aunque no hubiera visto el logotipo del viñedo en la parte superior izquierda del sobre, ni la letra elegante de su madre, habría sabido que era de ella. Entre el sello postal de Asquonset, Rhode Island, y el perfume a fresas que era el distintivo de Natalie, no podía caberle duda.

Susanne se quitó los zapatos Ferragamo y movió consternada los dedos de los pies. Lo último que necesitaba era una carta de su madre. Más tarde la leería. De hecho sin haberla leído ya se sentía bastante molesta.

«¿Y quién tiene la culpa?», se preguntó, irracionalmente enojada. Pues Natalie. Ella siempre había vivido de la manera correcta, haciendo lo que correspondía. Había sido la esposa más sumisa del mundo... y además fue para Susanne la madre modelo. Así que Susanne también se convirtió en una esposa sumisa. Cuando el auge del movimiento de liberación femenina, ella estaba tan ocupada atendiendo a Mark y los chicos que no tuvo tiempo para iniciar una carrera. Y ahora los chicos eran adultos y no les gustaba que ella se metiera en sus vidas y Mark tenía empleados para que llevaran a cabo las pequeñas cosas que ella solía hacer. Todavía viajaba a veces con su marido, pero aunque él decía que le encantaba que lo acompañara, en realidad no la necesitaba. Para Mark, Susanne no era más que una manera de exhibirse. Era una especie de escaparate bien decorado. Nada más.

Y ahora ella tenía tiempo para iniciar una carrera. Tenía la energía necesaria. Pero había cumplido cincuenta y seis años, ¡por amor de Dios! Un poco tarde para empezar a estudiar.

«¿Y eso dónde me deja?», se preguntó mientras cogía los catálogos que acababan de llegar con la correspondencia y se instalaba en un sillón junto a la ventana que daba al patio. La dejaba con Neiman Marcus, con Bloomingdale's, Hammacher Schlemmer y con la sensación de que, de alguna manera y en algún momento, había perdido el tren.

«Debería hablar con mi madre sobre esto», pensó, como si Natalie fuera capaz de compadecerse de su aburrimiento o de comprender su inquietud. Y aun si lo hiciera, Natalie nunca hablaba de problemas. Hablaba de ropa. Hablaba de empapelados. Hablaba de cartas escritas en elegantes papeles amarillos con el logotipo del viñedo. Era una verdadera experta en buenos modales.

Susanne también lo era. Pero estaba harta de eso. Eran cosas aburridas, insignificantes y mezquinas, tan intrascendentes como la bullabesa que había preparado el día anterior, antes de recordar que Mark tenía una comida de negocios, o de los canapés que había preparado durante los últimos seis meses para los invitados que ya nunca iban a su casa... Y hablando de comida, si lo que Natalie le mandaba era el menú para la Fiesta de la Vendimia de Otoño del Viñedo, Susanne gritaría. Preparada para una pelea, se levantó del sillón y tomó el sobre amarillo que seguía sobre la mesa del vestíbulo. Era habitual que recibiera cartas de su madre. Cada poco, Natalie le mandaba fotocopias de las reseñas sobre alguno de los vinos de Asquonset, o si no una nota, la copia de una carta llena de ponderaciones que le enviaba algún viñatero de California o de Francia, a pesar de que nada de eso le interesaba a Susanne. El viñedo era el orgullo y la alegría de sus padres, no el suyo. Hacía décadas que trataba de convencerlos de eso. Los esfuerzos por conseguir que ella se involucrara en el viñedo se habían debilitado, como casi todo en su vida.

Sin embargo, ese sobre era distinto. Era del mismo papel grueso que le gustaba a Natalie, pero el color, ese amarillo intenso con letras azules era muy distinto al clásico marfil con letras burdeos habituales en la correspondencia de Asquonset. Y el sobre no estaba dirigido solo a ella sino a Mark Malloy y señora, en una letra que tampoco tenía nada que ver con el estilo de Asquonset.

Inquieta, Susanne sostuvo el sobre en la mano, pensando que las últimas veces que había hablado con Natalie tuvo la sensación de que algo le sucedía. Sus palabras eran optimistas y se referían a la manera en que Asquonset se iba recuperando de la muerte de Alexander, pero parecía preocupada. En más de una ocasión, Susanne tuvo la impresión de que Natalie le ocultaba algo, pero como no quería verse involucrada en asuntos del viñedo, se abstuvo de hacer preguntas. Simplemente decidió que la preocupación de su madre debía de ser parte del proceso del duelo. Pero en ese momento, de repente se preguntó si no habría alguna relación entre ese sobre y la tensión percibida en Natalie.

Abrió el sobre y sacó una tarjeta igualmente amarilla.

LOS INVITAMOS A ACOMPAÑARNOS
EN LA CEREMONIA DE NUESTRA BODA
FIESTA DEL TRABAJO. DOMINGO 14.16 HORAS
LA CASA GRANDE
VIÑEDOS ASQUONSET
NATALIE SEEBRING Y CARL BURKE

Susanne frunció el entrecejo. Volvió a leer la tarjeta. ¿Boda? Leyó la invitación por tercera vez, pero las palabras seguían siendo las mismas. ¿Natalie se volvía a casar? Era una insensatez. ¿Natalie casándose con Carl? Una insensatez aún mayor. Durante treinta y cinco años Carl Burke había sido el administrador del viñedo. Era un empleado, un hombre de escasos ingresos, que no se podía comparar en nada con Alexander Seebring, el padre de Susanne, y marido de Natalie durante cincuenta y ocho años, muerto apenas seis meses antes.

¡Por supuesto! Susanne sabía que durante los últimos meses Carl había sido de gran ayuda para Natalie. Su madre lo mencionaba a menudo, más que antes. Pero mencionar a un hombre era una cosa y casarse con él otra completamente distinta.

¿Sería una broma? No era probable. Aunque Natalie fuera afecta a las bromas, y desde luego no lo era, jamás se le ocurriría algo de tan mal gusto.

Susanne volvió la tarjeta, buscando alguna explicación de su madre, pero no la había.

Al releer las palabras por cuarta vez y convencerse de que eran una realidad, se sintió profundamente herida. «Las madres no hacen cosas así», se dijo. No les comunicaban noticias de tanta importancia a sus hijas por medio de una invitación formal, a menos que no se trataran, pero ese no era su caso. Hablaban por teléfono una vez por semana. Se veían más o menos una vez por mes. De acuerdo, no se hacían confidencias. Ese no era el estilo de la relación entre ambas. Pero a pesar de eso, para Susanne no tenía sentido que Natalie no le hubiese dicho nada acerca de sus proyectos. Tal vez lo había intentado, a su manera siempre tan evasiva, con sus frecuentes menciones de Carl.

Tal vez Susanne no había prestado la debida atención a esas menciones. Pero su madre nunca le habló de boda. Y, desde cualquier punto de vista, Natalie todavía estaba de luto.

Susanne leyó por última vez la invitación. Todavía estupefacta, todavía incrédula, cogió el teléfono.

En el vestíbulo de la pequeña casa colonial de ladrillos de Woodley Park en Washington D.C. un sobre idéntico al recibido por su hermana esperaba esa misma tarde a Greg Seebring cuando llegó a su casa. Al principio no lo vio. Lo único que notó fue un montón de correspondencia, demasiada para un solo día. Hacía tres que él estaba de viaje. Supuso que aquella era la correspondencia de esos tres días completos. Pero ¿dónde estaba su mujer?

–¡Jill! –llamó y comenzó a buscarla mientras se aflojaba el nudo de la corbata.

No la encontró en la sala, en la cocina ni en el escritorio. Subió al primer piso, pero los dos dormitorios también estaban desiertos. Confuso, se detuvo a pensar si Jill tenía previsto hacer algo especial. De ser así, no se lo había dicho. Aunque durante su viaje no habían hablado mucho por teléfono. Él anduvo todo el tiempo de un lado para otro, salía temprano del hotel y volvía tarde, demasiado cansado para hablar por teléfono. Se alegró cuando pudo conseguir un vuelo temprano para regresar antes a su casa. Creyó que Jill también se alegraría.

¿Alegrarse? Ni siquiera estaba allí.

Debió haberla llamado. Pero ¡diablos!, ella tampoco lo había hecho.

De repente se sintió extenuado y bajó a buscar su maleta. Pero en cuanto la levantó volvió a depositarla en el suelo y solo tomó su ordenador portátil y la pila de correspondencia. Una vez más le pareció que la correspondencia era excesiva.

Se preguntó si Jill habría ido a visitar a su madre. Hacía tiempo que tenía ganas de hacerlo.

Dejó caer todo sobre la encimera de la cocina, conectó el ordenador al teléfono y lo encendió. Mientras esperaba fue separando las facturas de la publicidad. Casi todo lo importante le resultó identificable por el remitente. Había un sobre de la comisión en pro de la elección de Michael Booner, un amigo suyo que se postulaba para el Senado, y que sin duda contenía un pedido de dinero. Había otro de un compañero de universidad de Jill y un tercero con el sello postal de Akron, Ohio, donde vivía la madre de su mujer, tal vez enviado antes de que Jill anunciara su visita. Y encontró otro con un sello postal familiar y un perfume aún más familiar.

Cogió el sobre amarillo e imaginó a su madre. Fuerte. Elegante. Brillante, aunque reservada.

Pero los colores del viñedo eran marfil y burdeos. Ella siempre los usaba. Asquonset era la identidad de su madre.

El sobre tenía el peso de una invitación. Eso no era sorprendente, porque ofrecer fiestas era la especialidad de Natalie. Claro que a Alexander Seebring siempre le había gustado destacar, y ¿quién se lo iba a negar? Ese hombre no era un granjero distinguido. Muchas veces recorría el viñedo vistiendo tejanos y una camisa de trabajo en compañía de su administrador. Y cuando no lo hacía era porque estaba de viaje dando a conocer el nombre de Asquonset, y su trabajo dio frutos. Después de años de lucha, logró que Asquonset reportase buenos beneficios. Se había ganado el derecho a pasar una buena vida. Natalie sabía darle el gusto. Estaba en su elemento cuando debía impartir órdenes a floristas, músicos y cocineros. En Asquonset siempre se ofrecían dos fiestas cada año. Una para celebrar la llegada de la primavera y otra por la vendimia. Ese año se habían saltado la de la primavera, considerando que la muerte de Alexander era demasiado reciente. Sin embargo, por lo visto, Natalie volvía a las andadas. Odiaba vestirse de negro, hasta el punto de que no tenía ningún vestido negro en su guardarropa y tuvo que salir a comprar uno para el entierro de su marido. Así que, apenas seis meses después reiniciaba el ritmo habitual. Greg no estaba seguro de aprobarlo. Le parecía inadecuado, considerando los muchos años de casada y los pocos meses de viudedad, además de que el futuro de Asquonset seguía en el aire.

Natalie quería que él dirigiera el viñedo. No llegó a decírselo concretamente, pero de todas maneras él se encargó de darle su respuesta. No. De ninguna manera. Estaba completamente fuera de cuestión.

Greg se preguntó si Natalie habría encontrado un comprador, y de repente se le ocurrió que quizá ofrecía esa fiesta para presentarlo. Pero en ese caso se lo habría dicho a él antes. O tal vez no. Él había expresado con claridad sus sentimientos con respecto al viñedo. Él era encuestador. Viajaba durante tres semanas de cada mes, trabajando con clientes. Debía dirigir su propia empresa, y lo hacía bien. Hacer vino había sido la pasión de su padre, pero no la suya.

No porque él fuera exactamente un observador imparcial. Si Natalie decidía vender Asquonset, entraría dinero, la mitad del cual con el tiempo sería suyo. En ese sentido, le convenía comprobar a cualquier potencial comprador. No estaba dispuesto a permitir que su madre vendiera el viñedo por menos de su valor real.

Depositó el sobre en la encimera y tecleó en el ordenador.

Pero el sobre atraía su atención. Volvió a cogerlo, lo abrió y sacó una tarjeta.

LOS INVITAMOS A ACOMPAÑARNOS
EN LA CEREMONIA DE NUESTRA BODA
FIESTA DEL TRABAJO. DOMINGO 14.16 HORAS.
LA CASA GRANDE
VIÑEDOS ASQUONSET
NATALIE SEEBRING Y CARL BURKE

Greg se quedó perplejo. ¿Una boda? ¿Su madre y Carl? Pero ¿cómo?

Natalie tenía setenta y seis años. «Tal vez esté empezando a desvariar», pensó Greg, meneando la cabeza. ¿Y Carl? Era algunos años mayor que Natalie. ¿En qué estaría pensando él?

Carl estaba en el viñedo desde siempre. Alexander lo consideraba un amigo. Pero un verdadero amigo no se apropiaría de la viuda de un hombre menos de seis meses después de su muerte, así como una mujer recientemente viuda no se casaría con los pantalones que tuviera más cerca.

Era comprensible que con la desaparición de Alexander, Natalie tuviera que apoyarse más en Carl. Greg no le había dado importancia al hecho de que, desde hacía un tiempo, su madre mencionaba cada vez más a Carl. Al analizarlo, comprendió que siempre lo nombraba para alabarlo. Por lo visto él no había prestado atención a un detalle fundamental.

¿Sería un romance? ¿Una cuestión de sexo? ¿No estaban un poco viejos para eso? Él mismo tenía cuarenta años y perdía interés en el sexo con rapidez. Si uno lo quería hacer bien, el sexo exigía esfuerzo... ¡Diablos! Le daba vergüenza pensar en su madre haciendo el amor. Pero... ¿con Carl? ¡Carl era un viejo bobalicón!

Sin embargo, tal vez fuese un viejo listo. Tal vez le hubiera echado el ojo al viñedo. ¿No se había retirado y pasado las riendas del negocio a su propio hijo? Se suponía que había sido una decisión de Alexander, pero hacía demasiado tiempo que Carl era administrador del viñedo para que no hubiera tenido que ver en la elección de su sucesor. Así que tal vez Carl quería que Simon se quedara con el viñedo. Y tal vez, casarse con Natalie fuese su manera de conseguirlo.

Greg tenía que llamar a Natalie, pero ¡Dios! Le resultaba odioso. ¿Qué podía decirle? «Yo no quiero el viñedo, pero tampoco quiero que sea de Simon.»

Quizá sería mejor llamar primero a Susanne. Ella veía a Natalie más asiduamente que él. Tal vez supiera qué estaba sucediendo.

¡Dios, qué odioso le resultaba también llamar a su hermana! Compartían una madre, pero nunca habían estado muy unidos.

Maldiciendo por lo bajo, se desabrochó el cuello de la camisa. ¡Solo le faltaba eso! Lo que necesitaba era tomarse unas vacaciones, en realidad tenía unas vacaciones planeadas. Así que pasar el fin de semana del día del Trabajo en Asquonset estaba completamente fuera de cuestión. Viajaría al norte, a Ontario, en una excursión de pesca. Hasta tenía pasajes y alojamientos reservados.

Sabía que eso no alegraría a Jill. Si de ella dependiera, sin duda preferiría ir a Asquonset. Le gustaba estar allí. Por lo menos Greg creía que le gustaba. Pero últimamente era difícil saberlo con seguridad. A Jill le pasaba algo. Estaba más callada que de costumbre. ¿Sería la menopausia? ¿A los treinta y ocho años?

No tenía ganas de pensar en la posibilidad de que su mujer se derrumbara, pero era más importante que pensar en el casamiento de Natalie y Carl. Después se encargaría de eso. Cruzó la cocina y abrió la puerta que daba al garaje. El coche de Jill no estaba, lo cual posiblemente significara que estaba aparcado en el aeropuerto. Seguramente había ido a visitar a su madre, decidió. Entonces se le ocurrió una idea. Con la esperanza de tener una pista de lo que le sucedía a su mujer y convencido de que la carta de su suegra podía contener esa pista, decidió alegar que accidentalmente había abierto el sobre con el resto de la correspondencia. Así que procedió a abrirlo.

«Querido Greg...»

Querido Greg. No era una carta que su suegra le escribiera a Jill. Estaba dirigida a él. Miró el sobre con rapidez. La destinataria no era Jill sino él. Y se la escribía Jill.

Con un repentino mal presentimiento, comenzó a leer.

En el garaje de una vieja casa victoriana convertida en apartamento y ubicada en una calle angosta de Cambridge, Massachusetts, Olivia Jones soñaba despierta mientras trabajaba. Lo hacía a menudo. Era una de las ventajas que tenía su trabajo.

Restauraba viejas fotografías, un trabajo que requería paciencia, mirada aguda y mano firme. Ella poseía las tres cosas, además de una imaginación que podía llevarla al interior del mundo de casi cualquier fotografía. Aun en ese momento, mientras utilizaba distintas sombras de grises para restaurar un rostro desteñido, ella misma se encontraba dentro de la imagen en compañía de una familia de obreros inmigrantes que vivían en California a principios de los años treinta, en plena Depresión. La vida era dura, la comida escasa. Los chicos trabajaban a la par de sus padres y abuelos en cualquier lugar donde hubiera algo que cosechar. Empezaban el día sucios y lo terminaban más sucios aún. Sus rostros eran sombríos, las mejillas hundidas, los ojos grandes y de expresión desesperada.

Estaban sentados muy juntos en el porche de una casucha semiderruida. Olivia los rodeó con el pensamiento y entró a la casa. El lugar era pequeño pero funcional. Había camas contra casi todas las paredes con una cocina a leña y algunas sillas en el centro. El aire olía a polvo y trabajo duro, pero había más. Sobre una mesa pesada reposaba una hogaza de pan recién horneado, aromática y caliente. En la cocina hervía un guiso. Un estante sostenía una serie de platos desconchados y algunas tazas de hojalata. Debían de tintinear cuando la familia comía. A Olivia le parecía oírlos.

Volvió al porche, donde se sintió recibida con los brazos abiertos, de nuevo parte de esa familia. Los cuerpos de todos estaban en contacto: una mano, un brazo, un hombro, una mejilla. Eran nueve personas, de tres generaciones distintas que sobrevivían gracias al consuelo que les proporcionaba estar en familia. No poseían bienes materiales, pero se tenían unos a otros.

Olivia, de treinta y cinco años, tenía una hija de diez. Vivía en un apartamento con televisor y vídeo, ordenador, lavadora y secadora. Tenía un coche. Un chaleco de la Patagonia, un par de zuecos L. L. Bean y una Nikon antigua y fuerte.

¡Pero vaya si envidiaba la unión de esa familia de inmigrantes!

–Eran tiempos difíciles –dijo una voz áspera por encima de su hombro.

Olivia levantó la vista para mirar a su jefe, Otis Thurman, quien observaba la fotografía con el entrecejo fruncido. Era una de las últimas encontradas que se creía obra de la famosa Dorothea Lange. El Museo Metropolitano de Nueva York le había encomendado a Otis que las restaurara. Olivia se encargaba de hacerlo.

–Eran tiempos más sencillos –contestó.

Otis gruñó.

–¿Así que te gusta esa época? Puedes quedarte con ella. Yo me voy. Encárgate de cerrar el estudio cuando salgas.

Se alejó, arrastrando menos los pies que cualquier otro hombre de setenta y cinco años, pero claro, a Otis lo mantenían en forma sus estados de ánimo. Había estado todo el día de mal humor, pero después de cinco años de trabajar con él, Olivia no lo consideraba una cuestión personal. Otis era un Picasso frustrado, una persona con vocación de pintor que nunca habría sido tan bueno creando como lo era restaurando. Pero aún a su edad, no perdía la esperanza. Acababa de decidir que se dedicaría por completo a sus telas y óleos; en el término de siete semanas se jubilaría.

Otis estaba deseando que llegara ese momento. Olivia no.

Otis anunciaba constantemente el tiempo que faltaba. Olivia trataba de no escuchar.

«Nosotros formamos un buen equipo», aducía ella. «Soy demasiado viejo», contestaba él.

Y eso era justamente lo que intrigaba a Olivia de esa familia de inmigrantes. El anciano de la fotografía se veía suficientemente ajado como para que Otis pareciera joven, y sin embargo aún estaba allí, todavía seguía siendo productivo, todavía formaba parte del grupo.

En la actualidad, las cosas eran distintas. La gente se agotaba, y no era extraño. Vivían la vida en la cuerda floja y sin red de protección.

A Olivia le preocupaba que Otis se jubilara, lo imaginaba sentado día tras día, con pinceles y telas con los que no alcanzaba sus altas expectativas y sin nadie a quien tiranizar. No sería feliz.

Error, Olivia. Otis tenía amigos en toda la comunidad artística y dinero ahorrado más que suficiente. Él viviría encantado. Era ella quien tendría problemas.

Porque Olivia por fin había encontrado su camino. Restaurar fotografías antiguas era fácil para una persona con conocimientos fotográficos y buen ojo para el arte y, a pesar de haber tardado en descubrirlo, ella poseía ambas cosas. Desgracias y errores constituían la historia de su vida. Fue camarera, hizo telemarketing, vendió ropa. Después se dedicó a vender cámaras y descubrió que le encantaba la fotografía. Entonces llegó Tess. Luego hubo breves períodos de aprendizaje con fotógrafos profesionales y trabajos *free lance* para museos que querían fotografiar sus exposiciones. Y por fin llegó Otis.

Por primera vez en la vida, a Olivia realmente le gustaba su trabajo. Se sentía más capaz restaurando fotografías que en cualquier otra actividad que hubiera realizado, y lograba perderse durante horas enteras en fotografías del pasado, en las que olía la época y percibía sus características. Para ella, el mundo del ayer era más romántico que el actual. Le habría gustado vivir en esa época. Pero dado que eso era imposible, le gustaba trabajar con Otis, y el sentimiento era mutuo. Pocas personas en la vida lograron aguantarla durante cinco años. Por supuesto que ella a su vez debía soportar los malos humores de Otis y hasta él admitía que hacía el trabajo mejor que su larga lista de asistentes anteriores.

Otis le tenía genuina simpatía. Lo demostraba la fotografía que colgaba de la pared. Otis se la había tomado la semana anterior, el día en que Olivia se presentó a trabajar con el pelo lastimosamente corto. Ella misma acababa de cortárselo en un arranque, irritada por el pelo largo en un día de calor sofocante. Enseguida lo lamentó. Un peluquero le emparejó un poco la cabeza, pero apareció en el trabajo con un enorme sombrero de paja que Otis le quitó de inmediato.

Y, ¡bendito fuera ese hombre!, le dijo que le gustaba cómo le quedaba el pelo corto, que le daba aspecto despreocupado y divertido, y enseguida procedió a fotografiarla. Olivia estaba de pie frente a una sencilla pared de cemento, lucía un vestido largo, con los dedos de los pies asomando de las sandalias y un corte de pelo de varón. Como se sentía expuesta e incómoda porque no estaba acostumbrada a estar de ese lado de una cámara y la avergonzaba su corte de pelo, se envolvió el cuerpo con los brazos y bajó el mentón.

Otis utilizó la luz, el ángulo y el foco necesarios para que no pareciera delgada sino elegante, para que se la viera animosa en lugar de tímida. Logró que los mechones brillantes de su corto pelo rubio tuvieran aspecto moderno y que las uñas de los pies pintadas de marrón resultaran exóticas. Consiguió que sus ojos castaños se destacaran enormes en un rostro delicado. De alguna manera, logró que la fotografía la mostrara bonita.

Cuando la mirada de Olivia pasó de esa fotografía a otra, su sonrisa se ensanchó. En ella estaba con Tess, que había cumplido nueve años el verano anterior. Ambas estaban vestidas como un par de bailarinas de cabaret de un salón de Dodge en los tiempos del salvaje Oeste. Otis había calificado esa toma de mera fotografía comercial, pero Olivia y Tess se divirtieron mucho vistiéndose para la ocasión. Hablaron de la posibilidad de asumir un aspecto isabelino ese verano, suponiendo que pudieran permitirse pasar otra semana en la playa. En ese momento el dinero escaseaba, sobre todo porque el padre de Tess no les pasaba la pensión correspondiente para mantener a su hija. Y Olivia comenzaba a comprender que la realidad era dura.

Jared Stark le había fallado en todos los sentidos. Se suponía que la amaba. Aparte de eso, se suponía que debía amar a la hija de ambos. Y por lo menos se suponía que debía ayudar a mantener vestida y alimentada a esa criatura. ¿Y qué hizo? Murió.

Sonó una alarma. Olivia hizo a un lado el enojo que acababa de ocupar el lugar del dolor, y la apagó. Tess era el amor de su vida y sus clases ya casi habían terminado por ese día. Tapó los botes, lavó los pinceles y guardó con cuidado en la caja fuerte las fotografías que posiblemente fueran obra de Lange. Arregló un poco la oficina, llenó el maletín de papeles con los que debía seguir trabajando en su casa y abrió la puerta en el momento en que llegaba el cartero.

Colocó en una pila las cartas y cuentas personales de Otis, y en otra las dirigidas al estudio. Entre los sobres más grandes había ofertas de un supermercado, un envío del Instituto para la Conservación de Trabajos Históricos y Artísticos y el *Times* de esa semana. Debajo de la pila había un gran sobre de papel manila.

Al dirigir una mirada al remitente, Olivia sintió una oleada de placer. El sobre tenía un logotipo marfil y burdeos que representaba un racimo de uvas cayendo de una copa de vino. Debajo estaba la inscripción, que ya le resultaba muy familiar: *Viñedos Asquonset. Asquonset, Rhode*

Island. El sobre estaba manuscrito con la caligrafía cuidada y familiar de Natalie Seebring.

Olivia se acercó el sobre a la nariz, cerró los ojos e inhaló. Conocía el perfume a fresas tanto como la letra del sobre. Era elegante y conjuraba imágenes de prosperidad y de calidez. Lo disfrutó durante unos instantes y luego cruzó el estudio hacia la mesa donde estaba el último grupo de fotografías enviadas por los Seebring. Eran tomas de principios de los años cincuenta y hubo que retocarlas, pero ya estaban listas para ser devueltas. Y acababa de llegar un nuevo envío de fotografías. El cálculo del tiempo de Natalie era perfecto.

Olivia no conocía personalmente a Natalie, pero tenía la impresión de conocerla bien. Las fotografías contaban historias, y lo que ellas no decían Olivia lo imaginaba con facilidad. Natalie había sido una niña hermosa en los años veinte, una adolescente impactante en los treinta. En los cuarenta fue la novia ruburosa de un apuesto soldado y, en los cincuenta, la madre sonriente de dos criaturas que la adoraban. Según las fotografías, Natalie vestía bien y vivía con elegancia. Ya fuera en una sala de estar, con una exquisita alfombra oriental en primer plano, un elegante sofá tapizado a media distancia y un cuadro de firma colgado de la pared, o en un jardín rodeada de frondosas plantas que aun en las tomas en blanco y negro gritaban su colorido, el fondo de todas las fotografías que enviaba Natalie Seebring armonizaba con la imagen de una exitosa familia de viñateros.

No eran por cierto fotografías de inmigrantes pobres. Por supuesto que no tenían la importancia artística de las de Dorothea Lange, pero hacía meses que Olivia seguía la historia de la familia Seebring y estaba involucrada con ella. En esas tomas los atractivos eran la prosperidad y la tranquilidad. En ocasiones Olivia había fantaseado con la posibilidad de pertenecer a la familia Seebring.

Su propia historia estaba a años luz de distancia de lo que revelaban las fotografías de los Seebring. Ella nunca conoció a su padre. Su madre ni siquiera sabía con seguridad quién había sido. Olivia era el producto de los ardores de una pareja a la que el alcohol nubló la mente durante una Nochevieja en un callejón de Manhattan Times Square. En ese momento, Carol Jones, su madre, tenía diecisiete años.

Las feministas tal vez lo llamarían violación pero, meses después, cuando Carol por fin se dio cuenta de que estaba embarazada, ya era bastante rebelde y desafiante como para decirles a sus padres que había sido un acto de amor. Ellos la desheredaron. Ella se vengó abandonando su casa sin más herencia que el apellido Jones.

Sin embargo, aquello no benefició en nada a Olivia. Había páginas enteras de Jones en todas las guías telefónicas. Había páginas y más páginas de ellos en Nueva York. Y ahora, Olivia no solo no podía localizar a sus abuelos, sino que tampoco encontraba a su madre. Ella misma se había mudado con frecuencia de un lugar a otro, dejando tras de sí un rastro de migas de pan capaces de rivalizar con las de Hansel y Gretel, pero ningún familiar la buscó jamás. Por lo visto, a ningún familiar le interesaba. Tal vez Olivia no fuese un premio. Pero Tess era una alhaja.

Por desgracia, la pérdida era doble. Ese hueco de su historia significaba que Olivia y Tess no tenían familia. Eran solo ellas dos... Solo ellas dos contra el mundo. Sin embargo, eso no era tan terrible; Olivia se había acostumbrado. Era capaz de hacerle frente.

Pero eso no significaba que no pudiera soñar, y en los últimos tiempos soñaba que estaba emparentada con Natalie Seebring. Suponer que fueran abuela y nieta era exagerar un poco. Pero en las primeras fotografías de Asquonset había una mujer que, por su parecido con Carol, podría ser la abuela de Olivia. Olivia no había vuelto a verla en las fotografías de posguerra de Asquonset, pero eso tenía fácil explicación. Tal vez se trataba de una mujer de las fuerzas armadas que se enamoró de un soldado y terminó viviendo en Nueva York. Su marido tal vez fuera un individuo rígido, al estilo de los militares, que exigía que todo se hiciera a su manera, o quizá se tratara de un hombre celoso que le prohibió todo contacto con la familia. De allí su ausencia en las fotografías.

Pero si se trataba de la hermana de Natalie, quería decir que era la tía abuela de Olivia. Y aunque solo fuera una prima de Natalie, el lazo de sangre seguiría existiendo.

Olivia miró el reloj. Debía ir a buscar a Tess. Se le hacía tarde.

Pero la atracción de ese nuevo paquete de fotografías era demasiado grande. Lo abrió y espió su contenido. El perfume a fresas era más fuerte. Dentro del sobre había varias docenas de fotografías, casi todas de 20 × 25 y en blanco y negro. Debajo había un sobre amarillo.

Curiosa, lo sacó. En el frente figuraban el nombre y la dirección de Otis, pero no escritas con la letra de Natalie sino en mayúsculas. Parecía la invitación a una fiesta, y enseguida deseó poder asistir como la acompañante de Otis. No tenía importancia que la gente la criticara o la despreciara a sus espaldas. Quería ver Asquonset, conocer a Natalie.

Depositó la invitación sobre el escritorio de Otis junto con su correspondencia personal, pero enseguida volvió a meterla en el paquete de las fotografías. Otis no volvería al estudio hasta el día siguiente y a ella le gustó la idea de tener la invitación en su casa durante una noche.

Metió el paquete en el maletín, comprobó por última vez el estudio y por fin salió y cerró la puerta. Ver el nuevo grupo de fotografías de Natalie sería un gusto que pensaba darse esa noche, pero solo después de haber terminado con todas sus tareas.

Mientras saboreaba el placer que la esperaba, en parte caminó y en parte corrió por las calles angostas bordeadas de casas, árboles y automóviles estacionados. El aire de junio era denso y cálido. Llegó al colegio de Tess completamente sudada y con diez minutos de retraso.

La mayoría de los alumnos ya se habían ido. Solo quedaban algunos en el patio de juegos. Tess estaba en un rincón del patio, un hombro caído bajo el peso de la mochila, un pie doblado hacia dentro, las gafas en mitad de la nariz y una expresión desolada en el rostro.

2

Luchando para no dejarse vencer por la depresión, Olivia habló con voz alegre.

–¡Hola, cariño! –Abrazó a Tess, quien apenas le devolvió el saludo, y le apartó un mechón de pelo castaño y rizado de la cara.

–Llegas tarde –se quejó Tess.

–Ya lo sé. Lo siento. Me entretuvo algo en el momento en que salía. ¿Cómo ha ido tu día?

Tess hizo un gesto indefinido y echó a caminar. No tenía piernas largas, pero las movía con rapidez. Olivia tuvo que apresurarse para mantenerse a la par.

–¿Tess?

Su hija mantuvo el silencio, desafiante.

–¿Has tenido un día difícil?

–El peor. Soy tonta. No soy más que una tonta.

–¡Pero qué dices!

–Sí. Soy la más tonta de la clase.

–No; eres la más inteligente de la clase. Tu coeficiente intelectual es muy alto. Eres disléxica, eso es todo.

–¿Eso es todo? –exclamó Tess deteniéndose en seco. Sus pecas parecían de un rojo intenso contra la palidez de su piel. Las gafas de montura metálica magnificaban un par de ojos castaños, grandes y suplicantes que de repente se llenaron de lágrimas–. Mamá, la maestra me ha dejado de nuevo sin recreo porque mi cuaderno es un desastre. Mi letra es un espanto. Ella no puede comprenderla. Y mi ortografía es un horror. Y aunque no fuera así, tampoco hice lo que nos pidió. ¡No entendí lo que decía, así que mi oído tampoco sirve para nada!

Olivia tomó el rostro de su hija entre las manos.

–¡No es cierto que no tengas buen oído! ¡Oyes cada palabra que yo digo, aunque se suponga que no debes oírlas porque son cosas de adultos!

Tess apartó la cara y siguió caminando. Al llegar a la esquina Olivia ya se encontraba a su lado y caminó en silencio varias manzanas hasta que su hija se tranquilizó. Esa vez, cuando le rodeó el hombro con un brazo y la acercó a sí, la niña no se resistió. Doblaron a la derecha en una calle y luego a la izquierda en la siguiente.

–Esto parece un laberinto –comentó Olivia cuando volvieron a doblar.

Esperaba que su hija sonriera. Pero en lugar de una sonrisa recibió una respuesta deprimente.

–Sí, y nosotras somos ratas.

–Bueno. Y en ese caso, ¿qué premio nos espera al final?

Tess no contestó.

Llegaron a su casa. Vivían en un apartamento adosado a una pequeña casa de ladrillos que, en su momento, había pertenecido a uno de los aspirantes a formar parte de la elite de la sociedad de Cambridge. El hecho de que fuera una casa estilo sándwich, tan pegada a su vecina que habría sido imposible que perteneciera a alguien de la verdadera elite, quedaba camuflado por una espesa cortina de árboles. Esos árboles también habían impedido que los vecinos notaran que los dueños de la casa eliminaban el porche trasero, agregaban un pequeño dormitorio y un baño y luego ponían el lugar en alquiler.

Olivia no fue la primera inquilina, ni mucho menos. La cocina, del tamaño de la de una embarcación, databa de los años cincuenta y el baño no era mucho más moderno. Pero Olivia se enamoró del lugar a primera vista, le cautivó su carácter, su encanto. Antes de ver el interior del apartamento, en cuanto vio las paredes de ladrillo cubiertas de hiedra, el camino de lajas flanqueado por laureles en flor, supo que tenía que vivir allí.

Solo después de mudarse comprendió lo pequeño que era el apartamento y supo que no necesariamente era lo mejor que podría haber conseguido por ese precio. Pero ya estaba hecho y no cabía duda de que el lugar tenía carácter y encanto. Instaló a Tess en el pequeño dormitorio, que pintó de azul celeste. Ella se conformó con dormir en un sofá en la sala. El sofá estaba flanqueado por un par de trampas para ratones ubicadas una en cada extremo, sobre las que colocó unas lámparas. Un viejo baúl sobre ruedas, pintado de verde mar lo mismo que las trampas, servía de cómoda y por la noche era fácil cambiarlo de lugar. A un costado había un sillón cómodo, bastante grande para que Olivia y Tess se instalaran en él para leer antes de acostarse. Una mesa de estilo colonial con sillas haciendo juego, el regalo que Olivia misma se hizo por su cumpleaños después de pasar horas imaginando quiénes habrían sido sus dueños anteriores, presidía el extremo de la sala más cercano a la cocina.

Apenas abrieron la puerta, comenzó a sonar el teléfono. Madre e hija se miraron con expresión de enojo.

–Seguro que es Ted –afirmó Tess.

–Ajá.

–Hemos llegado con diez minutos de retraso. Apuesto a que hace diez minutos que llama.

–Ajá.

–Debe de estar frenético por algo –agregó Tess en un tono que Olivia hubiera considerado irrespetuoso si no supiera que la niña tenía razón.

Ted siempre estaba frenético. Era una persona tensa, una adquisición impulsiva por parte de Olivia, que realizó en el mostrador de una librería. Desde el principio, cuando ya en el primer encuentro de ambos Ted ni por un instante sonrió, Olivia debió intuir que ese hombre sería un problema. Pero Ted la miró a los ojos, cosa que era más de lo que los hombres solían hacer, y habló con fluidez, cosa que muchos hombres tampoco hacían. Hasta se interesó por saber lo que Olivia estaba leyendo y por qué.

Como es natural, al principio ella creyó que el interés de Ted era una especie de enamoramiento. Le compraba flores, la invitaba a comer, alquilaba vídeos. La llamaba tanto por teléfono que ella tuvo que pedirle que no la llamara al trabajo. Para entonces Olivia ya se había dado cuenta de que Ted no estaba enamorado de ella, sino que enfocaba la relación entre ambos de la misma manera neurótica con que enfocaba el resto de su vida. Ya hacía cinco meses que salían y se acercaba el fin de esta relación.

Olivia debía admitirlo. Tenía el don de elegir perdedores. No porque quisiera ni porque lo planeara. Era típico que la fascinara una característica; digamos un par de ojos grises o una voz atractiva. Pero no siempre eran características físicas. Se había enamorado de Pete Fitzgerald porque sabía cocinar. Era experto en cocina irlandesa, italiana y judía. Preparaba platos griegos, y los blinis rusos más ligeros que ella hubiera comido jamás. Pero fuera de la cocina era un imbécil.

Como el teléfono seguía sonando, atendió.

–¿Sí?

–¿Qué tal? –dijo Ted–. He tenido un día espantoso, una reunión tras otra, como si se tratara de un plan para salvar el mundo por toda la eternidad cuando solo es un proyecto para salvar durante cinco años a una pequeña empresa que, de todos modos, probablemente se hundirá antes de que termine el año. ¿Por qué has llegado tarde a tu casa?

–Me he retrasado –contestó Olivia, poniendo los ojos en blanco para hacer reír a Tess–. Escucha, en este momento no puedo hablar.

–Te aseguro que sé lo que es eso. Desde esta mañana no he tenido tiempo de nada. Me he pasado el día hablando, aunque supongo que no debo servir para mucho más. Volveré a llamar dentro de diez minutos.

–No; Tess y yo tenemos mucho que hacer. Más tarde te llamaré yo.

–Está bien. Estaré aquí durante una hora, luego en el gimnasio durante otra hora, suponiendo que las máquinas que necesito estén libres, lo cual es una presunción poco probable. Hay tipos que monopolizan las pesas durante horas. Es decir, yo no soy un debilucho de cincuenta kilos, pero me miran con desprecio y me aparto, así que en caso de que tenga que estar más tiempo en el gimnasio, ¿por qué no tratas de llamarme a casa a las ocho?

–Lo intentaré. Debo colgar. –Lo hizo extenuada. Ted ejercía ese efecto sobre ella.

A Tess le temblaba el mentón.

–La señora Wright te ha enviado una nota.

–¡Dios mío! –Olivia olvidó a Ted. Respiró hondo. Esperaba que la nota estuviera en un sobre cerrado.

–Pero yo la rompí.

–¡Pero...!

–La rompí y la tiré.

–¡Pero Tess! Yo tenía que leerla.

–No es necesario. Ella no es más que una maestra. No lo sabe todo.

Así pues, su hija estaba enterada de lo que le decía la maestra.

–¿Dónde está la nota?

Tess apartó la mirada, desafiante.

Olivia tomó la barbilla de su hija y, con suavidad, la obligó a mirarla.

–¿Dónde está?

Tess levantó los ojos al techo. Mantenía la boca cerrada con firmeza.

Con un suspiro, Olivia se apartó. Entonces notó que algo sobresalía del bolsillo delantero de los tejanos de Tess. Extrajo un trozo de la nota, luego un segundo y por fin un tercero. Sobre la pequeña encimera de la cocina unió los pedazos.

> Estimada señora Jones:
>
> Es absolutamente necesario que hablemos con respecto a lo que haremos con Tess el año que viene. Sé que la posibilidad de que repita el curso no es agradable, pero ignorar las notas que le envío no ayuda a aclarar la situación. –«¿Ignorar qué notas?», pensó Olivia, atemorizada–. Es necesario que usted y yo nos reunamos. La decisión final acerca de las clases del año que viene se tomará el lunes. Si antes de esa fecha no tengo noticias suyas, seguiré adelante con mi propuesta de que Tess repita cuarto curso. Atentamente.
>
> NANCY WRIGHT

Las ideas se arremolinaban en la cabeza de Olivia. Habían examinado y diagnosticado a Tess. En el colegio su hija tenía maestra particular tres veces por semana. De acuerdo con lo que le dijeron en la última reunión mantenida con la maestra del curso y la maestra particular de su hija, Tess mostraba un leve adelanto en ortografía. Pero continuaba fracasando en las pruebas, porque leía mal las instrucciones o escribía mal las respuestas. Su hija no podía leer. Era un problema aterrorizante. No podía leer.

La maestra particular aseguraba que el problema mejoraría con el tiempo. Olivia quería saber cuánto tiempo. Tess parecía irse quedando rezagada respecto a sus compañeros de clase. Le gustaba aprender y retenía lo aprendido. Cuando Olivia le leía, respondía y se mostraba inteligente. Era capaz de comprender conceptos complejos si se le explicaban uno por uno. Sin embargo, sola carecía de las herramientas necesarias para acceder a esos conceptos.

Tres sesiones de media hora por semana con una maestra particular no bastaban. Necesitaba por lo menos el doble de esas clases. Y lo que en realidad necesitaba era asistir a una escuela especial, pero eran demasiado caras. Así que Olivia la apoyaba en todo lo posible y la ayudaba con sus deberes. También trataba de que la maestra fuera más comprensiva con su hija, a pesar de que Tess no cooperaba en ese sentido cuando no le entregaba las notas que la mujer le enviaba.

–¡No me grites! –suplicó Tess–. No traje a casa las otras notas porque sé lo que ella quiere hacer. Lo veo en su expresión cuando mira mi cuaderno. Yo creí que si me esforzaba mejoraría y entonces ella no me miraría así, pero sigue haciéndolo.

Olivia abrazó con fuerza a Tess. La comprendía. En realidad, estaba de acuerdo con ella. Desde el principio le molestó que su hija estuviera en la clase de Nancy Wright. Esa mujer era muy rígida y seguir normas era una de las mayores dificultades de Tess. Caía presa del pánico, se apresuraba, perdía la compostura. La otra maestra de cuarto curso era mucho mejor con chicos con dificultades de aprendizaje pero, como la directora del colegio informó a Olivia con sequedad, no podía tener a todos los alumnos en su clase.

Olivia no comprendía por qué Nancy Wright no la había llamado cuando sus notas anteriores no obtuvieron respuesta. Además, lo más correcto habría sido una llamada telefónica. Detallar en una nota las carencias de una alumna y luego enviar esa nota a su casa por intermedio de la propia alumna parecía casi una crueldad.

Olivia no lograba calcular el daño que ese último año había causado en la autoestima de su hija. Comprendía que podría haberle sucedido con cualquier otra maestra. Tess estaba en la peor edad. Pero si seguía sucediéndole lo mismo, a su hija no le haría falta solo una maestra particular sino también un terapeuta.

¿Qué hacer? Olivia tenía el nombre de una maestra particular que podría trabajar con Tess durante el verano, pero las maestras particulares eran muy caras y las transferencias que continuaron durante varios años después de la muerte de Jared cesaron abruptamente cuando los padres de este decidieron que Tess no era nieta de ellos.

¡Que Tess no era hija de Jared! La acusación todavía era dolorosa.

–¡Pero lo es! –afirmó Olivia ante el abogado cuando este le comunicó el veredicto familiar.

–¿Puede demostrarlo?

¡Por supuesto que podía! Allí estaba Tess en carne y hueso.

Pero Olivia había visto una serie televisiva de casos de derecho. Sabía cómo pensaban los abogados. Los abogados querían análisis de ADN.

–Mi cliente fue incinerado –le dijo el abogado–. Sus cenizas fueron arrojadas al mar. A menos de que antes de eso se le hayan hecho análisis de ADN, le resultará difícil demostrar lo que afirma. Su familia política se niega a pagar los estudios de la niña. Tendrá que demandarlos.

Olivia juró que sería justamente lo que haría... y mantuvo la decisión durante dos minutos. Luego recuperó el sentido común. No podía someter a Tess a una batalla jurídica por paternidad. Además, para ganar dinero, hacía falta dinero.

De manera que toda conexión con los Stark quedó cortada. Fue otro giro triste de una saga ya bastante triste, porque no se trataba de un problema de dinero. Era un problema de amor. Olivia había amado a Jared. Era un hombre brillante que escribía libros sobre temas aparentemente oscuros, como la correlación entre comer hojas de zanahoria y la habilidad de identificar cantos de aves nocturnas. Jared afirmaba que lo que hacía era de crucial importancia para la humanidad y Olivia siguió creyéndole aún después de que él perdiese interés en ella. Quedarse embarazada no estaba dentro de sus planes. Cuando sucedió, consideró que era la manera en que Dios le indicaba a Jared que debía permanecer a su lado. Pero él no lo hizo. La dejó antes del nacimiento de Tess, pero pagar una pensión para su hija durante más de nueve años había sido su libre decisión. Y lo hizo sin quejarse.

Olivia abrigó la esperanza de que la familia de Jared tomase en cuenta esa actitud. Abrigó la esperanza de que quisieran conservar aunque fuera una pequeña parte del hijo que acababan de perder. Por lo visto no fue así.

Así que allí estaba Tess, muy necesitada de ayuda. Olivia habría estado dispuesta a pedir un préstamo para pagar más horas de enseñanza privada si eso era lo que su hija quería. Pero Tess tenía otros intereses. Quería aprender a jugar a tenis, estaba deseando jugar a tenis, porque dos de las chicas más populares de su clase lo hacían y ella consideraba que el tenis sería su única oportunidad de destacar. Hasta entonces nunca había jugado a tenis, pero era una pequeña atleta y era capaz de lograr cualquier cosa si realmente lo intentaba.

Olivia tampoco tenía dinero para pagar clases de tenis. Y de hecho, si no encontraba otro empleo, el dinero ni siquiera les alcanzaría para comer. Había enviado currículos a docenas de museos con la esperanza de que alguno de ellos necesitara una restauradora en plantilla. Hasta el momento había recibido seis negativas. Suponía que, en el peor de los casos, siempre podría volver a vender cámaras fotográficas, pero le resultaba odioso. Le encantaba tomar fotografías y lo hacía de una manera casi instintiva. Enseñarles fotografía a otros era algo completamente distinto. Olivia no tenía ni la paciencia ni la visión necesarias. Su mente trabajaba de una manera distinta a la de la mayoría de las personas. Tess no era disléxica por casualidad.

¿Qué hacer?

Se le ocurrió una idea. Contempló a su hija, ese rostro pecoso enmarcado por largos rizos castaños, un legado del padre que no quiso conocerla, y se enamoró de ella por enésima vez.

–¿Te apetece comida china esta noche?

El rostro de Tess se iluminó.

–¿General Gaos?

Olivia asintió.

–Pero antes debes hacer tus deberes.

–Estoy muerta de hambre.

Olivia abrió la nevera y le sirvió un vaso de leche.

–Esto te quitará un poco el hambre. Cuanto antes empieces tus deberes, más pronto podremos ir.

Tess tomó el vaso.

–Tengo que leer veinte páginas.

–¿Veinte? –Una enormidad para una disléxica de nueve años–. ¿De qué libro?

Tess le tendió un libro de geografía.

–Está bien –dijo Olivia, tratando de disimular su desaliento–. ¿Por qué no empiezas mientras yo me cambio? Después haremos juntas lo que te falte.

Fue al armario, cogió la correspondencia y la revisó con despreocupación. Luego se dejó caer en el sofá. En la mano tenía una carta sin remitente. Solo el matasellos de Chicago. Eso bastaba.

Su corazón comenzó a latir desenfrenadamente. La letra parecía distinta. Pero ya hacía cuatro años que su madre no le escribía. En ese tiempo podía haber sucedido cualquier cosa que explicara esa diferencia en la escritura. Tal vez su madre se hubiera roto la muñeca y la tuviera enyesada. Tal vez hubiera perdido un brazo en un accidente. O haber sufrido un derrame cerebral. Tal vez escribirle a ella la ponía tan nerviosa que le temblaba el pulso.

Abrió el sobre y de inmediato tuvo que tragar saliva. Dentro encontró su última carta, que no había sido abierta siquiera. Extendió la nota que la acompañaba y leyó: «A quien sea que escribe estas cartas. Las dirige siempre a esta casa, pero aquí no hay ninguna Carol Jones. No vuelva a escribir. No vive aquí».

Olivia se inclinó y se abrazó las rodillas. Esa dirección era la más reciente que tenía, de manera que su madre debió de mudarse enseguida de enviar su última carta o escribió por error un remite equivocado. «Por error» tal vez fuera el concepto importante. Olivia se negaba a creer que fuera deliberado. Se negaba a creer que su madre no quisiera tener el menor contacto con ella. Por cierto que su última carta había sido corta y superficial, pero en ella no le decía que desapareciera de su vida. Eso no se lo dijo nunca. Sencillamente se fue una semana después de que Olivia obtuviera el bachillerato. Desde su punto de vista, en ese momento ya había cumplido con sus obligaciones maternales. Otras madres sentían lo mismo. No era tan espantoso.

El problema era que si Carol no había recibido sus últimas cartas, ahora tampoco sabría dónde ubicar a Olivia. Así que tal vez lo estuviera intentando. Tal vez ella también estuviera enviando cartas que le eran devueltas. Olivia había logrado que el correo le remitiera durante más tiempo del permitido la correspondencia que recibía en su antiguo apartamento, pero ese plazo ya había expirado. ¿Qué hacer ahora?

Sonó el teléfono. Tess empezó a ponerse de pie, con tal de hacer cualquier cosa antes de leer, pero Olivia se irguió, le indicó que siguiera leyendo y fue a contestar.

–¿Sí?

–Soy yo de nuevo. Me estoy preparando para ir al gimnasio. Es probable que no vuelva a casa hasta las ocho y entonces quiero ver el noticiario de la CNN y luego, cuando haya terminado de comer algo, será tarde, pero necesito saber si saldremos mañana por la noche.

Olivia se mesó el corto pelo.
–¿Mañana por la noche?
–Para ir al Bistró North End.
Era un nuevo restaurante italiano, inaugurado hacía menos de un mes. Ted tenía buenas referencias del lugar y estaba deseando ir, como si temiera que el restaurante cerrara sus puertas antes de que él llegara.
Olivia supuso que si el restaurante cerraba tan pronto no valdría la pena ir a comer allí.
–No puedo, Ted. Durante la semana me resulta difícil salir de noche. Ya te lo he dicho. –Debía supervisar los deberes de Tess. Además, cada vez que salía con Ted volvía sintiéndose tensa.
–Hasta dentro de tres semanas no disponen de mesa para reservar en sábado por la noche, lo que demuestra lo popular que es ese lugar. Te digo, Olivia, este es el momento de ir.
De repente Olivia se irritó.
–Si es tan popular, seguirá allí dentro de un mes. Te aconsejo que hagas la reserva, Ted. Pero no para mañana.
–Está bien... está bien... Mantendré abierta la reserva por si llegas a cambiar de idea, así que llámame más tarde, ¿quieres?
–Hablaremos dentro de un par de días.
–Pero entonces ¿qué pasará con el Bistró North End?
Ella hizo un esfuerzo por no perder la paciencia.
–Ya te he dicho que mañana no.
–Dijiste que tal vez cambiaras de idea.
–Eso lo dijiste tú. Yo dije que mañana no podía.
–Por lo visto estás de mal humor. Otis debe de haber estado hecho un cretino de nuevo. ¡Menudo cabronazo! Por suerte ha decidido jubilarse. Si hubieras seguido trabajando con él unos años más, serías un caso perdido. Así que mira: te llamaré más tarde.
Olivia respiró hondo.
–¡No, Ted! ¡Por amor de Dios, no insistas!
–Bueno, no te alteres. ¡Qué barbaridad! ¡Mira qué hora es! Tengo que irme. Si llego tarde al gimnasio estará ocupa-

do por esos tipos que van todas las tardes... creen que levantar pesas es una cuestión de cultura. Te llamaré mañana. –Y colgó sin más.

Olivia permaneció un instante pensando cómo lograr que ese hombre la comprendiera, pero Tess la interrumpió.

–Tal vez él también sea disléxico. Porque tampoco escucha.

–Pero tú escuchas –repuso ella.

Y cuando se encaminaba a cambiarse de ropa, la asaltó un repentino ataque de autocompasión. Entre la crisis escolar, el rechazo maternal y Ted, la última hora había sido un espanto. Merecía un premio al valor.

Regresó a la puerta de entrada y llevó el maletín hasta el sofá. En cuanto lo abrió, percibió un leve perfume a fresas. Extrajo el sobre de Natalie Seebring y lo sostuvo en la mano.

«No me falles, Natalie Seebring», pensó y abrió por segunda vez el sobre. Dejó dentro la carta y el sobre amarillo dirigidos a Otis, pero sacó las fotografías y las extendió sobre su regazo. Con lentitud, saboreando cada una de ellas, las fue estudiando una a una.

Ya conocía el elenco de personajes. Había fotografías de Natalie y su marido, y de Natalie, el marido y los chicos. Algunas incluían un bebé. ¡Otro hijo! En ese grupo de fotografías no había ni rastro del hijo mayor. Revisó las fotos y no vio ninguna en que estuvieran los tres chicos juntos. Eso le pareció extraño.

Pero no tanto, comprendió. El bebé era una criatura que llegaba tarde a la vida de sus padres, una pequeña sorpresa para dos personas que seguían enamoradas. El hijo mayor probablemente estuviera interno en un colegio o hasta en la universidad. Olivia lo imaginó en Harvard. Casi esperaba encontrar una fotografía de ese muchacho vestido de futbolista y luciendo la camiseta de la universidad.

No encontró nada parecido, pero sí una fotografía de la hija de Natalie, el día de su boda. Había fotografías del marido de Natalie en el viñedo solo o acompañado por obreros. A juzgar por las patillas largas de los hombres, esas fotografías pertenecían a los años sesenta y setenta. También había fotografías de obras en construcción. Por lo visto estaban levantando un nuevo edificio en el viñedo... un cartel informaba que se trataba de una bodega. Olivia estaba impaciente por ver cómo había quedado el edificio terminado.

Ya se sentía más relajada. Nunca había estado en un viñedo, pero todo lo que veía en las fotografías de Asquonset hablaba de prosperidad, de una vida fácil, mucho sol, uvas dulces y buena voluntad. Estaba impaciente por ver las fotografías de los años ochenta y noventa, imaginaba una ristra de nietos en el porche de la Casa Grande, ubicados con sus padres en los amplios escalones de piedra, sentados alrededor de las mesas de picnic puestas para celebrar la vendimia.

Esas últimas fotografías no necesitaban demasiados retoques. Tenían algunas manchas, puntos donde la emulsión había fallado. Otras habían sido dobladas, lo cual les causó rajaduras. El mayor problema que tenía en su trabajo era que las fotografías se desteñían, pero eso se reparaba con facilidad copiando la fotografía en papel de alto contraste y realzando la imagen con filtros. Solo en casos poco frecuentes, como en el de la fotografía que tal vez fuera obra de Dorothea Lange, era necesario trabajarlas a mano. En las fotografías de Natalie no era así. En su mayoría era más necesario preservarlas que restaurarlas. Olivia debía tratarlas como elementos de archivo. Natalie había sido muy clara al respecto. Quería que las fotografías duraran indefinidamente. Mientras se preguntaba qué pensaría hacer Natalie con ellas, Olivia sacó la carta adjunta. Estaba escrita en papel con el membrete de Asquonset, una hoja de papel marfil con el logotipo burdeos en el extremo superior izquierdo. Igual que la dirección del sobre, esa carta estaba escrita a mano, con una letra fluida, lo mismo que Olivia imaginaba que debía fluir la voz de Natalie.

Querido Otis:

Te envío una nueva serie de fotografías. Sigo sorprendida por el milagro que has hecho con las más antiguas. Estas son más recientes. Me temo que hay una mancha de vino en una de las de la boda de mi hija. Ojalá pudiera decir que el vino fue el del día de la boda. Si ese fuera el caso, tal vez la habríamos dejado allí por motivos sentimentales. Pero no. Es una mancha reciente y me temo que por mi culpa. Cuando empecé a revisar estas fotografías, estábamos a punto de lanzar al mercado nuestro nuevo Cabernet Estate. Y mis manos ya no son tan firmes como antes. Pero supongo que, teniendo en cuenta cómo nos ganamos la vida, es preferible que la mancha sea de vino y no de whisky.

Olivia sonrió. Natalie tenía un exquisito sentido del humor.

Nos estamos acercando al fin de mi colección de fotografías. Habrá un envío final que espero mandarte la semana que viene. Como te expliqué al principio de este proyecto, mi meta es tenerlas todas en mi poder el 1 de agosto. Eso me dará un mes para ordenarlas.

Y con respecto a eso, tengo que pedirte algo. Considerando el corto tiempo que tenemos por delante, se me ocurre que necesitaré ayuda para el siguiente paso de mi proyecto. En los viñedos, los veranos son una época de mucho trabajo y temo que no lograré hacer justicia a la excelente labor que has hecho con mis fotografías.

Esta serie de fotografías debe ir acompañada por un texto. Yo lo he ido escribiendo por partes desde la muerte de mi marido, y me ha resultado terapéutico. Quiero que sean una especie de memorias. Pero seis meses no bastan para narrar toda una vida. Los trozos que he escrito deben ser organizados y corregidos y hay etapas enteras de las que todavía no me he ocupado. Así que he decidido contratar una asistente durante el verano. Necesito una persona que escriba bien, pero que además tenga sentido estético.

Olivia se irguió. «Yo tengo sentido estético», pensó.

Busco una persona organizada y pulcra y con quien sea agradable estar. Es necesario que sea una mujer curiosa, alguien que haga preguntas y consiga que yo diga cosas que de otra manera mantendría en reserva.

«Yo soy organizada y pulcra –pensó Olivia–. Soy una compañía agradable. ¿Y curiosa? Hay millones de preguntas que quiero hacer sobre las fotografías que he restaurado.»

> Estoy pensando en contratar a una estudiante universitaria, tal vez alguien que estudie letras, aunque me temo que todos ellos ya deben de haber partido hacia los lugares donde pasan el verano. Pienso publicar un anuncio en el diario del domingo, pero preferiría trabajar con alguien que me haya sido recomendado. Tú has hecho un trabajo extraordinario con mis fotografías, Otis. Has actuado con rapidez y profesionalidad. Tengo la esperanza de que conozcas a alguien en Cambridge, una persona con sentido estético y buen manejo de las palabras.

¡Alto! Allí había un pequeño problema. No se trataba de que Olivia fuese una inexperta redactando. No exactamente. Solo tenía que trabajar más que otras personas para hacer un trabajo de redacción. ¿Sería ella también disléxica? Lo ignoraba. Había ido al colegio antes de que se pusieran etiquetas a los alumnos. Según sus profesores, ella solo era una persona de aprendizaje lento. Pero aprendía. Lograba hacer cosas. Tal vez demorara un poco más, pero el producto terminado siempre era bueno.

El ofrecimiento de Natalie mejoraba aún más.

> Aquí en la Casa Grande de Asquonset hay lugar de sobra, así que estoy en condiciones de ofrecer casa y comida, además de un interesante estipendio. Lo importante es el tiempo. Te agradeceré cualquier recomendación que puedas hacerme. Muchas gracias. Besos.
>
> NATALIE

Cuando terminó de leer, la mente de Olivia era un torbellino. Pasar el verano en Rhode Island era su sueño... y podía lograrlo, ¡por supuesto que podía! De acuerdo, no era rápida para escribir, es más, su redacción era bastante farragosa, pero siempre podía trabajar por la noche y los fines de semana para compensar su lentitud. Era muy capaz de hacer lo que Natalie pedía. Estaba segura. ¿No se encargaba de todo lo necesario en el estudio de Otis?

Otis. ¡Dios santo! Otis quería que trabajara en su estudio hasta finales de julio. No podía dejarlo plantado. Estaba en deuda con él. Era un amigo.

Pero a Otis le faltaba poco para jubilarse. Después de julio no seguiría siendo su jefe. La pensaba abandonar. Bueno, no era que la abandonara. La dejaba en libertad. Entonces ¿qué problema había en que ella dejara de trabajar con él unas semanas antes? ¿Qué perjuicio le provocaría? Él había dejado de aceptar nuevos encargos. Y lo único que faltaba era terminar lo que ya había empezado. Ella trabajaría horas extras y así conseguiría terminar todo el trabajo pendiente.

A Tess le encantaría Asquonset. El viñedo estaba ubicado a mitad de camino entre el río Asquonset y el Atlántico y a su hija le gustarían ambos. Le encantaría vivir en un lugar donde había pista de tenis, la que Olivia había visto en las fotografías. A Tess le fascinaría la Casa Grande. Y Natalie... Tess adoraría a Natalie. Natalie era la quintaesencia de la abuela, la quintaesencia de la bisabuela.

Casa y comida en la Casa Grande. Olivia se moriría de júbilo.

¿Y además un interesante estipendio? Se preguntó qué sería un interesante estipendio para Natalie. Si fuera realmente bueno, le proporcionaría la posibilidad de contratar maestros particulares para Tess. Un estipendio realmente bueno sería para ella un regalo del cielo.

Jared se había ido para siempre y la madre de Olivia era una persona desaparecida. Esas dos realidades duras de la vida acababan de ser suavizadas por la invitación de Natalie Seebring.

De acuerdo. No se trataba exactamente de una invitación. Pero el resultado final era el mismo. «Quiero conseguir ese trabajo», pensó.

3

Olivia durmió bien. Quería conseguir el empleo de Asquonset, lo deseaba con un fervor que crecía a medida que pasaban las horas. Sabía que era poco realista que pusiera en ello todas sus esperanzas. Había muchas personas mejor cualificadas que ella, personas que escribían con facilidad y que habían estudiado para ese tipo de trabajo, pero no dudaba de que ella también sería capaz de hacerlo. Estaba segura. Y la voluntad todo lo puede. Además, ella tenía algo de lo que los demás carecían: ya quería a Asquonset. Más aún, gracias a las fotografías, conocía a los personajes y hasta parte de la historia.

Pero ¿Natalie la eligiría a ella?

Cuando por fin se durmió, soñó que conseguía el trabajo. Y seguía soñando al día siguiente mientras vestía a Tess, le preparaba el desayuno y ambas salían de la casa. Y hasta cuando caminaba por la calle con el maletín y su maravilloso contenido y su hija de la mano, sus pensamientos estaban a kilómetros de distancia. El aire estaba quieto, las calles de Cambridge eran angostas. Cuando llegaron a la escuela, Olivia fantaseaba sobre campos abiertos y brisas de mar.

–¿Mamá? –Tess levantó la vista para mirarla.

Esa hermosa Tess cuya cabeza a Olivia le llegaba a la altura del pecho, Tess con el pelo bien peinado, las pecas suaves en la cara recién lavada, el delgado cuerpo todavía infantil. Tenía las gafas limpias y colocadas en lo alto de la nariz. Miró a Olivia con aspecto angelical, con excepción de su expresión que era una mezcla de timidez y disgusto.

–¿Qué tengo que decirle a la señora Wright?

La señora Wright. ¡Dios! Olivia había olvidado ese

asunto. Los problemas escolares de Tess eran constantes. La evasión de esa noche a Asquonset había sido una escapatoria.

«Dile que tenemos una solución –pensó Olivia, de regreso con rapidez al lío que era la realidad–. Dile que este verano tendrás una maestra particular cinco veces por semana. Dile que yo quiero que pases a quinto curso con el resto de tus compañeros. Dile, dulce pequeña, que la próxima vez que quiera ponerse en contacto conmigo, se baje del pedestal y me llame por teléfono.»

–Dile –dijo Olivia conteniéndose– que esta mañana la llamaré para concertar una entrevista. Nos reuniremos cuando ella quiera.

–Yo no pienso repetir cuarto curso.

Olivia se besó dos dedos y tocó la nariz de su hija.

–Lo sé.

Tess apartó los dedos de su madre.

–No me importa que los chicos crean que soy una idiota. Pero si repito, de alguna manera es como darles la razón.

Olivia tenía ganas de llorar. Nunca quiso que su hija conociera esa clase de dolor.

–Llegará el día –dijo con vehemencia– en que esos mismos chicos te estarán pidiendo a ti las respuestas.

Tess dejó de caminar.

–¿Cuándo?

–Cuando el hecho de leer y sus detalles sean menos importantes que la comprensión del significado.

–¿Qué quieres decir con detalles?

–Por ejemplo las palabras. La puntuación.

–¿Y la gramática? ¡Odio la gramática! Sé escribir frases. Las partes de las frases son fáciles de usar. Lo difícil es tener que nombrarlas. No sé por qué tengo que hacerlo.

–Las tienes que nombrar porque es una exigencia para pasar a quinto curso. –Sonó la campana de la escuela–. Venga.

Tess parecía preocupada.

–Me duele el estómago.

¡Por supuesto que debía de dolerle! Estaba por entrar

completamente sola al colegio. Lo que le hacía falta era una amiga íntima. Necesitaba que hubiera alguien en el patio del colegio que corriera a su encuentro cuando ella llegaba. Otros chicos tenían muchos amigos. Era lo que Olivia quería para Tess. Su hija era una criatura dulce, sensible y bonita. Pero usaba gafas gruesas y tenía que luchar para aprender, lo cual la convertía en blanco de las bromas. Y eso destrozaba el corazón de Olivia.

–Piénsalo –le dijo en ese momento–. Solo te faltan dos semanas.

¿Y después Asquonset? Tal vez Asquonset interrumpiera ese ciclo. Tener una maestra particular todos los días quizá ayudara a Tess. Tal vez la ayudara el aire de mar. Tess navegaría con chicos que no sabrían que ella tenía dificultades de aprendizaje. Si la aceptaban, si se hacía amiga de uno o dos de ellos, si para variar vivía una experiencia positiva, todo sería distinto.

–¿Podré tomar clases de tenis? –preguntó Tess.

–Estoy buscando la manera de lograrlo.

–¡No quiero una maestra particular!

–Si no tienes una maestra particular –replicó Olivia–, tampoco podrás tomar clases de tenis.

–¿Quiere decir que si tengo una maestra particular podré tomar clases de tenis?

Olivia acababa de caer en una trampa.

–Veremos –contestó, señalando la puerta del colegio.

Tess frunció el entrecejo. Luego se acomodó la mochila y echó a caminar.

–¡Oye! –exclamó Olivia con suavidad.

La niña se detuvo, retrocedió y le dio un rápido abrazo. Luego corrió hacia la escuela.

En medio de una oleada de amor, Olivia permaneció mirándola hasta que se confundió con el resto de alumnos que subían los escalones de la escuela, pero en cuanto la puerta se cerró tras ellos su mente viró hacia el sur.

Vio otra puerta, una que conocía por las fotografías. Era una puerta mosquitera que conducía de la Casa Grande de Asquonset a un patio cubierto por un toldo. El patio daba al viñedo. Hilera tras hilera de vides que, a medida que avanzaba el verano, eran cada vez más altas y tupidas. A Olivia le parecía oír el chirrido de esa puerta mosquitero cuando se abría y el golpe que resonaba cuando se cerraba, un chirrido y un golpe, otro chirrido y otro golpe. Un sonido encantador.

Quería conseguir ese empleo. Lo necesitaba. Su preocupación por Tess era un trabajo a tiempo completo: enseñarle, contratar maestras particulares, reunirse con las profesoras, tratar de ayudarla con los deberes. Era agotador, pero por nada del mundo dejaría de hacerlo. Tess era lo mejor que le había sucedido en la vida y la pobre se esforzaba por aprender, ¡por supuesto que se esforzaba! Se estrujaba el cerebro para compensar su problema.

¡Vaya si ella y Tess se habían ganado un verano distinto! Trabajar con Natalie no sería como trabajar con Otis. Sería como no trabajar en absoluto.

En cuanto llegó al estudio Olivia advirtió que el estado de ánimo de Otis era mejor que el del día anterior, pero su humor todavía no era del todo bueno.

–Se nos ha acabado el fijador –dijo él antes de saludarla–. Te dije que lo encargaras.

–Y lo hice –contestó Olivia, abrazando el paquete de Natalie contra su pecho–. Está en el estante del cuarto trasero.

–Lo necesitaremos para las copias de Brady. Te dije que hoy quería hacer esas copias.

–Y allí está el fijador. ¿Otis? Quiero mostrarte algo.

El momento no era el indicado. Otis no estaba demasiado receptivo. Pero Olivia no podía esperar.

Otis pasó junto a ella en dirección a su escritorio y comenzó a examinar la correspondencia del día anterior.

Olivia lo siguió y le tendió el paquete.

–También llegó esto.

Él lo miró con el entrecejo fruncido.

–¿Qué es?

–Lo manda Natalie Seebring. Más fotografías. Pero con ellas te envía una carta. Creo que deberías leerla.

–Si no le gusta lo que hacemos, que se fastidie –exclamó él, pero tendió la mano para recibir el paquete–. Muéstramela. Tengo mucho que hacer.

Olivia le entregó la carta y esperó con impaciencia mientras él la leía. Otis seguía con expresión malhumorada. El momento no solo no era el indicado, sino el peor momento. Pero si Asquonset estaba en el futuro de Olivia, si quería ganar a candidatos mejor cualificados, tenía que utilizar sus dos cartas de triunfo: el entusiasmo y la rapidez.

Otis terminó de leer la carta y dirigió una larga mirada a Olivia. Ella se la sostuvo. Otis volvió a leer la carta. Cuando terminó, Olivia notó que se estaba dulcificando.

–Sé lo que estás pensando –dijo con un dejo de tristeza en la voz.

De repente Olivia se sintió desleal. Otis era su jefe y su amigo.

–Bueno, tú estás a punto de jubilarte –razonó ella–. Dentro de siete semanas me quedaré sin empleo, y de todos modos ya no aceptas nuevos encargos. En dos semanas podemos terminar lo que tenemos entre manos. ¡Te aseguro que podemos! –Al ver que Otis seguía en silencio, agregó–: Y si no lo terminamos yo podría volver por un día o dos.

–No se trata de eso. –Levantó la carta–. Solo es un trabajo para el verano. Tú necesitas algo permanente.

–Pero hasta ahora no se ha presentado nada. Seguiré buscando. Puedo buscar desde Asquonset. Esto solo me da un poco más de tiempo.

Otis frunció el entrecejo, pensativo.

–Creo que no solo se trata de eso. Hay algo más. Te he observado mientras hacías el trabajo de los Seebring. Te has encariñado con ellos.

–Solo me encantan las fotografías antiguas. Ellos eran ricos. Representantes de un tiempo en que la vida era más simple y más romántica.

–¿Por qué?

Olivia se ruborizó.

–No sé.

–Sí, por supuesto que lo sabes. Natalie te ha hechizado.

–¡No es cierto! Si ni siquiera la conozco.

–Y no te culpo –continuó Otis–. En un tiempo ella también me tuvo hechizado a mí, así que sé lo que es.

Olivia estaba sorprendida.

–¿La conocías? –Suponía que Natalie solo era otra cliente del estudio atraída por la reputación de Otis. Entonces recordó el sobre amarillo dirigido a Otis. Horrorizada, lo sacó del gran sobre de papel manila–. Lo siento. Estaba entre las fotografías.

Otis lo abrió y sacó una tarjeta amarilla. La leyó en apenas diez segundos y sonrió. La suya era una sonrisa tímida que permaneció en sus labios a pesar de que se llevó una mano al corazón y levantó los ojos al techo.

–Vaya.

–¿Qué ocurre? –dijo Olivia.

–Se vuelve a casar. En un tiempo pensé que sería conmigo.

Olivia estaba doblemente sorprendida. Esa era otra faceta del hecho de que Otis conociera a Natalie.

–¿Se vuelve a casar? ¿Y dónde está Alexander?

A pesar de no haber visto fotografías de la última década, nunca le pasó por la mente que Natalie y Alexander no siguieran juntos. Era algo que formaba parte de la imagen, de su sueño.

–Murió.

Olivia jadeó.

–¿Cuándo? ¿Cómo?

–Hace seis meses. De un infarto.

Olivia se llevó una mano al pecho.

–¡Cuánto lo siento!

No conocía a Alexander pero sentía su muerte como la de un viejo amigo. Desempeñaba un papel importante en todas las historias de Natalie que ella se había inventado. Y ahora estaba muerto y había un nuevo hombre en la vida de Natalie. Significaban muchos cambios repentinos.

–¿Cuándo estuvisteis juntos? –le preguntó a Otis.

–Hace mucho tiempo. Y la iniciativa fue más mía que suya. –Golpeó la invitación con suavidad–. Como es obvio.

Olivia todavía seguía tratando de procesar el cambio abrupto sufrido en su imagen de Natalie. Se esforzaba por conjurar el rostro de un hombre que no fuera Alexander, pero no lo lograba.

–¿Cuándo es la boda?

–El día del Trabajo. Que además es la fecha límite para el nuestro.

Olivia volvió con rapidez al tema de su empleo.

–Necesita ayuda para llegar a tiempo. Está en un apuro. Yo podría ayudarla.

Otis suspiró.

–Debo volver a preguntarte cuál es el motivo de la atracción que Natalie ejerce sobre ti. Sé lo que fue para mí. Natalie creyó que yo era un artista, le encantaba mi trabajo. Pero eso no es lo que te fascina a ti.

–Es que me parece una mujer agradable... ya sabes... una típica abuela.

–Pero no es tu abuela, Olivia –advirtió Otis con tono burlón.

–¡Por supuesto que no!

–¡Por supuesto que no! –se burló él. Esa mañana Otis tenía los ojos inyectados en sangre, pero seguían siendo ojos llenos de sabiduría–. Estás persiguiendo un sueño, muchacha. Te imaginas pasando el verano en una mansión con una abuela que se encarga de todo, pero Natalie no es así. Natalie se ocupa de Natalie.

Era natural que Otis dijera eso. Natalie lo había rechazado. No sería normal que no estuviera un poco dolido o amargado. Sin embargo, Olivia solo veía generosidad en Natalie. Por supuesto que no sabía cómo influiría la existencia de un nuevo marido. Pero aunque hubiese una boda de por medio, los hechos no se modificaban.

–Ofrece casa, comida y un estipendio. Un interesante estipendio, dice ella.

–La definición de Natalie de «interesante» tal vez sea distinta a la tuya.

Olivia no parpadeó.

–Tal vez sí, tal vez no. Me hace falta ese dinero, Otis.

–Pero esta no es una manera de avanzar en tu carrera. No es más que un trabajo para el verano.

–Lo sé –contestó Olivia, desesperada por convencerlo–. Eso es lo perfecto de este asunto. Lo he pensado muy bien, Otis. Te aseguro que lo he pensado a fondo. Puedo terminar el trabajo que tengo aquí y permitir que te jubiles sin cargo de conciencia, porque yo tendré otro trabajo, el trabajo que quiero. Ni siquiera tendré que entregar mi apartamento. Puedo subalquilarlo en los meses del verano y así lo conservaré por si quiero volver en el otoño. Las clases de Tess terminan dentro de dos semanas. Podemos hacer el equipaje y estar al día siguiente en Rhode Island.

–¿Y cómo sabes que Natalie aceptará a Tess?

–¿Por qué no la iba a aceptar? Ella misma lo dice en su carta: en Asquonset hay lugar más que suficiente. Tess es pequeña. Será casi invisible. Le encontraré una maestra particular. Contrataré a una adolescente para que esté con ella mientras yo trabaje. Entre el río y el mar, allí una niña tiene muchas cosas que hacer. Natalie está acostumbrada a los nietos. Apuesto a que pululan por el lugar. Y tal vez ahora ya tenga bisnietos. –A Olivia se le ocurrió otra idea–. Y Tess podría encargarse de cuidar a los nietos de Natalie. Y hacerlo gratis.

Otis no parecía impresionado.

–No creo que haya bisnietos. Y por lo que sé, ni siquiera hay nietos corriendo por allí. Ya son adultos e independientes. ¿Y por qué crees que hay lugar de sobras en esa casa?

–Porque es muy grande –contestó Olivia–. Y tal vez los nietos sean independientes, pero el verano es el momento ideal para que vayan a visitar a su abuela. Asquonset es un lugar increíble para pasar las vacaciones de verano.

–¿Cómo lo sabes, Olivia?

–Simplemente lo sé.

Era una impresión visceral. Por supuesto que sus impresiones viscerales siempre fallaban, sobre todo en lo que a hombres se refería. Pero esto era diferente.

–Tal vez estés cansada de Cambridge.

–No.

–Has estado aquí más tiempo que en ninguna otra parte.

–Porque aquí mi trabajo valía la pena –argumentó Olivia–. Pero mi jefe está a punto de jubilarse. Y me está aserrando la silla...

–Y tú has decidido abandonarlo antes, ¿verdad?

Ella le dirigió una sonrisa.

–¿Y qué me dices de Ted? –preguntó él.

–Ted no entra en este cuadro.

–¿Se lo has dicho?

–No. Porque diría que todavía no puedo contar con el empleo con seguridad.

–Pero quieres conseguirlo.

–Sí.

–Por el dinero.

–Por Tess.

–¿Y si el sueldo no es bueno?

Era algo que no preocupaba a Olivia. Un «interesante estipendio» debía de ser por lo menos bueno y, aunque no lo fuera, también era importante tener casa y comida, por no mencionar el hecho de estar en un lugar cerca del mar y con pista de tenis. Solo el cambio de escenario ya valía.

Otis le acercó una hoja y un bolígrafo.

–Anota lo que pretendes.

–¿Lo que creo que ella está dispuesta a pagar?

–Lo que pretendes en todo sentido. Lo que convertiría el trabajo en algo que valiera la pena.

Era algo que Olivia no podía hacer. Cualquier cosa que anotara sería demasiado. Le daba vergüenza.

–Está bien –dijo Otis recuperando el papel y el bolígrafo–. Lo haré yo. –Anotó una suma que era aproximadamente el doble de lo que él le habría pagado en todo el verano si no estuviera a punto de jubilarse.

Mientras ella miraba la cifra, bastante sorprendida pero calculando ya todo lo que podría hacer con ese dinero, Otis tomó el teléfono y marcó el número de Natalie.

–¿Qué haces? –exclamó Olivia, alarmada.

Tuvo la repentina visión de que Otis lo arruinaría todo con una palabra que pudiera no corresponder.

–Ahorro un poco de aliento. Quiero saber si sintonizamos la misma onda.

Olivia estuvo a punto de detenerlo. No quería saber lo que sucedería... porque saberlo podría significar el fin de su sueño.

Pero en el otro extremo de la línea atendieron antes de que ella consiguiera reaccionar y de repente Otis estaba saludando a Natalie como la antigua amiga que por lo visto era. Durante un minuto hablaron con calidez sobre las fotografías ya restauradas, sobre las que acababan de llegar, sobre la boda inminente. Olivia volvió a tratar de imaginar un novio a la altura de Natalie pero el único rostro que se le ocurrió fue el de Cary Grant, muerto hacía tiempo.

Otis le pidió a Natalie detalles sobre la asistente que necesitaba.

Con los brazos cruzados sobre el estómago, Olivia observaba esa hoja de papel donde Otis iba anotando las respuestas a sus preguntas. «Capacidad para mecanografiar y editar. Redacción de una historia en base a anotaciones. Por la mañana trabajando con Natalie, por las tardes trabajando sola. Trabajo de lunes a viernes. Fines de semana libres. Vivienda en un ala separada de la casa. ¿Animales domésticos? No. ¿Chicos? Sí. ¿Sueldo?»

Olivia contuvo la respiración cuando Otis anotó la cifra. Natalie ofrecía el doble de lo que Otis suponía. Era una bendición para una persona como ella, una cantidad increíble, casi desmedida. Se apretó los labios con los dedos para no dar rienda suelta a su regocijo.

Otis también parecía sorprendido. Le pidió a Natalie que repitiera la cifra y golpeó la hoja de papel con el bolígrafo para demostrar que la cifra era correcta. Olivia alcanzó a oír retazos del resto de la conversación, pero presa de la excitación dejó que sus pensamientos volaran en una nueva dirección. Hasta ese momento había estado pensando en ganar dinero para una maestra particular. La cantidad que ofrecía Natalie le abría una puerta completamente nueva.

Cuando Otis colgó, Olivia ya había abierto el cajón inferior de su escritorio, del que sacó un bloc que guardaba para sus anotaciones personales. Volvió a acercarse al escritorio de Otis y se lo mostró. Era el catálogo de Cambridge Heath, un colegio privado conocido porque proporcionaba profesores a los hijos de universitarios locales que tenían problemas de aprendizaje.

Olivia no tenía un título universitario, ni mucho menos. Ni siquiera había ingresado en una universidad, sino que comenzó a trabajar en cuanto terminó con dificultad el instituto. En la actualidad se consideraba una artista, aunque en realidad era mucho más artista Otis que ella. Pero así se describía en los currículos que había distribuido. Sin embargo, Tess era hija de un profesor universitario, porque en la época de su muerte Jared enseñaba en la UNC.

Y si no era ese, había otros colegios. Recordó con excitación que había un colegio parecido a Cambridge Heath en Providence. Providence era una ciudad pujante. Olivia había enviado currículos a museos y galerías de arte de ese lugar. Providence quedaba muy cerca de Asquonset. Sería agradable estar cerca de Natalie cuando terminara el verano.

Y, por supuesto, existía la posibilidad de que, si su trabajo en el viñedo era bueno, el empleo pudiera convertirse en algo permanente, por ejemplo permanecer allí como una especie de encargada de relaciones públicas. El asunto era muy prometedor. Además, soñar no costaba nada.

Otis tomó el catálogo y lo recorrió con la mirada. Leyó lo que Olivia sabía de memoria. Sí, era evidente que ella soñaba despierta, incluso desde mucho antes de enterarse de la existencia de Natalie Seebring.

–Bueno, me parece bien –comentó con sequedad–. Podrás permitirte pagar este colegio durante un año. ¿Y después qué?

Olivia no se dejó amilanar.

–Tess obtendrá una beca o yo pediré un préstamo, pero

en cualquier caso es necesario que ella esté allí. El estado asegura que Tess recibe todo lo que necesita en la escuela pública, pero ella odia esa escuela. En quinto curso hay una buena maestra pero no tengo garantías de que se la adjudiquen a mi hija, y la que le tocó este año la ha retrasado tanto emocionalmente que la del año que viene tendrá doble trabajo... y eso suponiendo que logre que no la hagan repetir el curso. –Apoyó una mano en el catálogo, más segura que nunca de que lo que quería para Tess estaba a su alcance–. Tess necesita ingresar en un colegio como este. ¿No lo comprendes, Otis? Necesito ese trabajo. Es nuestra única posibilidad.

Pero todavía le quedaba un obstáculo muy importante que superar. Estaba bien eso de hablar del empleo, muy bien eso de pensar en colegios privados, muy bien pensar que tal vez su suerte estaba mejorando... pero todavía faltaba que Natalie la aceptase.

–Yo puedo lograr que te acepte –dijo Otis, que era lo que Olivia pensaba.

Asintió y esperó, casi sin animarse a respirar.

–Quiero que ganes ese dinero –agregó él–. Pero lo que me preocupa es lo otro: tus sueños.

–No estoy soñando. Trato de conseguir un empleo, y con los ojos bien abiertos.

–¿Y no te encantaría también formar parte de esa familia?

–¡Por supuesto! ¿A quién no? Pero yo no soy una Seebring. Nunca seré una Seebring.

–Será mejor que lo comprendas con claridad...

–Lo comprendo, Otis. ¡Por supuesto que lo comprendo! Tú acabas de decirlo: es solo un trabajo de verano, un puente entre el trabajo que tú me has dado y... otra cosa. Si resulta divertido, tendré buenos recuerdos, pero eso no es lo más importante. Lo más importante es que mi hija tendrá lo que necesita. Yo quiero ese trabajo por ella, Otis. ¿No sentirías lo mismo tú si fueras más joven?

4

Dos semanas después, con shorts blancos, zapatillas y una blusa verde y otra azul respectivamente, Olivia y Tess emprendieron la marcha hacia Rhode Island. Dejaron tras de sí a una estudiante encantada con el apartamento que acababa de subarrendar para el verano, y en el bordillo a un Ted perturbado.

–Está con los brazos en jarras –informó Tess, quien lo miraba por el espejo lateral–. ¿Por qué estará tan enojado?

Olivia se negó a mirar atrás. En la vida había adoptado la costumbre de no hacerlo nunca. Una vez se tomaba una decisión y se iniciaba un curso de acción, lo único que se podía hacer era mirar al frente. A pesar de todo, la entristecía despedirse de Otis y sentía cierto pesar por dejar el apartamento. En cambio, alejarse de Ted le producía alivio.

–No está enojado –le explicó a Tess–. Se siente herido. Quería que pasáramos el verano aquí, con él.

–¿Haciendo qué? ¿Navegando en los botecitos del lago? Es lo único que Ted cree que hago. Jamás se le ocurriría que me gusta ir de compras.

A Olivia tampoco se le había ocurrido. Entre ellas, las compras siempre habían sido algo más funcional que divertido. Pero tenía una imagen de lo que la gente debía usar en Asquonset durante el verano, y sobre todo durante el verano que precedía a un casamiento. Y no era eso lo que colgaba en el armario de su casa. No quería avergonzar a Natalie y temía que el novio fuese un hombre aún más elegante. Ese individuo seguía siendo un enigma. Olivia se imaginaba a un importante industrial vitícola de Francia hasta que Otis le informó de que el novio se llamaba Carl Burke, y en ese momento ella eliminó la idea de que fuera francés. El apellido era irlandés. Como nunca había oído decir que existieran familias de viñateros en Irlanda, lo convirtió en el propietario irlandés-norteamericano de un importante viñedo de California. Imaginaba un hombre digno, elegante, con mucha clase. Y los hombres como ese se rodeaban de gente digna, elegante y con mucha clase.

Considerando que ese círculo por el momento las incluiría a ella y a Tess, Olivia llevó de compras a su hija. Y de repente, esa hija que no se ponía más que tejanos y camisetas, se convirtió en una criatura completamente nueva. Se probó shorts y tops de colores llamativos, minifaldas y vestidos. No solo se los probó, sino que los lucía como una modelo. Y todo le quedaba adorable porque Tess sonreía. Con ropa distinta era una persona distinta. Olivia no tenía necesidad de que un psiquiatra le explicara el significado de ese cambio.

Asquonset era un nuevo comienzo y debía agradecérselo a Otis. Ella ni siquiera tuvo que someterse a una entrevista personal. Natalie la contrató solo con la recomendación de su viejo amigo.

Ted estaba perplejo.

–Pero ¿no quieres conocer el lugar donde vivirás? Está bien, has visto fotografías, pero las fotografías no pueden decírtelo todo. Las fotografías no dicen la verdad. No cabe duda de que esa mujer ha enviado las que ilustran la mejor faceta del lugar... es lo que siempre se hace.

A Olivia no le pareció que valiera la pena discutir el asunto. El pesimismo de Ted no era más que resentimiento. Se negaba a darse por enterado de que la relación entre ellos terminaba y seguía hablando de llamarla todas las noches, de que se encontraran a comer juntos una vez por semana a mitad de camino entre Cambridge y Asquonset, y hasta de ir a visitarla. Ella trató de sacarle esas ideas de la cabeza con tacto, aduciendo que tendría necesidad de adaptarse al nuevo trabajo, que tal vez Natalie Seebring era muy exigente. Pero cuando Ted ni siquiera así se dio por enterado, Olivia fue más directa. Le dijo que se sentía ahogada, que necesitaba un poco de espacio.

Pero Ted tampoco la escuchó. Él nunca oía lo que no quería oír, y ese era su problema. Pero Olivia no estaba dispuesta a permitir que le arruinara la vida. Se negaba a dejar que Ted menospreciara Asquonset.

–Las fotografías que he visto no son tomas publicitarias –le informó–. Fueron sacadas antes de que nadie conociera siquiera el significado del marketing. Algunas son instantáneas tomadas con una cámara Brownie. Muestran la realidad.

Otis lo confirmó. Cuando Olivia le preguntó, admitió que había estado varias veces en Asquonset. ¿Y conocía a Carl Burke? No lo recordaba, pero sí recordaba la Casa Grande. Afirmaba que era más hermosa que en las fotografías, lo cual era una importante concesión por parte de un hombre que había sido rechazado.

Además, Olivia había hablado con Natalie por teléfono. A Natalie no le importaba que ella no tuviera un título universitario. Le gustaba el trabajo que había hecho Olivia con las fotografías de Asquonset y decía que las cartas que le había escrito en nombre de Otis demostraban que su redacción era buena. Le gustó que Olivia le hiciera preguntas e insistió en que para ella era más importante una persona organizada, presentable y dedicada a su trabajo (como había sido Olivia con Otis) que alguien que solo tuviera credenciales formales. Por fin, dijo que confiaba en su instinto y que su instinto le decía que ellas se entenderían bien.

A Olivia le sucedió lo mismo. A lo largo de las tres conferencias telefónicas que mantuvieron, tuvo la impresión de que Natalie mostraba tanto interés en contratarla a ella como ella de conseguir el empleo. La faceta escéptica de su personalidad ignoraba si el factor decisivo era la comprensión que parecía haber entre ambas, o si Natalie se sentía culpable por haber rechazado a Otis tantos años antes, o si simplemente prefería contratar a su asistente sin más. Olivia sabía ya que conversar con Natalie le resultaba fácil, lo mismo que debía de ser hablar con una abuela bondadosa. Natalie era sencilla y entusiasta, una mujer flexible. Y ella estaba ansiosa por satisfacerla.

Pero lo mejor era que Natalie parecía encantada ante la perspectiva de que hubiera una niña en su casa.

–¿Y tú la creíste? –preguntó Ted lanzando un bufido.

Si ese hombre ya no fuese parte de la historia de Olivia, ese bufido lo habría logrado. Tess era el orgullo y la alegría de su existencia. Le resultaba ofensiva la sugerencia de que pudiera resultarle molesta a alguien.

–Sí la creí. Natalie ha hecho todo lo posible por solucionar todos nuestros problemas. Ha buscado una maestra particular para Tess, le ha conseguido un profesor de tenis y hasta ha movido los hilos necesarios para que Tess pueda tomar clases de navegación a vela en el Yacht Club.

–¿Y tú has hablado con la maestra? No me sorprendería que fuera una estudiante de secundaria ansiosa por ganarse unos dólares, y lo mismo pienso del profesor de tenis. Además, si Tess quiere navegar nada le impide hacerlo con mis padres en Rockport.

«Aunque fuera solo por eso, agradezco poder ir a Asquonset y evitarle esa experiencia a mi hija», pensó Olivia. Conocía a los padres de Ted. Una comida con ellos en un restaurante había sido una verdadera pesadilla de quejas: que los manteles estaban manchados, que el servicio era pésimo, que la comida estaba demasiado cruda o recocida o que no era lo que habían ordenado. Eran personas tan tensas como Ted. Olivia no quería que su hija tuviera el menor trato con ellos.

–Y míralo desde un punto de vista maternal –agregó Ted, clavando el último clavo en su propio ataúd–. ¿Cómo es posible que lleves a tu hija a un lugar que ni siquiera conoces? Y por otra parte, ¿cómo es posible que te vayas a pasar el verano a Rhode Island cuando ni siquiera tienes trabajo a partir del otoño? Yo de ti me quedaría aquí, buscando mi futuro medio de vida. Y si no te importa por ti, vale, pero deberías pensar en Tess. Las madres responsables no hacen una cosa así, no es sensato.

¿Que no era sensato? Olivia, que ya tenía bastante complejo por no contar con un título universitario en una ciudad donde la mayoría de la gente tenía tres, se enfadó.

–Te daré un consejo –replicó–: cuando tengas hijos podrás hacer con ellos lo que te parezca sensato. Pero con mi hija haré lo que a mí me parezca sensato.

Y era exactamente lo que estaba haciendo. Algunas reflexiones de Ted podrían haber tenido peso si ella no estuviera convencida de que estaba haciendo lo correcto. Era la sensación que tenía desde el instante mismo en que leyó la carta de Natalie.

Además, la confianza era un punto muy importante y, en esa instancia, la confianza la tenían ambas partes. Si Natalie podía contratarla sin haberla visto, Olivia podía aceptar el empleo de la misma manera.

Después vino el sueño. La primera parte era real: haber crecido en una ciudad de Vermont que recibía una multitud de turistas neoyorquinos ansiosos por hacer esquí, ser la única hija de una mujer que, a su vez, era poco más que una jovencita. Olivia fue criada por vecinos hasta la edad en que pudo llevar una llave colgada alrededor del cuello. Para entonces, Carol Jones trabajaba en una inmobiliaria y se codeaba con la multitud de turistas de Nueva York. En su sueño, Olivia revivía las noches en que permanecía sola en su casa, con miedo a la oscuridad, atemorizada por los gritos furibundos que lanzaba el casero en la planta baja, sin saber dónde estaba su madre y aterrorizada por la idea de que no volviera.

La segunda parte del sueño era la más interesante. En ella, una mañana Carol Jones regresaba no con su amante, sino con su propia madre.

Olivia no conocía a su abuela. Le habían dicho que había muerto, la explicación más fácil que Carol podía darle, a pesar de lo cual Olivia mantuvo encendida la llama de la esperanza. Durante las horas más solitarias de su infancia, oculta en el fondo de un armario oscuro donde se sentía segura, imaginó docenas de historias que explicaban la ausencia de su abuela. Y también imaginó docenas de reuniones entre ellas.

En ese sueño la abuela, que un día de sol se presentaba salida de la nada, era rica. Hacía años que buscaba a su hija, a esa hija rebelde, cabeza dura y embarazada que huyó de su casa y que luego tuvo miedo de volver. Los investigadores privados se dieron por vencidos, uno tras otro, pero la abuela nunca perdió la esperanza. Y entonces, muchos años después, obtuvo el premio a su perseverancia. Gracias a una fotografía de Carol que hizo restaurar y que resultó ser idéntica a Olivia, la abuela logró encontrarlas.

Y esa dulce, obstinada y perseverante abuela tenía el rostro de Natalie Seebring.

Por supuesto que no era más que un sueño. Pero al volver a pensarlo, mientras el viejo Toyota las conducía hacia el sur, Olivia lo consideró un buen presagio. Su excitación era cada vez mayor.

Por desgracia, también lo era la ansiedad de Tess. Las preguntas se sucedían sin pausa.

–¿Dónde viviremos?

–En la Casa Grande. Allí tienen un ala vacía, donde nos instalaremos. Ya te lo he dicho, Tess.

–¿Vacía? ¿Como una casa embrujada?

–No te preocupes. Son fantasmas buenos.

–¡Mamá!

–Vale, nada de fantasmas, Tess. Nada de fantasmas.

–¿Qué edad tiene el hombre con el que se va a casar?

–No lo sé.

–¿Y qué edad tienen los demás? A los viejos no les gustan los niños.

–¡Por supuesto que les gustan! Siempre que los niños se porten bien.

–¿Y si aunque me porte bien los pongo nerviosos? ¿Quién más vive en la casa de Natalie?

–Por favor, Tess. No debes llamarla Natalie, sino señora Seebring.

–Pero tú la llamas Natalie.

–No cuando me dirijo a ella. Y además, yo soy adulta.

–¿Y Carl también vive allí?

Olivia suspiró.

–No se trata de Carl sino del señor Burke, y no sé si vive allí.

–¿Tienen cocinera? ¿Criados? ¿Mayordomo?

–No lo sé.

–No creo que pueda aprender a navegar demasiado bien.

–¡Por supuesto que aprenderás!

–¿Llamaste a Cambridge Heath?

–Si. Están cursando tu solicitud.

Justamente esa mañana había hablado con el encargado de las admisiones. Por miedo a que se hubiera perdido algún papel, llevaba consigo copias de la solicitud de Tess y de sus informes médicos. Una segunda carpeta contenía folletos informativos de Braemont, en Providence, y de escuelas en otras tres ciudades de Nueva Inglaterra, todas las cuales tenían museos en los que tal vez Olivia pudiera conseguir trabajo. Una tercera carpeta contenía copias de su currículo y de las cartas ya enviadas. Pensaba mandar una segunda tanda de cartas con su dirección de verano. Sería una excusa tan buena como cualquier otra para recordarles que seguía con vida y que buscaba trabajo.

–¿Y si no consigo ingresar? –insistió Tess.

–Si no consigues ingresar –contestó Olivia por enésima vez–, solo será porque no hay una plaza disponible en quinto curso. En este momento, los cupos están todos cubiertos. Pero suponen que durante el verano se producirán un par de vacantes.

–¿Y por qué va a dejar de ir alguien al colegio?

–Porque la gente se traslada. Los padres de los chicos aceptan empleos en otras partes del país.

–¿Y si eso no sucede?

–En ese caso presentaremos una solicitud para el año siguiente.

–¿Y qué haré yo este año?

Si se llegaban a mudar a otra ciudad, habría otra escuela pública con la posibilidad de una mejor maestra y de un programa mejor para alguien como Tess. En caso contrario, Olivia no sabía lo que haría. La conferencia que mantuvo con Nancy Wright no fue del todo mal. «Es una cuestión demográfica –declaró la mujer con exceso de arrogancia–. Nuestro cuerpo de estudiantes está más adelantado que los demás. No es posible que retrasemos a todos esos niños por unos pocos que no pueden mantener el nivel.» Olivia tuvo que recurrir a la directora de la escuela para conseguir que por fin decidieran que Tess pasaría a quinto curso, pero lo hicieron con renuencia y eso cargaba de responsabilidad a Olivia. Porque le advirtieron con claridad que si algo iba mal no sería por culpa del colegio.

Y en síntesis, ese era el problema con el colegio al que asistía Tess. La mentalidad general les era adversa... el colegio estaba contra ellas. Allí no había compañerismo ni la idea de trabajar en equipo por el bien del alumno. Olivia estaba cada vez más convencida de que a Tess le hacía falta algo distinto.

Estaba pensando en eso cuando salieron de la autopista y, siguiendo las indicaciones de Natalie, tomaron la ruta local. En ese momento Olivia se preguntó qué haría si no era capaz de llevar a cabo el trabajo que le encomendaba Natalie. Escribir cartas no se podía comparar con escribir un libro. Su ordenador tenía corrector ortográfico, pero no se podía pedir que una máquina expresara conceptos ni conectara una idea con otra.

Ese trabajo era fundamental para ella. Si lo perdía en el término de una semana, no habría verano junto al mar, ni té helado bebido en una galería, ni picnics, ni clases de navegación. No habría horas para permanecer perdida en el pasado, ni maravillosas referencias de Natalie, ni conexiones de Carl con gente de California, ninguna palabra de recomendación a alguna persona influyente que tal vez conociera a alguien en algún museo que necesitara una restauradora de fotografías. Si fracasaba no habría salario, y sin dinero podía despedirse del sueño de mandar a Tess a Cambridge Heath.

De manera que tal vez hubiera sido una madre poco responsable al haber alimentado tantas expectativas en su hija. Pero ¿cómo no hacerlo? A Tess hubo que hacerle entrevistas y tests. Olivia no habría podido enviar una solicitud de admisión sin que su hija lo supiera.

Pasaron frente a una señal que marcaba los límites del pueblo de Asquonset. Olivia estaba tan aterrorizada como excitada y supuso que Tess debía de sentir lo mismo.

El camino estaba flanqueado por arbustos bajos y con algún arce o roble ocasional, pero las pocas casas que se veían no parecían florecientes. En el comienzo del camino de tierra había una serie de maquinarias rurales oxidadas y en un corral cercano vieron un carro desvencijado. De no haber estado segura del lugar adonde se dirigía, Olivia habría creído que se encontraban en un pueblo fantasma.

Pero sabía que no era así. A la distancia, había campos labrados donde pastaban un par de caballos elegantes. Además, según Internet, los viñedos de Asquonset eran prósperos. El año anterior habían producido 60.000 barriles de vino, superando en 5.000 el producto del año anterior, y el rendimiento del año actual era aún más prometedor. Los vinos de Asquonset eran muy solicitados en la costa Este. Los de las mejores cosechas se servían en los restaurantes más lujosos, los de precio más moderado eran de consumo familiar y, sin duda, todo ello mejoraría aún más si el matrimonio de Natalie significaba la unión de dos grandes bodegas. No, no había nada muerto allí. Algunas paredes desconchadas en las casas de las afueras del pueblo no lograrían deprimirla.

Más aún, Olivia no estaba dispuesta a juzgar un libro por su portada. Ya había perdido demasiada energía en la vida haciéndolo. Se dejó encandilar por la inteligencia de Jared y por la intensidad de Ted, por la voz de Damien y por el pastel oriental de nueces y miel de Peter. Ninguno de los cuatro le ofreció más en lo que a la relación se refería.

Ahora Olivia tenía ropa nueva, un empleo nuevo y viviría en un lugar nuevo. Ese era un nuevo día. Estaba pasando página.

El centro de Asquonset se materializó exactamente cuando las instrucciones de Natalie decían que se materializaría. Era poco más que un cruce de caminos, con una tienda de emparedados en una esquina, los almacenes Pindman's en otra, una casa en el estilo del lugar que parecía albergar a un abogado, un psiquiatra y un veterinario en la tercera esquina y una casa particular en la última. Los cuatro edificios eran variaciones en madera; el de los emparedados bajo y largo, el de los almacenes angosto y alto, y el edificio de oficinas y la casa de familia eran un término medio entre ambos. Las cuatro construcciones eran amarillas y no habían sido pintadas recientemente, aunque Olivia tuvo la impresión de que ese color desteñido era deliberado. La pareja que en ese momento salía del edificio de oficinas parecía bien vestida y feliz, lo mismo que los dos niños sentados en los escalones de los almacenes Pindman's. Las banderas norteamericanas ondeaban orgullosas. Los buzones estaban pulcramente numerados. Un camión de reparto de FedEx se acercaba por la derecha de Olivia. El conductor hizo sonar la bocina y saludó con la mano al grupo de personas sentadas en la terraza de la tienda de emparedados. «Sin duda deliberado», pensó Olivia. El centro del pueblo era antiguo y tenía un encanto buscado. Sospechaba que debía de haber historias maravillosas referidas a los orígenes de Pindman's, o sobre las distintas encarnaciones del edificio de oficinas. Por su parte, la tienda de emparedados destilaba la personalidad de un lugar de históricas reuniones. Adivinó que regresaría con la cámara a fotografiar ese lugar y que lo haría más de una vez.

El camino comenzó a ascender y pasaron frente al pequeño edificio de ladrillos que era el ayuntamiento, y frente al enorme garaje que era el cuartel de bomberos. Llegaron a la cima de una pequeña colina coronada por una bonita iglesia blanca cuya aguja se erguía luminosa contra el cielo. Pero lo que le quitó el aliento a Olivia fue ver desde allí el mar.

–¡Mira! –exclamó.

–Tengo hambre –contestó Tess–. ¿Aquí no hay restaurantes?

–¡Ahí está el mar! –Pero el mar ya había desaparecido tras los árboles y luego el camino volvía a bajar hacia tierra adentro. Olivia no cabía en sí de excitación–. ¡Esto será maravilloso! –Bajó la ventanilla para que la acariciara el aire cálido y salado.

–Tengo que ir al retrete –anunció Tess.

–Aguanta un poco. No estaremos a más de tres kilómetros del viñedo.

–¡Pero aquí no hay nada! –comentó Tess, y tenía razón. En ese momento lo único que se veía eran corrales cubiertos de arbustos y campos estériles.

Entonces vieron el viñedo, es decir, no exactamente el viñedo sino el letrero que lo anunciaba, pero el efecto fue el mismo. Era un letrero alegre y llamativo, sorprendentemente vívido en un lugar donde todo lo demás parecía apagado. El racimo de uvas que se derramaba desde un vaso de vino estaba pintado en magníficos colores, y el nombre del viñedo estaba escrito en dorado.

Con el corazón latiendo con fuerza, Olivia enfiló un angosto camino de grava. El camino ascendía y descendía alejándose del mar, rodeado de campos de maíz y oscurecido por un bosque de cedros y abedules.

–¿Dónde está la casa? –preguntó Tess instantes después.

Olivia se preguntaba lo mismo. Subieron otra cuesta y el paisaje cambió. A partir de allí, bajos muros de piedra corrían paralelos al camino y, a pesar de que los sembrados crecían en hileras tan ordenadas como las del maíz, eran bajos, apenas se levantaban de la tierra.

–Esas son patatas –le indicó a Tess–. La familia Seebring sembraba patatas y maíz.

–Yo creí que eran uvas.

–Ahora sí, pero no desde siempre. Lo primero que cosecharon fue patatas y eso los salvó durante la Prohibición.

–¿La Prohibición?

–Una época en la que estuvo prohibida la venta de vino. Oficialmente, Asquonset se mantenía con la venta de patatas y maíz.

–Pero ¿también tenían uvas y vendían vino?

–Mucho menos que ahora, pero sí.

–Entonces eran delincuentes.

Olivia no quería que Tess creyera que en Asquonset había algo ilegal y mucho menos que le hiciera preguntas a Natalie.

–Bueno, la Prohibición fue muy impopular. Había más gente en contra que a favor. Por eso no duró mucho tiempo. Desde el principio fue una mala idea. Baja tu ventanilla, Tess. –Cuando Tess lo hizo, Olivia inhaló con fuerza–. ¿Lo hueles?

Tess inhaló.

–Huelo tierra.

–Sí, es tierra. Tierra fértil y húmeda.

–Tendré problemas si aquí hay hiedras venenosas.

–No tendrás problemas. He traído tu medicina. Nunca te enfermas cuando yo la tengo a mano.

Tess no contestó. Iba tan inclinada hacia delante como se lo permitía el cinturón de seguridad y observaba el camino con atención.

–Bueno, ¿dónde está el viñedo?

5

Olivia giró hacia un lugar que a primera vista parecía cubierto de malezas bajas. Pero enseguida notó que había postes, alambres y que el sembrado estaba muy cuidado.

–¡Allí! –declaró, jubilosa.

A medida que el coche se iba acercando con lentitud, se encontraron en medio de un mundo de vides meticulosamente delineadas, cuidadas hileras de troncos y ramas con hojas verde pálido, podadas y guiadas para lograr la máxima exposición al sol.

Algunas hileras tenían carteles. En uno de ellos ponía «Chardonnay» y en otro «Pinot Noir».

A Olivia se le puso carne de gallina. No tenía importancia que las pequeñas bolitas que en junio crecían en las vides apenas se parecieran a uvas. Después de haber devorado con los ojos Asquonset sobre el papel durante meses, en ese momento tenía la sensación de estar en compañía de celebridades.

No, esa no era la analogía correcta. El concepto de celebridades era superficial. En cambio, lo que ella sentía era casi religioso. Avanzó con mayor lentitud por el camino de grava y flanqueado por descendientes de vides que durante siglos habían estado produciendo excelentes vinos europeos y experimentó una especie de reverente silencio interior. Y la reverencia parecía mutua. Imaginó que las vides se habían abierto para darles paso y que se volverían a cerrar a sus espaldas.

–¿Qué ponía en esos carteles, mamá?

–Son los nombres de las uvas. Deben estar colocadas en distintas secciones. Las de la derecha eran Pinot Noir. Ya sabes dónde es la derecha.

Tess confundía la derecha con la izquierda. Pero esa vez señaló el lugar correcto y luego miró hacia el otro lado.

–¿Y esas?

–Riesling –contestó Olivia y lanzó un jadeo–. ¡Oh, Dios!

Un hombre se acababa de levantar entre dos hileras de vides.

–¿Quién es ese? –preguntó Tess.

–Supongo que un trabajador.

–¿Y de dónde ha salido?

–De entre dos hileras de vides.

Ya de pie, el individuo era bastante más alto que el alambre superior del enrejado. Olivia vio pelo castaño, piel tostada por el sol, hombros anchos, un polo marrón al que se le habían arrancado las mangas y rasgado a la altura del cuello. El individuo tenía gafas oscuras, pero no cabía duda de que las estaba mirando.

–¿Y por qué estaba allí?

–Supongo que estaba trabajando.

–¿Y por qué nos espía?

–No nos espía. Solo nos mira. Somos desconocidas y le despertamos curiosidad.

–Mamá –susurró Tess–, ¿por qué vamos tan despacio? No me parece que sea un buen hombre.

Sí, en realidad no parecía una persona agradable, pero Olivia no se había dado cuenta. Aceleró con suavidad.

–Espero que no sean todos como él –dijo Tess una vez estuvieron fuera del alcance del individuo–. Ese hombre no quiere que estemos aquí.

–¿Por qué lo dices?

–Lo decía su expresión.

A Olivia le quedó la impresión de que la cara de ese hombre era bastante apremiante. Sombría e intensa, y apremiante.

–Bueno, ¿y dónde está la casa? –preguntó Tess.

–Ya estamos cerca.

–Muy pronto llegaremos al río –advirtió la pequeña.

¡Bendita criatura! Había estudiado los mapas y comprendido todo lo que Olivia le explicó. Sabía que si tenían el mar a sus espaldas estaban frente al río. «Sí –pensó Olivia–, es inteligente. Lo que le falta es sentido de la distancia, algo que se debe más a la inexperiencia que a la dislexia.»

No se había dado cuenta de que avanzando con lentitud, subiendo, bajando y doblando, habían cruzado apenas una cuarta parte de la península que era propiedad de la familia Seebring.

Entonces vio la Casa Grande. Se apareció con sorprendente rapidez y sin embargo había estado allí todo el tiempo, pero tan cubierta por los árboles de la colina que hasta ese momento no la habían divisado. También era probable que, impresionada por el viñedo, Olivia no la hubiera visto. La Casa Grande le pareció distinta a la de las fotografías que había restaurado. No era ni tan grande ni tan alegre. La planta baja estaba edificada con enormes piedras y la oscurecía un amplio porche techado. El primer piso era de madera, que el aire de mar había teñido de gris. Ambos se unían en un todo duro y escarpado.

No era así en las fotografías; tanto la planta baja como el primer piso parecían suaves y distinguidos. Durante unos instantes Olivia temió haber creado una casa inexistente en el cuarto oscuro, peor aún, temió haber creado en su mente algo que no existía.

«Está bien –pensó–. Sin un punto de referencia, muchas veces en las fotografías se pierde la perspectiva.» En el caso de las fotografías de la Casa Grande, ella había tomado los árboles como punto de referencia, pero los árboles podían ser más altos o más bajos. Si Olivia los hubiera imaginado más grandes de lo que eran, la casa también le habría parecido de mayor tamaño.

Y después estaba el factor tiempo. El viñedo de Asquonset que había conocido era de muchos años atrás. Era lógico que algunas cosas fueran distintas. Pero las ventanas eran las mismas, grandes, hermosas, de vidrios repartidos. Los frontones eran los mismos. El tejado de tejas de madera era el mismo.

El aspecto de la casa tal vez fuera duro, pero tenía los

ojos bien abiertos y las cejas apenas levantadas en un gesto de curiosidad al verlas acercarse. Con las nubes que flotaban por sobre su techo y el viñedo a sus pies, la Casa Grande de Natalie Seebring seguía siendo impresionante.

Mientras recorría la corta distancia final, Olivia se permitió un último sueño. Imaginó que al estacionar frente a la puerta, saldría a recibirlas una Natalie sonriente, seguida por un ejército de servidores que se alinearían a la entrada, ansiosos de ser presentados.

Aparcó en el semicírculo del extremo de un camino de piedra. Un muro bajo, también de piedra, marcaba la forma de media luna del camino. En lo alto de un asta ondeaba la bandera norteamericana y, debajo de ella, la de Rhode Island.

Olivia permaneció unos instantes sentada, esperando. Tal como había imaginado, la puerta del frente tenía mosquitero enmarcado en madera, pero permanecía oscura y solitaria.

Olivia bajó del coche y lo rodeó. Se acercó a la casa, con Tess de la mano. Tenía el corazón en la garganta. En ese momento se jugaba una parte muy importante de su vida.

Los escalones de entrada eran de piedra, cinco en total y anchos. Los subieron, cruzaron el oscuro porche y espiaron hacia dentro.

–¿Hay alguien en casa? –susurró Tess.

Olivia apoyó la oreja contra la puerta.

–Oigo voces.

–¿Hablan de nosotras?

–Lo dudo.

Si no se equivocaba, dentro había problemas. Le parecía oír cómo discutían.

Llamó con suavidad al marco de la puerta mosquitera. En ese momento a las voces distantes se unía la campanilla del teléfono.

Habían llegado en mal momento. Olivia tuvo ganas de volver a subir al coche con Tess, salir hasta el camino principal, esperar allí cinco o diez minutos y luego volver. Era una tontería, por supuesto. Sería una ridiculez que volvieran atrás en ese momento. Además, ya las había visto el hombre del viñedo.

Reunió coraje y pulsó el timbre, un botón de marfil rodeado de hierro forjado. La campanilla resonó. Las voces se acallaron. Instantes después oyeron pasos ligeros que se acercaban. Y enseguida apareció Natalie Seebring.

Cuando las vio y sonrió, a Olivia la recorrió una oleada de alivio. Todo saldría bien. Allí estaba Natalie, y aun con treinta años más que los que tenía en las fotos que ella conocía era hermosa. De estatura normal, delgada, vestía tejanos y un polo con el logo de la bodega en el bolsillo. Pero lo que más atrajo a Olivia fue su rostro. Su piel sedosa, apenas maquillada y con algunas arrugas, mostraba una expresión suave y dulce. El pelo espeso y blanco, un poco despeinado por el viento, le enmarcaba el rostro, y su aspecto era femenino aunque no remilgado. Era muy erguida y ágil, llevaba sus años con orgullo y elegancia y exudaba autoridad.

Olivia se sintió inundada por un repentino respeto.

Sin dejar de sonreír, Natalie abrió la puerta y, en medio de un leve perfume a fresas, les indicó que entraran. Olivia quedó encantada con el interior de la casa. El vestíbulo era grande y en él predominaba el verde. Producía una sensación de Viejo Mundo, con mucha madera oscura interrumpida por varios cuadros. La escalera giraba gradualmente con varios rellanos. En el primero había un gran gato anaranjado. Otro, blanco y negro y más pequeño, se había instalado en un escalón entre el primer y el segundo rellanos.

Olivia notó el instante exacto en que Tess vio los gatos porque su hija contuvo el aliento.

–Han llegado a tiempo –dijo Natalie–. Aquí tenemos una guerra y necesito refuerzos.

Las palabras acababan de salir de su boca cuando otra mujer entró en el vestíbulo. Aparentaba unos sesenta años. Su uniforme gris anunciaba que se trataba de una criada.

–Señora Seebring, la llama su hija por teléfono.

–Olivia, Tess, esta es Marie –dijo Natalie–. Sirve en esta casa desde que tuvo edad para trabajar, hace treinta y cinco años. Y ahora, de repente, ha decidido cambiar de profesión. Me parece ridículo.

–Ya es hora –contestó Marie, tendiéndole un papel que Olivia supuso era su renuncia.

Natalie retiró la mano para no tomarlo.

–No la acepto. Estás contrariada por los cambios, eso es todo. Pero te necesito, Marie.

Marie meneó la cabeza.

–Por lo menos espera hasta después de la boda –suplicó Natalie.

–No puedo –dijo Marie y le entregó el papel a Olivia, tomándola tan desprevenida que esta lo aceptó–. La hija de la señora Seebring la llama por teléfono. La pobre está tratando de hablar con ella. Le pido por favor que la atienda. –Se volvió y se alejó.

–¡Marie! –protestó Natalie.

–Tengo que lavar ropa.

–Eso no me importa –dijo Natalie, pero Marie ya había salido. Natalie suspiró y dirigió una débil sonrisa a Olivia–. Creo que hemos perdido.

Tess asintió.

–¿Esos gatos son suyos?

–Sí. El que está en el rellano es *Maxwell* y el blanco y negro se llama *Bernard*.

–¿Los dos son machos? –preguntó Tess, y lanzó un gritito cuando un tercer gato le rozó una pierna.

–Ese es *Henri* –dijo Natalie, pronunciando el nombre del gato con acento francés–. No debes tenerle miedo.

Tess se arrodilló para acariciar a *Henri*, que era atigrado, blanco y gris.

–No les tengo miedo. Pero no lo vi venir.

–Yo tampoco –dijo Natalie–. Un buen día se presentó aquí muerto de hambre y no pude menos que acogerlo.

Con Tess contenta por el momento, Olivia tuvo aguda conciencia de que el teléfono parpadeaba sobre una mesa de caoba ubicada junto a la escalera.

–Si usted quiere contestar esa llamada, nosotras podemos esperar.

–Es que no quiero –contestó Natalie–. Mi hija está tan descontenta conmigo como Marie. Nadie me comprende. En lo que a ellos se refiere, no soy más que una vieja insensata. No creen que tenga cabeza.

–¡El teléfono, señora Seebring! –se oyó a Marie desde lejos.

Natalie se llevó dos dedos a la sien. Su mirada se encontró con la de Olivia.

–¿Le gustaría que yo contestara la llamada? –preguntó ella.

El alivio de Natalie fue instantáneo.

–¡Por favor! Dígale que en este momento no puedo atenderla.

Olivia se acercó al teléfono, encantada de poder ser útil tan pronto. En voz alta y clara dijo:

–Soy Olivia Jones, la nueva asistente de la señora Seebring. Me temo que en este momento no pueda atender llamadas.

–¿Asistente? –la interrumpió una voz angustiada–. ¿Qué clase de asistente? ¿Y por qué no puede atenderme? Soy su hija. Quiero hablar con ella.

Olivia miró a Natalie, quien levantó una mano, negó con la cabeza y retrocedió un paso.

–Creo que está fuera –le dijo Olivia a la hija de Natalie–. ¿No puede ella llamarla después?

–¡Por supuesto que puede! Pero que lo haga. Está evitando mis llamadas. ¿Dice que se llama Olivia Jones?

–Sí.

–¿Cuándo empezó a trabajar con mi madre?

–Hoy es mi primer día.

–¿Usted sabe lo que está sucediendo?

–Eh... no estoy segura de saber a qué se refiere.

–A la boda.

–Sí. Estoy enterada de eso.

Hubo una pausa, luego la hija de Natalie dijo con tono implorante:

–Tiene que pensárselo mejor. Lo que va a hacer no está bien. Hace apenas seis meses que murió mi padre.

Olivia no supo qué decir. Era una recién llegada, una persona de fuera.

–Creo que ese es un tema que debe tratar con su madre.

–¡Eso es más fácil de decir que de hacer! Mi madre ni siquiera me anunció que pensaba volver a casarse. Sabe que lo que está haciendo está mal. ¡Es vergonzoso!

Desde el otro extremo de la habitación, Natalie dijo:

–Mi hija se niega a aceptar que yo tengo un corazón y que mi corazón palpita, y con fuerza. Cree que soy una vieja reseca.

Olivia no había tapado el auricular con la necesaria rapidez.

–La he oído –atacó Susanne–. Está a su lado, pero es demasiado cobarde para atender mis llamadas. Sabe que no debería hacer esto, sobre todo considerando que le debe tanto a mi padre. Él fundó ese viñedo. Si no fuera por él, mi madre hoy no estaría allí. ¿Quiere transmitirle un mensaje, por favor?

–Sí.

–Dígale que los integrantes de su familia no asistirán a esa boda. Este asunto nos tiene enfermos a mi hermano y a mí. Se suponía que ella quería a mi padre. –Hubo una pequeña pausa–. ¿Para qué dice que la contrató?

–Voy a ayudarla en la oficina.

–¡Dios mío! ¡Lo que faltaba! Están cayendo como moscas. ¿Usted es otra de sus protegidas?

Olivia se sintió un poco ofendida.

–¿Perdón?

–Las toma por lástima, ¿sabe? Algunas trabajan fuera. Marie ha estado allí desde siempre. Otras son maravillas que no duran más de una semana. Mi madre se deja guiar por el instinto. ¿Se lo ha dicho?

–No soy una protegida. He pasado los últimos cuatro años restaurando fotografías para Otis Thurman. He dejado su estudio para venir aquí.

–Ya. Oiga, por favor, no hable. Solo escuche. Estamos preocupados porque tememos que a Natalie le esté fallando la cabeza o que Carl Burke la ha sometido a un lavado de cerebro. No sabemos de qué otra manera explicar esta boda. Así que le suplico que vigile a mi madre. ¿Me llamará si le parece que algunas de esas dos posibilidades es cierta?

Olivia se sintió leal a Natalie, pero se negó a tener un altercado con Susanne.

–Lo intentaré –contestó.

–Se lo agradezco. Por favor, dígale a mi madre que la llamaré la semana que viene. Y ¡bienvenida a Asquonset!

Olivia colgó y se volvió hacia Natalie.

La dueña de casa tenía una expresión de timidez.

–Lo siento. Temo que la he arrastrado al centro del avispero.

Olivia no lo lamentaba. Apenas hacía cinco minutos que había llegado y ya se sentía parte de la familia.

–Su hija parecía angustiada.

–Lo está. Porque no comprende.

–Pero si usted se lo ha explicado...

En el rostro de Natalie se esbozó una expresión culpable.

–¿No se lo ha explicado? –preguntó Olivia, sorprendida–. Tal vez si lo hiciera...

Natalie parecía incapaz de dar esa explicación.

–Es más fácil decirlo que hacerlo. Susanne, lo mismo que su hermano Greg, idolatraba a su padre. Y eso me parece maravilloso. Era lo que yo quería que sucediera. Me esforcé para que así fuera. –Estudió la pared cubierta de libros con una repentina expresión de cansancio–. Así que ahora hay confusiones que es necesario aclarar. ¿Y cómo hacerlo sin hablar mal de los muertos? –Se retorció los dedos–. La dinámica familiar no se parece a ninguna otra cosa en la vida. Uno establece una modalidad desde el principio y después es casi imposible modificarla. A mí siempre me ha costado hablar con mis hijos... me refiero a hablar abiertamente con ellos. Resulta difícil tocar ciertos temas. A veces es más fácil decírselos a una desconocida.

–Como yo.

Por un instante Natalie no respondió. Apoyó una mano

en la cabeza de Tess como para reconfortarse, mientras la niña no dejaba de acariciar a *Henri,* que ronroneaba con fuerza.

–Eso espero.

–¿Todo se refiere a la boda?

–No. Hay otras cosas, muchas cosas. Pero el hilo conductor es siempre Carl. –Miró la puerta por donde acababa de salir Marie y su rostro se aclaró–. ¡Ah! Aquí vienen dos muchachos más. El grandote de la izquierda es *Buck*. El otoño pasado lo abandonó un turista que no pudo soportar que siguiera aullando en el coche. El alto y flaco es Simon, es administrador de mi viñedo. Simon, saluda a Olivia Jones y a su hija Tess.

Olivia vio al hombre del viñedo quien, por lo visto, no era un trabajador, sino nada menos que el administrador. «Bueno, no cabe duda de que es alto –decidió Olivia–, aunque por el vistazo que le eché antes no me pareció delgado.» Pero ahora lo veía de cuerpo entero. La cintura y las caderas, cubiertas por holgados shorts de trabajo, eran delgadas, lo mismo que las piernas, que estaban cubiertas de polvo, igual que sus botas de trabajo y los calcetines que de ellas sobresalían. Tenía las gafas oscuras colocadas sobre la parte superior de la cabeza, casi perdidas en medio de tanto pelo castaño, pero la única faceta cálida de su rostro era la nariz despellejada por el sol. Los ojos eran de un azul frío. El mentón estaba sombreado por una barba incipiente.

El administrador del viñedo de Natalie. «Este puede ser un problema», pensó Olivia, observando a Tess, quien miraba fijamente a Simon. A pesar de que la niña no parecía asustada, no hizo ningún esfuerzo por apartarse de la mano que Natalie seguía apoyando en su cabeza. Esa mano le inspiraba seguridad. Olivia lo sabía.

Simon saludó con una inclinación de la cabeza, primero a Tess y luego a Olivia. «Él no nos quiere aquí», había dicho Tess. Olivia ignoraba si sería así o si ese hombre era simplemente duro y tal vez introvertido.

–Es uno de esos tipos silenciosos –explicó Natalie con

un dejo de cariño y orgullo en la voz–. Igual que su padre. Y hablando de él...

–Está en el cobertizo –informó Simon con voz profunda–. Dice que vendrá dentro de un rato. Yo salgo para Providence.

La sonrisa de Natalie desapareció.

–¡Dios mío! ¿Hay problemas?

–No estoy seguro. Vi algo en las negras que puede ser un principio de moho. Quiero tener una segunda opinión.

Natalie se volvió para explicarle a Olivia.

–Hemos tenido un invierno y una primavera muy húmedos. Teníamos la esperanza de que el sol y el viento secaran las vides. –Se volvió hacia Simon y agregó–: Creí que comerías con nosotros.

A Olivia le pareció notar un gesto irónico en Simon, aunque él mantuvo la mirada fija en Natalie y siguió hablando con tono respetuoso.

–Lo siento. Esta noche no puedo. –Con una breve mirada en dirección a Olivia, se volvió y salió. *Buck* lo siguió.

Sonó el teléfono.

Natalie suspiró y dijo:

–Debe de ser mi hijo. En cuanto termina de hablar conmigo, Susanne lo llama para quejarse.

Olivia dirigió una rápida mirada al teléfono.

–¿Quiere que atienda?

–Por favor.

Olivia cogió el auricular.

–Residencia Seebring.

–¿Estoy hablando con Olivia Jones? –preguntó una voz autoritaria y por un instante Olivia temió haber cometido un crimen y que la estuviera persiguiendo el FBI o, peor aún, Ted.

Pero no era Ted. Además, ella acababa de llegar. Pese a todo, una llamada como esa sería típica de Ted. ¿Estaría utilizando a un amigo para disimular?

–¿Quién habla? –preguntó con cautela.

–Greg Seebring. ¿Usted es Olivia?

Eso la relajó. Natalie tenía razón. Susanne debía de haberle dado su nombre al hermano. No había cometido ningún crimen y, mejor aún, el que llamaba no era Ted.

–Sí, soy Olivia.

–Soy el hijo de Natalie y, permítame decirle que no tengo tiempo para esta clase de llamadas. En este momento tengo problemas personales, pero mi hermana me está volviendo loco porque mi madre la está volviendo loca. Solo quiero decirle esto: Natalie se está comportando de una manera muy extraña. Esta boda es inapropiada y el momento no podría ser peor. Sospecho que, con la desaparición de papá, lo que ella necesita es apoyarse en alguien y la persona más cercana que encontró fue Carl. Tal vez haya una conspiración de los Burke para quedarse con el viñedo, todavía no lo sé, pero si es así, no dará resultado.

Olivia había estado pensando en la unión amigable y familiar de dos familias poderosas. No era necesario ser economista para saber que una unión de empresas también podía ser hostil.

–Tal vez debería hablar con su madre –sugirió.

–No tengo tiempo para eso, ni la energía necesaria. Mi madre y yo funcionamos en niveles totalmente distintos. Solo quería que usted supiera que sabemos lo que está sucediendo y que si usted hace algo para apoyar la causa de los Burke, la consideraremos parte de la conspiración. ¡Dios Santo! Tal vez lo sea de todos modos. ¿La ha contratado Carl?

–No, y no entiendo nada de lo que usted está diciendo.

–¡Por Dios! –exclamó él con una carcajada–. Yo trato con animales políticos todos los días y lo único que sé es que cuando dicen no saber nada, saben bastante. Considérese advertida. Transmítale saludos a mi madre. –Y colgó.

Olivia hizo lo propio mientras por primera vez se preguntaba cuál sería la exacta naturaleza del avispero mencionado por Natalie. Que una bodega absorbiera a otra era un asunto serio. La familia podía resultar deshecha. Natalie podría trasladarse a Napa. Tal vez Asquonset quebrara. Olivia podría quedar implicada en un juicio que tal vez duraría años.

–Está furioso –dijo Natalie.

Su voz interrumpió las especulaciones de Olivia.

–Parece preocupado. –Era una manera más suave de definir la actitud de su hijo.

–Pero no lo suficiente como para subirse a un avión y venir a Asquonset –replicó Natalie–. ¿Mencionó su teoría de la conspiración?

–Pues... de pasada.

En los ojos de Natalie se pintó una expresión de tristeza.

–Este debería ser un momento feliz –dijo, y por un instante se dejó llevar por la pena. Luego se irguió y recuperó su aire resuelto–. Es una época feliz. Venga, le mostraré la casa. Después quiero que conozca a Carl.

6

Olivia ya había comprobado que la Casa Grande no era tan grande como imaginaba; sin embargo su interior la sorprendió. A lo largo de muchos meses y de tantas fotografías, había imaginado habitación por habitación, alcoba por alcoba, sofá por sofá, sillas estilo Luis XVI con los fantasmas de invitados comiendo, conversando, durmiendo. Lo que vio en la realidad era más pequeño y sencillo, exquisitamente amueblado, con el sello de haber sido hecho por decorador y con todas las comodidades modernas, y bastante informal. Sin dejarse amilanar, Olivia corrigió sus pensamientos y pasó de lo grandioso y enorme a lo encantador y pequeño. En ese lugar no habría grandes galas. Los visitantes serían cuidadosamente elegidos. Las fiestas serían íntimas. La planta baja consistía en un comedor, con la cocina a un lado y el salón al otro. Junto al salón había una sala de estar y un estudio.

–Al principio estos eran dormitorios –explicó Natalie–. Cuando la familia aumentó, agregamos el primer piso.

El primer piso tenía cuatro dormitorios. La puerta de uno de ellos estaba cerrada, pero Natalie les mostró los demás, a cual más hermoso, pero todos alegres, informales y cálidos. Sin embargo, todavía no había visto lo mejor. En un extremo del vestíbulo había una estrecha escalera. Conducía a un ambiente muy ventilado que daba a la parte trasera de la casa, a colinas cubiertas de viñas. Era el despacho de Natalie, completo, hasta con un gato llamado *Achmed*.

–¿*Achmed*? –preguntó Tess, acercándose al felino.

–Es un gato persa. Mi veterinario consideró que sería un agregado digno para su consultorio, pero *Achmed* causó estragos entre los otros pacientes. Por eso os dije que no admitía animalitos domésticos. Si aquí entrara un perro, se armaría un verdadero revuelo. *Achmed* es temperamental. Sin embargo tú le has gustado, Tess. Mira eso.

Tess estaba arrodillada, con los ojos a la altura de los del gato persa, que permanecía sentado muy erguido sobre un banquito tapizado en brocado, y no parecía molestarle que la pequeña lo acariciara.

–*Achmed* se queda aquí arriba –explicó Natalie–. No se relaciona con los bastardos de la planta baja. *Achmed*. El nombre es apropiado, ¿verdad?

–A mí me parece que sí –contestó Tess.

–Yo llamo a este lugar mi loft –le explicó Natalie a Olivia–. Aquí trabajaremos nosotras.

Olivia estaba tan encantada con el lugar como Tess con el gato. Las luces del techo y el ordenador eran las únicas concesiones modernas. El escritorio era de madera oscura, había dos sillones tapizados, el sofá estaba tapizado en pana y las paredes cubiertas de estantes con infinidad de libros. Las lámparas eran de bronce con pantallas antiguas. La alfombra estaba desteñida y con los bordes gastados. Hasta *Achmed* tenía un aire antiguo.

En esa habitación el tiempo no pasaba. Olivia no podía imaginar un lugar más indicado para escribir una historia del pasado. El lugar hasta olía a viejo, en el sentido más agradable. No le habría costado nada quedarse allí el resto de la tarde.

Pero Natalie tenía otras ideas. Después de asegurarle a Tess que más tarde tendría tiempo de estar con los gatos, las llevó de regreso a la planta baja, cruzaron el vestíbulo y por un pasillo pasaron al ala nueva de la casa. También era más pequeña de lo que Olivia suponía. En lugar de varias habitaciones con una zona central, eran solo tres pequeños dormitorios edificados en el patio posterior. Sin embargo, les sobraba encanto. Estaban sencilla pero hermosamente amueblados; en cada uno de ellos había una cama, un cómodo sillón, un escritorio y una cómoda. No un exceso de muebles, solo los necesarios. Las cortinas eran de telas estampadas con flores y hacían juego con las colchas. Las alfombras eran de un solo color y mullidas.

Una de las habitaciones estaba separada de las demás. Las otras dos estaban conectadas por un amplio baño. Hacia allí las guió Natalie.

–Yo quiero la azul –susurró Tess, excitada, levantando la cabeza para mirar a Olivia.

Olivia estaba tan contenta de que la pequeña se sintiera feliz que le habría permitido elegir la que quisiera. Pero en realidad ella prefería el otro cuarto. Era verde, su color favorito, y un poco más amplio que el azul. Y lo mejor era que tenía un asiento debajo de la ventana, desde donde el paisaje quitaba el aliento. Más allá del toldo se alcanzaba a ver un extremo del patio rodeado de parterres de flores de brillantes colores y senderos. Al pie de la colina alcanzaba a ver el viñedo, más allá el bosque y, a la distancia, hasta se veía un brumoso trozo de mar.

Ya no le interesaba el despacho de Natalie. Olivia se habría contentado con pasar el resto del día instalada en el asiento de esa ventana.

Pero una vez más, la idea de Natalie era otra. Había hecho los arreglos necesarios para que la hija de una de las empleadas de la oficina llevara de paseo a Tess. La chica tenía trece años, una cascada de rizos rubios y vestía un top y tejanos. Miró a Tess con una ancha sonrisa. Tess de inmediato le correspondió. En cuanto las pequeñas salieron, Natalie llevó a Olivia de regreso al loft.

Tomó del escritorio una fotografía, una que Olivia no había visto hasta entonces. Era pequeña y de grano grueso, una instantánea en blanco y negro de un jovencito apoyado contra el borde de un carro tirado por caballos y lleno de toneles. El chico lucía una camisa sucia y un mono rasgado a la altura del muslo, gastado en las rodillas. Los pantalones le quedaban tan cortos que dejaban a la vista unos calcetines sucios y unos gastados zapatos.

Olivia conocía bastante sobre fotografías antiguas como para adivinar que esa había sido tomada durante la Depresión. La ropa era la misma, el fondo baldío y la expresión del chico sombría. Parecía de trece años. Probablemente tuviera diez. Sabía que los tiempos difíciles avejentaban.

Entonces Natalie comenzó a hablar. Su voz era tan clara, el fluir de sus palabras tan fácil, que a Olivia ya le pareció ver que el libro tomaba forma.

–¿Alguna vez has tratado de ubicar tu primer recuerdo? Yo lo he intentado a lo largo de los años porque quería que los míos fueran distintos. A veces simulo que es así. A veces recuerdo cosas de mis cuatro años, y vuelvo a oír el silencio que reinaba entre mis padres y percibo la tensión. Pero no alcanzo a visualizar una escena concreta. No puedo verme de pie en un lugar determinado, o mirando algo determinado.

»Debí ser capaz de hacerlo a los cuatro años, y hasta a los tres. Posiblemente tú puedas. Pero durante los días siguientes al Jueves Negro el trastorno de nuestras vidas fue tan total, que borró todos mis recuerdos anteriores.

»Los reprimí. Recordar era demasiado doloroso. Habíamos sido ricos y de repente éramos pobres. Cualquier recuerdo que conserve de ese temprano silencio y de esa tensión es simplemente una reconstrucción de lo que más tarde supe era la realidad.

»Mi recuerdo más temprano... el que logro conjurar en colores, en el que recuerdo hasta la hora, el tiempo y la ropa que llevaba puesta, tuvo lugar cuando tenía cinco años, el día en que nos mudamos a Asquonset.

–¿Usted tenía cinco años cuando llegó aquí? –preguntó Olivia.

–Sí. Cinco.

–¡Ah! ¿Entonces su familia era dueña de Asquonset?

Natalie sonrió.

–¡Ah! Usted creía que Asquonset era propiedad de mi marido. No, no se sienta incómoda. No es la única. Alexander siempre fue el rostro público de Asquonset, así que la gente supone que fue el primero en llegar. Será el primer concepto equivocado que mi historia intentará corregir.

Sin duda, otro concepto debía referirse a posibilidades

económicas. «Habíamos sido ricos, y de repente éramos pobres.» Aún después de haber trabajado en las primeras fotografías, Olivia nunca creyó que la pobreza ocupara un lugar en esa historia. Estaba intentando cambiar el concepto de pobreza a riqueza, cuando Natalie prosiguió.

–Hoy en día está de moda mudarse de la ciudad al campo, pero en noviembre de 1930, en aquella sociedad cuyas raíces estaban atadas a la bolsa de valores, hacerlo era una demostración de fracaso.

»Mi padre era dueño de un banco. El suyo fue uno de los tantos que se desmoronaron después de la caída de la Bolsa. ¿Podía él haberlo salvado? Le aseguro que lo intentó. Vendió nuestra casa de Newport. Vendió Pierce Arrow. Hasta vendió nuestras reliquias de familia. Pero el banco había prestado una excesiva cantidad de dinero a demasiados especuladores. Además, nosotros habíamos estado comprando demasiado, también.

»Las pérdidas provocadas por la caída de la Bolsa fueron incalculables. Mi padre vendió nuestra casa de Nueva York, el coche, hasta el anillo de brillantes de mi madre, todo con tal de pagar deudas y poder volver a empezar con la conciencia limpia.

»Trate de imaginar la pena que tenía. Le había fallado a la gente que le confió su dinero. Muchos de ellos eran amigos íntimos. Algunos vendieron sus casas y todas sus posesiones de valor, lo mismo que nosotros. Otros fueron vistos en las colas para comprar pan. Otros sufrieron destinos peores. Recuerdo el silencio que se producía en la mesa, años después, cuando alguien mencionaba un nombre u otro. En los días inmediatamente anteriores o después de la caída de la Bolsa, mis padres habían perdido más de un amigo, hombres que prefirieron el suicidio con tal de no sufrir la humillación, la vergüenza y el dolor de la ruina total.

»Mi padre sufrió las tres cosas. No solo les había fallado a sus amigos, sino a su propia familia. Habíamos tenido dinero, pero había desaparecido. La granja era todo lo que nos quedaba. Abandonamos la ciudad deshonrados.

Se interrumpió. Su expresión era de pena, sus ojos se perdían en la lejanía.

–¿Y usted alcanzó a sentirlo? –preguntó Olivia con suavidad.

Natalie tardó en contestarle, en volver a ese lugar tan lejano en el tiempo.

–¿La deshonra? Sí, la sentí –dijo con voz tranquila, pero con una timidez que no había antes en ella. Su mirada rehuyó la de Olivia.

–¿La gente le decía cosas desagradables?

Ella se estudió las manos.

–No lo sé. Yo era demasiado pequeña para comprenderlo, o para recordarlo. Mi hermano nunca mencionó nada al respecto. Tal vez yo lo haya borrado.

–¿Usted tenía un hermano?

–Sí. Brad, cuatro años mayor que yo.

–Y sin embargo usted heredó el viñedo.

–Brad optó por largarse muy temprano –contestó Natalie. Y volvió a quedar en silencio.

Olivia quería hacer más preguntas, pero no sabía si sería el momento indicado. Natalie había dicho que la curiosidad era un elemento indispensable para ese trabajo. Pero ¿durante lo que era un momento sin duda doloroso?

El silencio le pareció bien. Tenía la sensación de que Natalie lo necesitaba. A los pocos instantes la dueña de casa volvió a fijarse en la fotografía del muchacho y pareció encontrar nuevas fuerzas.

–Mis padres estaban aterrorizados. No lo decían. No hablaron mucho mientras nos prepararon para el viaje y abandonamos la casa de Nueva York, pero cuando lo pienso tantos años después, imagino lo que sentían. Nuestro mundo había cambiado de una manera radical. La vida, tal como la conocíamos, había llegado a su fin.

»Mi hermano Brad, que en ese momento tenía nueve años, fue quien, muchos años después, me habló de ese día frío y oscuro de noviembre en que abandonamos Nueva York. Tomamos el tren a Providence, como lo habíamos hecho tantas veces para ir a nuestra casa de Newport. Pero en esas otras ocasiones íbamos de vacaciones, con ropa nueva, cargados de maletas llenas de más ropa nueva, y al llegar a destino nos esperaba nuestro chófer con un coche último modelo. Esa vez, en cambio, nuestra ropa era más usada, las maletas y baúles estaban llenos de todas nuestras posesiones terrenales y ni siquiera viajamos en el pullman de primera clase. En Providence nos esperaba uno de los pocos empleados que todavía conservaba mi padre.

»Se llamaba Jeremiah Burke. Mi padre lo había hecho venir de Irlanda, años antes, para que se encargara de sembrar y cosechar nuestras patatas. En esa época, la granja era el hobby de papá, el lugar al que recurría cuando quería olvidarse del resto de su vida. Solía volver a Nueva York con tierra bajo las uñas y eso lo enorgullecía. Hobby o no, a él le gustaba hacer las cosas bien. Aun en eso, era un hombre competitivo.

»De ahí Jeremiah Burke. Jeremiah no solo sabía todo lo que se refería a la cosecha de patatas, sino que también sabía dirigir una granja. A los pocos meses de nuestra llegada, mi padre le encargó que lo hiciera.

»Jeremiah llegó de Irlanda con una esposa y una criatura. Los tres habían vivido hasta entonces en la casa de piedra de la granja que en adelante sería nuestro hogar. Ese día de llovizna, Jeremiah nos pasó a buscar en el viejo camión de trabajo que usaba en la granja. A pesar de que lo había limpiado todo lo posible, todavía olía a tierra. Para nosotros era un olor desconocido, un olor duro, que agregaba un elemento más al miedo que teníamos.

»Apilamos nuestros baúles en la parte trasera y nos amontonamos en la cabina. En años posteriores, mi hermano y yo trepábamos a la caja del camión. Sin embargo ese día, según me contó mi hermano, nos amontonamos en la cabina, cada uno de los chicos en el regazo de uno de nuestros padres y con Jeremiah al volante. Si el amontonamiento provoca incomodidad, estábamos demasiado entumecidos para sentirlo. Hasta mi padre guardaba silencio.

»Salimos de Providence hacia el sur. Cuando terminó el camino pavimentado, seguimos a los tumbos por caminos de tierra, pero yo no lo recuerdo, como tampoco nuestra llegada a Asquonset. Brad me dijo que el lugar era deprimente, y estoy segura de que lo era. Estábamos acostumbrados al lujo. Asquonset era cualquier cosa menos lujoso.

–No me lo puedo imaginar –dijo Olivia.

–Porque eres amable.

–No. Hablo en serio. ¡Este es un lugar tan hermoso!

–Ahora.

–Hasta la tierra lo es. Supongo que también debe de haber sido hermosa antes.

Natalie sonrió.

–¡Qué buena chica! He elegido la persona indicada. Tienes buen corazón. Solo tendremos que afinar tu perspectiva de la realidad. Es posible que yo no recuerde la primera vez que vi este lugar, pero no te quepa duda de que recuerdo otros momentos posteriores. «Hermoso» no es un adjetivo que yo hubiera utilizado para describir Asquonset en aquella época.

»Los Burke se habían mudado a una pequeña casita que había en la propiedad dejándonos la casa de piedra de la granja, y mi padre hizo todo lo que pudo. Los muebles que conservamos habían sido enviados antes de nuestra llegada y ya estaban en su lugar en el salón, la cocina y los dormitorios. Brida, la mujer de Jeremiah, había limpiado la casa a fondo y la dejó tan brillante como podía quedar un edificio construido en 1870, pero era tan distinto como la noche al día del hogar que teníamos en Nueva York. Como se acostumbraba en el campo, los techos eran bajos para que el fuego pudiera eliminar con más facilidad la humedad y el frío, y por suerte teníamos agua corriente. En eso fuimos afortunados. Pero el lugar era pequeño, encerrado, oscuro y estaba completamente aislado en esta colina ventosa. Era una metáfora de nuestras vidas.

Natalie dejó de hablar. Su mirada era distante y movía una mano con suavidad sobre la fotografía.

–¿Quién es este chico? –preguntó Olivia.

Natalie la miró, sobresaltada. Tardó en volver en sí y sonreír.

–¿Este chico? –Levantó la fotografía–. Este chico es mi primer recuerdo claro.

»Llegamos a Asquonset a última hora de la tarde. Yo estaba fuera, en un campo en el que seis semanas antes se había llevado a cabo la cosecha de patatas. No sé con seguridad cómo llegué allí. Dudo que mis padres me hubieran permitido salir bajo la lluvia. Supongo que debían de estar deshaciendo el equipaje en la casa y no me vieron salir.

»Yo debía de estar desesperada por escapar. Entre la melancolía de mis padres y los techos bajos supongo que me sentía ahogada.

»El campo estaba desnudo, no quedaba más que tierra y lluvia. Caminé lo más lejos y lo más rápido que pude, pero estaba lo suficientemente asustada para no perder de vista la casa. En ese momento se la veía pequeña y distante. Pero estaba allí.

»Nunca lo olvidaré. Yo llevaba un sombrerito, como lo habría hecho en Nueva York. Era de fieltro, tenía ala pequeña y cintas que lo aseguraban debajo de mi barbilla. El pobre sombrerito no podía contra la lluvia. Con cada paso que daba se me mojaba más el pelo hasta que terminó colgando en mechones empapados alrededor de mi rostro. También calzaba un par de sandalias que esa mañana habían sido blancas. Se habían rayado un poco durante el viaje desde Nueva York, pero allí afuera, en el campo, quedaron cubiertas de barro. Me incliné para limpiarlas. Cuando me erguí, el borde de mi abrigo también estaba embarrado.

»El abrigo y el vestido eran celestes. Eran las mejores ropas viejas que todavía me servían. Horrorizada, traté de limpiar las manchas, pero solo conseguí extender el barro. Me empezó a doler el estómago. La sensación de pérdida iba mucho más allá de mi ropa. Entonces vi a Carl.

En ese momento Natalie estaba perdida en la fotografía que sostenía como si fuera de oro.

Olivia demoró un instante en relacionarlo todo.

–¿Este es Carl?

–Sí –contestó Natalie con un suspiro de contento.

–¿Era el hijo de Jeremiah?

–¿Por qué tanta sorpresa?

¿Por qué tanta sorpresa? El escenario soñado por Olivia era, de repente, totalmente equivocado.

–Yo solo... solo supuse que Carl era una amistad reciente. Creí que procedía de otra parte.

–Bueno, ten en cuenta que nació en Irlanda. Pero justo empezaba a caminar cuando sus padres lo trajeron a este lugar. En esa época se llamaba Seamus. Pero en algún momento de su vida la gente empezó a llamarlo Carl. Él no conserva el acento irlandés que tenía su padre.

La cuestión geográfica no era la más importante. Olivia hablaba de estatus social. Imaginaba que Natalie se iba a casar con alguien de la alta sociedad. Pero era algo que no podía decir si no quería quedar como una esnob, cosa que Dios sabía que no era. Pero como se trataba de una fantasía, ella había imaginado que el novio era un príncipe.

–Supuse que sería otro bodeguero de estirpe –dijo con tacto.

Natalie esbozó una sonrisa.

–¡Ah, pero lo es! Es más viñatero y bodeguero que cualquier otra persona que yo haya conocido en los últimos setenta años. No porque lo haya sabido ese primer día. Pasó bastante tiempo antes de que me enterara de lo que se cultivaba del otro lado de la colina. Recuerde que vivíamos en 1930. Seguía rigiendo la Prohibición. No hablábamos acerca de cultivar uvas ni de hacer vino, y le aseguro que ni se nos ocurría mencionar que vendíamos lo que producíamos. Se suponía que no debíamos hacer lo que estábamos haciendo.

Olivia no lograba sobreponerse a la idea de que Carl Burke hubiera sido un empleado. Pero cuanto más miraba su fotografía, más familiar le resultaba. Había visto antes esa cara. Estaba en alguna de las fotografías restauradas por ella. Entonces ya era un hombre adulto, pero los ojos eran los mismos, serenos hasta la impasibilidad, y con cada instante que pasaba a Olivia le resultaban más familiares.

–¿Y qué más recuerda de ese momento? –preguntó–. ¿Qué le dijo él, allí, en el campo?

Pero Natalie había bajado la fotografía. Miraba la puerta y en sus ojos había una luz especial. Olivia siguió la dirección de su mirada. El reconocimiento fue instantáneo.

Carl Burke fue un chico apuesto y, al crecer, se había convertido en un hombre apuesto. Ya tenía casi ochenta años y se había ganado el derecho de ser áspero y desgarbado. Pero se erguía muy alto y si ser áspero significaba tener una mata de pelo blanco, una cara curtida y apuesta, y un aire de dignidad, Olivia compartía esa definición. Ella misma se habría enamorado a primera vista de ese hombre, si no estuviera ya comprometido.

Natalie le tomó la mano.

–Entra y conoce a Olivia, Carl. –Con aire de estar completamente complacida, lo hizo adelantarse–. Carl Burke... Olivia Jones.

–Bienvenida –dijo Carl. Hablaba en voz baja. Considerada en sí misma, esa voz podría haber parecido desapasionada. Pero si se la consideraba junto con la calidez de sus ojos era... sí, bondadosa y decididamente sincera–. Acabo de conocer a su hija. Es un encanto.

–Y Olivia acaba de conocer a tu hijo.

Olivia frunció el entrecejo.

–¿Su hijo?

–Simon. Lo conociste abajo, en el vestíbulo.

¡Dios mío! Simon. El administrador del viñedo. El hombre de los ojos azul oscuro. El tipo silencioso. Natalie había dicho con cariño: «Igual a su padre».

Olivia había supuesto que a los Seebring sencillamente les enorgullecía contratar a varias personas de una misma familia. Como no conocía el apellido de Simon y suponía que Carl era una especie de aristócrata, nunca se le ocurrió relacionar a los dos hombres. Sin embargo, de repente le pareció lo más sensato del mundo. Además, explicaba el comentario de Greg Seebring acerca de la conspiración de los Burke para quedarse con el viñedo. Y en ese momento, al mirar a Carl, Olivia notó el parecido entre ambos. Padre e hijo tenían los mismos ojos serenos. Por cierto que los de

Carl eran más cálidos que los de Simon, pero ninguno de los dos parecía taimado.

Por supuesto que Olivia había considerado interesante a Ted. También consideró responsable a Jared y supuso que cualquiera que cocinara tan bien como Peter debía de tener tendencias hogareñas. Se equivocó en todos los casos. Tal vez también en este estuviera equivocada.

–Lo siento –le dijo a Carl, incómoda–. No me di cuenta de que Simon era hijo suyo. Creo que hoy estoy un poco lenta para todo.

Carl le quitó importancia.

–¿Simon le ha mostrado un poco los alrededores?

Natalie se encargó de contestar.

–No tuvo tiempo. Salía para Providence. Cree que es posible que tengamos un problema de moho.

Carl lanzó un resoplido.

–No me asombraría, con este tiempo. –Se volvió hacia Olivia–. El trabajo en el campo nunca es fácil. –Señaló la puerta–. Le he subido las maletas. Pero no sabía cuál debía colocar en qué cuarto.

Olivia pensaba subir ella misma el equipaje.

–No era necesario que se molestara.

–¡Por supuesto que debía subir sus maletas! Nosotros las queremos tener aquí. Yo solo estoy haciendo mi parte para que estén bien instaladas y no cambien de idea. –Se volvió hacia Natalie y le habló con seriedad–. Hemos perdido a Paolo. Se va con Marie. –Pronunció los dos nombres de una manera maravillosa, con un dejo de acento extranjero pero que no parecía irlandés.

Natalie bajó la cabeza. Lanzó un suspiro de resignación y le explicó a Olivia:

–Una explotación como la nuestra exige una gran cantidad de maquinaria. Además de ayudar a Simon, Paolo es... era nuestro mecánico. Te aseguro que no bromeaba cuando te hablé de un avispero. Aquí estamos viviendo una revuelta doméstica.

Olivia los miró alternativamente.

–¿Y todo a causa de la boda?

Natalie se acercó a Carl. Las manos de ambos se enlazaron y encontraron en lugar no demasiado visible detrás de Natalie, pero Olivia lo notó. Cualquier persona romántica lo habría notado. Fue un gesto dulce, la señal de que compartían fuerzas y tanto más porque trataron de disimularlo. Olivia se sintió conmovida.

–No se trata solo de la boda –explicó Natalie–. También es en parte por la muerte de Al. Él mimaba a esta gente. Les regalaba flores cuando cumplían años y les daba bonos por Navidad. En cambio yo era la que los hacía trabajar. Les decía lo que era necesario que hicieran. Si lavaban un suelo y lo notaba pegajoso, les ordenaba que lo volvieran a lavar. Si la cubertería estaba manchada en la parte de atrás, los hacía volver a limpiarla. Nunca me han gustado los trabajos a medio hacer. Por desgracia, a veces eso crea dificultades. Así que Alexander era el que los amansaba. Él aplicaba ungüentos después de que yo hiciera restallar el látigo. Él era el bueno, yo la malvada. Cuando Al murió, ellos tuvieron la sensación de perder a su mejor amigo.

–Y ahora ella se casa conmigo –intervino Carl–. Muchos de ellos se sienten traicionados.

–Porque no comprenden lo que sentimos –dijo Natalie.

–Bueno, deberían comprenderlo –insistió él con más fuego del que Olivia había visto hasta ese momento–. Esas personas no conocen los asuntos del corazón. Paolo suspiró durante doce años por Marie antes de que ella se diera cuenta de lo que él sentía y Anne Marie, la recepcionista de la oficina, acaba de anunciar que en cuanto termine los trámites de su divorcio, se casará con su novio del instituto, el novio de hace treinta años.

Natalie abrió mucho los ojos.

–¿Ella también se va?

–No, pero podría ponerse de nuestra parte más de lo que lo hace... aunque no nos ayudaría mucho considerando que la oficina de la bodega está separada del resto de los edificios del viñedo.

Natalie le explicó a Olivia de qué se trataba:

–Asquonset tiene tres divisiones. El viñedo produce las uvas. La bodega transforma las uvas en vino. El personal corporativo se encarga de vender el vino a restaurantes y supermercados. Y como las oficinas corporativas están ubicadas en el otro extremo de nuestras tierras, allí el personal está aislado. –Lanzó un suspiro de cansancio–. Nuestro contable acaba de renunciar, pero era algo que ya se veía venir. Era un amigo de muchos años de mi difunto marido y hace tiempo que amenazaba con jubilarse. El resto del personal de la oficina es nuevo y mucho más joven. Viven en pueblos de la zona y trabajan de nueve de la mañana a cinco de la tarde, tienen cuatro semanas de vacaciones pagadas por año, Seguridad Social, jubilación y todo lo demás. Ellos no se irán. Tampoco se irá nadie de la bodega. El éxito trae consigo la lealtad y nosotros hemos tenido mucho éxito. Nuestro enólogo se ha hecho un nombre en los círculos de la viticultura, en gran parte por la libertad y el dinero que le proporcionamos para que trabaje lo mejor posible. Así que él no nos dejará.

–El problema –intervino Carl– lo tenemos con los empleados que hace tiempo trabajan aquí. Algunos, como el contable, se acercan a la edad de jubilación y se habrían ido de todas maneras. Otros no. Pero el motivo es el que acaba de explicarle Nat. Querían a Alexander. Él era quien les daba todo lo mejor. Si uno se lo preguntara, dirían que fue él quien los contrató.

Natalie frunció el entrecejo.

–Pero no fue así. Fui yo quien publicó los anuncios, hizo las entrevistas y contrató al personal.

Carl le tocó la mejilla y dijo con ternura:

–Nosotros tenemos conciencia de eso. Ellos no.

Natalie se tranquilizó enseguida. Respiró hondo y dijo:

–Sí. Esa es la síntesis del problema. –Su mirada se encontró con la de Olivia–. Nunca hubo por qué aclarar ese asunto. Mi marido tenía más necesidad de destacarse que yo, así que permití que lo hiciera. Por desgracia, ahora eso juega en mi contra. Todos consideraban que Alexander era el padre del viñedo. Lo querían. Le eran leales. Y esa lealtad sigue existiendo. Igual que mis hijos, les ofende que vuelva a casarme tan poco tiempo después de enviudar.

–Y con alguien socialmente tan inferior –acotó Carl en voz baja pero con convicción.

–¡Bueno, son todos unos ignorantes! –declaró Natalie.

–Ignorantes o no, nos están dejando plantados.

–¿Cuántos se han ido? –preguntó Olivia.

–Contando a Paolo, ya son cuatro –contestó Natalie.

–¿Cuatro en un total de cuántos?

–Trece. El viñedo ocupa a Simon, su asistente, un campesino y Paolo. En la bodega tenemos dos operarios a tiempo completo: el maestro viñatero y su asistente. Hay cuatro en la oficina: un contable, un director de marketing, un jefe de ventas y una recepcionista. Y aquí en la casa hay tres: una criada, una cocinera y un jardinero. El primero en renunciar fue el campesino. Le tenía rencor a Carl porque él nombró a una mujer en un puesto superior al suyo.

–Y el rencor aumentó cuando Simon se hizo cargo de la dirección del viñedo y el campesino siguió en sus tareas habituales en lugar de haber sido ascendido –explicó Carl.

Natalie terminó con la historia:

–Poco después perdimos al contable y ahora a Marie y Paolo. –Miró a Carl–. ¿Se supone que habrá más deserciones?

–Joaquim ha empezado a quejarse.

De nuevo Carl pronunció el nombre con elegancia, y en ese caso fue un suave «Juaquin».

–Joaquim –repitió Olivia, maravillada por la belleza de los nombres.

La sonrisa de Natalie demostraba sorpresa.

–Lo has pronunciado bien. Es un nombre portugués. Gran parte de nuestro personal ha sido siempre portugués, porque muy cerca, del otro lado de la frontera de Massachusetts, hay mucha gente de esa nacionalidad. Joaquim es el jardinero, pero en realidad sabe hacer de todo. Su mujer es nuestra cocinera. –De repente habló con fiereza–: ¡Por favor, Carl, trata de convencerlos de que se queden! Si él se va, también se irá Madalena. Yo no puedo arreglarme sin mi cocinera, tan poco tiempo antes de la boda. –De repente, desafiante, se irguió y se volvió hacia Olivia–. Pero son ellos los que pierden. Con o sin ellos, Asquonset es sólido. Y eso se lo debemos agradecer a Carl.

Carl se ruborizó.

–¡Vamos, Nat!

–Se lo debemos a Carl y a Simon –se corrigió ella, pero dividió el mérito con idéntica vehemencia–. Las viñas están más fuertes cada año. La producción crece. Las uvas están más equilibradas. Nuestros vinos son cada vez más conocidos y apreciados. –Dirigió una mirada cautelosa a Carl–. ¿Tendrá razón Simon? ¿Habrá un problema en las Pinot Noir?

–Tal vez lo haya.

–¿Entonces quiere decir que no está huyendo?

–Sí, por supuesto que huye –concedió Carl con una pequeña sonrisa–. Pero es probable que tenga una excusa válida.

Olivia se preguntaba de qué huiría ese hombre, cuando Natalie le dijo:

–Ahí tienes la situación. Nuestro personal se ha reducido, el viñedo está demasiado húmedo y no cabe duda de que antes de que termine el verano mis hijos crearán más problemas. Así que, querida, no solo escribirás mi biografía sino que también serás mi amortiguador privado. ¿Te sientes capaz, Olivia Jones?

¿Estaba Olivia en condiciones de serlo? ¡Por supuesto! Lo que le causaba una mayor impaciencia era volver a hablar del primer recuerdo definido de Natalie, estaba ansiosa por comenzar el libro de sus memorias. Pero Natalie debía encargarse de contratar una nueva criada, aparte de hablar con Madalena y Joaquim para convencerlos de que se quedaran.

Así que Olivia dedicó el resto de la tarde a deshacer el equipaje. Vació las maletas de Tess y después las suyas, llenando cajones y armarios con ropa, pero ninguna de las prendas recién compradas era tan excitante como las que Natalie sacó de una caja para regalárselas antes de que ella subiera a su cuarto. Eran polos y camisetas. Algunas de la talla de Olivia, otras de la de Tess. Algunas eran burdeos con inscripciones en letras marfil, otras eran marfil con letras burdeos. Todas tenían el nombre y el logotipo del viñedo.

Olivia se puso un polo con unos shorts y se miró en el espejo. Impaciente, se ajustó el cinturón. Luego se inclinó hacia el espejo para peinarse el corto pelo con los dedos y estaba por colorearse las mejillas cuando notó que no le hacía falta. Se contempló unos instantes más. Con pelo corto y todo no estaba tan mal.

Luciendo el polo con orgullo fue en busca de Tess.

7

Susanne se levantó al amanecer, que en junio es muy temprano. Estaba preparando brioches para el desayuno, por lo menos eso fue lo que quiso convencerse de que haría a las cuatro y media de la madrugada, cuando se levantó en silencio de la cama y salió del dormitorio dejando a su marido profundamente dormido, víctima del *jet lag*.

Mark acababa de llegar la noche anterior, después de un viaje de continuas reuniones en la costa Oeste. Con la esperanza de que comerían juntos, Susanne le había preparado su plato de carne pedrilecto. Pero el avión tardó dos horas en despegar y Mark llegó a su casa pasadas las diez de la noche. Se esforzó por comer, pero Susanne habría estado ciega si no se hubiera dado cuenta de que solo lo hacía para darle gusto. Así que se apiadó de él y lo mandó al estudio, donde Mark permaneció un par de horas instalado en su sillón favorito y con su sinfonía preferida resonando en el estéreo.

Susanne estuvo sentada a su lado hasta que se le empezaron a cerrar los ojos. Entonces se acostó. No sabía a qué hora se había acostado él, solo que la primera vez que ella se despertó, a las dos, su marido ya dormía a su lado.

Al llegar a la cocina, calentó leche, manteca y azúcar, agregó levadura, huevos y harina, amasó la preparación y la dejó reposar. Cortó en trocitos la parte interior de una piña fresca, y la volvió a llenar añadiendo a la piña trozos de melón, kiwi y bananas. Batió los ingredientes de la tarta de café predilecta de Mark, agregándole pasas de uva y arándano.

Mientras la levadura surtía efecto en la masa de los brioches, cocinó espárragos frescos, lavó lechuga y batió huevos para una *fritata*. Puso la mesa con platos, cubiertos de plata, copas, manteles y servilletas de hilo y preparó un centro de mesa de flores. Volvió a arreglar una vez más las flores, luego otra.

Dividió la masa de los brioches en porciones individuales y fue llenando los moldes. Molió granos de café. Cambió de idea acerca de los manteles de hilo, los retiró y los cambió por otros, tejidos, y colocó las servilletas en servilleteros de rafia. Limpió a fondo la encimera de la cocina, lavó y secó todo lo que había en el fregadero y después limpió también la pila. Sacó del horno la tarta de café y metió los brioches.

Cogió el diario de la mañana y leyó todo lo que tenía ganas de leer en los quince minutos que tardó en beber una taza de café. Hasta que estuvieron cocinados los brioches se dedicó a limpiar la nevera, luego se cepilló el pelo, se lavó los dientes y la cara, se sentó ante la mesa de la cocina y esperó a que Mark despertara. Cuando él se reunió con ella, ya eran más de las nueve. Susanne hacía cinco horas que estaba levantada, y lo sentía. Él, por su parte, estaba recuperado y con un aspecto excelente. El pelo grisáceo y ya menos tupido y los cinco kilos que había engordado en la cintura no lograban modificar su apostura. Aparte de todo lo que tenía en la cabeza, a Susanne se le ocurrió pensar en lo mucho que lo había echado de menos y en lo que le alegraba que estuviera de vuelta en casa.

Él le dio un largo abrazo que indicaba que el sentimiento era mutuo.

–Mmmm. No sé qué huele mejor, si tú o lo que estás cocinando.

–Debes elegir entre Dior y brioche –contestó ella contra el mentón áspero de su marido.

–Por ahora me quedo con Dior y una taza de café. –La soltó con suavidad y se apartó para escudriñarle la cara–. Te has levantado muy temprano.

–Traté de no despertarte.

–No me despertaste, pero me parece que huelo algo más que brioche y perfume. Por el aspecto de esta cocina, prácticamente has trabajado un día entero. Creo que no podré comer ni la mitad de lo que has preparado. ¿No podías dormir?

Ella se encogió de hombros.

–¿Pesadillas? –preguntó él.

–¡Si solo fueran sueños!

–¡Ay, ay! ¿Todavía te angustia lo de Natalie? Creí que pensabas volver a hablar con ella.

–No se pone cuando la llamo.

Mark arqueó una ceja pero permaneció sabiamente silencioso.

–Está bien –admitió Susanne–, es cierto que la primera vez que hablé con ella dije cosas que debí haber callado, pero ¿qué podía esperar mamá cuando me agrede así con la noticia de esa boda?

–Me dijiste que desde hace un tiempo mencionaba mucho a Carl.

–Sí, lo mencionaba. Pero nunca me dijo que lo quería, ni que hubiera un romance y mucho menos que tuviera intenciones de volver a casarse. Esto de la boda ha surgido de la nada. ¡Soy su hija! Me dolió.

–¿Se lo dijiste?

Susanne suspiró.

–No en la forma en que debí decírselo, pero ahora cada vez que la llamo atiende otra persona. Ha contratado una asistente desagradablemente locuaz.

–¿Una asistente para los asuntos corporativos?

–Una asistente personal –aclaró ella, y agregó–: Por lo visto mamá tiene una vida social muy activa.

Mark lanzó una pequeña exclamación.

–Te advierto que Marie se va y no es la única. Así que en parte me hace feliz no ser la única angustiada por esta boda. Pero otra parte de mi ser siente que el Asquonset que conozco está desapareciendo.

–Siempre has dicho que Asquonset no te interesa –le recordó él con suavidad.

–Y es así. Pero me siento mal por papá.

–¿Peor de lo que se puede sentir él? No olvides que tu padre ha muerto, Susanne.

–Sí. Ha muerto. Y es como si Natalie hubiera estado esperando que sucediera.

–No lo creo. Le fue muy fiel a su marido.

–Tal vez no haya sido así. Pero nunca pensé que se volvería a casar. Quizá en lo demás también haya estado equivocada.

–Sabes que no es así –aseguró Mark.

Sí, Susanne suponía que lo sabía. Pero eso no disculpaba la decisión de Natalie.

–Esperó que su marido se muriera y ni un instante más. –Sintió un momento de satisfacción cuando Mark no lo negó.

Pero él enseguida preguntó:

–¿Por qué no te pasas por allí?

La satisfacción de Susanne desapareció.

–¿Por Asquonset? No puedo. Tengo cosas que hacer aquí.

–¿Qué? –preguntó él sosteniéndole la mirada.

Ella no contestó. Nada de lo que tenía que hacer era importante, y ambos lo sabían. Ella había llegado a una encrucijada peligrosa de su vida y no sabía qué camino tomar, pero volver a la casa materna, regresar, era la última opción que consideraría.

–Mamá no me quiere allí –dijo–. Lo único que haríamos es pelear.

–Tal vez converséis.

–¿Mamá conversar? ¡Venga ya!

–Bueno, pero tenéis que comunicaros de alguna manera antes de la boda.

–¿Por qué? No pienso asistir.

Mark se puso de pie y fue a servirse más café. Se apoyó contra la encimera.

–Creo que sería un error.

–Greg tampoco irá.

–Doble error, entonces. Sois los hijos de Natalie. Si boicoteáis la boda crearéis un abismo permanente.

–Esa boda es lo que causará el abismo.

Mark no contestó y permaneció con la taza de café entre las manos. Por fin preguntó:

–¿Qué edad tiene Natalie?
–Setenta y seis.
–¿Hasta qué edad crees que vivirá?
La pregunta sobresaltó a Susanne.
–Eso es algo imposible de saber.
–¿La familia de Natalie es longeva? ¿Han tenido casos de infartos? ¿De cáncer?
–¿Por qué lo preguntas?
–Porque Natalie se acerca a la edad en que tal vez se esté preguntando cuánto tiempo le queda. Tal vez considere que no se puede permitir el lujo de hacer cosas que las personas de treinta, cuarenta y hasta de cincuenta años consideran «apropiadas».
–¿Tú apruebas esta boda?
–No, pero tampoco la condeno. Ella está en una situación distinta a la tuya o la mía.
Susanne cruzó los brazos.
–Es una mujer sana. Vivirá otros veinte años. Por lo menos.
–Dicho por la hija a quien le gustaría que fuera así, pero ¿de qué te servirá si cortas ahora todo lazo con ella?
–Ella es quien corta los lazos. Está haciendo una elección.
–Tengo la impresión de que eres tú la que está haciendo una elección. Ella quiere tener a sus hijos y sus nietos en su vida. Por eso os invita.
–Pero... ¿una invitación, Mark?
Él lanzó un suspiro. Dejó el café sobre la encimera, se le acercó y le acarició los brazos.
–Trató de decírtelo pero no supo cómo hacerlo. Cariño, ella es así. Siempre lo ha sido. Es más formal que tú con respecto a muchas cosas, así como tú eres mucho más formal que nuestra hija en otras. Tal vez sea una cuestión generacional. Debes elegir entre condenarla y vivir las consecuencias de esa condena. O puedes tragarte el orgullo, coger el coche e ir a Asquonset. Tienes tiempo para hacerlo, Susanne...

Greg se levantó casi tan temprano como Susanne y observaba el amanecer sobre Woodelay Park desde el pequeño balcón de su dormitorio. Uno tras otro, los techos de las casas vecinas se iban tiñendo de un dorado pálido. Esa palidez se haría más profunda en cualquier momento. Comenzaba otro día en Washington. Greg ya sentía la humedad reinante. Una humedad espesa que lograba que todo fuera más lento.

O por lo menos eso fue lo que él se dijo allí, de pie durante tanto tiempo. Si la vida se moviera a su ritmo normal, él ya estaría camino a su trabajo. Iba con retraso. Ya llevaba tres semanas de retraso. Sus correos electrónicos se habían acumulado, esperando que los contestara. Lo mismo sucedía con los mensajes telefónicos. Tenía el escritorio cubierto de propuestas que debía estudiar, fallos que analizar, correspondencia que contestar.

Podía delegar, para eso estaba su personal. Pero ninguno de los empleados de la oficina podía ayudarlo allí, en su casa, sobre todo en lo que tenía que hacer.

El lugar estaba limpio y ordenado. Dobló y guardó la ropa que había lavado la noche anterior. Acababa de hacer la cama. Se preparó el desayuno. Leyó el diario de principio a fin y dirigió una mirada distraída a su ordenador mientras pensaba que había llegado la hora de ducharse y afeitarse.

Pero en lugar de hacerlo siguió en calzoncillos, vagando de habitación en habitación mientras comprobaba la hora en su reloj de pulsera. A las nueve llamó a Akron. Atendió su suegra, lo mismo que todas sus llamadas anteriores.

–¡Hola, Sybil! ¿Jill anda por ahí?

Hubo una pausa, luego su suegra dijo con cautela:

–Está en el cuarto de al lado, pero no sé si quiere hablar contigo.

–Es mi mujer. Tiene que hablar conmigo. –La línea permaneció en silencio–. ¿Sybil?

–Sí.

Greg se pasó una mano por el cuello, bajó la cabeza y suspiró.

–De acuerdo. La última vez que la llamé no me comporté bien. Supongo que no debí ser tan...

–¿Impulsivo?

–Sí.

La madre de Jill se mostró escéptica.

–¿Y hoy te sientes distinto?

Sí, se sentía distinto. Ya no estaba furioso. Era más difícil ponerle un nombre a lo que seguía sintiendo. No era nada que estuviera acostumbrado a sentir.

–Echo de menos a Jill. –El tono de su voz debió transmitir algo que no sabía expresar en palabras, porque por fin Sybil dijo en voz baja:

–Espera. No cortes.

Esperó. Y siguió esperando. Imaginó que en el cuarto contiguo debían estar discutiendo. Jill no debía de querer hablar con él. No estaba seguro dónde los dejaba eso.

–¡Hola, Greg! –dijo ella por fin con tono gélido–. ¿Qué sucede?

–Dímelo tú –contestó él, pero se contuvo y agregó con tono contrito–: Olvida lo que acabo de decir. Quiero disculparme. No debía haberte gritado como te grité la última vez.

–Por supuesto.

–Estaba furioso.

–No era eso lo que yo necesitaba.

–Lo sé. –Había vuelto a pasearse, con el cable del teléfono en la mano. Considerando que se trataba de una casa pequeña, tenía la impresión de que era monstruosamente grande. Jill estaba al mismo tiempo en todas partes y en ninguna–. Te echo de menos –confesó. Le había dado resultado con Sybil. Esperaba que también se lo diera con Jill.

Le dio resultado, pero de una manera muy distinta. Jill explotó.

–Bueno, ahora sabes lo que he sentido yo durante los últimos cinco años. Tú vives recorriendo el país, desapareces varios días por semana, porque estás afianzando la empresa. Es lo que dices, pero después de un tiempo eso ya no sirve, Greg. Se supone que el matrimonio es algo que se refiere a ti y a mí. Se supone que debe haber un «nosotros», solo que entre tú y yo eso no existe. Nuestras vidas giran en torno a ti: tú y tu trabajo, tú y tus clientes, tú y tus amigos. Siempre tienes algo que hacer que no se refiere a mí. Me pregunto por qué te casaste.

Él nunca se había hecho esa pregunta. Ni una sola vez. Nunca en cinco años lamentó haberse casado con Jill. Ese era un hecho tan básico en su vida, que el comentario de Jill le resultó ofensivo.

–Yo te podría hacer la misma pregunta –replicó–. ¿Qué clase de mujer corre a refugiarse en la casa de su madre cuando se presenta el primer problema en su pareja?

–La clase de mujer que ya no consigue comunicarse de ninguna otra manera con su marido.

–Eres mi mujer. Deberías estar aquí.

–¿Porque soy tu esposa? No. Debería estar allí porque nos queremos.

–Nos queremos.

–Tú ni siquiera deberías definir lo que es el amor.

Greg cerró los ojos con fuerza, se restregó la nariz y maldijo en voz baja.

–¡Vamos, Jill! ¡No empecemos de nuevo!

–Yo tengo necesidad de empezar de nuevo. No basta con pronunciar las palabras. Necesito saber lo que significan.

Era lógico. Jill era mujer. Pero él era hombre y se sentía confuso cuando debía enfrentarse a palabras como amor, alma, eternidad. Pero la posesión constituía los nueve décimos de la ley. Jill era su mujer. Había pronunciado sus votos.

–De acuerdo –dijo–. Vuelve a casa y hablaremos.

Ella no contestó.

–Jill.

–No quiero volver. Ya sé lo que sucedería. En cuanto te viera, me derrumbaría.

Greg esbozó una leve sonrisa.

–Porque me amas.

–Sí. Nunca lo he negado. Pero eso no quiere decir que

quiera seguir casada contigo. No puedo seguir viviendo así, Greg. Me siento demasiado sola.

Soledad. Era una palabra que le resultaba familiar. Tal vez fuera lo que él también estaba sintiendo.

–Vuelve, cariño –suplicó en un tono cargado de emoción–. Vuelve y lo arreglaremos.

Ella no contestó.

–¿Jill?

–Ya te avisaré.

8

Olivia despertó casi tan temprano como Susanne y Greg, pero mientras el sueño de Susanne era perturbado por el enojo y el de Greg por la soledad, Olivia despertó de felicidad. El amanecer la encontró sentada junto a la ventana de su dormitorio, fascinada de estar en Asquonset.

Al oeste, el cielo era color berenjena. Al este estaba más pálido, de un tono malva. Las nubes ocasionales le agregaban textura y profundidad, más púrpuras al oeste, más rosadas al este. Un manto de niebla cubría las tierras bajas, más lejos de la casa. Olivia imaginó que las vides de esa zona debían de estar durmiendo unos instantes más antes de despertar a los trabajos del día.

¿Y este trabajo? Cultivar uvas. Había sido el tema de conversación durante la comida de la noche anterior.

Cenaron en el comedor, un pequeño festín de pato asado servido en una fuente de porcelana por el marido de la cocinera. Solo estaban presentes Natalie, Tess, Olivia y Carl, un grupo pequeño e íntimo que no se parecía a un grupo familiar, pero a Olivia le resultó divertido simular que lo era. Olivia y Tess estaban vestidas con demasiada elegancia, por supuesto. Se habían puesto faldas largas y sandalias... todo nuevo, por supuesto. En cambio Natalie y Carl llevaban la misma ropa que habían usado durante toda la tarde y, a pesar de que se esmeraron en decirles a Olivia y Tess lo bonitas que estaban, Olivia lo tomó como la primera lección de la noche en lo que se refería a la vida en Asquonset. Allí la ropa era informal, poco pretenciosa y apropiada para el trabajo.

La segunda lección de la noche se refirió al vino. Tomaron vino, pero con mesura. En Asquonset en realidad nadie bebía; solo probaban el vino. Esa noche probaron un Riesling Estate de tres años, un vino blanco que acompañaba bien al pato asado. Natalie y Carl lo olían, lo hacían girar con suavidad en la copa, luego lo volvían a oler para percibir el buqué. Hasta Tess se unió al ritual, aunque llenaron su copa con Little Bunches Asquonset, un zumo de frutas que era uno de los productos más vendidos de la bodega.

La tercera lección de la noche se refirió al clima. Carl habló largamente del tema y no era por cierto una conversación intrascendente. El clima podía crear o destrozar una cosecha y ese año el clima estaba lejos de ser el óptimo. La primavera llegó tarde y fue demasiado lluviosa. Sin embargo, las vides florecieron y lo que Carl llamaba «la perspectiva de las uvas» parecía buena. Pero el clima seguía poco propicio. Hacía falta sol, mucho sol, porque en caso contrario las uvas no madurarían ni se endulzarían.

Olivia escuchaba con atención cada palabra y de vez en cuando estrujaba la mano de Tess para que no se distrajera. Siguió lo mejor que pudo la conversación sobre azúcares, ácidos, tratamientos para la prevención de plagas e insectos dañinos.

Por la mañana sin duda aprendería más, porque Natalie les acompañaría en un recorrido por el viñedo.

Olivia ya había cargado su cámara. Pero estaba impaciente. Siguiendo un impulso, abrió la ventana y retiró el mosquitero. De repente el aire de la mañana inundó su cuarto, fresco, húmedo, dulce. En lugar de darle frío, puesto que solo llevaba un camisón muy ligero, se sintió vigorizada.

Levantó la cámara y fotografió el cielo, cambiando de posición para estar segura de haber captado los colores y las nubes. Fotografió el manto de niebla mientras, minuto a minuto, el amanecer inundaba las viñas. Fotografió el patio debajo de la ventana donde los muebles de hierro forjado estaban artísticamente colocados y el rocío todavía humedecía las peonías.

Se sentía igual que una chiquilla en una tienda de golosinas, y la tentación fue demasiado grande. Cruzó el baño de puntillas y espió a Tess. La pequeña dormía profundamente, con el rostro casi fundido en un revoltijo de pelo. Olivia la había visto dormir bastantes veces como para saber que tardaría en despertar.

Cerró la puerta con cuidado, salió al vestíbulo alfombrado y se deslizó por la estrecha escalera que, desde esa ala del edificio, conducía directamente al exterior. «No porque yo suponga que pueda producirse un incendio», le había dicho Natalie cuando se la mostró, pero resultaba muy conveniente para el propósito de Olivia.

Solo cuando movió el picaporte y abrió la puerta se detuvo, preguntándose si la casa tendría alarma. En Cambridge casi todas las casas la tenían, lo mismo que en todas las ciudades en que ella había vivido.

La sola idea de despertar a todo el mundo la atemorizó. Además, quedaría como una perfecta imbécil.

Pero todo siguió en silencio. No había alarma. La puerta se abrió sin un crujido.

Con el corazón acelerado por la excitación, Olivia salió al patio. Las lajas estaban frescas y húmedas, pero el efecto era vigorizante. Salió de la parte cubierta por el toldo y se encaminó al extremo, donde permaneció unos diez minutos admirando el paisaje. La cámara colgaba de su cuello mientras con la mirada captaba imágenes tan bonitas como las que podría haber tomado en una película. Al rato, levantó la cámara. Sin embargo, a través de la lente, el paisaje no era tan perfecto como en la vida real. La cámara no podía captar el sonido de los pájaros que despertaban al nuevo día. No podía captar el silencio cristalino del viñedo cubierto de rocío, ni el suave movimiento de las nubes, ni la fragancia de las lilas y la tierra húmeda, ni el sonido de una distante campana.

Fascinada, se volvió a colgar la cámara del hombro y bajó por el sendero de piedra que se alejaba de la casa. El sendero estaba flanqueado por una serie de arbustos bajos, una mezcla de juníperos, cipreses y tejos, que daban paso a la hiedra y al espacio abierto tan importante para las vides, el espacio que necesitaban para respirar. Era una de las cosas que había aprendido la noche anterior.

Cuadró los hombros, levantó la cabeza, enlazó los dedos a su espalda y permitió que el aire de la mañana le llenara los pulmones. En ese instante se sentía fuerte. Confiaba en poder hacer el trabajo que Natalie esperaba de ella. Se sentía orgullosa por haber logrado estar en un lugar tan increíble. Se sentía desafiante con respecto a todos los que la habían abandonado en el pasado. Se sentía fresca y renovada.

–La suya es una vestimenta llamativa.

Se volvió, sobresaltada. A sus espaldas estaba Simon, con una taza humeante entre las manos. Tenía el pelo húmedo, recién lavado, pero la barba era una sombra aún más oscura que el día anterior y sus ojos también. O quizá no fuese más que un efecto de la luz. Tal vez el último vestigio de la noche oscureciera el color. Quizá fuese el músculo tenso de su antebrazo derecho, desnudo donde le había arrancado las mangas. O las pesadas botas de trabajo. Sea lo que fuere, su aspecto era amenazador.

Pero Olivia no estaba dispuesta a que ninguna amenaza la ahuyentara de su Edén. Y tampoco estaba dispuesta a jugar a la tímida doncella. Acababan de sorprenderla fuera de la casa, cubierta con un camisón perfectamente respetable. No tenía nada de malo.

Así que no se amilanó.

–Se supone que usted no debe estar aquí.

–Trabajo aquí –contestó él con lo que parecía una pequeña sonrisa o un tic–. Vivo aquí.

Ella sabía que eso no era exactamente cierto. Él tenía una casa propia a cierta distancia, aunque Natalie había dicho que entraba y salía todo el tiempo de la Casa Grande.

–Lo que quiero decir –aclaró Olivia–, es que se supone que usted no se levanta tan temprano.

Simon ni siquiera parpadeó.

–Siempre me levanto a esta hora. Es el mejor momento del día para trabajar.

–¿En el viñedo?

–A veces. Hoy en la oficina. Tenía que mandar un correo electrónico. Necesito consejo.

–¿Sobre el moho?

–Sobre los hongos, sí.

–¿Entonces está confirmado?

Simon asintió.

–Y no me sorprende. Esta temporada ha sido fresca y húmeda. Necesitamos más sol.

–Creo que hoy lo tendrá –contestó Olivia, mirando el reflejo dorado que comenzaba a tocar las copas de los árboles.

Él se encogió de hombros y bebió un sorbo de su café. Su mirada sostuvo la de Olivia por encima del borde de la taza que ella supuso debía pertenecerle a él y solo a él. Simon la bajó y la sostuvo en una mano.

Olivia habría entrado a la casa a vestirse si él no le estuviera bloqueando el camino. Esperaba que se moviera, pero Simon seguía allí, justo en el lugar donde comenzaba el sendero del patio, alto y muy viril, con el peso del cuerpo apoyado sobre una delgada cadera y sin dejar de mirarla a los ojos. Bueno, ella no pensaba desviar la mirada. Si el juego consistía en saber quién iba a parpadear primero, ella se sentía capaz de jugarlo, lo mismo que él.

Por fin ella ganó. Después de un rato, Simon apartó la mirada.

Ella se sintió extrañamente desinflada.

–¿Sucede algo? –preguntó.

Mientras clavaba la vista en un punto a la distancia, Simon bebió un poco más de café. Después volvió a mirarla.

–Eso depende de usted. Si está aquí por un motivo distinto al proyecto de Natalie, entonces sucede algo que no me gusta.

Olivia no estaba allí solo por el proyecto de Natalie. Estaba allí por el dinero, el sol, la diversión, la posibilidad de huir y de encontrar un ambiente familiar. Pero era imposible que Simon estuviera enterado de eso.

–Perdón. No entiendo –dijo.

–Si ha venido a buscar marido, le está ladrando al árbol equivocado.

Olivia alzó las cejas. Lo que acababa de decir Simon era tan ridículo que estuvo a punto de lanzar una carcajada.

–¡Marido! Si fuera eso lo que quisiera, estaría en un lugar lleno de gente. Lo siento, pero no es por eso por lo que estoy aquí.

Él no cejó.

–Natalie es una casamentera. Quiere verme casado.

Olivia había tardado en relacionar una cosa con la otra. Se llevó una mano al pecho, horrorizada.

–Supongo que no creerá que ella... –Se señaló y señaló a Simon con un dedo.

–Sí, creo que ella... –Imitó con un dedo el gesto de Olivia.

–¡Pero bueno...! –Hizo un gesto vehemente con ambas manos–. Natalie jamás haría una cosa así. No soy el tipo de persona de quien la gente piensa esa clase de cosas. –Era delgada y pálida. Tenía una hija de diez años, una historia de fracasos sentimentales y el pelo demasiado corto para resultar atractiva. Tuvo conciencia de todo eso y se puso a la defensiva–. Natalie tiene buenos motivos para quererme aquí, pero esos motivos no tienen nada que ver con usted. Además, usted no es mi tipo. –Le gustaban las piernas de Simon, pero no pensaba seguir enamorándose de los hombres por un solo detalle. Unas buenas piernas no eran fundamento para una relación. En Simon Burke todo era duro–. Y por cierto ¿qué le pasa que no puede encontrar a alguien por sus propios medios? –No era una pregunta a una persona fea o extraña, pero aún más arriba de las piernas, Simon era buen mozo a su manera. Duro pero buen mozo.

–No tengo interés en buscar una mujer.

Olivia tardó un momento en asimilar el comentario.

–¡Dios mío! –Debería haberlo adivinado–. Lo siento. –¿No era con frecuencia ese el caso de los hombres más apuestos?

Él le dirigió una mirada despectiva que de inmediato se convirtió en algo tan carente de emoción que a Olivia le resultó atemorizante.

–Estuve casado. Quería a mi mujer. Ella y nuestra hija murieron en un accidente mientras navegaban.

Olivia contuvo el aliento y tuvo que reacomodar sus pensamientos. No esperaba lo que Simon acababa de decirle.

–¡Qué horror! Lo siento muchísimo.

–Sentirlo no las devolverá a la vida. –Lo dijo con una voz sin inflexiones. No la criticaba, sino que simplemente establecía una realidad–. No pasa un solo día sin que piense en ellas.

–¿Hace mucho que sucedió?

–Cuatro años.

–¿Cómo se llamaban?

–Mi mujer se llamaba Laura.

–¿Y su hija?

Los ojos de Simon se contrajeron involuntariamente en un gesto de dolor.

–¿Tiene importancia?

–Sí.

Olivia era una experta en inventar historias, pero cuando los hechos estaban allí, quería conocerlos. Quería unir nombres con rostros cuando pensara en Simon.

–Liana.

Olivia se permitió respirar.

–Laura y Liana. ¡Qué hermoso!

–Sí.

–¿Qué edad tenía Liana?

–Cuando murió tenía seis años. –Le dirigió una mirada acusadora–. Eso significa que su hija tiene la misma edad que tendría ella si viviera.

Olivia ni siquiera podía imaginar la posibilidad de perder a Tess. También sabía que si ella estuviera en el lugar de Simon, ver a Tess le provocaría un dolor inmenso.

–Y en eso –declaró– tiene la prueba más evidente de que Natalie no me trajo aquí por usted. La coincidencia es demasiado grande. Ella jamás le hubiera hecho eso a sabiendas. Sería demasiado cruel.

–A veces los actos más crueles se hacen con la mejor intención.

–Pero no en esta ocasión –insistió Olivia–. Yo he venido a trabajar. –Tenía necesidad de creer que Natalie la había elegido por su amor al pasado y por el trabajo que había llevado a cabo en el estudio de Otis. Además, Natalie nunca le hizo preguntas acerca de sus historias con hombres, cosa que sin duda habría hecho antes de presentársela a su futuro hijastro. Ni siquiera le pidió que le mandara una fotografía suya–. ¿Me parezco a Laura?

–¡En nada!

–Una prueba más a mi favor.

Simon bufó.

–Yo diría lo contrario. Natalie no se habría atrevido a contratar a alguien que se pareciera a Laura.

Olivia no tenía la menor idea del aspecto físico de Laura, pero en ese momento y por comparación se sintió fea. Levantó un muro entre ellos.

–Mire, nada de esto tiene sentido. Aun en el caso de que usted estuviera interesado, yo no lo estoy. En este momento tengo suficientes desafíos en mi vida, gracias.

–Bien. Veo que nos entendemos.

–Nos entendemos perfectamente.

–Con tal que todas las cartas estén sobre la mesa.

–Lo están. –Pero no era así, por cierto. No hacía más que pensar en la mujer y la hija de Simon y en la repentina y horrible muerte de ambas–. ¿Usted estaba con ellas cuando sucedió?

–No.

Olivia se preguntó si lo lamentaría.

–Si hubiera estado con ellas, ¿podría haberlas salvado?

–No.

–¿Laura había nacido en Rhode Island? ¿La conocía desde la infancia? –¿Habría sido la primera novia de Simon? ¿La única con quien siempre soñó con casarse?

De repente él pareció enojado.

–¿Para qué tantas preguntas?

–Solo por curiosidad. ¿Cómo es posible que pueda quedarse aquí después de lo que sucedió? ¿No le resulta demasiado doloroso?

El enojo de Simon desapareció con la misma rapidez con que había aparecido. Su mirada se dirigió al mar. Desde allí no se veía el mar, y tampoco se oía el ruido de las olas, pero los dos sabían que estaba allí.

–Yo en su lugar –dijo Olivia– me iría a un lugar completamente distinto.

Era algo que había hecho más de una vez: reunía sus bártulos y se alejaba de los lugares que ya no le gustaban. Los siete años que vivió en Cambridge constituían todo un récord. No cabía duda de que era idéntica a su madre.

Y por lo visto Simon era igual a su padre.

–He vivido aquí toda mi vida –explicó–. No puedo irme. Lo que yo soy es el viñedo.

–Existen otros viñedos.

–No como este. –Se volvió para alejarse y le dirigió una última mirada–. Si aprende algo durante este verano, ojalá sea eso.

Simon volvió a la casa a prepararse el desayuno como siempre hacía, solo y en silencio. A Laura también le encantaba ese silencio de las primeras horas del día. Lo llenaba con el aprecio que les tenía a la madrugada y a él y, a pesar del silencio, Simon nunca se había sentido solo. Ahora y durante los últimos cuatro años, no sentía más que soledad. Sin embargo, seguía apreciando el silencio.

Pero esa mañana se sentía inquieto y no tenía hambre. Así que volvió a llenar su taza de café y, seguido por *Buck,* se encaminó al cobertizo.

El cobertizo. Un nombre muy poco pretencioso para lo que en realidad era un lugar colosal, por lo menos en su opinión por cierto parcial. Ubicado en un claro, al este de la Casa Grande, era muy amplio. El lugar, que albergaba un solo tractor cuando el abuelo de Simon llegó a Asquonset en los años veinte, era en la actualidad cuatro veces más grande y albergaba no solo un tractor sino una cortadora de cercos, una fumigadora, una desgarradora y numerosas piezas de equipo más pequeño. Además, con sus largas paredes de tejuelas de madera y sus ventanales, era más refinado que un cobertizo. Sobre todo con el primer piso, que había sido agregado seis años antes, una de las últimas decisiones de Carl como administrador del viñedo. Bajo un techo que tenía reminiscencias del de la Casa Grande, era ahora el despacho de Simon.

Hacia allí se dirigió. Depositó la taza en el escritorio, le dio de comer al gato, encendió el ordenador y leyó sus correos electrónicos. Había varios. Durante los últimos cuatro años era probable que se hubiera convertido en una especie de eremita social, pero tenía amigos en el mundo de la viticultura, colegas con quienes se mantenía en contacto permanente. A varios de ellos los conocía desde sus años en Cornell, individuos que ahora eran profesores en otras universidades o que trabajaban en otros viñedos. Además, tenía contactos en las agencias gubernamentales de agricultura. Por ejemplo, pocas veces transcurría una semana sin que estuviera en contacto con el departamento de investigaciones de Nueva York. Simon quería estar siempre al tanto de los últimos hallazgos.

Cultivar uvas estaba lejos de ser una ciencia exacta. Había demasiadas variables. De una vendimia a otra, las uvas eran como copos de nieve: no había dos iguales. Era un factor que convertía su trabajo en algo más interesante, en un desafío, sobre todo en Rhode Island. Cultivar uvas allí era diferente a hacerlo en otras partes del mundo. La tierra era distinta. El clima era distinto. Además, allí había pocos viñedos y, por lo tanto, pocos colegas con quienes intercambiar impresiones.

Ya frente al ordenador, con *Buck* restregándose contra su pierna, sopesó los consejos que le ofrecían media docena de amigos en lo que se refería a luchar contra el *Botrytis cinerea*. Era uno de los hongos más comunes que aparecía en microclimas húmedos como el de Asquonset. Simon esperaba que hubiera consenso en los consejos. Pero las sugerencias que acababa de recibir eran tan diversas que iban desde una fumigación agresiva hasta no tomar ninguna medida.

Se recostó en la silla, tomó la taza y miró por la ventana que ofrecía una vista maravillosa del viñedo, pero su mirada se dirigió hacia el horizonte donde una línea ondulada de gris marcaba el mar. Se le encogió el pecho. Sus chicas habían respirado allí su último aliento. El suyo era un pensamiento tan negro como las nubes que se iban acercando. Lo último que necesitaba era que hubiera nubes. Las uvas por fin comenzaban a secarse, pero el sol matinal no era tan fuerte como sería a mediodía, y por el aspecto de esas nubes, a mediodía estaría lloviendo. No le hacía falta que se lo anunciara el servicio meteorológico.

Sopesó sus posibilidades. Podía aplicar otra capa de sulfuro en polvo, pero ya había fumigado la semana anterior. Con un exceso de sulfuro, el vino de esas uvas tendría mal olor. Por otra parte, si no hacía nada y las uvas se pudrían, corría el riesgo de perderlo todo.

No. No hacer nada no era una opción.

Quería consultar a su padre. Aun sin haber recibido educación formal, Carl era la persona que más sabía dentro del círculo de amigos de Simon. Carl había leído casi todo lo que valía la pena leer acerca del cultivo de uvas y aún en la actualidad asistía a conferencias sobre el tema. Tal vez Jeremiah Burke hubiera sido quien vio crecer las primeras vides de Asquonset, pero fue Carl quien puso ese viñedo en el mapa. Comprendía el motivo por el que algunas uvas prosperaban y otras no, y cultivó las primeras. Había instituido el sistema de enrejados que Asquonset seguía utilizando y fue uno de los primeros que en la costa Este apoyó el método ecológico más seguro para controlar las plagas. Y durante los años en que estuvo al timón del viñedo, produjo una vendimia notable tras otra.

Carl debía de saber lo que era necesario hacer en ese momento. Era decididamente la persona a quien debía consultar.

Pero era probable que su padre todavía estuviera durmiendo. Y posiblemente con Natalie. Ella se negaba a permitir que él se trasladara formalmente a la Casa Grande hasta después del casamiento, pero durante muchos amaneceres cubiertos de niebla, Simon lo había visto salir de la Casa Grande por una puerta lateral. Pero bueno, Simon no lo culpaba. Carl se lo había ganado. Merecía ese placer. Además, si dormir con Natalie, si casarse con ella prolongaba la vida de su padre, quien se beneficiaba con ello era Simon. Todavía no estaba preparado para otra pérdida.

Cuatro años. Se le volvió a encoger el pecho. Trató de aliviar el dolor masajeándose con una mano.

Bebió el resto de café, dejó la taza en el escritorio y se puso de pie.

–No te levantes –le dijo al gato y pasó por encima del rechoncho animal.

Al pie de la escalera dejó una nota en la pizarra dirigida a Donna Gomez, su asistente y, cosa preocupante, actualmente único miembro del personal en activo. Las pérdidas sufridas todavía lo hacían tambalear. Perder a Paolo sería especialmente doloroso. Paolo le gustaba. Era un hombre al que Simon no tenía necesidad de vigilar. Conocía bien las uvas.

Pero ya era definitivo. Las horas que dedicó a tratar de convencerlo de que no se fuera no dieron resultado. Paolo ya no estaba, pero Simon sobreviviría.

Las uvas eran otro asunto. La posibilidad de que crecieran y se endulzaran era ahora responsabilidad absolutamente suya. Aunque en realidad eso no era cierto. Dependía de Dios, pero ese pensamiento no le producía solaz a Simon. Dios podía ser cruel. Dependía de Simon hacer todo lo que un simple ser humano pudiera hacer para frustrar cualquier mal que pudieran sufrir las uvas.

Se encaminó hacia el lote del Cabernet y comenzó por la primera de las cuarenta hileras, donde empezó a estudiar los racimos de pequeños granos duros que, con suerte, se convertirían en uvas. Cuando veía hojas que podían bloquear el sol, las reubicaba con suavidad en el lado opuesto del enrejado. Cuando veía hojas más bajas que suponían la misma amenaza, las arrancaba con cuidado. En eso no había reglas. Si arrancaba muy pocas, el dosel de las hojas haría sombra a las uvas y les impedería recibir el sol necesario para madurar. Pero las hojas eran fundamentales para la fotosíntesis que convertía el dióxido de carbono en azúcar. Si arrancaba demasiadas hojas, pondría en peligro la dulzura de las uvas. La cantidad de hojas que arrancaba y su ubicación, dependía también de la variedad de uva, de su ubicación en la vid y del clima. Era una cuestión de buen criterio.

Mientras pasaba de una vid a la siguiente, Simon llevaba a cabo ese trabajo con gusto. Desde que tenía recuerdos se dedicaba a arrancar hojas, y era un proceso que le encantaba. Había en él un ritmo, un arte. Era necesario sentir que el producto final era bueno. Se trataba de una cuestión instintiva.

Esa mañana entró con facilidad en el ritmo, tanto para huir de la sensación incómoda que tenía en las entrañas, como para ayudar a las uvas. Sus botas lo anclaban a la tierra húmeda. El crujido de las vides tenía un efecto tranquilizador.

A medida que progresaba la mañana, no miró el reloj, no miró las nubes cada vez más espesas, sino que siguió trabajando con lentitud, bajando por una hilera de vides y luego subiendo por la siguiente. En determinado momento se materializó *Buck*, se sentó y miró. Cuando Simon pasaba de una hilera a la siguiente, el gato sencillamente cruzaba por debajo de las vides. Para Simon era una buena compañía, silenciosa y nada exigente. Aparte de detenerse un momento cuando Donna lo buscaba, Simon mantuvo la mente en su trabajo y la mirada en las vides. En un instante estaba agazapado, trabajando en la zona de las uvas, y en el siguiente se encontraba de pie para guiar los sarmientos alrededor de la primera de las tres líneas de alambre del enrejado. Las hojas superiores en ese momento apenas le llegaban a la altura del pecho. En dos meses más le llegarían a los ojos y los guiaría por el alambre más alto.

Arrancó una hoja baja que crecía encima de un racimo, estudió la configuración resultante de fruta y luz y luego arrancó otra hoja. Satisfecho, pasó al racimo siguiente.

–¿Qué estás haciendo? –preguntó una voz infantil.

Simon levantó la vista. La hija de Olivia Jones lo miraba fijo a través de unas gafas que le dejaban unos ojos demasiado grandes para el resto del cuerpo, enfundado en un impermeable amarillo. Tenía puesta la capucha, pero igualmente escapaban mechones de pelo castaño.

Simon no se había dado cuenta de que lloviznaba, hasta que la vio limpiarse las gafas con el dorso de la mano.

–Con lo que acabas de hacer lo empeoras –dijo, mientras se preguntaba cómo podría ver esa criatura con las gafas tan sucias. Con un gesto le indicó que se alejara de las vides–. Estás demasiado cerca de las plantas. Las uvas necesitan respirar.

Ella retrocedió un paso.

–Tú estás tan cerca como lo estaba yo.

–Yo estoy trabajando –contestó él y volvió a enfrascarse en su tarea, con la esperanza de que la chica captara la indirecta y se fuera.

–Si yo estaba demasiado cerca, tu gato también lo está.

–*Buck* es un gato, es más bajo que tú y no lleva impermeable.

–Es feo.

Simon le dirigió una mirada.

–Gracias. Ha sido un comentario muy agradable. –Volvió a estudiar las vides.

–¿Qué estás haciendo?

Simon arrancó una hoja.

–Podando.

–¿Y eso para qué sirve?

Él arrancó otra hoja.

–Para que las uvas tengan menos sombra.

–¿Y por qué tienen que tener menos sombra?

–Si las uvas están rodeadas por demasiadas hojas, no reciben el sol. –Se acuclilló para estudiar el racimo que acababa de clarar.

–A mí no me parece que haya demasiado sol. Y esas tampoco parecen uvas. –Por su tono impertinente debía de ser una niña muy malcriada.

Simon se volvió y decidió que también tenía aspecto de

niña malcriada. Los ojos de Tess eran duros. La barbilla, puntiaguda.

–Confía en mí. Son uvas –contestó Simon.

–¿Puedo comerlas?

–¡No lo hagas!

–¿Por qué no?

–Porque están agrias y duras. Si las comes ahora, tú tendrás dolor de barriga y yo no tendré vendimia.

–No pensaba comérmelas todas.

–No comas ninguna –le advirtió él con una mirada dura.

Por increíble que fuera, Tess se la sostuvo. Simon estaba pensando que esa niña era una caradura, y no muy distinta de su madre, cuando ella dio media vuelta y se alejó.

Por lo visto no le resultaba simpático. Mejor. Ella tampoco le gustaba a él. Nunca había pedido que trajeran una niña al viñedo. Y decididamente no quería que anduviera deambulando entre sus vides. No podía permitir que lo distrajeran. La calidad de la vendimia de ese año ya era bastante precaria sin necesidad de agregarle un problema más.

Cuando notó que el estómago le crujía, miró su reloj. Era casi mediodía. En ese mismo momento Madalena debía de estar sirviendo una variedad de sándwiches en la cocina de la Casa Grande. Cualquiera podía pasar por allí. Era una de las costumbres de Asquonset. Durante toda su vida él había ido a comer algo a la Casa Grande a la hora del almuerzo.

Pero ese día tenía ganas de hacer algo distinto. No le importaba qué. Un bocado en el cruce de caminos le vendría bien. Hasta se conformaría con comer un Big Mac en Huffington, el pueblo más cercano. No le importaría el viaje en coche.

Sin embargo, ante todo tenía necesidad de terapia. Ignorando la niebla que con cada minuto que pasaba se parecía más a la lluvia, siguió podando hojas y enredando los sarmientos en los alambres, hasta que el nudo en su interior se aflojó. El viñedo siempre le hacía eso, nunca fallaba. El resto del mundo podía estar haciéndose pedazos, pero las vides siempre estaban allí. Latentes o creciendo, bajas o altas, cargadas de racimos o solo con la promesa de lo que rendirían, siempre le respondían.

Cuando Donna pasó por allí después de haber dedicado la mañana a las Chardonnay, la envió a almorzar sola. También se disculpó cuando Natalie lo llamó por el transmisor que llevaba prendido al cinturón. Tenía el pelo mojado. Tenía también la camisa mojada y se le pegaba a la piel, pero él siguió trabajando hasta que las vides y el olor de la tierra le devolvieron el equilibrio.

Entonces volvió al cobertizo, subió a la camioneta y se alejó de Asquonset.

9

Una semana después, Olivia volvió a levantarse al amanecer y se sentó ante la ventana de su dormitorio, abrazándose las rodillas con las manos. «Ya ha pasado una semana», se recordó. Era difícil de creer. Cada día había sido más pleno que el anterior... y el libro de Natalie tardaba en definirse.

¿Y Natalie se preocupaba? No.

–¿Cómo vas a escribir mi historia si no conoces Asquonset? –decía, y procedía a sugerir una cosa tras otra, todas las cuales mantenían a Olivia alejada del loft y le impedían trabajar en el libro.

Si Simon anduviera por allí, Olivia podría haber empezado a creer que él tenía razón, que las intenciones de Natalie no habían sido las de llevarla a Asquonset para que escribiera sus memorias. Pero a Simon no se lo veía por ninguna parte, ni cuando hacían un recorrido a pie por el viñedo o cuando la llevaban a almorzar en el Yacht Club. Cuando dieron un paseo por el pueblo, ni siquiera pasaron junto a su camioneta. Olivia iba a ir al cine con Natalie y Carl, pero no invitaron a Simon, o él optó por no acompañarlos. Fueron un sábado. Natalie y Carl estaban tan entusiasmados como Olivia y Tess con la salida y la posterior comida en un antiguo restaurante. ¿Cómo no iba a soñar Olivia? Por supuesto que Natalie debía de tener sus motivos para llevarla a Asquonset, pero sin duda se referían a llevar al viñedo a una pariente largo tiempo perdida. Por lo menos ese era el argumento del sueño. Dios era testigo de que no parecía haber más gente joven por los alrededores. Por lo que Olivia sabía, ni siquiera habían llamado los nietos de Natalie. Como tampoco ningún primo, sobrino o sobrina. El único familiar que tenía Carl era Simon. Y la esposa y la hija de Simon habían muerto. El sueño echó alas el domingo, cuando invitaron a Olivia y a Tess a asistir a los servicios religiosos de la bonita iglesia blanca que se erguía cerca del centro del pueblo. Por lo visto, muchas personas del viñedo asistían juntas todas las semanas. Olivia y Tess fueron invitadas como parte de la familia de Asquonset, en el sentido más amplio de la palabra.

Tess se asustó un poco.

–Nosotras no vamos a la iglesia –susurró cuando, después del desayuno, Olivia la llevó a su dormitorio para que ambas se vistieran.

–Por supuesto que vamos –contestó Olivia–. Solo que no lo hacemos a menudo. Todavía no hemos encontrado una iglesia que nos guste.

–Pero ¿qué se supone que debo hacer allí?

–Escuchar. Cantar. Rezar.

–¿Y qué quieres que me ponga?

–Tu vestido nuevo.

Tess le dirigió una mirada implorante.

–Cada vez que me pongo algo nuevo, el resultado es desastroso. Cuando fui al Yacht Club para conocer a los chicos que estarán en mi clase de navegación, hiciste que me pusiera shorts blancos y sandalias. Ninguno de ellos se viste así. Usan tejanos recortados y zapatillas. ¡Me sentí tan ridícula!

–Bueno. Pero ahora tú también usas tejanos recortados.

–Con camisas Asquonset. Olivia había notado que Tess siempre se ponía una de esas–. Pero en este caso se trata de la iglesia. Ya oíste lo que dijo Natalie. La gente se viste bien para ir a la iglesia.

Olivia también se puso su vestido nuevo. Se esmeró al maquillarse y se peinó con cuidado. Su aspecto se reflejaría en Natalie, porque quería representar el papel de una asistente valiosa. O de una prima. O sobrina.

Simon no estaba con la gente de Asquonset, y tampoco en otra parte de la iglesia, pero esa vez la ropa de Olivia era la adecuada. Elevó una oración de agradecimiento por eso, junto con su pequeña oración pidiendo que brillara el sol y otra pequeña oración por Tess.

Al analizar los primeros días pasados por ambas en Asquonset, se preguntó si habrían sido beneficiosos para Tess. A su hija la ponía nerviosa navegar y la aterrorizaba tener que tomar clases particulares. Sin embargo, existían algunos detalles positivos. Para empezar, Tess había encontrado cuatro grandes amigos en los gatos que vivían en la casa. Lo mismo que chicos en un patio de juegos, los gatos la estaban esperando cuando ella bajaba por la mañana o cuando entraba en la casa o si se presentaban en la oficina del ático en busca de Olivia. La seguían de habitación en habitación y trataban de llamarle la atención, *Henri* con más disimulo que los sinceros *Maxwell* y *Bernard*, y *Achmed* desde su sitio imperial en el loft. A su vez, Tess dedicaba horas a mimarlos, acariciarles las cabezas, cepillarlos y dibujarlos.

Los gatos no eran chicos, pero como compañeros de juego eran mejor que nada.

Otra cosa positiva era el tenis. Carl le enseñaba y Olivia no podría haber soñado con un profesor mejor para Tess. Era paciente y tierno. Como la pequeña ya lo conocía bien, no le resultaba amenazador como habría sido un desconocido. Y además, Carl jugaba muy bien a tenis.

–Necesariamente debo jugar bien, teniendo en cuenta los años que hace que vivo aquí –bromeó él cuando Olivia se lo hizo notar–. A Alexander le encantaba el tenis. Cuando no tenía con quien jugar, me arrancaba del viñedo y me traía a la pista. Después quiso aprender Simon, y siempre tuvimos la pista a nuestra disposición.

–¿Y él jugaba mejor que yo? –preguntó Tess, echando la cabeza atrás y mirando hacia arriba a través de las gafas y bajo el ala de un sombrero Asquonset.

Hasta el momento había tomado un par de lecciones y aún fallaba la mitad de las pelotas que Carl le arrojaba.

Carl simuló pensarlo.

–No –dijo por fin–. Tú eres mejor. A Simon lo que le importaban eran la velocidad y la fuerza aun antes de haber aprendido a conectar la pelota con la raqueta. Era uno de esos típicos varones que estiran el brazo a un lado y otro sin pegarle casi nunca a la pelota.

–Yo tampoco le pego a muchas pelotas.

–Pero ahora pegas más que al principio. Ahora no apartas la vista de la pelota, como te enseñé. Además, has empezado a calcular la distancia que hay entre tu mano y el centro de la raqueta.

–¿Y Simon no lo hacía?

–Bueno, tardó bastante. –Carl se acercó más a Tess, como para simular que le hablaba en secreto–. ¡Pero no le cuentes que te lo dije!

Así que en el lado positivo de Tess estaban los gatos, las camisetas y polos de Asquonset, y Carl. La faceta negativa era la maestra particular.

Tess no quería tomar clases particulares. No quería que nada le recordara sus debilidades. Hubiera sido feliz de haber podido pasar el verano sin abrir un libro, pero Olivia se negó a permitirlo. La finalidad de ir a Asquonset era ganar el dinero necesario para pagarle clases particulares. Olivia sabía que habría discusiones antes de cada clase, pero se prometió que no cedería.

Esa resolución la fortaleció la maestra misma. Sandy Adelson era la directora del programa de alumnos especiales de Braemont, el mismo colegio diurno de Providence que Olivia tenía en vista para Tess. Ese era un aspecto muy positivo en lo que a Olivia se refería, una inmediata posibilidad de que su hija fuera admitida si durante el otoño ella conseguía un empleo en las cercanías. Pero ese era solo el primer aspecto positivo de la cuestión. Sandy era hija de una de las más antiguas amigas de Natalie. Vivía a diez minutos de distancia de Asquonset. De algún modo era un espíritu libre, que llevaba el pelo canoso muy lacio, con raya al medio y largo; sus tops eran de crochet y tejidos a mano y usaba tejanos con bordados bastante excéntricos. Era la persona menos parecida a una profesora de niños con dificultades de aprendizaje que Olivia hubiera conocido, pero se trataba de una experta. También era una estudiosa, a juzgar por las horas que dedicó a analizar las carpetas de Tess antes de su primer encuentro con la pequeña.

Ese primer encuentro se produjo en el patio, ante una mesa ubicada bajo el toldo. Olivia se había prometido estar presente, aun antes de que Sandy se lo pidiera. Esa fue la primera diferencia entre ella y las maestras anteriores. La segunda diferencia surgió cinco minutos después de empezada la clase.

–Creo –dijo Sandy, dirigiéndose directamente a Tess– que deberíamos probar un sistema nuevo. He tenido éxito con otros alumnos con problemas de discriminación visual, como los que tienes tú.

–Yo soy disléxica –la corrigió Tess.

–Sí, pero hay distintas clases de dislexia. Algunas se refieren al proceso auditivo. Tú tienes un problema visual. No ves las letras y las palabras como deberías. Pero a menos que las veas correctamente, es imposible que las deletrees, las escribas o las comprendas.

–Acabo de consultar al oculista. Veo bien.

«¡Vamos, Tess! –la regañó Olivia para sus adentros–. Sabes bien a qué se refiere Sandy.»

Sandy permaneció imperturbable.

–En un sentido físico, sí. Tus ojos ven lo que hay en el papel, pero no lo interpretan de una manera que tu cerebro alcance a comprender. Es algo que podemos corregir.

–¿Cómo?

–Proporcionándote herramientas para que veas de una manera correcta.

–¿Herramientas, como tuercas o tornillos? ¿O anteojos especiales? –preguntó Tess con tono de aburrimiento.

Olivia tuvo que morderse la lengua para no reprender a su hija.

Pero una vez más, Sandy permaneció imperturbable.

–Herramientas, como nuevas maneras de mirar las palabras. Nuevas maneras de leer libros. Nuevas maneras de estudiar para los exámenes. Nuevas maneras de rendir en esos exámenes.

–¿Y usted puede lograr todo eso en un solo verano?

–Puedo acercarme mucho a una solución. –Se volvió

hacia Olivia y dijo–: Existen estrategias de aprendizaje para niños como Tess. ¿Le han enseñado alguna?

Olivia parpadeó y negó con la cabeza.

–¿Y a trazar mapas visuales?

–No –contestó Olivia–. Sus maestras se han contentado con corregir lo que ella hacía en el colegio.

–Sin mucho éxito –acotó Tess.

Sandy le sonrió.

–Bueno, tal vez ese sea el motivo. Debemos ser activas, no reactivas. Debemos prepararte para que triunfes en lugar de tratar de que te pongas a la par de los demás después de haber fracasado.

Tess no supo hacer ningún comentario a eso.

–Así que parte de lo que haremos será leer los libros que luego verás durante el otoño.

–Es decir ¿que los lea ahora y que después los vuelva a leer en el otoño? –preguntó Tess, desconcertada–. No creo que eso me ayude. Soy una pésima lectora.

–No lo serás cuando aprendas a hacerlo como corresponde.

–¡Pero si tardo una eternidad en leer un solo libro! –se quejó Tess.

–No seguirás tardando tanto cuando aprendas a hacerlo de la manera que te conviene.

–Pero ¿cómo voy a saber qué libros me pedirán que lea durante el otoño si ni siquiera sé a qué colegio iré?

Olivia explicó la situación.

Pero Sandy también tenía respuesta para eso.

–Conseguiremos listas de libros de lectura en las escuelas públicas a las que has asistido, y también en las de Cambridge Heath y otros colegios privados. Ya verás que algún libro coincide. Con ese trabajaremos. Casi todos los que corresponden a tu nivel son buenos para enseñar formas de visualización. Haremos trabajos de vocabulario con cualquiera de los libros que elijamos.

Tess lanzó un quejido.

–En vocabulario soy espantosa. Nunca logro deletrear bien una palabra.

–¿En serio? –preguntó Sandy. Abrió su maletín y sacó un libro–. En nuestro colegio usamos este libro en quinto curso.

–¡No puedo hacer trabajos de quinto! Todavía no he pasado a ese curso.

Sandy abrió el libro por una página cualquiera, lo colocó frente a Tess y señaló.

–¿Sabes leer esta palabra?

–Camisón –dijo Tess.

–¡Ah! Has visto las letras con que empieza, la c y la a, y has adivinado el resto. Es verdad que esta palabra empieza con ce, pero no es camisón.

–¿Lo ve? Yo no sirvo para esto.

En un gesto tranquilizador, Sandy apoyó una mano en el brazo de Tess. Volvió a abrir el bolso y sacó un bloc, cogió un lápiz y escribió la palabra «capitán» en mayúsculas. Se la mostró a Tess.

–Esta es la palabra del libro. Mírala aquí y mírala en el libro. ¿Te parece que es la misma?

Tess las comparó. Asintió.

–Capitán –repitió Sandy y volvió a escribir la palabra–. Esta no es una persona cualquiera sino una persona determinada.

–Un soldado –dijo Tess.

–Correcto. –Señaló con la punta del lápiz–. Mira estas letras que suben y bajan dentro de la palabra como espadas o lanzas. Ahora dibujaré una línea alrededor de ellas. –Lo hizo mientras hablaba–. Bajaré hasta la parte inferior de la p y subiré hasta la parte superior de la t. La línea será más baja sobre la a, la i, la otra a y la n. Es decir que la línea sube y baja, rodeando las letras. Ahí la tienes. La palabra ha quedado encerrada en una especie de caja. Mira la forma que tiene.

Tess se inclinó a mirar.

–Pasa un dedo por encima del dibujo –pidió Sandy.

La niña lo hizo.

–¿Percibes la forma? –preguntó Sandy–. ¿Sientes esas especies de lanzas que suben y bajan, como si se trataran de las lanzas de la guardia real?

Tess asintió.

Sandy arrancó la página del bloc.

–Una de tus maestras informó que sabes dibujar. ¿Es cierto?

Tess se irguió un poco y volvió a asentir.

Sandy colocó la hoja junto a una en blanco. Le entregó el lápiz a Tess.

–Dibújame un soldado.

–¿Un soldado? ¿Cualquier soldado?

–El que quieras, con tal que sea un soldado.

Mientras Tess dibujaba, Sandy se echó atrás. Observó el patio y luego el viñedo. Respiró hondo. Era evidente que estaba disfrutando de lo que hacía.

Olivia pensaba que Sandy tenía mucho más entusiasmo que las anteriores maestras particulares de su hija cuando Tess dio por terminado el dibujo.

En los ojos de Sandy brilló la admiración.

–¡Pero si dibujas muy bien! Esto será divertido. Ahora escribe la palabra debajo del dibujo.

Tess tomó el lápiz y copió la palabra de la primera hoja.

–Ahora encierra la palabra en una caja, tal como lo hice yo –dijo Sandy–. Y tómate tu tiempo.

La niña trazó la caja que encerraba la palabra. Una caja que tenía sus toques especiales en las esquinas. Olivia no esperaba una conformidad total, pero el dibujo seguía la línea general de las letras. Haciendo a un lado el lápiz, Sandy tomó ese papel y el primero que ella misma había usado y les dio la vuelta para que Tess no pudiera copiar nada.

–Ahora escribe la palabra –pidió.

Tess estuvo a punto de discutir. Pero cogió el lápiz y escribió correctamente la palabra «capitán».

–Bueno, ¡lo has logrado! –dijo Sandy–. Mañana tendremos una hora completa de clase debajo de aquel árbol de tronco grueso que hay del otro lado del viñedo.

–¿Una hora entera? En el colegio solo me daban media hora de clase particular.

–En realidad me gustaría darte dos horas por día –contestó Sandy.

–¡Dos! –Tess miró implorante a su madre–. ¡Este es mi veraneo!

–Una hora entonces –concedió Sandy con un suspiro conciliador–. Eso no te resultará demasiado terrible.

Tess suspiró de alivio.

A la mañana siguiente, sentada en el asiento de la ventana, Olivia sonrió al recordar la entrevista con Sandy. Tess se había portado mal. Sandy no solo era una maestra capaz en lo que se refería a dificultades de aprendizaje, sino que también sabía tratar a los chicos. Por primera vez ella se sentía optimista y convencida de que su hija estaba en las mejores manos. Sandy no enfrentaba la dislexia de Tess como se enfrenta a un enemigo. Sandy estaba de su lado. Olivia se sentía menos sola.

Apoyó el mentón sobre las rodillas. En ese sentido Asquonset era fascinante. Y no le preocupaba si tardaba más en escribir las memorias de Natalie. Porque estaba segura de poder hacerlo.

Notó un movimiento en el patio, una figura que se acercaba a un extremo para inspeccionar el viñedo al amanecer. Era Simon, puntual como siempre. Lo mismo que todas las mañanas, tenía entre las manos su taza de café humeante. Pero Olivia lo imaginaba más de lo que en realidad lo veía. La tenue luz del alba apenas le permitía distinguir su figura.

Estudió las piernas de Simon, sus caderas delgadas y el fuerte torso. Para combatir el frío de la madrugada, siempre se ponía varias camisas y por eso daba la impresión de tener hombros particularmente anchos. Ella sabía cómo eran esos hombros porque lo había visto con el polo de mangas recortadas, y le constaba que eran músculos sólidos.

Permaneció inmóvil y lo observó. Después de esa primera mañana ella no había vuelto a salir al patio. Era evidente que Simon no le tenía simpatía. Toparse con él no tenía sentido. Además, desde allí, donde estaba, no era necesario que se mostrara tímida. Lo podía mirar a sus anchas.

Tendría cinco minutos para hacerlo. Ese era el tiempo que él se quedaba allí bebiendo el café, observando su reino. Después abandonaría el patio, se mezclaría con las vides camino del cobertizo y ella lo perdería de vista. No cabía duda de que Simon era una criatura de hábitos fijos.

Como era previsible, a los cinco minutos él pareció dispuesto a irse. Sin embargo, no se alejó. Volvió la cabeza, como si hubiera oído algo y permaneció escuchando. De perfil, Olivia vio el pelo que le caía sobre la frente, las líneas de su nariz y su mentón. Luego él se volvió del todo y la miró directamente.

«Es imposible que me vea», pensó Olivia. Pero no estaba dispuesta a correr riesgos. Contuvo el aliento, siguió rodeándose las piernas con los brazos, mantuvo el mentón sobre las rodillas y permaneció inmóvil. Por lo menos todo lo que podía controlar estaba inmóvil. Sin embargo, el corazón le latía con más rapidez y sentía un extraño apremio. «Me ha pillado con las manos en la masa», pensó, conteniendo una risa nerviosa.

«No es posible que me haya visto», se dijo, pero intuía que Simon sí la había visto. De pronto él echó a andar en dirección a su ritual diario.

10

La lluvia repiqueteaba contra el techo del loft sobre cuyo escritorio Natalie había extendido sus fotografías. Olivia las reconoció como el primer grupo que había recibido Otis, hacía varios meses. No encontró en ellas a su mujer misteriosa. Esas fotografías eran de una época aún anterior. Eran tomas muy antiguas en blanco y negro, casi todas de terrenos silvestres y edificios sombríos. En uno de esos edificios Olivia reconoció los principios de la Casa Grande.

–Tienes buen ojo –dijo Natalie cuando ella le hizo el comentario, pero en lugar de extenderse sobre el tema, como Olivia supuso que haría, simplemente se quedó mirando las fotografías.

Olivia permaneció a su lado en silencio. Eran fotografías poco alentadoras que le recordaban las que había visto de la época de la Depresión. A los pocos minutos, ella también sintió que acababa de llegar a Asquonset, con la familia de Natalie, aquel día frío y lluvioso de 1930.

Volviéndose apenas, Natalie tomó una fotografía. Era la de Carl, el trampolín hacia ese primer recuerdo consciente.

Estaba vestido así, solo que ese día, por la lluvia, se había puesto un gorro de lana marrón y una chaqueta también de lana. Estaba parado en el campo como si estuviera plantado en la tierra, y parecía tanto más alto y mayor que yo, que lo lógico hubiera sido que me asustara. Era un desconocido y en un lugar desconocido. Hasta el día de hoy, no comprendo por qué no salí corriendo de regreso a la casa. Carl no sonreía. Pero había en él algo... algo bondadoso. Y ese día a mí me hacía falta bondad.

–¿Estás perdida? –preguntó con un tono que no parecía el de un chico tan mayor.

Negué con la cabeza.

–¿Asustada?

Volví a menear la cabeza. Me aparté el pelo mojado de la cara.

–Bueno, no pareces muy feliz.

No lo era. Tenía frío, estaba empapada y sola.

–Quiero ir a casa –dije.

Carl miró la casa de la granja.

–Nadie te lo impide.

Pero esa casa no era la mía.

–A casa en Nueva York.

–Yo fui a Nueva York una vez y no tengo ganas de volver. Me siento mejor aquí.

–¿Por qué?

–Aquí hay aire, árboles, agua.

–Yo solo veo lluvia y barro –declaré.

–¿Sabes qué es el barro?

–¡Claro que sí! –exclamé, convencida de que él me creía una niña–. ¡Es tierra mojada!

Carl no perdió su tranquilidad.

–Solo en la superficie. Debajo es lo que hace que las cosas crezcan. No hay tierra como esta en otros lugares. –Se acuclilló y hundió una mano en el barro–. Si este barro fuera duro, no serviría para nada. Pero ¿ves?, es blando. Tiene buen drenaje. Por eso podemos cultivar lo que cultivamos.

–Yo no quiero cultivar nada.

Carl se puso de pie y extendió la mano embarrada para que la lluvia la lavara.

–Eso es porque quieres estar en Nueva York, pero no estás allí. Estás aquí.

–Mis amigos están en Nueva York.

–Ya tendrás amigos aquí.

–Mi colegio está en Nueva York.

–El de aquí no tiene nada de malo.

–Pero yo no pienso quedarme aquí. Volveré a Nueva York.

–¿Te lo dijeron tus padres?

No, no me lo habían dicho. Mientras comprendía lo tremendo de esa realidad, se me llenaron los ojos de lágrimas. Luchando por contenerlas, comencé a temblar. ¡Me sentía tan mal!

–La ropa que usas no es la que corresponde –dijo Carl, en un tono que sugería preocupación más que crítica. Sin embargo, eso es algo que solo he comprendido al pensarlo retrospectivamente. En aquel momento era demasiado pequeña y estaba demasiado asustada para poder hacer la distinción. Lo único que oí fue... bondad.

–Necesitas ropa adecuada –agregó Carl–. Te hacen falta pantalones, verdaderos zapatos y una chaqueta como la mía.

Antes de que yo comprendiera lo que pensaba hacer, se había sacado la chaqueta y me envolvía con ella.

Debí de sentirme horrorizada. El contraste entre esa vulgar chaqueta marrón y mi suave abrigo azul era justamente todo lo que yo no quería. La chaqueta era vieja y estaba mojada pero tenía olor a limpio. Temí que estuviera más limpia de lo que en ese momento estaba mi abrigo. Y me produjo una inmediata sensación de calidez.

–Ven, te acompañaré a tu casa.

Comenzó a caminar hacia la casa de la granja, tomándome el brazo con una mano. Era la misma mano que había hundido en el barro. Pero la lluvia se la había lavado con rapidez.

–¿Y consiguió todas esas cosas? –le preguntó Olivia a Natalie.

–¿Qué cosas?

–Pantalones, zapatos, una chaqueta como la de Carl.

Natalie cogió una fotografía del escritorio. En ella se veía a un grupo de chicos que arrancaban patatas de la tierra. Por lo menos Olivia estaba convencida de que eran varones cuando reparó en la antigua fotografía. Pero Natalie tenía una expresión tan presumida que la obligó a estudiar la fotografía con más atención.

–¿Esta es usted? –preguntó, señalando a uno de los chicos que, a pesar de llevar los mismos tejanos, camisa y zapatos que los otros, de repente no le pareció que fuera un varón.

Natalie lo confirmó e identificó a los demás.

–Aquí está Carl. Este es mi hermano Brad. Carl y Brad eran de la misma edad. Estos otros dos chicos eran hijos de un vecino. Les dábamos patatas y maíz a cambio de leche.

Pero Olivia no podía dejar de mirar a esa muchachita. Ya estaba enterada de que la familia de Natalie lo había perdido todo antes de llegar a Asquonset. Sin embargo, saberlo era una cosa; aceptarlo, otra. Hacía demasiado tiempo que imaginaba a Natalie viviendo una vida fácil y elegante como para que no la impactara lo que acababa de ver.

–¿Cuántos años tenía?

–Tal vez... siete.

–¿Y trabajaba en el campo? –Era algo que Olivia jamás hubiera supuesto.

–Todos lo hacíamos.

–¿No había leyes que lo impidieran?

Natalie sonrió.

–Díselo a las familias que se alimentan de lo que cultivan. En realidad, nosotros estábamos entre los más afortunados. La granja no estaba hipotecada. A principios de la década de los treinta, las ganancias de los granjeros cayeron tanto que, aun los que lograban alimentarse, perdieron sus tierras. El precio que tenía lo que cosechaban eran tan bajo que no lograban pagar sus hipotecas. –Señaló a los chicos vecinos–. Ellos perdieron su granja.

–¿Y qué hicieron?

–Mi padre la compró. Y ellos siguieron allí, trabajando para él.

–Yo creí que su padre estaba aruinado.

–Lo estaba, en comparación con lo que teníamos cuando vivíamos en Nueva York, pero todo es relativo. Papá compró todas las granjas vecinas por un precio ínfimo.

–Pero ¿de dónde sacaba ese dinero?

Natalie tomó otra fotografía. Mostraba a Jeremiah

Burke sentado en un carro. El carro estaba cargado con los mismos toneles que Olivia había visto en las fotografías de Carl.

–¿Vino? –adivinó Olivia, encantada.

Natalie asintió. Estudió la fotografía. Olivia siguió preguntando con suavidad.

–¿Gracias al vino pudieron superar la Depresión?

–No producíamos mucho vino. No sabíamos cómo hacerlo. Lo que ves aquí tal vez sea la producción de todo el año, pero el precio del vino era mucho más alto que todo lo demás que cosechábamos. El mercado negro se encargaba de eso. Si no hizo otra cosa, la Prohibición logró que beber fuese una necesidad.

–¿Y no tenían miedo de que los descubrieran?

Los ojos de Natalie reflejaron pena.

–De alguna manera, mi padre estaba deseando que lo descubrieran. Él nunca se recuperó de la quiebra. Tenía una habilidad natural para los negocios, como comprar granjas vecinas, pero nunca pudo superar la sensación de culpa ni la vergüenza por lo sucedido en Nueva York. Supongo que no podrás verlo en esta fotografía... aunque tal vez lo notes si miras profundamente esos ojos angustiados. Pero papá era un hombre destrozado. En un tiempo fue robusto y extrovertido, pero mira lo delgado que está aquí. Y nosotros teníamos comida. Pero a él le costaba comer. Si lo hubieran sancionado por vender vino, tal vez se habría sentido mejor. No encarcelaban a los infractores. El gobierno ni siquiera podía empezar a castigar a todos los que quebrantaban la ley. La Ley Volstead fue votada para reforzar la Prohibición, pero le destinaron un número ridículamente pequeño de agentes y había una cantidad innumerable de transgresores. Así que mi padre produjo su vino. El dinero que obtuvo vendiéndolo nos proporcionó una base para el futuro. Y te lo digo literalmente. La Prohibición fue abolida en 1933. Entonces nuestro vino perdió valor, y en realidad tampoco era demasiado bueno. Pero mi padre era un visionario. Importó cepas europeas y comenzó a plantar distintas variedades. –Sonrió con tristeza–. ¡Pobre hombre! Hizo un ensayo tras otro. Fracasaba una variedad, después otra y otra más. Mi padre no tenía olfato vitícola.

–Pero Jeremiah, sí. ¿Él no lo ayudó?

–Jeremiah se encargaba de cosechar patatas y maíz, zanahorias y remolachas. Las uvas eran otra cosa y nosotros no éramos los únicos que teníamos problemas. Los europeos eran los expertos en viticultura, pero sus métodos aquí no daban tan buen resultado. Solo en los años sesenta Estados Unidos inventó su propio método y por fin pudo entrar en el juego. Para entonces mi padre ya había muerto.

–¡Qué triste!

Natalie se apoyó contra el borde del escritorio.

–Sí. Porque en realidad él lo empezó todo. Lamento que no haya vivido para ver lo lejos que hemos llegado. Aquellas épocas en que estábamos todos aquí...

–¿Quiénes eran todos? –preguntó Olivia, aprovechando la oportunidad que se le presentaba–. ¿Su familia es muy numerosa?

–No muy numerosa. Están Susanne y su marido, Greg y su mujer. Susanne y Mark tienen dos hijos ya adultos, pero ninguno de ellos se ha casado. Melissa es abogada, Brad es consultor financiero. Greg y Jill todavía no tienen hijos. No sé qué están esperando. En mi época, teníamos hijos cuando éramos más jóvenes. Pero las cosas han cambiado. Jill no es mucho mayor que tú, de manera que, de acuerdo a los parámetros actuales, todavía tiene tiempo. Eso no quiere decir que yo no esté impaciente. Me encantaría tener más nietos, pero no es una decisión que pueda tomar yo. –Levantó los ojos al cielo–. Tal vez Melissa o Brad se casen y me den bisnietos, antes de que Jill y Greg se decidan a tener hijos. –Miró a Olivia–. ¿Y tú? ¿Tus padres todavía viven?

Olivia se encogió de hombros.

–No tiene importancia.

–¡Por supuesto que la tiene! Me gusta conocer bien a las personas que trabajan en mi casa. ¿Tus padres viven?

–¡Oh, sí! –contestó Olivia, porque ella misma quería creerlo. Hasta quería creer que su padre y su madre se mantenían en contacto.

–¿Dónde?

Olivia se dejó llevar por una de sus fantasías, una fantasía tan familiar que ya casi creía que era cierta.

–San Diego.

Imaginaba que su padre era un oficial de marina cuyos frecuentes cambios de destino lo mantenían en constante movimiento. Sin embargo, ahora que debía de ser un oficial superior y al borde de la jubilación, ya no debía de viajar tanto. Sin duda tendría una casa en la playa de San Diego. Y por lo que ella sabía, tal vez en ese mismo momento Carol estuviera allí con él.

–¿Tienes hermanos? –preguntó Natalie.

Todavía inmersa en su fantasía, Olivia asintió.

–Cuatro. Son marinos, igual que mi padre.

A Natalie se le iluminaron los ojos.

–Justamente aquí, en Newport, hay una base naval. ¿No crees que existe la posibilidad de que tu padre o alguno de tus hermanos tenga alguna misión allí mientras tú estás aquí? Alexander era amigo del secretario de Marina. Con gusto yo haría algunas averiguaciones.

Olivia dio marcha atrás.

–¡Oh, no! No es necesario. Se lo agradezco, pero eso no daría resultado. Lo que le quiero decir es que yo estoy aquí porque ellos están allá. Tenemos vidas muy distintas.

La expresión de Natalie fue de desilusión.

–¿Quiere decir que no estáis muy unidos?

–Bueno, sí, estamos unidos –contestó Olivia, porque lo último que quería era que Natalie pensara que ella no valoraba los lazos familiares, sobre todo si en definitiva resultaban ser parientas. De manera que aunque significaba aumentar la mentira, siguió dando rienda suelta a su fantasía–. Lo que pasa es que soy la menor. Usted solo tuvo un hermano mayor, pero yo tengo cuatro. Ellos le dan un sentido exagerado a la palabra «protección». Yo me sentía ahogada. Ni siquiera podía respirar. Hasta que aceptaron darme espacio.

–Pero ¿y Tess? ¿No quieren verla?

–Sí, por supuesto. De vez en cuando vamos a visitarlos.

–Ya.

Olivia no conocía el significado exacto de esa palabra, pero no pensaba perder tiempo averiguándolo. Tenía necesidad de poner distancia entre sí misma y la historia que acababa de contar.

–Quiero saber más acerca de esto –dijo, tomando otra fotografía del escritorio. En ella los chicos eran varios años mayores y estaban sentados en un tractor. Brad en el parachoques y Natalie instalada en el asiento del conductor, junto a Carl. No podía tener más de nueve o diez años y todavía parecía un muchachito. Los dos varones empezaban a tener aspecto de hombres–. Usted me dijo que Brad era su único hermano. ¿Tuvo hermanas? –No había ninguna en el coche cuando la familia abandonó Nueva York, pero tal vez en ese momento las hermanas de Natalie estaban viviendo con otro pariente.

Natalie meneó la cabeza.

–Solo fuimos Brad y yo.

Olivia no se dejó descorazonar. Ya había decidido que la mujer misteriosa debía ser una prima o una amiga de Natalie.

Estaba a punto de preguntárselo cuando Natalie levantó la fotografía de Brad, Carl y ella en el tractor y se dejó llevar en silencio por los recuerdos. Transcurrió un rato antes de que hablara.

Mi situación era distinta a la tuya. Mi hermano y Carl me protegían pero a mí no me molestaba que lo hicieran. Y a ellos no parecía importarles que siempre los acompañara. Yo me expresaba bien, era ágil e inteligente. Compensaba con rapidez e ingenio lo que me faltaba en fuerza. Los tres íbamos juntos a todas partes. Yo era uno de ellos.

No sé qué habría hecho sin ellos. Asquonset significaba una experiencia nueva tras otra, mis padres no me servían de ayuda. Eran estoicos y severos. Nos dirigían hacia un lado o hacia el otro y nos decían lo que debíamos hacer en la granja, pero jamás reían. Casi nunca sonreían siquiera. Junto con la sensación de seguridad, habían dejado atrás en

Nueva York el sentido de la alegría. Agrégale a eso la vergüenza que tenía mi padre, y comprenderás que la situación no era agradable. Mis padres vivían cada día como si esperaran que se produjera otra quiebra. Durante esos años envejecieron a una velocidad increíble. En muy poco tiempo se convirtieron en viejos. Resultaba muy doloroso verlo.

Nosotros éramos más resistentes, yo casi más que Brad. Era menor. Por lo tanto mi apego a Nueva York también lo era. Además, ese primer día había encontrado allí algo que Nueva York no tenía. Había encontrado a Carl.

Él se convirtió en mi ídolo. Era reservado y seguro. Nada lo alteraba. Conocía a todos y lo sabía todo. Por más nueva que fuera para mí la vida en Asquonset, estar con Carl era lo mismo que estar en un lugar conocido. Su confianza era contagiosa.

Empecé a asistir al colegio e hice amigos, y esos amigos ignoraban en qué nivel social habíamos estado. Solo sabían que estábamos en una posición económica mejor que la de ellos, y así era. Comíamos tres veces por día. Nuestra ropa era más práctica que elegante, pero nunca tuvimos que andar descalzos. Todos los sábados por la tarde íbamos al cine. Era algo que nos podíamos permitir. No podíamos permitirnos viajar, pero la idea de tomar un tren ya no nos atraía. Los noticiarios solo hablaban de los hambrientos y sin hogar que viajaban en trenes de carga. Nosotros estábamos lejos de estar hambrientos y de carecer de hogar.

Por supuesto que todo era relativo. Asquonset era un lugar austero que se hizo más opresivo a lo largo de la Depresión. Si nuestros padres no estaban sentados, tiesos y alerta frente a la radio, leían los diarios en busca de malas noticias, que nunca faltaban. Largo tiempo después del principio de la Depresión, seguían cerrándose bancos. Quebraban cada vez más amigos de mis padres. Ellos habían estado en el centro de la vida social de Nueva York, y conocían personalmente o de nombre a las personas que mencionaban los diarios. El desempleo era cada vez más alto. Las villas de emergencia, llamadas Hoovervilles, cre-

cían para albergar a los sin techo. Las ollas populares estaban inundadas de gente hambrienta.

Roosevelt logró ser elegido presidente con las promesas del New Deal, pero lo único que mis padres veían eran fotografías de la devastación producida por la sequía. Aunque Asquonset continuaba siendo fértil y húmedo, temían que en cualquier momento les tocaría a ellos. Leyeron todo lo que pudieron acerca de la prevención, y nos enviaban a los lugares más lejanos de nuestras tierras para que plantáramos árboles y pasto para anclar la tierra. Mucho después de que la economía comenzara a mejorar, ellos siguieron temiendo una recaída.

Brad fue víctima de ese temor. Cuando la melancolía y la tristeza le resultaron intolerables, se fue. Abandonó el colegio a los dieciséis años y mintió acerca de su edad para conseguir trabajo en el Departamento de Obras Públicas. Construía puentes y caminos. Cavaba túneles. Enviaba dinero a casa. Pero ese era un pobre consuelo para mi padre, que quería que su hijo fuese un hombre educado y preparado para el momento en que volvieran a abundar los buenos empleos. Más aún, al perder a Brad, acababa de perder a uno de sus trabajadores más capaces.

En cuanto a mí, acababa de perder a uno de mis dos mejores amigos. Lo mismo le sucedía a Carl. Así que él y yo nos unimos aún más. Si no hubiéramos crecido juntos, en ese momento, los cuatro años de diferencia de edad que había entre nosotros habrían sido insuperables. Porque habríamos ido a colegios distintos, con distintos compañeros y distintas actividades. Sin embargo, entonces las cosas no eran así. Lo hacíamos todo juntos.

Natalie sonrió. En ese momento estaban sentadas en sendos sillones. Olivia tomaba notas en un cuaderno. Natalie tenía las manos enlazadas con suavidad.

Olivia estaba deseando que siguiera hablando, pero Natalie solo sonreía con dulzura y asentía de vez en cuando. Estaba de regreso a ese mundo tan lejano.

Olivia también quería estar allí.

–¿Por qué no me cuenta qué cosas hacían juntos?

–Bueno, íbamos y veníamos juntos al colegio.

–¿En autobús?

–¡Nooo! –lo dijo con una risita burlona–. No había autobuses. Caminábamos.

–¿Muy lejos?

–Cuatro kilómetros y medio. A medida que avanzábamos se nos iban uniendo otros chicos. Carl era como el Pied Piper. Era el más alto y el menos conversador, pero tenía cierto... –buscó la palabra– carisma. Nunca trataba de llamar la atención, ni le hacía falta, pero la gente se sentía atraída por él. Ya sabes, la mística del que se muestra más desinteresado. Carl pasaba por un lugar y la gente miraba, y cuando miraba, también nos veía a Brad y a mí. Éramos sus laderos. Gracias a él, aquí nos aceptaron con tanta rapidez.

En ese momento Olivia también sonreía, imaginando esa diaria procesión a la escuela.

–Eso suena muy ingenioso.

–¿Ingenioso?

–Divertido.

–Caminar cuatro kilómetros y medio bajo la lluvia no era divertido.

–Pero que lo hicieran todos juntos, siguiendo al Pied Piper, es una imagen maravillosa. ¿Qué más hacían?

–¿Hacíamos?

–Para divertirse.

–¡Ah! Pequeñas cosas.

–¿Como qué?

Natalie se encogió de hombros.

–Ya sabes. Lo que hacen todos los chicos. –Se ruborizó–. El tiempo no ha cambiado algunas cosas.

–¿Sexo? –preguntó Olivia, sorprendida, porque creía que el tiempo sí había cambiado en ese sentido, por lo menos en lo que a edades se refería. Al notar que las mejillas de Natalie seguían sonrosadas, dijo–: Lo siento. Eso es algo privado. No debí preguntárselo.

–Yo te contraté para que me hicieras preguntas sobre cosas privadas. No necesariamente te contestaré siempre, pero quiero que preguntes. –Recuperó su compostura–. En realidad, el factor edad sí tuvo mucho que ver en eso. Cuando Carl tenía catorce años, yo solo tenía diez. Cuando él tuvo dieciséis, yo solo doce. No éramos novios. No nos hacíamos arrumacos en la última fila de un cine. Hubo una pausa.

Olivia la ayudó a seguir.

–Pero era lo que usted hubiera querido hacer.

Natalie asintió, todavía ruborizada.

–Carl era la única persona con quien podía imaginar estar. Solía soñar con eso.

Quedó en silencio, pero la expresión de su rostro continuaba hablando de cosas maravillosas. Olivia la observó hasta que no pudo seguir soportando el suspense.

–¿Soñaba con casarse con él?

–Bailábamos juntos –dijo Natalie.

–¿Usted soñaba que bailaba con Carl?

–No. Era real. Durante la Depresión se bailaba mucho. Era el entretenimiento más barato.

–¿Usted y Carl participaban en los maratones de baile?

–No. Pero conocíamos a algunas personas que los hacían. Algunas de ellas seguían bailando y bailando durante semanas, muchas con buenos motivos. Mientras permanecieran en pie, tendrían un techo sobre sus cabezas, comida y la posibilidad de ganar un premio en dinero. –Sonrió–. No, Carl y yo no hacíamos eso. Pero lo habíamos visto bastante en los noticiarios como para conocer algunos pasos de baile. Carl tenía una pequeña radio. Nos escondíamos detrás del cobertizo, poníamos música y bailábamos. –Abrió mucho los ojos. Acababa de recordar algo más, otro buen recuerdo a juzgar por la excitación de sus ojos.

–¿Qué? –preguntó Olivia.

Natalie la miró, luego apartó la vista y rió.

–En realidad es una tontería. ¡Pero era tan agradable!

Olivia rió con ella.

–¿Qué?

–Enero, febrero y marzo, esos son los meses importantes en un viñedo. Es la época en que se podan las viñas. Es el trabajo que da el tono al crecimiento del año siguiente. En esos primeros días, mi padre insistía en hacerlo él mismo. Nuestro trabajo consistía en reunir los sarmientos podados. Con el tiempo se quemarían, pero antes los usábamos para construir chozas.

–¿Chozas? –preguntó Olivia, fascinada.

–Carl sabía entretejer los sarmientos para que se mantuvieran unidos. El producto terminado no era elegante y, como los sarmientos no tenían hojas, se seguía viendo el exterior. Pero esas paredes cortaban el viento y el frío. Eran un lugar muy agradable.

–¿Y ustedes bailaban allí?

–¡Por supuesto! ¡Oh, Dios! Yo levantaba los ojos para mirarlo, bailando como lo había visto hacer en las películas. Carl no era un gran bailarín, nunca lo fue. Los pies no le respondían, pero ¡vaya si sabía lo que debía hacer con los brazos! –Inhaló profundamente y, con los labios cerrados, tarareó un par de compases.

Olivia no tomaba notas. No tenía necesidad. Alcanzaba a ver esa choza tan clara como el día y los veía a ellos a través de los huecos que dejaban los sarmientos. El interior de la choza debía de estar iluminado por una vela, que brindaba su luz a dos cuerpos que se balanceaban con suavidad. Le parecía oír el eco de la orquesta y hasta la estática de la primitiva radio. ¡Era tan increíblemente romántico!

Lanzó un suspiró y se echó atrás en la silla.

–Deben de haber sido tiempos espléndidos. Me habría gustado vivir entonces.

Natalie le dirigió una mirada extraña, parecida a la que, no hacía mucho, le había dirigido Otis.

–No, no te habría gustado. Eran épocas muy duras. El futuro era incierto. A fines de la década la guerra ya se olía en el aire. Ni siquiera puedes imaginarte lo que fue eso.

–Pero en esa época las familias estaban más unidas. Se apoyaban unos a otros.

–Eso no quiere decir que fueran más felices.

–Pero entonces la vida era más simple –insistió Olivia–.

Hay momentos en que daría el brazo derecho con tal de tener menos responsabilidades.

–¿Te parece que nosotros teníamos menos responsabilidades?

–Creo que la división de trabajos estaba más definida. Los hombres trabajaban, los chicos estudiaban y las mujeres se encargaban de la casa. Hoy en día está todo mezclado y sobrecargado.

Natalie le dirigió una sonrisa de incredulidad.

–Tienes una visión idealizada del pasado. La división del trabajo tal vez haya sido más definida, pero el trabajo en sí era más duro. No existía la tecnología de hoy.

–Tal vez no –contestó Olivia, decidida a no ceder–, pero la tecnología tiene sus límites. A mí no me importa que las fábricas de suavizantes afirmen que si se usan dejan la ropa con olor a aire libre, porque no hay nada que se parezca al olor de las sábanas secadas al sol.

–Bueno, eso es indiscutible –contestó Natalie de buen humor–. Pero sigo creyendo que te equivocas con respecto a lo demás. Antes la vida no era más fácil que ahora. Era... bueno, distinta, eso es todo.

Olivia no creyó a Natalie, como tampoco había creído a Otis. En los años treinta tal vez la vida hubiera sido más dura en un sentido físico, pero ella prefería mil veces las dificultades físicas al estrés emocional. Sí, los años treinta seguían siendo los viejos buenos tiempos. La vida era más simple. Las necesidades estaban mejor definidas y la gente era más honesta. Cuando el tema era la supervivencia, las opciones eran más claras.

En la actualidad, el tema no era la supervivencia, con lo cual las opciones eran turbias. Ahora las personas se iban de su casa y vagabundeaban. Hacían cosas distintas. Asumían distintas personalidades. Olivia asumía tantas al mismo tiempo que por momentos no soportaba el peso y cada personalidad tenía sus propias responsabilidades. Ella sabía lo que era sentirse sola y aplastada cuando esas responsabilidades chocaban entre sí.

No esperaba que eso le sucediera en Asquonset. Suponía que la vida a las órdenes de Natalie sería una vuelta a los viejos y buenos tiempos. Y no cabía duda de que ella y Tess se habían sentido cuidadas y mimadas desde su llegada.

¿Una vuelta a tiempos más sencillos? La vida en Asquonset durante las semanas siguientes a su llegada sería cualquier cosa menos sencilla.

11

Nada era sencillo, ni siquiera en Asquonset. Aun allí a Olivia la abrumaban los problemas.

Era madre, eso nunca cambiaba. Era chófer cada vez que Tess necesitaba que la llevaran o que la fueran a buscar al Yacht Club; maestra cuando debía ayudarla a hacer los deberes que le ponía Sandy; terapeuta cuando la niña estaba deprimida, cosa que seguía sucediendo demasiado a menudo para la paz de espíritu de su madre. Y en lo que a Tess se refería, Olivia también era criada, lavandera y hasta cocinera.

Estaba en plena búsqueda de trabajo para sí misma y de un colegio para Tess.

Era una fugitiva cada vez que Ted llamaba a la oficina de la bodega donde la recepcionista, advertida, no le pasaba la comunicación.

Y a pesar de las mejores intenciones de Olivia, ni siquiera las memorias de Natalie eran sencillas. Ya estaba organizada. Natalie le había adjudicado un lugar en ese maravilloso loft del segundo piso donde tenía su propio escritorio y ordenador, y había organizado un sistema de archivos para sus notas y las fotografías que las acompañarían. Por la noche, tendida en la cama, imaginaba horas de trabajo en la silenciosa soledad de esa oficina, durante las que redactaba sus notas y organizaba las fotografías de la vida de Natalie como lo haría un biógrafo famoso. Y en lo que se refería a esa «biógrafa famosa» se imaginaba entrando en una de las elegantes librerías de Cambridge, donde daría una conferencia en una sala atestada de público compuesto, en su mayoría, por los más famosos intelectuales. Imaginaba que otras celebridades la contratarían para que escribiera sus memorias. Se imaginaba conduciendo un programa de entrevistas para la televisión.

La realidad era menos idílica. A pesar de que la historia de Natalie era fluida, a Olivia no le resultaba fácil encontrar las palabras exactas y ponerlas en el orden exacto. A veces tardaba diez minutos en redactar una frase, y por lo general lo hacía por la noche. Durante el día en el loft no había silencio ni soledad, sobre todo porque el teléfono sonaba continuamente. Por lo visto Natalie no era ninguna violeta marchita. Dirigía el departamento de marketing de Asquonset y recibía innumerables llamadas. También recibía llamadas del registro de votantes local, que ella presidía, y llamadas referentes a la kermese de la iglesia, cuya comisión también presidía. Entre esas llamadas, también había otras que se referían a los preparativos de la boda. Había enviado cerca de cien invitaciones y aunque con ellas adjuntaba una tarjeta para la respuesta, la mayor parte de los invitados prefería llamarla por teléfono.

–Quieren enterarse de chismes –le dijo a Olivia con disgusto después de haber atendido dos de esas llamadas en rápida sucesión–. Quieren conocer pequeños detalles escandalosos, como por ejemplo si hace años que Carl y yo salimos juntos, lo cual no es cierto.

Olivia se había estado preguntando lo mismo.

–Pero supongo que no se lo preguntarán directamente, ¿verdad?

–Bueno, no. Pero es lo que imaginan. Están llenos de preguntas venenosas, por ejemplo: «Hace mucho tiempo que estás con Carl, ¿no es así?». O: «Para ti debe de haber sido una tentación tenerlo cerca durante tantos años ¿verdad?». O: «¡Eres una zorra, Natalie Seebring!».

–¿En serio le dicen eso?

Natalie señaló el teléfono para referirse a la conversación que acababa de mantener.

–Esa última dijo: «Siempre supusimos que Carl estaba más cerca de ti que de Alexander». Y bueno, eso es algo que me revienta. En primer lugar no me gusta pensar en lo que deben de estar comentando entre ellos. En segundo lugar, la realidad es que Carl era la mano derecha de Alexander. Lo dio todo por él. Lo protegía constantemente.

–¿Lo protegía?

Natalie le quitó importancia con un movimiento de la mano.

–Durante las últimas dos semanas no ha pasado un día sin que haya llamado alguien para chismorrear, pero yo no tengo tiempo para esas cosas. Debo estar en la oficina dentro de cuarenta y cinco minutos. Varios representantes de nuestra agencia de publicidad han llegado desde Boston para hacer la presentación de la campaña de la primavera que viene.

Miró con expresión confusa las fotografías que tenía extendidas sobre el escritorio. Eran las más antiguas. Olivia quería que fuera identificando cada una de ellas con nombres y fechas. Pero en ese momento hasta a Olivia le parecía secundario.

–¿A quiénes ha invitado al enlace?

–Son casi todos amigos y colegas viñateros. Es una lista limitada.

–¿Algunos otros familiares? ¿Primos, tal vez? –¿Quizá hasta la mujer misteriosa? ¿No sería fantástico que así fuera? Le resultaría sorprendente encontrarse con una mujer parecida a su madre, o tal vez a ella misma... ¡o a Tess!

–Tengo primos, pero no me pareció apropiado invitarlos. Nunca hemos estado muy unidos. Alexander tiene una hermana. Los invité a ella y su familia. ¿Cómo no hacerlo cuando hace tantos años que es mi cuñada? Pero ella respondió que no vendría. Está ofendida. Bueno, no importa. No pretendemos que asista todo el condado.

Volvió a sonar el teléfono. Natalie lo miró con expresión indefensa y luego miró a Olivia.

–¿Quiere que atienda yo? –preguntó esta, tomando lápiz y papel–. No me cuesta nada llevar una lista de los que aceptan y los que rechazan la invitación.

–¿No te importaría? –repuso Natalie con tanta dulzura y un alivio tan evidente, que a Olivia se le hinchó el corazón.

«¡Por supuesto que no me importa! –pensó–. Para eso estamos los familiares.» Le sonrió a Natalie y tomó el teléfono.

–Residencia Seebring.

–Soy Lucy McEnroe. –Olivia anotó el nombre–. Quisiera hablar con Natalie, por favor.

Después de echarle una sola mirada al nombre, Natalie negó con la cabeza.

–Lo siento –dijo Olivia, pasando con entusiasmo al papel de persona de confianza de la casa–. Hoy ya no volverá a la oficina. Soy Olivia Jones, su asistente. ¿En qué puedo ayudarla?

«El marido es propietario de un restaurante de Nueva York –escribió Natalie en el cuaderno–. Compran nuestros vinos.»

–Solo quería saludar a Natalie –contestó Lucy–. Henry y yo acabamos de llegar de París y encontramos la invitación a la boda. Bueno, ha sido una sorpresa.

–¿No le parece una sorpresa maravillosa? –preguntó Olivia mientras miraba el nombre del restaurante que Natalie escribía en el cuaderno. Le resultaba conocido. ¿No había leído algo acerca de ese lugar en la revista *People*?

–Sí, pensándolo bien supongo que es una excelente noticia –contestó Lucy como si lo pensara por primera vez–. Sí, supongo que sí. Durante los últimos años Carl ha sido nuestro contacto con la bodega. Es un buen hombre.

Olivia se apoyó en esa frase.

–Para Natalie y para él sería una gran alegría que ustedes asistieran al casamiento. ¿Puedo anotar que aceptan la invitación?

–Bueno, todavía no estamos seguros. El fin de semana del día del Trabajo siempre es época de mucho trabajo para nosotros. Si los invitados son muchos, no tendremos oportunidad de estar con Natalie y Carl.

–En realidad –confió Olivia– será una reunión bastante íntima. Los novios solo han invitado a las personas que más significan para ellos. Usted y su marido han sido leales amigos. A todos nos produce un gran orgullo que los vinos de

Asquonset se sirvan en el Dome. ¡Es un restaurante tan importante! ¿No recibieron hace poco la visita del príncipe Carlos y sus dos hijos? –En cuanto terminó de hacer la pregunta tuvo un miedo espantoso de haberse equivocado.

Pero Natalie asentía encantada.

–¡Por supuesto! –confirmó Lucy, por lo visto tan impresionada como Natalie de que Olivia lo hubiera mencionado–. Nos fascinó porque la gente devora todos los detalles que puede acerca de esos dos muchachos. ¿No cree que es imposible ponerle precio a esa clase de publicidad?

–Completamente imposible –contestó Olivia mientras leía la última frase garabateada por Natalie–. Me temo que no le podemos prometer ese tipo de publicidad en la boda. Natalie tiene amigos en los medios, varios de los cuales vendrán, pero les ha pedido que respeten la privacidad de la ocasión, aunque es imposible saber si lo harán o no.

–¿Sabe? Creo que nos gustaría asistir a la boda –decidió Lucy–. Sí, nos gustaría muchísimo. Siempre he querido mucho a Natalie y a Carl... ese hombre maravilloso. Anote que hemos aceptado la invitación. Haremos los preparativos necesarios para que alguien atienda el restaurante en nuestro lugar.

«Sí», escribió Olivia en el anotador. Puso fin a la conversación como si Lucy fuese también una antigua amiga suya, colgó y miró a la sonriente Natalie.

–Gracias –dijo esta–. Lo has hecho muy bien. –Aunque cuando volvió a sonar el teléfono, su sonrisa desapareció–. ¡Dios mío!

Pero Olivia ya le había tomado el gusto al asunto. Levantó una mano indicando a Natalie que no se preocupase, volvió a levantar el auricular y pronunció un alegre:

–¡Residencia Seebring! –Después de escuchar unos instantes, le pidió a su interlocutor que esperara–. Es el que se encarga de la comida –explicó–. Pregunta si ha elegido los platos de la lista que él envió.

Natalie se apretó un dedo entre los ojos.

–Sí, se suponía que debía haberlo llamado la semana pasada. –Extrajo de un cajón del escritorio una carpeta que puso frente a Olivia–. Ya he decidido lo que queremos. Es demasiado pronto para hacer esto, aunque siempre podremos pedir algunos cambios, pero este hombre insiste en tener algo firmado. Está afiliado con Johnson y Wales. Es lo mejor que hay en el estado. En realidad podría cerrar los ojos y señalar a ciegas diez sugerencias de esta lista y todas serían increíblemente deliciosas. ¿Puedes repasar la lista con él mientras yo voy a la oficina? Creo que mis anotaciones son bastante claras.

Las anotaciones de Natalie era perfectamente claras. Olivia recorrió el menú, plato por plato, interpretando el papel de la anfitriona y haciendo todas las preguntas cuyas respuestas le gustaría conocer si fuera ella quien ofreciese la fiesta... y Dios era testigo de que había jugado a eso con bastante frecuencia. Le resultó divertidísimo.

No bien cortó la comunicación, volvió a sonar el teléfono. Esa vez era Annette, la recepcionista de la oficina, que llamaba para decir que el anuncio pidiendo una criada ya había sido publicado y que Natalie sugería que pusiera a la mujer elegida en contacto con Olivia.

Olivia jamás había contratado a una criada por horas y mucho menos una interna. Pero había algunas cosas bastante obvias. Aceptó la llamada, hizo preguntas acerca de detalles, tomó notas para mostrárselas a Natalie y las colocó en la carpeta titulada CRIADA. Se preparaba para poner en orden las fotografías de los primeros años de Asquonset, cuando llegó Carl.

–Te propongo que demos una vuelta –dijo él–. Te mostraré el viñedo.

En realidad no lo recorrieron a pie, sino que Carl sacó uno de los coches de golf que el personal utilizaba para trasladarse por Asquonset.

–En total tenemos treinta y dos hectáreas y media –explicó Carl con su voz profunda, lenta y confiada mientras conducía el cochecito con habilidad por los caminos de grava.

Olivia comprendía por qué Natalie había encontrado consuelo en esa voz durante los primeros tiempos de su estadía en Asquonset. Era viril, fluida y agradable.

–Dedicamos veinticinco hectáreas a las uvas –explicó–. Además sembramos también algunas hectáreas con maíz y patatas, pero el resto está forestada o dedicada a los edificios de la bodega. –Al doblar por un camino de tierra que zigzagueaba entre los árboles, le dirigió una mirada divertida–. Así que aquí estamos cruzando el bosque y tú debes de estar preguntándote por qué no construimos los edificios más cerca unos de otros.

Olivia sonrió.

–Sí, admito que por un momento me intrigó. Pero ¿qué sé yo de la fabricación de vino? Estoy segura de que tuvieron sus buenas razones para hacerlo.

–¿Buenas? –preguntó él con indulgencia mientras tomaban una curva–. En realidad, es más por un asunto de estética que por otra cosa. Natalie quería que la Casa Grande fuera algo especial. Quería que se irguiera sola, allá arriba, por encima del viñedo. Quería que los visitantes comprendieran lo que era en la época en que el viñedo no era más que un viñedo. –Lanzó una risita–. Por supuesto que hace años que ha dejado de ser «solo un viñedo». Pero hace más o menos veinte años que nos hicieron falta más edificios. Entonces a Natalie se le ocurrió la idea de tener distintos centros de actividad. Ella siente que cada uno de esos edificios tiene una importancia propia que se perdería si estuvieran todos agrupados. Así que ubicó la parte empresarial en un garaje reacondicionado, cerca del camino, y la bodega junto al río.

–¿Y el cobertizo? –preguntó Olivia.

Quedaba a tres minutos de camino de la Casa Grande. Para llegar hasta allí no hacía falta ningún cochecito de golf.

–El cobertizo es otra cosa –explicó Carl, sin apartar la mirada del camino–. Igual que la Casa Grande, se empezó a construir desde el principio y luego se fue agrandando. Tal vez si hubiéramos empezado a usarlo desde el principio, Natalie le habría dado su propio espacio. Pero dice que le gusta verlo. Afirma que es una parte tan vital del viñedo, que tiene derecho a estar cerca de la Casa Grande.

Hizo una pausa.

Olivia estaba admirando su perfil y pensaba la notable presencia de sus ochenta años, cuando él agregó:

–Hablando del cobertizo, quiero disculparme.

–¿Disculparse?

–Por Simon. No te ha recibido de una manera particularmente agradable.

Olivia sonrió y meneó la cabeza, para indicar que no había problema.

–Está preocupado por las uvas y hoy tenemos otro día húmedo.

En ese momento los árboles les servían de refugio, pero por encima de las copas el cielo estaba cubierto de nubes.

–Simon se ha portado muy bien conmigo.

–Apenas ha sido educado –comentó Carl, sosteniendo el volante con ambas manos–. Podría haber comido con nosotros por lo menos una noche desde tu llegada. Él debió ser quien te mostrara el viñedo. Era su obligación, dado que ahora es quien lo dirige. Pero quiero que sepas que su actitud no tiene que ver contigo. El problema es él mismo.

Sin embargo, Olivia sospechaba que también tenía algo que ver con ella. Simon sabía que estaba allí. Ahora todas las mañanas levantaba la vista y la miraba. Si ella hubiera sido más profesional, más exitosa, más interesante, habría tratado de entablar una relación entre ambos. No porque Simon le interesara. Decididamente no le interesaba. Pero además estaba lo del accidente.

–Me contó lo de su esposa.

Carl la miró con sorpresa. Aminoró la marcha del cochecito.

–¿Cuándo?

–La primera mañana de mi estancia aquí. Estábamos los dos fuera. Todavía no se había levantado nadie más. –Comenzó a hablar con rapidez, feliz de tener la oportunidad de que la situación quedara en claro–. Me dijo que le preocupaba la posibilidad de que Natalie me hubiera traído para que le hiciese compañía y que quería advertirme que eso no sucedería.

El cochecito se detuvo abruptamente. Carl parecía perplejo.

–¿En serio dijo eso?

–Yo le contesté que a mí él tampoco me interesaba y me alegra poder aclarárselo también a usted. –Quería que quedara muy claro, por si a alguien más se le ocurrían ideas raras–. Yo no soy el tipo de mujer que a Simon le pueda gustar. No soy lo que él necesita. Y no ando en busca de un hombre. Me las arreglo muy bien por mi cuenta. Entre Tess y mi trabajo tengo más que suficiente para mantenerme ocupada. –Recordando que Carl era el padre de Simon, agregó–: Quiero que comprenda que esto no tiene que ver con Simon. Es un problema mío.

Carl volvió a fijar la mirada en el sendero. Puso de nuevo en marcha el cochecito, pero seguía con el entrecejo fruncido.

Olivia trató de tranquilizarlo.

–Estoy segura de que Simon es un hombre maravilloso. Es inteligente y trabajador. Por la madrugada, cuando me asomo a la ventana de mi dormitorio, siempre está en un extremo del patio, con una taza de café en la mano. Después de lo que le ha sucedido, merece lo mejor. Ni siquiera puedo imaginar lo que ha de ser perder así a dos seres queridos.

–Tres –corrigió Carl.

La palabra quedó pendiendo en el aire.

–¿Tres?

Él apartó la mirada del sendero lo suficiente para que ella notara la tristeza que se reflejaba en sus ojos azules.

–En ese accidente, Simon perdió tres seres queridos. Laura, Liana y Ana.

–Ana. –Olivia repitió el nombre como Carl acababa de pronunciarlo A-n-a, separando cada letra. Era un sonido increíblemente sencillo y hermoso–. Ana. ¿Quién era Ana?

–Mi mujer. La madre de Simon.

Olivia se llevó una mano al corazón. Se le acababa de

detener, y al punto comenzó a latirle con fuerza. Tras unos instantes, exhaló con fuerza.

–¿Su esposa también iba en ese velero?

Carl asintió con un suspiro pesado, de dolor, la prueba de que Simon no había sido el único en sufrir una pérdida... y de repente ante los ojos de Olivia se abrió un capítulo entero de la historia de Asquonset, uno casi desconocido hasta entonces.

Desde el principio su punto de mira había sido Natalie, pero durante todos esos años Carl también tuvo una vida propia. Y Simon debía de tener una madre.

–¡Qué cosa tan terrible! –exclamó con suavidad–. Los recuerdos deben de ser tan dolorosos para usted como para Simon.

El cochecito continuó avanzando con lentitud.

–Yo soy mayor. Debo afrontar la vida con más filosofía que mi hijo. Ana y yo vivimos juntos muchos buenos años. Era una buena mujer. Una mujer comprensiva. Pero no tenía buena salud. El año antes del accidente le habían diagnosticado un cáncer. Se estaba haciendo un tratamiento. No era un tratamiento fácil. Los médicos no consideraban que le quedara mucho tiempo de vida. Pero le encantaba navegar. A todos nos encantaba navegar. –Esbozó una sonrisa.

–¿A Simon también?

–Sobre todo a Simon. Él enseñó a navegar a Laura... y ella lo hacía muy bien. Sabía gobernar ese velero. Lo hacía todo bien.

–Entonces ¿qué sucedió?

Antes de contestar, Carl siguió conduciendo un minuto.

–Sabía lo mal que se sentía Ana y creyó que la animaría un paseo por la bahía. Así que las tres se pusieron salvavidas, Laura izó las velas y zarpó del puerto. Ana estaba feliz. Las personas que las vieron partir aseguran que se le notaba. Iba apoyada contra la borda, con la pequeña Liana a su lado. Era un día perfecto para salir a navegar, con el viento necesario, y el mar en calma.

Olivia lo miraba fijamente, esperando oír el final de la

historia, y en ese momento el cochecito salió de entre los árboles. Y el mundo que los rodeaba se iluminó, una cruel ironía considerando la historia que le estaban contando.

Carl detuvo el vehículo. Dejó caer las manos sobre las rodillas. Mirando fijo al frente, respiró hondo.

–El clima era tan propicio que Laura se alejó más que en anteriores ocasiones, y en eso no hubo nada de malo. No fue la única que lo hizo. Estaban rodeadas de otras embarcaciones que también aprovechaban las condiciones ideales del día. –Miró a Olivia–. Había una lancha de competición, una de esas embarcaciones largas y poderosas. En ella solo iban dos hombres distraídos. Ni siquiera se dieron cuenta de que se dirigían hacia nuestro velero hasta que lo tuvieron encima. Trataron de virar, pero lo hicieron tan mal que lograron el efecto contrario.

–¡Dios mío! –susurró Olivia.

–Partieron el velero por la mitad y se alejaron a toda velocidad. Nunca los atraparon.

–¡Dios mío!

–La guardia costera dice que la fuerza del impacto lo destrozó todo. Aun con los salvavidas puestos, ninguna de ellas tuvo una oportunidad. Fue como si anduvieran en bicicleta por las vías y las atropellara una locomotora a toda velocidad. –Exhaló, inhaló con lentitud y se irguió–. Bueno, ¿por qué te cuento todo esto?

–Porque yo se lo he preguntado.

–Es algo de lo que casi nunca hablamos. Es como si no tuviera sentido hacerlo.

–Pero hablando uno se desahoga y se siente mejor. ¿No cree?

Él reflexionó y luego suspiró.

–Lo que yo crea no importa tanto como lo que crea mi Natalie. Ella considera que es importante, y por eso te contrató. ¿Conoces la situación de Natalie con su familia?

–Sí.

–Conozco a Susanne y a Greg desde que nacieron. Siempre me gustaron. Y yo siempre les gusté. No eran chicos ricos esnob, si comprendes a lo que me refiero.

Olivia asintió.

–Ahora se sienten molestos –continuó Carl–. No estaban preparados. Y eso me angustia.

–¿Usted y Natalie hablaron sobre la manera más conveniente de comunicarles la noticia?

–Durante semanas. Natalie trató de hablarlo con ellos, pero nunca pudo hacerlo del todo. Le preocupaba la posibilidad de que reaccionaran exactamente como lo han hecho. Así que analizamos todas las posibilidades. Una visita personal. Una llamada telefónica. Que lo hiciera Nat. Que lo hiciera yo. Y por fin decidimos tomar el camino más fácil. Podrán criticarnos por la manera que escogimos, pero estoy seguro de que la reacción de ellos habría sido la misma en cualquier caso. Todavía no han aceptado la muerte de Alexander.

Olivia tuvo la sensación de que Carl tenía razón.

–Pero Natalie se toma con mucha filosofía la reacción de sus hijos.

–Así es Natalie. No sabe quejarse. Acepta y sigue adelante. Es una superviviente. Es una mujer que «hace» cosas. Por eso te contrató a ti. –Miró a Olivia–. Yo quiero que Susanne y Greg vuelvan al redil, pero comprendo el problema. Les va a resultar difícil verme en un nuevo papel después de tantos años de verme en otro. Tú tendrás que ayudarlos.

–Lo intentaré.

–No pretendo ocupar el lugar de Alexander –continuó Carl–. Él era el padre de los chicos. Yo no lo soy. Lo único que quiero es hacer feliz a su madre. Es lo único que siempre he querido.

–¿Usted estaba enamorado de ella desde hace mucho tiempo, cuando eran pequeños?

–Por supuesto.

–¿Y por qué no se casó con ella entonces?

–Porque ella se casó con Alexander.

–Pero ¿por qué no se casó con usted?

–¿No te lo ha dicho?

–No.

–Ya te lo dirá.

Olivia sonrió.

–Dígamelo usted ahora.

Carl se irguió y le devolvió la sonrisa.

–No. Eso no me corresponde a mí. Natalie es quien contará su propia historia. Yo solo soy el tipo que dirige la bodega. –Adelantó el mentón–. Hemos llegado.

Olivia levantó la vista para ver un enorme molino.

–¡Oh! –exclamó, sorprendida–. ¿Esta es la bodega? –Había imaginado algo muy distinto.

Carl volvió a poner el vehículo en movimiento.

–Así es –dijo con orgullo. Y avanzó hasta que el camino de tierra terminó en una zona pavimentada. Desde la dirección opuesta terminaba allí un camino. Carl estacionó junto a dos automóviles y se bajó–. Me gustaría decir que estoy a cargo de esta parte del ciclo productivo, pero sería atribuirme demasiado mérito. Soy un viejo. Todas las tardes necesito mi siesta.

–Eso no quiere decir que no pueda dirigirlo –contestó Olivia porque, para su edad, Carl era el hombre más enérgico que conocía–. Usted dirige esto. Natalie dirige el marketing y las ventas. Simon se encarga del viñedo. –Al mencionar a Simon lo visualizó vívidamente. La imagen estaba ahora realzada por lo que Carl acababa de confiarle–. ¿Usted cree que Simon trabaja tantas horas diarias para no tener tiempo de pensar en el accidente? –Por lo que ella había visto, Simon trabajaba de sol a sol durante los siete días de la semana.

Carl ya estaba de su lado del vehículo para ayudarla a bajar. La tomó del codo con suavidad para que ella caminara a su lado.

–Tal vez. Pero ser director de un viñedo es así. Se parece al trabajo de ser padre. Las uvas necesitan cuidados durante las veinticuatro horas del día.

Subieron los escalones de piedra que conducían a la puerta de la bodega. Junto a la puerta había una placa con el nombre y el logo de la bodega, una versión más pequeña del cartel que Olivia había visto en el camino, pero en ese momento solo lo miró de pasada.

–Simon debería tomarse unas vacaciones.

–Hace cuatro años que no se toma vacaciones. ¿Qué quieres que haga? ¿Que viaje solo al Caribe?

–Pero ¿no sale con nadie?

–De momento no.

–¿Y qué hace para entretenerse?

Carl lo pensó antes de responder.

–Cuida las uvas. –Abrió la puerta mosquitera.

Olivia se encontró en un vestíbulo semicircular, cuyas paredes de piedra le daban el aspecto de una caverna. Los corredores que salían a derecha e izquierda eran angostos pero altos, con ventanas colocadas a la altura de tres pisos normales. Mientras la guiaba hacia una gran puerta de madera situada en el centro, Carl dijo:

–Cuidar uvas no es mala cosa. A mí me ayudó a superar muchos momentos difíciles.

Olivia iba a preguntarle a qué momentos difíciles se refería cuando, al sentir que de repente bajaba la temperatura, miró alrededor. Estaban en un lugar que parecía una caverna llena de enormes tanques de acero inoxidable. Cada tanque tenía cuadrantes e indicadores en el frente. Contra algunos de ellos había escaleras que se alzaban desde el suelo hasta la parte superior del tanque. El suelo era de cemento.

Carl era un guía que seguía su propia agenda. La condujo más allá de los tanques hasta el otro extremo de la habitación, donde le mostró la máquina que aplastaba las uvas y les extraía el jugo. Le explicó que el vino tinto se elaboraba fermentando las uvas incluyendo el pellejo, mientras que el blanco se hacía solo con el jugo fermentado. Le mostró los tubos que llevaban el jugo desde la máquina que exprimía las uvas hasta los tanques de acero inoxidable donde tenía lugar la fermentación.

La condujo luego a otra habitación, casi con tanto aspecto de caverna como la anterior, pero llena de hileras de barricas de roble. En contraste con el acero inoxidable y el suelo de cemento de la sala de fermentación, ese lugar era suave. La luz era débil. Las barricas estaban perfectamente alineadas. El lugar olía a madera.

–Aquí envejecemos el vino –explicó Carl–. La barrica en sí misma, la manera en que fue construida, su lugar de procedencia, la cantidad de temporadas que ha sido usada, desempeñan un papel importante en el proceso. Todo eso influye en el sabor del vino. Otra variable es el tiempo que el vino permanece aquí.

Por lo visto, las decisiones las tomaba el enólogo. Se llamaba David Sterling y su oficina era una especie de loft que parecía un laboratorio, ubicado en el piso superior. Carl se lo presentó a Olivia y también le presentó al enólogo asistente, con quienes ella hubiera querido conversar un rato, pero Carl la llevó a la sala de embotellamiento. Allí había maquinaria de última generación, instalada el año anterior. Con orgullo, él explicó el modo en que las botellas esterilizadas se movían adentro y afuera, arriba y abajo en el proceso de ser llenadas, encorchadas y etiquetadas.

Olivia estaba fascinada. Cuando salieron al exterior, estaba preparada para volver a empezar y recorrer por segunda vez todo el proceso. A Carl le complació que se lo dijera, pero tenía planes para esa tarde, que comenzaban con el rescate de su futura esposa de la reunión publicitaria.

–Otra vez será –prometió.

Fue mejor que volvieran. Cruzaron de nuevo el bosque en el cochecito de golf y no bien salieron de la oscuridad y rodearon la Casa Grande, Olivia vio a Tess. Estaba sentada en el primero de los cinco anchos escalones de piedra, cabizbaja y abatida.

12

Olivia se sentó al lado de Tess, en el escalón.

–¡Hola, cariño! ¿Cómo ha ido la mañana?

Por toda respuesta Tess movió el mentón, algo no demasiado fácil puesto que tenía la barbilla apoyada sobre las rodillas. Con las gafas cabalgando en mitad de la nariz, miraba el viñedo con expresión abatida.

Olivia le sujetó un largo mechón de pelo en la trenza que se suponía debía mantenerlo en su lugar. Se preguntó si Tess estaría descorazonada por algo en concreto o si sería más de lo mismo.

–¿Cómo te ha ido con la señora Adelson?

–Ella está bien, pero yo no. No adelanto con esto, mamá.

Más de lo mismo. Más difícil de aceptar, quizá, con una estrategia nueva y renovadas esperanzas.

–Ya adelantarás. Necesitas tiempo.

–La señora Adelson dice cosas totalmente distintas de las otras maestras del colegio.

–Lo sé. Ella y yo hemos hablado de eso. –Olivia trataba de encontrarse a solas con Sandy cada vez que podía. Se sentía culpable por haber permitido que las maestras anteriores hicieran tan poco y, para usar las palabras de Sandy, en ese caso quería tener una participación activa–. Todo lo que ella dice es sensato, Tess. Tal vez la señora Adelson sea exactamente lo que tú necesitas.

Tess alzó la cabeza, la volvió y miró fijamente a su madre como si creyera que se había vuelto loca.

–¿Sabes lo que significan los mapas visuales? Primero hay un mapa de la historia. Después un mapa del carácter. Lo que quiero decirte es que podría pasarme un año entero haciendo esos mapas, mamá. Parece interminable.

–En este momento sí, porque es algo nuevo para ti, pero en cuanto tengas práctica te resultará fácil y rápido. El libro te gusta, ¿verdad? –Estaban leyendo *A Wrinkle in Time,* de Madeleine L'Engle. Figuraba en las tres listas de libros que habían revisado y Sandy estaba fascinada. Había trabajado ya muchas veces con ese libro y afirmaba que era perfecto para el entrenamiento visual.

–Sí –murmuró Tess malhumorada.

–Además, piensa en lo que te estás adelantando al resto de las alumnas de quinto curso.

–Pero eso quiere decir que cuando empiece el colegio tendré que leer el libro por segunda vez. Y leer me resulta odioso.

–Eso es porque te cuesta hacerlo. Una vez que hayas terminado con la señora Adelson no te resultará tan difícil. Hasta es posible que lo disfrutes.

Tess la miró a través de las gafas de una manera que logró que sus ojos parecieran aún más apenados.

–¿Y qué pasará si me toca ir a un colegio distinto, uno que ni siquiera tenga ese libro en su lista de lecturas?

En el colegio de Sandy Adelson lo leían. Olivia estaba empezando a pensar en la posibilidad de conseguir que allí admitieran a Tess. El día anterior, cuando llamó a Cambridge Heath, le informaron de que todavía no habían tomado una decisión. Y ella tampoco tenía perspectivas de trabajo... en ninguna parte. Podía volver su atención a Providence, intentar de nuevo conseguir algo en los lugares con los que ya había establecido contacto y enviar su currículo a otros. Podía marcar un radio de cuarenta y cinco kilómetros alrededor de la ciudad y enviar cartas a todas las instituciones que se encontraran dentro de esos límites.

–Si eso llegara a suceder –razonó–, habrás aprendido a hacer mapas visuales que podrás aplicar al libro que te pidan que leas. –Pasó un brazo alrededor de los hombros de la criatura y la apretó contra ella–. ¡Vamos, Tess! Todas las cosas buenas son difíciles al principio, pero con el tiempo cada vez resultan más y más fáciles. La señora Adelson dice que eres una de las chicas más inteligentes con las que ha trabajado... y hace veinte años que trabaja con chicas que tienen problemas de dislexia.

–Sí, bueno, pero ella no puede ayudarme a navegar. Estuve mirando el libro que me dieron, mamá. Ni siquiera logro imaginar lo que son las cosas que menciona.

Por supuesto que no podía imaginarlas. Bajo el título «Nomenclatura», ese libro incluía términos como «bauprés» y «corredera». Tess no podía pasar del título y mucho menos comprender el resto de las palabras.

–¿Trataste de visualizarlas? –preguntó Olivia–. ¿Trataste de ver la palabra «nomenclatura» como «nombres», ya sabes, camisa, shorts, zapatos? –Señaló cada cosa a medida que las iba nombrando.

Tess le dirigió un suspiro de agravio.

–Son partes de la embarcación. Eso fue lo que tú me dijiste. Pero no puedo visualizarlas si ni siquiera sé lo que son.

–Recorrimos juntas el diagrama.

–Que no era más que una figura –replicó Tess.

–Estás contrariada. Y contrariarte no te ayuda.

–Es que esas cosas no significan nada para mí.

–Pero eso es porque las embarcaciones no te resultan familiares, Tess. Una vez que relaciones la palabra con el objeto de la vida real, sabrás lo que es. Dijeron que esta tarde trabajaríais en eso, ¿no es cierto?

–Sí, pero casi todos los demás chicos ya saben lo que son todas esas cosas.

Olivia supuso que eso se debía a que las familias de los demás chicos pertenecían al Yacht Club o que sus abuelos los habían llevado a navegar desde que tenían edad para comenzar a hablar.

–Está bien. Entonces, esto es lo que creo que debes hacer. –Allí estaba: una clase básica de contacto social–. Deja que hable el profesor. Deja que hablen los demás chicos. Formula preguntas. Aprende de lo que ellos digan.

Tess parecía dudar.

–Y si me preguntan algo a mí, ¿qué digo?

–Si se refiere a las partes del velero, diles que es la primera vez que navegas en uno.

–¡Pero eso no es verdad! Salimos a observar las ballenas. Y en Maine salimos a navegar para ver una puesta de sol.

–No es lo mismo, Tess, lo sabes. –Miró su reloj y luego los trozos de azul que acababan de aparecer en el cielo–. ¿Has almorzado?

–Sí.

Olivia no había almorzado, pero se dijo que lograría sobrevivir. Eran las doce y media. Debía dejar a Tess en el Yacht Club a las dos y luego volver enseguida para cumplir con el trabajo que se le había encomendado. Pero lo primero era lo primero.

–Está saliendo el sol. Tomemos algunas fotografías –propuso Olivia.

–¿De qué?

–De las uvas. Yo las fotografío y tú las dibujas. –Ladeó la cabeza–. ¿Sí?

–¿Y yo no puedo hacer fotos?

–Solo después de que hayas dibujado.

–Eso no es justo. Utilizar una cámara es más rápido que usar un lápiz. ¿Por qué siempre te toca la parte más fácil?

–Porque yo no sabría dibujar aunque me fuera la vida en ello –contestó Olivia. Enlazó un brazo alrededor del cuello de Tess y le besó la cabeza–. Vamos.

Cuando volvieron con la cámara, el cuaderno de dibujo y un carboncillo, el aire era mucho más cálido. Tess eligió un carboncillo en lugar de un lápiz, era su manera de controlar en parte la situación. Después de eso, siguió de buen grado a su madre, como Olivia sabía que haría. A Tess le gustaba dibujar porque lo hacía muy bien, lo que no quería decir que el miedo que le provocaba la clase de navegación hubiera desaparecido, pero por lo menos dibujando estaría distraída.

Olivia volvió el rostro hacia el sol y respiró el olor a hojas calientes y a tierra húmeda. Se obligó a relajarse, se obligó a creer que cuando Tess fuera mayor llegaría a ser buena escritora, una adulta autosuficiente.

–Vamos –dijo Tess.

Olivia abrió los ojos. Miró alrededor. Entre el recorrido que había hecho con Natalie y su propio estudio del mapa del viñedo, sabía qué había en cada lugar. Simon debía de estar trabajando con las uvas que más le preocupaban. Y en ese verano en particular eso significaba que estaría en el sector de uvas negras, ya fueran Cabernet Sauvignon o Pinot Noir. Señaló en dirección opuesta, hacia donde estaban las uvas Riesling, pero no habían dado cinco pasos cuando cambió de dirección. Lo sensato era localizar primero a Simon. Entonces sabrían exactamente qué lugar del viñedo debían evitar.

–¿Hacia dónde, mamá?

–Por aquí.

Avanzó por el camino hasta que llegaron a las Pinot Noir, eligió una hilera de vides cualquiera y comenzó a recorrerla. La tierra que pisaban estaba suelta. Parecía recién arada. Las vides alcanzaban la primera hilera de alambre y de vez en cuando alguna hoja crecía más alta. Las uvas habían aumentado de tamaño desde que Olivia y Tess llegaron, pero todavía formaban racimos de aspecto triste. No se veía a Simon por las inmediaciones.

–No hay buena luz –dijo Tess–. Es demasiado plana. Tú siempre dices que es mejor la luz de la mañana, temprano, o la de las últimas horas de la tarde.

–Sí, es cierto, pero este es el rato libre que tenemos y coincide que es mediodía. Ya ves, en ese sentido tú eres la más afortunada –repuso Olivia–. Puedes dibujar con cualquier clase de luz.

Justo delante de ellas, de un lugar debajo de las hojas, como a sesenta centímetros del suelo, levantó el vuelo un ave pequeña. A los pocos segundos la siguió otra. Olivia se detuvo. Estudió el lugar donde habían estado las aves y se acercó despacio.

–Es un nido –dijo en voz baja–. ¿Alcanzas a verlo?

Tess se adelantó, deslizándose con rapidez. Se detuvo a algunos centímetros del nido y se agazapó.

–¡Mira! –susurró fascinada cuando Olivia se colocó a su lado.

El nido era pequeño y perfectamente redondo, una creación milagrosa de pasto seco y palitos. Pero más milagrosos aún eran los pequeños picos que se movían entre pequeñas bolitas de plumón.

–Tres bebés –susurró Olivia.

–Cuatro –repuso Tess también en susurros. Se alejó arrastrando consigo a Olivia, solo la soltó cuando estuvieron a unos dos metros del nido. Se sentó en la tierra–. Si estamos demasiado cerca, los padres tendrán miedo de volver y los pichones morirán de hambre –dijo, y enseguida abrió su cuaderno de dibujo.

Olivia observó durante unos minutos a su hija. No dejaba de sorprenderle que una criatura con un problema de discriminación visual que le impedía leer pudiera reproducir con tanta facilidad una imagen a mano alzada. Pero Tess lo hacía. Sus dibujos tal vez carecieran del sombreado y de los matices que sin duda llegarían con la madurez, pero reproducía formas con notable exactitud y a escala. Sus dibujos podían ser tan sencillos como el racimo de uvas del logo de Asquonset, pero captaban el objeto y emanaban una gran sensibilidad. Era todo un logro en una criatura que cuando era pequeña tenía problemas para encajar la pieza redonda de un juego en el agujero redondo correspondiente; una criatura que, hasta el presente, era incapaz de completar un rompecabezas; una criatura a la que le encantaba aprender pero para la que leer era un puro tormento.

Tess tenía razón. La luz era demasiado plana para tomar buenas fotografías de las uvas, de manera que Olivia se dedicó a fotografiar a su hija. Estaba encantadora. Sentada en el suelo, con las piernas cruzadas y el pelo cada vez más rizado, su mirada iba y venía del nido al papel. Cuando las gafas se le deslizaban por la nariz, volvía a colocárselas con el dorso de la mano. El carboncillo se movía con rapidez, de una manera casi lírica.

Olivia percibió la concentración de su hija, su deliberación en el trazado de una línea y su cambio de idea respecto a otra. Percibió su excitación cuando los padres de los pichones regresaron al nido. Y percibió también su sobresalto seguido de un horror tremendo cuando Tess levantó la vista y vio que se les acercaba *Buck*.

–¡Oh, no, mamá! –exclamó mientras se ponía de pie–. El gato se comerá a los pichones. –Avanzó, pasó junto al nido y se colocó como un escudo entre los pajaritos y el gato enorme. Tendió una mano hacia *Buck* y susurró–: ¡Qué gato tan lindo eres! ¡Qué gato tan lindo eres! –El gato refregó la cabeza contra la mano de Tess–. ¡Buen muchacho! ¿Sabes una cosa? Creo que podremos hacer más cosas en el otro extremo de esta hilera de vides. ¿Vamos a ver? Ven, *Buck*. Ven, gatito.

Cuando Tess se alejó, el gato la siguió. Olivia los fotografió cruzando la hilera de vides, hasta que *Buck* se agazapó y salió corriendo hacia la hilera siguiente. Aceptando el desafío, Tess dirigió una mirada a su madre antes de correr a lo largo de esa hilera de vides y desaparecer en el otro extremo.

Olivia sonrió. Con la cámara colgando del hombro, siguió a su hija a paso tranquilo. No alcanzaba a ver a Tess, pero un ocasional chillido le indicaba dónde estaba. Se dejó guiar por el sonido y al llegar al otro extremo de la hilera de vides se asomó a las siguientes en busca de la pareja.

Cuando los encontró, casi en la última hilera, el grupo se había ampliado. *Buck* estaba con Simon, que llevaba gafas oscuras y estaba bañado en sudor. Trabajaba en cuclillas con las hojas más cercanas a las uvas. Tess permanecía apartada en un extremo de la hilera de vides.

Olivia se le acercó. Pensaba que ahora que acababan de toparse con Simon debían cambiar de recorrido, pero Tess parecía clavada en la tierra. Por lo visto el juego no había terminado.

Simon apenas les dirigió una breve mirada que revelaba lo irrelevantes que eran ellas en su vida.

–¿Estás podando de nuevo? –preguntó Tess.

–Sí –le contestó él sin mirarla.

–¿Es lo único que haces?

–No.

–Es lo único que te he visto hacer.

–Porque tú andas jugando mientras yo trabajo.

–No juego. Estudio.

La mano de Simon permaneció un instante en el aire antes de tomar una hoja de vid y cortarla con suavidad.

–Muy bien. Estudias.

Tess se acercó a las uvas. Se inclinó y estudió los pequeños racimos.

–Todavía son ridículas. ¿Cuándo empezarán a parecer uvas?

Simon dirigió una mirada de enojo a Olivia, que alzó las manos y meneó la cabeza. Ella también estaba intrigada por esos pequeños racimos.

Simon estudió un instante la vid antes de quitarle otra hoja.

–En agosto –contestó por fin.

–¿Por qué tardan tanto? –inquirió Tess.

–Porque eso es lo que tardan en crecer.

Tess volvió a mirar el racimo más cercano.

–¿Estás seguro de que son uvas?

Simon se detuvo un instante y se secó la frente con un brazo.

–Sí, estoy seguro de que son uvas –contestó con voz tensa.

–Era una pregunta legítima –atacó Tess.

Entonces Simon la miró.

–Legítimo es una palabra muy importante. Demasiado importante para una niña como tú. No deberías usar palabras cuyo significado no comprendes.

–Sé lo que significa. No soy tonta.

Olivia no alcanzaba a ver la cara de Tess, pero conocía ese tono de voz de su hija. Estaba a la defensiva. En ese momento caminaban sobre hielo quebradizo. El gato también lo percibió. Miraba alternativamente a Simon y a Tess. Olivia se estaba preguntando si debía hablar para calmar los ánimos cuando, con bastante tranquilidad, Tess inquirió:

–¿Qué más haces?

Simon pasó a la planta siguiente y guió los sarmientos más largos para que se enredaran en el alambre.

–Aro la tierra sobre la que estás parada.

–¿Aras?

–El arado es un instrumento que remueve la tierra y la oxigena.

–¿Y por qué tienes que hacer eso?

Simon suspiró.

–Cuanto más porosa está la tierra, mejor respira. Si te paras sobre ella, la vuelves a aplastar. Estás estropeando mi trabajo.

Tess permaneció inmóvil un instante. Luego dio un paso largo que la colocó casi encima de la vid más cercana.

–Tess –advirtió Olivia, pero la niña no se dejó amedrentar.

–¿Cómo sabes qué hojas debes arrancar? –le preguntó a Simon.

Simon dirigió una mirada de advertencia a Olivia, puso los brazos en jarras y volvió a mirar a Tess.

–Simplemente lo sé.

–Pero ¿cómo?

–Es algo instintivo.

–Seguro que eso lo dices por decir. Seguro que no hay ninguna regla. Seguro que arrancas las hojas que te da la gana.

En un abrir y cerrar de ojos Tess arrancó tantas hojas como cabían en una de sus manos.

–¡Tess! –exclamó Olivia, y corrió a acercarse hasta donde estaba su hija.

La expresión de Simon era oscura.

–Gracias –le dijo quitándole las hojas de la mano. Las sostuvo en alto–. ¿Sabes lo que acabas de hacer?

Tess echó atrás la cabeza para mirarle a los ojos. Estaba pálida, pero no se amilanó.

–He podado tu vid.

–Has arrancado la vida y la fuerza a estas frutas.

–No creo que lo haya hecho a propó... –comenzó a decir Olivia, pero Tess la interrumpió mirando a Simon y adelantando el mentón.

–Es lo que haces tú –dijo.

–No de esa manera y tampoco arranco tantas hojas. Esto es un arte. Pero tú no puedes saberlo. Te crees inteligente, pero no lo eres.

–¡Simon, por favor, no! –rogó Olivia, pero él la interrumpió.

–¡Por supuesto que no eres inteligente! Lo que acabas de hacer ha sido desconsiderado y mezquino. ¡Lo que acabas de hacer ha sido una estupidez! –Miraba a Tess y echaba chispas por los ojos.

Tess le aguantaba la mirada, respirando con fuerza y luchando contra las lágrimas. Supo que estaba a punto de perder la batalla. Giró sobre sus talones y se alejó por donde había llegado.

–¡El mezquino eres tú! –gritó–. ¡Y no me importa que me odies! –Se giró para volver a mirarlo–. ¡No me interesa ser amiga tuya!

–Bueno, es una suerte –contestó él también a gritos–, porque es algo que no sucederá. ¿Quieres tener amigos? Ensaya una sola sonrisa. ¡Me apuesto algo a que ni siquiera sabes sonreír, niña pedante!

–¡Simon! –suplicó Olivia.

–Sé sonreír –contestó Tess llena de furia–, pero no desperdiciaría en ti una sonrisa. Eres mezquino y... hueles mal y... juegas mal a tenis... y... y... ¡y tu gato es gordo! –Se dio la vuelta y se alejó.

Olivia lanzó una maldición y fue tras ella. No se había alejado mucho cuando se volvió a mirar a Simon.

–¡Es increíble! –exclamó consternada–. ¡Realmente increíble! A Tess la puedo disculpar porque es una criatura, pero por tu manera de discutir con ella se diría que tú también lo eres.

Simon, a juzgar por la expresión beligerante de su rostro –los ojos oscuros, la mandíbula rígida–, no estaba dispuesto a disculparse.

–Pero ¿has visto lo que ha hecho? Yo soy el responsable de este viñedo. ¿A ti te gustaría que ella rompiera una serie de papeles y te arruinara tres días de trabajo?

–Tess no sabía que estaba arruinando tu trabajo. Tal vez si le hubieras explicado lo que hacías, en lugar de mostrarte tan superior, ella habría respondido de una manera más racional.

–No tengo tiempo para explicar todo lo que hago –replicó Simon–. Por si no lo has notado, estoy al frente de una empresa.

–Sí, lo he notado. Trabajas todo el tiempo. No me sorprende que ignores por completo cómo se debe tratar a un ser humano. –Se cubrió la cara con una mano, luego la alzó–. Lo siento. El problema no es ese. El problema es Tess.

–Es una criatura odiosa –dijo Simon para zanjar la discusión.

Pero Olivia no estaba dispuesta a dejar las cosas así.

–No –replicó con furia–. Es una chica que tiene un problema, al igual que tú. El tuyo es dolor eterno, una absorción terminal en ti mismo, tal vez hasta un complejo de mártir..., no lo sé. El problema de Tess se llama dislexia. Tiene diez años y no puede leer. Acaba de terminar un año escolar que fue una pesadilla, con una maestra que la despreciaba y compañeros que se burlaban de ella y, sí, debería sonreír más, pero ¿cómo se logra que una criatura sonría cuando siente que no vale nada? Tess cree que es tonta porque por mucho que lo intenta jamás logra sacar una buena nota, y como lleva gafas, se cree fea. Llegó aquí con un enorme problema de autoestima. Yo tenía esperanzas de que el verano le diera un resuello. Pero tú, sin ayuda de nadie, has hecho desaparecer esa ilusión.

Miró a *Buck* que no le quitaba la vista de encima, con sus ojos rasgados.

–Y Tess tiene razón –agregó–. Tu gato es gordo.

Y con eso salió en busca de Tess. Regresó corriendo por las hileras de vides por donde habían llegado y su furia la impulsó a tomar el camino hacia la casa. Durante todo el trayecto la buscó por el viñedo. En una cuestión de segundos, Olivia temió que Tess hubiera entrado corriendo en el bosque, hubiera perdido su camino y terminado en el río, en el que podía haberse caído y ahogado.

De repente, sin aliento, dejó de correr.

–¿Tess? –llamó, ya frenética–. ¿Tess? –Se protegió los ojos del sol y observó el horizonte–. ¿Dónde estás? –Llamaría a la policía. Llamaría al cuartel de bomberos. Haría sonar una alarma. Sin duda debía de haber una en la Casa Grande, se dijo.

Se dirigía hacia allí cuando alcanzó a ver algo verde que se distinguía entre los rododendros. Era Tess, estaba sentada de espaldas al mundo en medio de los arbustos que crecían frente a la Casa Grande.

Simon vio a Tess al mismo tiempo que Olivia, y aunque ella caminaba más rápido, los pasos de él eran más largos y alcanzó a Tess cuando Olivia todavía se encontraba a unos metros de la criatura.

–Yo hablaré con ella –dijo Simon.

–No, a menos que hayas madurado en los últimos dos minutos –advirtió Olivia en voz baja pero tensa.

Simon merecía esas palabras y lo sabía. Pero su comprensión solo solucionaba parte del problema. Se plantó frente a Olivia y la obligó a detenerse.

–Me gustaría conversar con ella –afirmó.

Los ojos de Olivia relampaguearon.

–Si es para aliviar tu culpa por la manera en que te has portado, no te molestes. Tess ya sabe que el mundo está lleno de gente indiferente.

Simon percibió la magnitud del enojo de Olivia en sus ojos. Habría recibido el mensaje aunque ella no hubiera pronunciado una sola palabra.

–Yo no soy de ese tipo de gente –se defendió.

–¿Cómo quieres que lo sepa?

–Tendrás que aceptar mi palabra. Pero soy el culpable de todo este lío y debo solucionarlo.

Simon sostuvo la mirada de Olivia mientras pensaba que ese pelo debería darle un aspecto varonil, pero no era así. Entonces la furia de Olivia cedió, se permitió mostrar un poco de debilidad, y Simon pensó que era muy femenina.

¿Era debilidad? ¿Tal vez se sentía vulnerable? ¿O estaría confusa? Parecía querer creer en él pero no estaba segura de poder hacerlo. Y tenía razón. El mundo estaba lleno de personas poco cariñosas. Pero él no era así. En serio, no lo era. Por lo menos no quería serlo.

–¡Por favor! –pidió.

Olivia le transmitió su furia en una mirada que le decía que si volvía a tratar mal a su hija le cortaría las bolas. El mensaje fue tan explícito que Simon estuvo a punto de echarse a reír. Por suerte comprendió que era lo último que debía hacer.

Se acercó a Tess en silencio. Cuando ella miró por encima del hombro y lo vio allí, sus ojos volaron hacia Olivia y luego de nuevo hacia Simon. Se puso tensa. Deslizó un pie debajo del muslo como preparándose para levantarse.

Él habló enseguida.

–Lo siento –dijo en voz baja–. Estuve mal. No debí decir lo que dije. –Tess lo miraba con atención–. Estaba un poco trastornado. –Tess no se movió–. Debí haberte explicado por qué hago lo que hago con las hojas. Existe un motivo.

Tess apretó la mandíbula. No le estaba facilitando la situación y en verdad Simon se lo merecía. Pero no era fácil. No tenía experiencia en el trato con criaturas de diez años y mucho menos cuando debía humillarse.

–Estoy acostumbrado a trabajar solo –agregó con la esperanza de que eso fuera algo que ella pudiera comprender.

–El problema soy yo –dijo Tess. De repente todo salía a la superficie. Un problema de falta de autoestima, tal como había dicho Olivia–. Tú solo me odias.

Simon se sintió muy mal.

–Yo no te odio.

–Nunca me has dicho nada agradable. Ni una sola vez –replicó Tess.

–No te odio. ¿Cómo quieres que te odie? Ni siquiera te conozco.

–Te molesto y te enojo. Cuando me miras, piensas en las peores cosas del mundo.

–No –repuso él–. Cada vez que te miro pienso en mi hija. Murió hace cuatro años. Y la extraño.

No pensaba decirlo, le resultaba increíble haberlo dicho. Tess era una criatura. No podía comprender lo que era la muerte. ¿Y si le preguntaba cómo había muerto Liana? No podía mencionar un accidente de navegación. Si lo hacía, Tess jamás volvería a poner sus pies en un velero. Olivia nunca se lo perdonaría. Natalie nunca se lo perdonaría. Pero Tess parecía menos dura. Por lo menos le estaba escuchando.

–Pero eso no me disculpa –agregó Simon–. Las cosas que te dije fueron mezquinas y además no son ciertas. Te estaba castigando a ti porque no la tengo a ella. Me comporté muy mal. Lo siento.

Por un momento dudó de si estaría estropeándolo todo y miró a Olivia en busca de una señal, pero en cambio la notó expectante, como si esperara que él dijera más. ¡Diablos! ¿Qué más podía decir? Él no servía para eso. Habría sido un pésimo padre... Metió las manos en los bolsillos traseros del pantalón y se dirigió de nuevo a Tess.

–Bueno, eso es todo. Solo quería disculparme.

Se sentía incómodo e incongruente como en ningún otro momento de su vida. Se alejó y no miró atrás aun sabiendo que Olivia lo seguía con los ojos. No quería ver esos ojos. Le hacían *sentir*. Siguió caminando hacia las Pinot Noir, hasta sentirse inmerso en el aroma de las vides, hasta escuchar el suave crujido de las únicas criaturas que sabía criar. Para eso servía. Y seguiría haciéndolo durante un tiempo.

13

–¿Jillian?

–¿Sí?

–Soy Olivia Jones. ¿Cómo estás?

Jillian Rhodes era la estudiante de derecho que subalquilaba el apartamento de Olivia en Cambridge.

–Bien, gracias. Tu apartamento es fantástico. Me encanta.

–Traté de hablar contigo antes. Pero no contestabas. ¿Te están haciendo trabajar mucho?

–Ellos no lo consideran así –contestó la muchacha–. Pero no puedo quejarme. Me pagan bien. ¿Y cómo os va a ti y a tu hija?

–Muy bien, gracias. Me preguntaba si habrías recibido por correo algo para mí.

–Espera. Lo tengo todo junto.

Olivia sintió un golpe y le pareció ver el auricular que caía, quedaba pendiendo del cordón y golpeaba contra la pared de la cocina.

–Aquí estoy –dijo Jillian–. Ya te mandé las facturas.

–Sí, las recibí.

–El resto prácticamente no tiene importancia. Hay una serie de catálogos. Algunos ofrecimientos de tarjetas de crédito. ¿Esperas algo especial?

–¿No hay nada de un colegio llamado Cambridge Heath?

–Hmmm... no. Nada que se le parezca.

–¿Y nada de un museo? –preguntó Olivia–. ¿O de una galería de arte?

Hubo una pausa.

–Aquí hay una tarjeta postal de una galería de arte de Carmel. Es la publicidad de una exposición.

–No, eso no me interesa.

–Lo siento.

Dos menos. Olivia tragó su desilusión.

–¿Y alguna carta personal, con el sobre escrito a mano, tal vez del Medio Oeste, o del Oeste, o aun del Sur?

¿A quién trataba de engañar? No tenía idea del paradero de su madre. Por lo que ella sabía, podía estar allí cerca, cruzando la bahía, en Newport.

–No –contestó Jillian–. Aquí no hay nada de eso. Hay un sobre que parece escrito a mano, solo que acabo de mojarlo y la tinta no se corre. Es increíble lo que son capaces de hacer ahora con la publicidad. Pero ha habido algunas llamadas telefónicas. Siempre del mismo hombre. Una voz seria, tono apremiante. Quiere saber cómo ponerse en contacto contigo, pero se niega a darme su nombre.

Olivia suspiró.

–Ha de ser Ted. Sabe que estoy aquí, pero no tiene el número de mi línea directa. Y cuando llama a la oficina central de la bodega, no me pasan la comunicación.

–¿Qué quieres que le diga si vuelve a llamar?

«¡Dile que se pierda! –tuvo ganas de decir Olivia–. Le dije que habíamos terminado. ¿Lo he vuelto a pensar? No. ¿Lo echo de menos? ¡No!» Pero sería una cobardía decirle todo eso a Jillian. Olivia suponía que en algún momento ella misma tendría que llamar a Ted.

–Sigue con evasivas –pidió–. Puedes hacer cualquier cosa menos darle mi número. Ese es solo para emergencias. Avísame si llega a llamar una tal Carol Jones. Y si llaman de Cambridge Heath. Y si me llama alguien por un asunto de trabajo. Es decir, un museo o una galería.

–De acuerdo –dijo Jillian.

–Soy Olivia Jones. Por favor, ¿puedo hablar con Arnold Civetti?

Civetti era el conservador de un pequeño museo de Nueva York que tenía una importante colección de fotografías. Otis decía que desde hacía años el hombre estaba considerando la posibilidad de tomar una ayudante permanente y que tal vez si se le presentaba la persona indicada, lo haría. Olivia le había enviado su currículo en cuanto empezó a buscar trabajo y de inmediato recibió una de esas cartas estilo: «Gracias, nos pondremos en contacto con usted si la necesitamos, no nos llame, nosotros la llamaremos a usted». Desde que recibió aquella respuesta habían transcurrido tres meses.

Olivia estaba cansada de esperar. ¿No era cierto eso de que «el que no llora no mama»?

–Lo siento –contestó una voz de hombre con un leve acento británico–. El señor Civetti está fuera del país.

–¿Me puede decir cuándo regresará?

–Me temo que no será antes del Cuatro de Julio. ¿Puedo hacer algo por usted?

Mejor habría sido que el hombre hubiera dicho: «La conozco muy bien de nombre, señora Jones. Justamente la semana pasada, el señor Civetti me la mencionó por teléfono. Está en Europa desde hace tres meses, y por eso no se ha puesto todavía en contacto con usted, pero tiene mucho interés en que hablen. No cabe duda de que necesitamos una persona con su cualificación. Tengo aquí mismo la agenda del señor Civetti. ¿Quiere que fijemos una fecha de reunión entre ustedes?».

–Me dedico a las restauraciones fotográficas –explicó Olivia–. He trabajado con Otis Thurman. –Hizo una pausa, pero el nombre de su ex jefe no provocó ninguna reacción en su interlocutor–. Como el señor Thurman se jubila, estoy buscando un nuevo empleo. Durante la primavera le envié una carta al señor Civetti. Me preguntaba si él habría tomado alguna decisión.

–Nosotros encargamos nuestras restauraciones a colaboradores externos.

–Sí, lo sé. Yo misma he hecho algunos trabajos que ustedes le encargaron a Otis. Él tenía la impresión de que el señor Civetti estaba considerando la posibilidad de tomar una empleada a tiempo completo.

Oyó una leve carcajada.

–¡Ah, lo dudo! Nuestro presupuesto es más apretado que nunca.

–Entonces tal vez él podría tenerme en cuenta para trabajos *free lance*.

No era lo mejor. Necesitaba seguros médicos para ella y Tess y particulares le costarían una fortuna. Sin embargo, si conseguía bastantes trabajos *free lance*, quizá podría reunir la suma necesaria.

–¿Usted tiene un estudio? –preguntó el hombre.

–Sí. –Otis le permitiría usar el suyo. De eso estaba segura.

–¿Y cómo se llama el estudio?

–Jones y Burke.

Le salió del alma. Decididamente no podía utilizar solo el apellido Jones. Era común y aburrido, absolutamente olvidable. En cambio Jones y Burke sonaba perfecto. En realidad sonaba a inglés, ¡un poco familiar para ese hombre!

–Mire –dijo el semibritánico–, mientras hablamos estoy recorriendo los archivos y no puedo encontrar su currículo. Tal vez convendría que nos enviara otra copia. Incluya una lista de los trabajos que haya realizado. Se lo pasaré al señor Civetti y él le echará un vistazo.

–Se lo agradezco.

–De nada. No es necesario que vuelva a llamar. Si necesitamos sus servicios, nosotros nos pondremos en contacto con usted.

–Soy Olivia Jones. ¿Está Laura Goodearl?

Laura Goodearl se encargaba de las adquisiciones de un museo de Montpellier. No contrataba empleados, pero conocía a Otis. Él le había dicho que ella estaría enterada si había trabajos de restauración de fotografías.

–Habla Laura.

–¡Hola! El mes pasado le escribí sobre la posibilidad de hacer algún trabajo. Soy la asistente de Otis Thurman.

–¡Otis! –lo dijo con una sonrisa–. ¡Qué hombre tan agradable! Están a punto de entrar unas cuentas piezas, pero no las recibiremos hasta octubre. ¿Puede mandarme su currículo?

Olivia ya lo había mandado. También les había enviado una nota avisando de su cambio de dirección postal.

–¡Por supuesto! –contestó, haciendo un esfuerzo por no sentirse defraudada–. Se lo enviaré hoy mismo.

–Y vuelva a llamarme, tal vez a fines de septiembre, solo para recordarme que sigue ahí. ¿De acuerdo?

Olivia prometió que lo haría, pero colgó desalentada. «Unas cuantas piezas» no era algo demasiado prometedor. Si encontraba trabajo en ese lugar, sería escaso. El día del Trabajo terminaba su compromiso con Asquonset. Como había destinado el sueldo de Natalie a la educación de Tess, le haría falta dinero para subsistir.

–Con Olivia Jones por favor.

–Soy Olivia.

–Hola, soy Jillian Rhodes. Me pareció que debías saber que anoche volvió a llamar el mismo hombre. Dijo que era muy, pero muy importante que hablara contigo.

¡Vaya! A Olivia le parecía oírlo. Era la quintaesencia de Ted.

–Bueno ¡lo siento! –le dijo a Jillian–. No debería estar molestándote tanto. Supongo que cree que tiene más posibilidades de sonsacarte mi número a ti que a la secretaria de la bodega. Yo lo llamaré. –Hizo una pausa–. ¿Hay algo en la correspondencia de hoy?

–Nada de lo que tú esperas.

–Está bien. Gracias, Jillian.

–Ted.

–¡Olivia! ¿Cómo estás? Te parecerá increíble pero en este instante estaba pensando en ti y justamente me llamas. Acabo de llegar del trabajo y la comida estará lista en cuarenta y dos segundos en el microondas... cuarenta y uno... cuarenta, así que será como si estuviéramos comiendo juntos.

Olivia mantuvo un tono tranquilo.

–Ted, quiero que dejes de llamar.

–Solo he llamado una vez.

–¡Por favor! No mientas.

–No miento –insistió él y lanzó una exhalación–. Lo único que quería era saludarte. ¿Por qué no atendiste a mi llamada?

Olivia no tenía ganas de discutir sobre la cantidad de llamadas recibidas por Jillian.

–Porque no tiene sentido. Nosotros hemos terminado.

–Ese era uno de los motivos por los que quería hablar contigo. Este fin de semana es Cuatro de Julio. Pensaba pasar por allí a verte.

–Escucha, Ted. Nosotros hemos terminado.

–Pero somos amigos. Eso no ha cambiado porque hayas ido a pasar el verano allí. Somos los mejores amigos del mundo, hablamos casi sobre cualquier cosa.

–Tú hablas. Yo no. No quiero que sigas llamando, Ted.

Hubo una pequeña pausa y luego él dijo, sobresaltado:

–¡Lo dices con tanta seriedad!

Olivia se preguntaba cómo aclararlo más, cuando él se enfadó.

–¡Maldita sea! Hay otro hombre, ¿verdad? Me sucede cada vez que conozco a una mujer que me gusta. Debes decirme qué tiene él que no tenga yo.

Ella suspiró.

–No hay otro hombre. No salgo con nadie. Sencillamente estoy aquí con mi hija para cumplir con mi trabajo. En este momento no tengo tiempo para nada más.

–Entonces esperaré hasta el otoño. Cuando vuelvas estarás más descansada.

–No, Ted. Lo nuestro se terminó. No quiero volver contigo. –No sabía cómo decírselo con mayor franqueza y de una manera más dura.

–No pienso discutir contigo porque en el otoño tus sentimientos serán distintos. ¡Pero no sabes cuánto me alegra oírte! Te echo de menos, Livie.

–Olivia. Me llamo Olivia. Detesto que me llames Livie. Y lo sabes, Ted. –«Olivia» era un nombre elegante. «Livie» era la madre de los Walton, una mujer que trabajaba como una esclava.

–Y también sé que yo te gusto, aunque digas que no.

Olivia tuvo ganas de tirarse del pelo.

–No, Ted. No me gustas. Así que si sigues llamando, hablaré con la compañía telefónica. Tienen una división especial que se encarga de los que acosan a las mujeres.

–Te llamé una sola vez. Y en esa llamada no hubo nada que puedas considerar molesto. Esa sería una acusación falsa. ¿Sabes los problemas que podrías causarme si me acusaras de acoso?

–Lo sé muy bien. El asunto es que lo sepas tú. Y si es así, piénsalo la próxima vez que levantes el auricular para marcar mi número. –Y colgó.

Olivia seguía disfrutando de cada madrugada desde el asiento de su ventana. Había instalado una pequeña cafetera en su cuarto. No imaginaba mejor manera de empezar un día que con la mezcla de aroma de café y del rocío sobre el viñedo.

Y observar a Simon. No podía olvidar eso. Simon formaba parte de la escena, una parte de la naturaleza muerta que se le había grabado en la mente. Todos los días él aparecía en el mismo lugar y a la misma hora, un hombre Marlboro muy vivo pero sin el sombrero, ni el caballo ni el cigarrillo. Eso solo dejaba su apostura de hombre curtido por el sol, cosa que a Simon le sobraba.

No porque Olivia se estuviera enamorando de esas cualidades. Siempre salía de su camino para evitarlo durante el día y por suerte él todavía no se había reunido a comer con la familia... algo que a ella le habría resultado muy incómodo. Pero Simon decididamente formaba parte de su idilio matinal.

Era la parte humana del cuadro. Tal vez Olivia no hubiera utilizado esa palabra antes del encontronazo entre él y Tess. Sin embargo, desde entonces, era la palabra que se le ocurría cada vez que pensaba en Simon.

Y ese día, cuando él levantó la vista para mirarla, se le volvió a ocurrir. Simon ya había mirado una vez hacia arriba, muy brevemente, solo lo suficiente para indicarle que sabía que ella estaba allí, observando. Pero esa vez se volvió del todo y las miradas de ambos se encontraron.

–Bueno..., hola –susurró ella, abrazándose las rodillas que de repente le temblaban–. Y a vosotras, rodillas, ¿qué os pasa?

Contuvo el aliento, preguntándose si Simon la saludaría con la mano, pero no lo hizo. Solo permaneció allí como lo hacía a menudo, con el peso del cuerpo apoyado sobre una cadera, y la miró.

Bueno, ¿y qué podía hacer ella sino devolverle la mirada? No pensaba darle la satisfacción de apartar la vista. Tenía tanto derecho a estar allí como él de estar en el patio. Y él era el menos indicado para acusar a Tess de no sonreír. Olivia todavía no lo había visto sonreír. Y si Simon no tenía la cortesía de ofrecer por lo menos una sonrisa o de levantar aunque fuera un dedo en señal de saludo, bueno, el problema era de él.

Pero el problema también era suyo, porque seguía teniendo las rodillas flojas. Y esa flojera le subía directamente a la boca del estómago donde tarareaba una pequeña canción sexual. Bueno, ¿y qué esperaba cuando lo veía allí día tras día y con ella allí arriba, en camisón y recién salida de la cama?

Pero no pensaba moverse. No se movería por principio. Bebió unos sorbos de café y luego mantuvo los brazos alrededor de las rodillas. Trató de contener todos esos pequeños hilos de deseo mientras lo miraba y se preguntaba si él sentiría algo parecido.

El deseo no era un tema sobre el que conversáramos cuando yo era pequeña. Hablar de sexo con mi madre me habría parecido lo mismo que intentar robar el banco del pueblo... y no era porque creyera que mis padres no tenían sexo entre ellos. ¡Por supuesto que lo tenían! Pero era un tema tabú.

Muy distinto a lo que sucede hoy, ¿verdad? Hoy es explícito. Pero creo que vosotros os perdéis algo. Cuando es tan descarado, el sexo deja de ser algo especial. Hay algo excitante en eso de pensar en el sexo y esperarlo. Es excitante no hablar de él todo el tiempo.

Carl y yo tampoco hablábamos de sexo, pero lo sentíamos y mucho. A los doce años yo tuve mi primera menstruación y al día siguiente él ya notó la diferencia. Nunca lo olvidaré. Fue a mediados del invierno y aunque no nevaba mucho, claro, nunca nieva mucho porque estamos cerca de la costa, era un día frío y ventoso. Íbamos todos muy arropados, caminando hacia el colegio. Yo me había puesto una gorra de lana y una bufanda que solo dejaba al descubierto parte de mi cara, y él me miraba a cada rato, con el entrecejo un poco fruncido.

–¿Qué pasa? –pregunté por fin.

–Nada. Pero te veo distinta.

–No sé por qué –le contesté, pero me puse colorada y no a causa del frío. Fue el puro ardor.

Por supuesto que me descubrió. Carl y yo hablábamos de tantas cosas, que el hecho de no hablar de eso, además de mi rubor y de lo que él más tarde definió como mi aspecto puramente femenino, le dieron la pauta de lo que sucedía.

Ese día y los siguientes fue más solícito que nunca conmigo. No me preguntó cómo me sentía ni si tenía dolores, pero juro que siempre supo cuándo mi cuerpo estaba cumpliendo con su ciclo femenino. Su voz era un poco más suave, su mirada un poco más dulce.

Estaba completamente enamorada. En parte adoraba a un ídolo, porque él era cuatro años mayor que yo, mucho más sabio y sexualmente más maduro que yo, pero en otra parte de mi ser no dejaba de soñar con el futuro. Lo tenía todo planeado. Nos casaríamos en cuanto yo me graduara en la secundaria y tendríamos un hijo por año hasta que los dos consideráramos que ya eran bastantes. Él construiría una casa en una colina, mirando al mar, cosecharía todo lo que sabía sembrar, y pasaríamos el resto de nuestras vidas haciendo cosas como bailar en chozas hechas de sarmientos de vides.

Yo ya no pensaba en la posibilidad de volver a Nueva York. Esa vida se había convertido en un recuerdo distante y, en todo caso, en un recuerdo oscuro. Allí, en la granja, aun en plena Depresión, había luz, por lo menos para mí. Cuando llegué a la adolescencia, percibí el ritmo de la temporada de crecimiento. Llegué a conocer el aroma fértil de la primavera, el aroma penetrante del verano, el aroma relajante del otoño. Cuando los campos quedaban desnudos, comprendía que la tierra dormía, pero sabía que volvería la primavera. Carl seguiría estando allí, yo sería un año mayor. Y los dos estaríamos un año más cerca del momento de poder estar siempre juntos.

–¿Y Carl estaba enterado de sus planes? –preguntó Olivia.

–No estoy segura de comprender tu pregunta.

–¿Hablaba con él de un hogar con hijos?

Natalie lo pensó.

–No. Lo dábamos por sentado.

–¿Y cómo sabe que él sentía lo mismo que usted?

–Por su manera de mirarme. Por su manera de tocarme.

–¿De tocarla?

–Eran gestos inocentes, pero llenos de amor.

–¿Estamos hablando de que le acariciaba la mano, o le tocaba alguna otra parte del cuerpo? –preguntó Olivia, pero de repente se arrepintió–. ¿O no debería preguntarlo?

–No deberías –contestó Natalie entrelazando las manos sobre el regazo. Apartó la mirada. Daba la sensación de estar luchando consigo misma, luego encogió levemente los hombros. Apretó los labios, luego los aflojó. Miró a Olivia y habló con rapidez, como si tuviera miedo de arrepentirse–. Nos tocábamos, sí. Carl me enseñó cosas.

–¿A esas alturas ya se besaban cuando iban al cine?

Hubo una pausa antes de que Natalie respondiera con suavidad:

–Sí. Yo tenía dieciséis años y él veinte. Yo tenía diecisiete y él veintiuno. –Se llevó una mano al pecho y levantó los ojos para fijarlos en un punto por encima de la cabeza de Olivia–. Solo mirarlo me quitaba el aliento.

Por lo visto, el recuerdo todavía le quitaba el aliento. De repente Olivia se sintió una intrusa. Una especie de voyeur.

–No debí preguntarlo.

Natalie respiró profundamente y exhaló con lentitud. Bajó la mirada hacia su regazo. Permaneció un momento en silencio. Luego levantó la cabeza.

–Has hecho bien en preguntarlo. Para eso te contraté.

–Pero son cosas privadas. Me incomoda oírla hablar de ellas. No me parece bien.

–¿Porque tengo setenta y seis años? ¿Porque no te gusta pensar en tu madre como una mujer sexual y mucho menos si se tratara de tu abuela?

–No conocí a mi abuela –contestó Olivia–, y sé que mi madre es una mujer sexualmente activa. –Había crecido viendo llegar y marcharse innumerables hombres–. Pero usted es distinta. Usted es una señora.

Natalie arrugó la frente.

–¿Existe algún motivo que impida que una señora sienta pasión? ¿Existe algún motivo que le impida amar con el cuerpo como ama con el corazón? –Meneó la cabeza y distendió el entrecejo–. No te pido que seas literal. No te proporcionaré material para que lo seas. Pero el sentido de este trabajo consiste en que mi familia se entere de lo que yo sentía hace mucho tiempo. Ya que ahora me critican, deben saber cómo fue todo. Para mí, Carl era el principio y el fin de todas las cosas. Era el primer pensamiento que tenía por la mañana y el último por la noche. Aparte del tiempo que estaba en el colegio, pasábamos todo el día juntos. Trató de protegerme para que no trabajara demasiado, siempre me asignaba la tarea más fácil, pero yo siempre estaba allá fuera con él. Estaba tan enamorada que no sabía qué hacer conmigo misma.

–¿Y qué sucedió? ¿Por qué no se casó con él?

–¿Alguna vez has estado enamorada?

–No hasta ese punto.

–¿Estabas enamorada del padre de Tess?

Olivia había conocido a Jared en un café de Atlanta, la ciudad donde ella vivía en aquel momento. Él asistía allí a un simposio científico y tenía un aspecto adorablemente brillante con su pelo despeinado y sus gafas. Tenía una manera de hablar tímida que sugería que era vulnerable. A Olivia eso también le resultó adorable.

–Creí que lo amaba –contestó–. Pero, escuchándola a usted, no estoy segura. Sé que me gustaba. Era una buena persona. Sí, supongo que estuve enamorada de él.

Sin embargo, Jared desapareció bastante antes del nacimiento de Tess y aunque Olivia sintió su ausencia durante el embarazo, una vez que dio a luz a su hija no volvió a echarlo de menos.

Entonces ¿lo habría amado? ¿O simplemente se enamoró de la idea del amor?

Natalie tenía un aspecto de abuela bondadosa tan marcado que Olivia no pudo resistir la tentación de contarle más.

–Jared era el tipo de hombre que se enfrasca en su trabajo. Ni siquiera se daba cuenta de que yo estaba allí. Yo quería que él tuviera consciencia de mi presencia. Quería ser la distracción imposible de impedir. Aunque nunca lo fui. –Sonrió–. Pero no debo olvidar que me dio a Tess. Ella era todo lo que yo quería y más.

Natalie sonrió.

–Era toda tuya. Era un amor garantizado. Ella no se iría nunca.

Olivia sopesó esas palabras y asintió con suavidad.

–Sí. Fue lo que sentí.

–Entonces ya sabes lo que sentí yo por Carl. Nunca dudé que me amara. Nunca temí que me dejara. Él siempre estaba allí y yo tenía una terrible necesidad de amor.

–Pero usted tenía a sus padres. Tenía a su hermano.

–Tú también tenías padres y hermanos.

Olivia se reclinó en el sillón, sintiéndose una embustera. Nunca debió mentirle a Natalie con respecto a su familia, por lo menos hasta el extremo en que lo hizo.

–No fui completamente sincera en lo que le dije. Mi sueño era tener cuatro hermanos. Siempre me pareció que debía de ser muy divertido... Pero solo tuve un hermano.

–¿Un hermano?

Bueno, esa no era una mentira tan grande.

–Pero me sobreprotegía. Y mis padres eran aún peores. Mi hermano era varón. Él podía hacer lo que quisiera. Yo era la hija, la mujer. Me mimaban y me mantenían siempre cerca de casa. Así que mi hermano y yo recibíamos un tratamiento muy distinto. Me tuve que ir de casa para demostrar que no era una inútil. –De repente se sintió culpable y dejó de parlotear–. Pero usted no ha contestado mi pregunta.

–¿Qué preguntaste? –quiso saber Natalie.

–Lo que sucedió con Carl. Si usted lo quería tanto, ¿por qué no se casó con él?

A mi padre no le iba bien. Cuando se abolió la Ley Seca, con ella terminó el mercado negro, lo cual quería decir que se nos acabó el dinero que nos proporcionaba el vino. Pero la Depresión no terminaba. Gracias a algunos de los programas del New Deal, los productos agrícolas de otras partes del país elevaron sus precios. Nuestro mercado era local y era bueno. Pudimos sobrevivir sin subsidios federales. Lográbamos alimentarnos y vestirnos. Pero no podíamos progresar. No podíamos ponernos a la par del resto del mundo, que era lo que mi padre quería hacer. Él era empresario, conocía la importancia del desarrollo. Por eso fue comprando las granjas que nos rodeaban. Tenía la visión de edificar todas las tierras e irlas vendiendo para recuperar lo perdido en la Bolsa y poder regresar a Nueva York. Pero nunca podría hacer lo que se proponía. No teníamos suficientes tierras y aquí el crecimiento no se podía comparar con el del Medio Oeste ni con el del Sur. Asquonset nunca se revalorizaría bastante como para permitirle volver a Nueva York, por lo menos con el estilo de vida que teníamos antes. Poco a poco, mi padre lo fue comprendiendo. Trabajaba el campo desde el amanecer hasta la puesta de sol, desgastando su cuerpo de una manera casi irracional, pero sin llegar a ninguna parte. Estaba deprimido. Por momentos se ilusionaba. Jeremiah y Carl lo suplían cuando él no estaba en condiciones.

»Todavía seguía cosechando uvas, aunque no había mucho mercado para las variedades nacionales y gastaba un precioso dinero en comprar cepas de Francia que languidecían aquí durante un año o dos y luego se secaban. Pero papá se negaba a darse por vencido. Cuando cosechar maíz, patatas, zanahorias y cosas por el estilo no nos enriqueció, se le metió en la cabeza que las uvas eran la respuesta. E insistía e insistía a pesar de que perdíamos dinero, cosa que no podíamos permitirnos. Es como apostar dinero. Después de un tiempo, uno ha perdido tanto que debe seguir adelante porque cree que el premio máximo está a la vuelta de la esquina. A uno le hace tanta falta ese dinero que no puede darse el lujo de dejar de apostar. Cultivar uvas era eso para mi padre. Estaba convencido de que solo tenía que dar con la variedad indicada. Y encontrarla se convirtió en una obsesión.

»Trata de imaginar la situación. Mi padre estaba físicamente disminuido, era un hombre flaco y cabizbajo. Pocas veces hablaba y jamás sonreía. Por las noches se sentaba con papel y lápiz y trataba de que los números mostraran alguna ganancia por el trabajo que habíamos hecho. Tenía enormes esperanzas infundadas. Al mismo tiempo, el mundo se estaba volviendo loco. Hitler avanzaba por Europa, anexionando un país tras otro. Primero fue Austria. Luego Checoslovaquia, después Polonia. Desde el principio fue evidente que su meta era dominar el mundo, pero costaba tomarlo en serio. Para nosotros era un hombrecito ridículo que tenía propensión a invadir los países que limitaban con el suyo. No era inhabitual. La historia está llena de esos casos. Entonces comenzamos a recibir noticias de lo que estaba haciendo en los países que gobernaba. Era horripilante. Invadió Polonia y poco después Noruega, Finlandia, Dinamarca, Holanda y Bélgica. Por la noche nos sentábamos alrededor de la radio para escuchar las noticias. Pero

Hitler estaba allá y nosotros aquí. El Atlántico nos protegía. Además, teníamos otras cosas en que pensar. Apenas nos estábamos recuperando de la Depresión. Entonces París cayó en manos del Tercer Reich y Hitler comenzó a bombardear Inglaterra... y de repente no nos sentimos tan lejos. ¡Dios mío! Todas las noches entraba por radio a nuestra sala la voz inimitable de Edward R. Morrow, quien decía «Esto es... Londres». Oíamos sonar las sirenas de raid aéreo, y las explosiones de las bombas. Vosotros, los jóvenes, habéis crecido con reportajes en directo, pero nosotros hasta entonces no habíamos conocido eso, por lo menos de esa manera. Era nuevo para nosotros, y aterrorizante.

»Roosevelt decidió abastecer a los Aliados de armas y materias primas, pero no entramos en la guerra hasta Pearl Harbor. Los de tu generación recuerdan dónde estaban cuando se enteraron de la muerte de Lady Di. Mi hija recuerda dónde estaba cuando se enteró de que el presidente Kennedy acababa de ser asesinado. Mis amigos y yo recordamos dónde estábamos cuando nos enteramos de que Pearl Harbor había sido bombardeado. Fue un domingo. Mis padres y yo habíamos estado en la iglesia por la mañana y volvimos a casa para almorzar. Después fui a la de Carl. Siempre lo hacía. Su casa era mucho más alegre que la mía. Y, por supuesto, él estaba allí. Yo tenía diecisiete años y estaba enamorada. Jeremiah y Brida habían seguido de cerca el bombardeo de Hitler a Inglaterra. Tenían amigos y familiares en Irlanda y temían que los bombardeos se expandieran. Aplaudían todas las promesas de ayuda en la batalla contra Hitler. Ese día escuchaban absortos cuando Roosevelt salió en antena para informar del bombardeo a Pearl Harbor. Carl y yo también estábamos en la sala de su casa, sentados en el suelo junto a los sillones que ocupaban sus padres. Nuestra meta era estar lo más cerca posible de la radio a la vez que estar lo más cerca posible uno del otro. Recuerdo que ese día, en cuanto oí la voz del presidente, supe que nos daría una mala noticia. Carl y yo nos miramos todo el tiempo mientras él hablaba. Creo que ya sabíamos que lo ocurrido modificaría nuestras vidas para siempre.

La mente de Olivia se adelantaba tratando de adivinar exactamente qué se había interpuesto entre Natalie y Carl.

–¿Se alistó en el ejército? –preguntó.

–En la marina.

–¿A pesar de no ser ciudadano norteamericano?

–Sí, era ciudadano norteamericano. Él y sus padres se habían nacionalizado años antes. Se enorgullecían de ser norteamericanos.

–Pero él era hijo único. Era necesario para ayudar en la granja. ¿No podría haber evitado que lo reclutaran?

Natalie le dirigió una mirada extraña.

–¿He dicho que lo reclutaron? No lo reclutaron. Se alistó voluntariamente. No te sorprendas por eso.

–Es solo que... si la amaba...

–Había millares y millares de parejas en nuestra misma situación. Pero ¿de qué sirve estar enamorado si tu familia y tu hogar están amenazados por un hombre que aniquila seres humanos en campos de concentración, o por un país que mató a dos mil quinientos de nuestros soldados en un solo día de horrible bombardeo?

»Tu generación es afortunada. Vosotros no habéis vivido una guerra, y menos una guerra que haya amenazado a todo el mundo. Nosotros creíamos que Hitler jamás saldría del continente, pero ahí estaba, bombardeando Inglaterra. Los siguientes seríamos nosotros. Los aislacionistas de repente guardaron silencio. En ese momento teníamos un enemigo común.

»Y en cuanto a Carl –continuó–, nunca lo dudó. Era sano y fuerte. Quería luchar por su país. Era un asunto de orgullo. Y no estaba solo. Los hombres se alistaron porque era lo honorable. No buscaban excusas para no ir a la guerra y quedarse en casa. Había un muchacho aquí en el pueblo, el padre de Sandy Adelson, a quien ya conoces. Era de la misma edad de Carl, la edad perfecta para alistarse, pero era sordo como una tapia. Cuando el ejército lo rechazó, se sintió humillado. Por supuesto que había otras cosas que podía hacer para apoyar el esfuerzo bélico, y las hizo. Pero hasta el día de su muerte siguió diciendo que lo peor de ser sordo era no haber podido luchar en la guerra.

–Y Brad, su hermano, ¿se alistó?

–Sí. Lo hizo antes de Pearl Harbor. Vio venir la guerra. –Natalie apartó la mirada y frunció el entrecejo, y de repente Olivia lo supo.

–Murió en la guerra, ¿verdad? –Ni siquiera fue una pregunta, porque la respuesta era obvia.

Natalie se levantó del sillón y se acercó a la ventana. Olivia sabía que estaba mirando el mar, y lo supo a pesar de que desde donde ella estaba sentada no alcanzaba a ver más que las copas de los árboles. Y nubes. Era otro día de neblina en Asquonset. Las uvas estaban en peligro, lo mismo que las festividades del Cuatro de Julio.

Natalie se alejó de la ventana y fue a ubicarse detrás del sillón que acababa de abandonar. Apoyó las manos en el respaldo y dijo en voz baja:

–La historia habla ante todo de Pearl Harbor. Cuando nos enteramos del bombardeo, nos horrorizamos. También nos sentimos un poco aliviados. Brad no estaba en Pearl Harbor. Estaba en Midway.

Olivia trataba de recordar todo lo que había leído acerca de la guerra, cuando Natalie agregó:

–Mientras nosotros lanzábamos nuestros suspiros de alivio, los japoneses atacaban otras bases.

–¿Midway?

–Entre otras. Pasaron varios días antes de que nos enteráramos. La marina estaba tan sorprendida por la fuerza y rapidez de los ataques, que todo era un caos. Es comprensible que los primeros esfuerzos estuvieran dirigidos a obtener ayuda médica para los heridos. A los muertos era imposible ayudarlos.

Olivia ni siquiera podía imaginar una situación así. Era demasiado pequeña durante la guerra de Vietnam y ninguno de sus amigos tenía edad para haber luchado en ella. Dos de sus compañeros de instituto lucharon en la guerra del Golfo, pero ninguno de ellos resultó herido y durante todo el tiempo que imaginó que tenía un padre y hermanos en la marina, nunca supuso que alguno de ellos hubiera sido sorprendido por la muerte. Pero tenía una hija. No era absurdo imaginar que si hubiera otra guerra, Tess pudiera ser llamada bajo la premisa de la igualdad de derechos entre el hombre y la mujer. Como madre, ella se moriría de preocupación.

–Sus padres debieron de quedar destrozados.

–Destrozados –repitió Natalie con una mirada triste–. A esas alturas, ya hacía tiempo que Brad se había ido de casa. Solo nos visitaba algunos fines de semana cada año, pero mi padre no perdía las esperanzas. Y de repente esa esperanza desapareció. Simplemente desapareció. –Golpeó la parte superior del respaldo del sillón para enfatizar lo decisivo de ese hecho, y respiró hondo para tranquilizarse–. Después de eso, aunque Carl no hubiera sido tan patriota, habría ido. Tenía que vengar la muerte de Brad.

–Patriotismo –repitió Olivia, contemplando la cara afligida de Natalie.

Esa expresión la conmocionó; ella no quería vivir una guerra, ni perder un ser querido. No había nada romántico en eso.

Natalie sonrió.

–El patriotismo es otra cosa que los de tu generación no ven de la misma manera que nosotros.

–Yo sí.

–No, tú tampoco. Cuando yo digo patriotismo vosotros pensáis en George G. Scott interpretando al general Patton, o en Mary Lou Retton ganando la medalla de oro olímpica. Para vosotros se trata de un evento. Para nosotros es una manera de ser. Cuando enarbolamos la bandera norteamericana en nuestras casas, lo hacemos por una cuestión de orgullo. Cuando los veteranos marchan en un desfile, es una cuestión de orgullo. Cuando construimos cosas en rojo, blanco y azul, es una expresión de ese mismo orgullo. El Cuatro de Julio marca una época distinta de nuestra historia de la que te estoy hablando, pero están relacionadas. La guerra de Independencia nos dio la libertad, y es algo fundamental. Tu generación lo da por sentado, nosotros no. Éramos hijos de la Depresión. En realidad no damos mucho por sentado, en ningún sentido. Tal vez no hayamos tenido prosperidad, pero amábamos nuestra libertad. Por eso luchamos en la Segunda Guerra Mundial.

–¿Usted también?

–¿Preguntas si me alisté? No. Estuve aquí durante toda la guerra. Pero eso no quiere decir que no haya hecho nada. La movilización en beneficio del esfuerzo bélico era completa. No era necesario vestir uniforme para ayudar a la causa. No conozco a nadie que no haya hecho algo.

–¿Y usted qué hizo? –preguntó Olivia.

Imaginaba a Natalie trabajando en una fábrica de municiones, construyendo bombarderos. Eso tenía dramatismo.

–¡Ah! Muchas cosas. Yo era voluntaria de Defensa Civil... mi misión era vigilar el cielo en busca de aviones enemigos. Como vivíamos en la costa Este, suponía que sería la primera en divisar la Luftwaffe. Por suerte nunca aparecieron.

–¿Qué otra cosa hizo? –preguntó Olivia.

Ahora la imaginó enrollando vendas para la Cruz Roja o atendiendo a los heridos devueltos al país. No sería tan impactante como ayudar a fabricar bombarderos, pero tendría interés para los lectores.

Natalie tomó una fotografía del escritorio. Mostraba gente trabajando en el campo.

–Asquonset se convirtió en un Gran Jardín de la Victoria. Cuando los productos de los abastecedores más poderosos se destinaban a alimentar las tropas, las granjas pequeñas como la nuestra llenaban el vacío local.

–Pero estas son todas mujeres.

–Éramos las únicas que quedábamos. Jeremiah nos indicaba lo que debíamos hacer, y lo hacíamos. Esas otras que ves son también mujeres de la localidad. Otra de ellas se encargaba de cuidar a los niños mientras el resto trabajaba.

Los niños. Mientras se ponía de pie para tomar otra fotografía del escritorio, Olivia hizo un rápido cálculo matemático.

En esa toma aparecía Natalie con un bebé.

–¿Cuándo se tomó esta fotografía?

–Antes que esa –contestó Natalie señalando la de las

mujeres que trabajaban en el campo–. Este era mi hijo, Brad. Nació en 1942 y, como es natural, le pusimos el nombre de mi hermano. Susanne nació dos años después. Greg en 1960. Fue una sorpresa.

Olivia estaba pensando que Brad, el hijo, debió de haber decidido apartarse, igual que Brad el hermano, cuando de pronto Natalie miró la puerta.

Después de contener un poco el aliento, esbozó una sonrisa.

–¡Qué sorpresa tan agradable! –exclamó, cruzando la habitación para abrazar a una rubia no mayor que Olivia.

Un poco más alta que Natalie, llevaba pantalones, un jersey tejido, aros de oro, un collar haciendo juego y un par de resplandecientes anillos de diamantes.

Natalie la apartó para mirarla mejor.

–Estás pálida, nuera, pero tan hermosa como siempre. ¿Tienes algún problema?

La mujer vaciló un instante demasiado largo. Natalie frunció el entrecejo.

–¿Qué pasa?

–Nada –contestó ella con una sonrisa forzada–. Bueno, nada terrible. –Bajó la voz–. Greg y yo tenemos problemas y decidí venirme aquí por unos días.

Natalie suspiró y tardó apenas un segundo en absorber el significado de lo que acababa de decirle Jill Seebring.

–Buena idea. Ocupa tu habitación de siempre y quédate todo el tiempo que quieras. Esta noche se celebra un bufé en el Yacht Club y mañana una barbacoa aquí. Después de eso podrás descansar, a menos que tengas ganas de ayudarnos en la oficina. Pero ante todo quiero que conozcas a mi asistente.

14

Desde que la vio, Olivia le tomó simpatía a Jill Seebring. Ignoraba si era por la afable sonrisa que le dedicó cuando las presentaron, por la expresión de dolor que no podía ocultar del todo, porque eran casi de la misma edad o simplemente porque Jill se presentó a última hora de la tarde luciendo un vestido muy parecido al que ella tenía puesto. Pero lo cierto es que ella y Jill subieron con toda facilidad al mismo coche para dirigirse al Yacht Club.

–No sé si estoy en condiciones de ir –dijo Jill con suavidad–. Ha sido un día muy largo. Estoy extenuada.

Olivia conducía. Tess viajaba en el asiento trasero, con su nueva niñera, que apenas tendría dieciocho años. Natalie decía que esa muchacha estaba diez veces más entusiasmada por el empleo que su competidora más cercana. Quedaba por ver si estaba en condiciones de cumplir con su trabajo.

–Alguna de nosotras siempre puede llevarte de vuelta temprano –propuso Olivia. La invitación al bufé era para las cinco de la tarde–. ¿Cuánto tardan esas reuniones?

Tess se asomó entre los asientos. Se había puesto unos de shorts blancos y una camiseta azul de Asquonset. Tenía las gafas limpias. El pelo pulcramente trenzado.

–Habrá fuegos artificiales. No empezarán hasta que haya anochecido. ¿Has conocido algunos chicos de aquí? –preguntó Jill.

–Hay algunos en mi clase de navegación.

–Entonces debe resultarte divertido.

–No sé. En realidad no los conozco.

–Te resultará divertido –insistió Jill, y su confianza aumentó la simpatía que Olivia le tenía.

–¿Dónde vives? –Le preguntó Tess a Jill.

–En Washington.

–¿Y por qué no ha venido tu marido?

Olivia pensó que debía haberle hecho a Tess alguna advertencia sobre la situación, pero Jill contestó con una lógica perfecta:

–Está trabajando. Yo siempre paso más tiempo aquí que él.

–¿Tú también trabajas? –preguntó Olivia.

Todo era profesional en Jill, desde el pelo rubio peinado tirante hacia atrás, hasta la sencillez de sus aros, y la ausencia de un reloj de pulsera que pudiera incomodarla en el manejo de papeles u otros materiales de trabajo.

–Oficialmente no.

–¿Y eso qué significa? –preguntó Tess.

Jill sonrió.

–Significa que no me pagan. –Y dirigiéndose a Olivia, agregó–: Me ocupo de las relaciones públicas para obtener fondos para obras de caridad. Ayudo con los planes y la publicidad.

–¿Y por qué no te pagan? –preguntó Tess.

–Porque no tienen dinero.

–¿Tienes hijos?

–Todavía no –contestó Jill.

Estacionaron junto al coche de Carl en el Yacht Club. Instantes después aparcó un tercer automóvil de Asquonset.

Olivia no vio a Simon entre sus ocupantes, lo cual significaba que esa mañana no se había sentido atraído hacia ella o que sintió algo y se negaba a admitirlo. Ella esperaba encontrarlo allí. Después de todo, compartir una comida en la Casa Grande era una cosa y Olivia comprendía que tal vez le resultara algo difícil una reunión demasiado íntima, pero esa noche habría más de cien personas en el club. No había nada personal en ello.

Tal vez llegaría en su camioneta.

Pero no pensaba preguntarles a Natalie o Carl por Simon. No quería alentar la idea de un romance sin fundamento.

Así que se lo preguntó a otras personas, empezando por Donna Gomez, la principal asistente de Simon y, como tal, quien podría haber llegado con él. Donna, musculosa y delgada, de pelo negro y piel color oliva, era más o menos de la edad de Olivia, a pesar de que tenía dos hijos adolescentes. Ella llegó al club con su marido y sus dos hijos, pues era una tradición de Asquonset.

–Si esto es tradicional, ¿dónde está tu jefe? –preguntó Olivia.

–¿Simon? –contestó Donna–. Supongo que en su casa. No sale mucho.

–¿Desde que murió su mujer?

–Desde antes. Es muy introvertido. Ella era la sociable de la pareja.

Un rato después, cuando Olivia conversaba con David Sperling, el enólogo, se hizo eco de ese pensamiento. Estaban admirando los veleros anclados en el muelle. El sol comenzaba a ponerse.

–¿Ve ese de allá? –preguntó él, señalando un yate con cabina–. Es del viñedo. Antes también teníamos un velero, pero supongo que... bueno, se habrá enterado del accidente.

–Eso fue hace cuatro años. Me sorprende que no hayan comprado otro.

–Alexander quería hacerlo, pero quería un velero grande. –David señaló otro barco, un velero más largo y ancho que el yate–. Ese tiene una vela mayor y un foque. Alexander buscaba algo aún más grande.

–Comprendo por qué –dijo Olivia, recordando la descripción que le hizo Carl del accidente–. Una embarcación grande es menos vulnerable.

–No era por eso que lo quería Alexander –corrigió David con una sonrisa afectuosa–. Quería algo que llamara la atención.

–¿Era un buen navegante?

–No demasiado bueno. Por suerte, lo sabía. Cuando salía con invitados, le pedía a Simon que se encargara del timón. Simon era el mejor. Pero desde el accidente no ha vuelto a subir a una embarcación. En realidad, desde el accidente nunca ha vuelto al club.

–¿Y qué hace con su vida? Me refiero a su tiempo libre.

La respuesta se la dio Anne Marie Fritar, la recepcionista de la oficina. Olivia hablaba diariamente con ella. Era conversadora, tal vez más de lo que hubiera debido ser en ese momento pero, después de todo, Olivia era la confidente de Natalie.

–Lee –afirmó Anne Marie–. Compra libros constantemente, ahora por medio de Internet. Es algo que le debe de encantar, porque ni siquiera tiene que ir a una librería. Los paquetes nos llegan a la oficina. Lo llamamos y enseguida los pasa a recoger. Debe de tener la casa repleta de libros.

–¿Y dónde queda su casa? –preguntó Olivia.

Sabía que Simon vivía en tierras de Asquonset, cerca de las vides, pero su casa no estaba marcada en ningún mapa. Además, durante sus caminatas de la tarde había recorrido casi todos los senderos transitables de la propiedad pero ni siquiera tenía una pista sobre la casa de Simon.

–Está en el extremo sudeste.

–Allí no hay nada.

–Sí, lo hay, solo que la casa no se ve hasta que uno está encima de ella. Hay un sendero muy estrecho, marcado por un reflector colocado en un árbol. La casa queda más o menos a un kilómetro de allí. Está en la misma media hectárea que el padre de Natalie le regaló al padre de Carl cuando los Seebring se instalaron aquí.

Olivia sabía que Carl tenía una casa en el pueblo. Suponía que la casa de su infancia había sido destruida para cultivar esa tierra.

–¿Así que Simon vive en casa de sus padres?

–No exactamente –contestó Anne Marie, encantada de poder proporcionar una información–. Esa casa fue destruida y la reconstruyeron. Creo que ya la han reconstruido dos veces.

Olivia iba a hacer más preguntas cuando vio a Tess. Estaba con un grupo de chicos de su clase. Bueno, no exactamente con ellos: más bien los seguía, y no parecía contenta.

«¿Quieres tener amigos? –le había preguntado Simon–. Entonces trata de sonreír.» Tenía razón. En la chica que Olivia acababa de ver, no había nada que pudiera resultarle atractivo a otros chicos.

«¡Sonríe!», le ordenó mentalmente. Se concentró con todas sus fuerzas, con la esperanza de que una especie de telepatía transmitiera su mensaje. Por increíble que pueda parecer, Tess la miró. Pero al hacerlo solo frunció más el entrecejo. Hizo un gesto con la mano, como ordenándole a su madre que no la mirara. Después le dio la espalda y entró a la casa del club detrás de los demás chicos.

En ese momento Anne Marie ya estaba conversando con otra persona y Natalie le indicaba a Olivia que se acercara. Quería presentarle a algunos amigos de la familia, algunos de los cuales habían vivido en Asquonset durante más tiempo que ella y tal vez entre ellos estuviera la mujer misteriosa de las fotografías de los primeros tiempos. En la actualidad, todos tenían más de setenta u ochenta años, con lo cual el parecido era más difícil de encontrar. Olivia lo buscó, pero en vano. Estaba a punto de preguntárselo a Natalie cuando sirvieron el bufé.

Olivia jamás había visto un servicio igual. Había sopa de pescado y sopa de almejas, ambas cremosas y con trozos de mantequilla flotando en la superficie. Había ensalada de langosta, langosta a la Newburg y colas de langosta, langostinos, carne asada acompañada por mazorcas calientes, hamburguesas, sándwiches de salchichas y ensalada de patatas.

Olivia llenó su plato y fue a ver a Tess. La niña estaba comiendo una hamburguesa en el muelle, cerca de un círculo de chicos. Estaba de espaldas a su madre, cosa que tal vez fuese mejor. Porque a Olivia se le habría partido el corazón de haberle visto una expresión abatida.

En ese instante Olivia habría retrocedido en el tiempo hasta la época en que Tess daba sus primeros pasos. Tal vez entonces podría haberla rescatado. Ahora le resultaba imposible. Tess ya estaba demasiado crecida.

Luchando contra la frustración que le producía ese pensamiento, Olivia encontró un asiento entre el grupo de Asquonset. Esa gente le gustaba, se sentía bien a su lado. Natalie la mantenía cerca de ella, y le daba la sensación de que era querida y necesaria. Pero todo el tiempo sentía punzadas de tristeza, como un difuso dolor en el fondo de la cabeza. El primer motivo era el más obvio. Guardaba relación con Tess.

El segundo era más sorprendente. Referentes a lo que Natalie le había contado ese día. Algo en esa parte de la historia le resultaba más real que las demás. Y se debía a que la muerte había hecho acto de presencia. La muerte no tenía nada de romántico. Apenas conocía a Brad. Él no había desempeñado un papel importante en la adolescencia de Natalie, porque ella le había hablado mucho más de Carl que de Brad. Pero a pesar de ello, no podía dejar de pensar en su muerte. Lo que en realidad la impactaba era la expresión de dolor de Natalie.

El tercer motivo de tristeza era más consternante. Tenía que ver con Simon, que había perdido buena parte de su familia en el mar y que en ese momento estaba sentado en su casa, solo. Bueno, es lo que él había elegido, se recordó.

Tampoco se sintió mejor al ver la expresión de Tess cuando la gente comenzó a volver al bufé a servirse más comida. La niña se apoyó contra la silla de Olivia.

–¿Cómo va todo, cariño? –preguntó ella.

Tess se encogió de hombros.

–¿Has comido algo?

La niña asintió.

–¿Dónde están los otros chicos?

Tess movió la cabeza distraídamente, pero su mirada se fijó en otra parte. Olivia siguió la mirada de Tess y vio que se les acercaba Sandy Adelson. Llevaba un vestido largo y una flor en el pelo, y la acompañaba un niño a quien Olivia no había visto. Era un par de centímetros más alto que Tess, tenía pelo oscuro y lacio y una expresión seria en los ojos.

Tess murmuró de soslayo:

–Si lo trae hacia aquí como premio consuelo, nunca se lo perdonaré.

–Sonríe –susurró Olivia, poniéndose en pie. Era lo más natural del mundo que saludara a Sandy con un abrazo. Luego estudió al niño–. Es el mejor chico de la reunión –dijo. Al ver que éste se ruborizaba, le tendió una mano y se presentó–. Soy Olivia.

–Este es mi nieto Seth –dijo Sandy con orgullo–. Te agradecemos el cumplido. –Palmeó la mejilla del chico y cuando este la miró dijo–: Olivia trabaja en Asquonset y esta es su hija Tess. Viven en Cambridge. Estarán aquí durante el verano.

Después de asentir, el chico las saludó con un movimiento de la cabeza.

–Seth y sus padres viven en Concord –agregó Sandy–. No queda lejos de Cambridge. Han venido a pasar el fin de semana con nosotros. Tengo la esperanza de que Seth se quede un poco más.

Seth miraba a Tess como si quisiera decirle algo pero no se atreviera. Solo cuando palmeó el brazo de Sandy y le hizo una seña, Olivia comprendió que era sordo.

No se atrevió a mirar a Tess para que no sacara conclusiones precipitadas.

–Seth se pregunta si conocen el Border Café.

–Sí, lo conozco –dijo Tess.

Seth hizo otra seña.

Sandy la interpretó.

–Es su restaurante favorito. –El chico le hizo otra seña y ella le respondió con un gesto de las manos–. Seth está esperando que sirvan el postre –explicó–. Os aseguro que es el único motivo que lo animó a venir. Aquí sirven helados exquisitos. ¿Quieres acompañarnos para que también a ti te den uno? –le preguntó a Tess.

La niña se llevó una mano al estómago.

–No creo que pueda –contestó–. Ya he comido demasiado.

–¿Y más tarde? Mi padre, el bisabuelo de Seth, tiene una hermosa lancha Cris Craft. Y nos llevará a navegar para que podamos ver los fuegos artificiales desde el agua.

Olivia estaba a punto de aceptar la invitación cuando

del otro extremo de la habitación surgió un murmullo de excitación. Allí un mimo se balanceaba con un solo pie apoyado sobre la baranda, dando la impresión de estar suspendido de un hilo a considerable distancia del suelo.

Sandy le dirigió una sonrisa excitada a Olivia y se alejó con su nieto en esa dirección.

Olivia iba a seguirlos cuando Tess la retuvo.

–Yo no iré –dijo la chica.

–¿Por qué no? –preguntó Olivia–. Me parece muy divertido.

–¿Sí? Bueno, pero ese chico es sordo.

Olivia parpadeó.

–¿Y eso qué tiene que ver?

–No puedo hablar con él. ¡Es sordo!

–No es necesario conversar para mirar los fuegos artificiales. Solo nos han invitado a dar un paseo en lancha.

–Sí, pero ella me invita porque los otros chicos no lo han hecho.

–No lo creo. Sandy simplemente nos invita a hacer algo que parece muy divertido.

–A mí no me parece divertido. Creo que está ubicando a la disléxica con el sordo. Y no estoy tan desesperada.

Olivia la miró.

–¡No puedo creer que hayas dicho eso!

Pero Tess no se retractó.

Olivia se llevó una mano al pecho.

–¡No puedo creer que lo hayas dicho! –De repente se enfureció. Cogió a Tess de la mano y salió con ella al aparcamiento, donde terminaron sus consideraciones–. ¡Me decepcionas! ¿Qué tiene de malo ese chico?

Tess se ajustó las gafas.

–Es sordo.

–Y tú eres disléxica, y yo escribo con mucha lentitud, y Sandy es un espíritu libre, y Natalie tiene setenta y seis años... A ese chico no le sucede nada que la lectura de labios y las señas no puedan remediar. No es un ser inferior, así como tampoco lo eres tú. ¿No es eso lo que he tratado de enseñarte durante todos estos años? Tú no eres inferior.

Aprendes de una manera distinta a la mayoría de los chicos, pero no hay nada inferior en ello. El resultado será el mismo. Crecerás igual que ellos e irás a la universidad y estudiarás una carrera. Ese chico se expresa de una manera distinta del resto, y tampoco eso tiene nada de inferior. Crecerá haciendo las mismas cosas que tú. ¡Por Dios, Tess! Tú, sobre todo tú, deberías saber mejor que nadie que no se debe despreciar a alguien que no es igual a uno.

Tess ya no parecía tan arrogante. Tenía los brazos apretados al costado del cuerpo y había bajado la barbilla.

–¿Y qué me dices de la compasión? –exclamó Olivia–. Ese niño no oye canciones, ni palabras, ni los gorjeos de esos pájaros del viñedo. No podría oír ronronear a *Henri*. Si se despierta en la oscuridad de la noche debe confiar en sus ojos para saber si hay alguien más en su cuarto. Tiene que esforzarse el doble que tú para lograr lo mismo en la vida.

La barbilla de Tess se hundía cada vez más. A través de las gafas se le notaba la expresión afligida de los ojos.

–Yo quería estar con los otros chicos.

–¿Porque son populares? No es una buena razón. La popularidad es algo superficial, Tess. Lo que cuenta es la sustancia.

–A mi edad no.

–¡A cualquier edad! –afirmó Olivia. Se mesó el pelo, contrariada–. Comparada con ese chico, tú eres afortunada. ¿No lo comprendes? No, no lo comprendes porque estás demasiado ensimismada en tus problemas. –Se enderezó–. Bueno, escúchame. Tienes una posibilidad de elección. Puedes quedarte sentada compadeciéndote y echándole la culpa a todos los pequeños problemas que se te presentan porque lees despacio, o puedes seguir adelante. No es la dislexia la que te trae problemas con esos chicos. Ellos no saben que eres disléxica. Lo que sí saben es que te mantienes apartada y que no eres simpática. –De repente se sintió agotada. Respiró con cansancio y dejó caer las manos a los costados del cuerpo–. Yo te quiero, Tess, con todo mi corazón. Si me dijeras que Seth no te gusta porque es un esnob o un egoísta, lo aceptaría. ¡Pero que me digas que no te gusta porque es sordo! –Meneó la cabeza con pesar. Cerró los ojos e inhaló profundamente. Cuando volvió a mirar a su hija, esta parecía contrita–. ¿Le encuentras sentido a lo que te acabo de decir?

Esperó, mirándola fijamente, hasta que Tess contestó en voz baja:

–Sí.

Olivia volvió a inhalar. Luego dijo en voz baja:

–Creo que ya no puedo más. ¿Qué te parece si volvemos? –Le indicó a Tess que la siguiera–. Vamos a agradecerle la fiesta a Natalie.

Acababan de llegar a la puerta del club cuando apareció Jill. Al verlas, sonrió aliviada.

–Temía que os hubierais ido.

–Era lo que estábamos a punto de hacer. Solo volvía para despedirme de Natalie. Pareces muerta de cansancio.

–Un poco –contestó ella, dejándose caer en un banco de madera–. Os esperaré aquí.

–No tardaremos.

Olivia fue en busca de Natalie. Cuando pasaron junto a la fila de personas que esperaban que les sirviesen helado, Olivia seguía tan enojada que ni siquiera miró a su hija. Esos helados le habrían encantado a Tess. Merecía perdérselos.

Natalie y Carl estaban sentados fuera con un grupo de amigos. El sol ya iba cayendo sobre el mar, pero pasaría otra hora antes de que oscureciera del todo. Olivia se agachó junto a la silla de Natalie.

–Volvemos a la casa –dijo con suavidad–. Pero quería darle las gracias por la fiesta de esta noche. Ha sido magnífica.

–¿No os quedaréis a ver los fuegos artificiales?

Sonriente, Olivia meneó la cabeza.

–Estoy cansada. Y llevo a Jill de regreso conmigo. Creo que ha sido un largo día para ella.

–¿No quieres llevarla y volver? –preguntó Natalie, esperanzada.

Olivia admiraba el genuino entusiasmo de esa mujer. ¡Y era tan agradable sentir que la querían a una! Tan agradable que estuvo a punto de cambiar de idea. Pero Natalie estaba con sus amigos y el resto de la gente del viñedo estaba con los suyos y tal vez, solo tal vez, Olivia aún se sentiría como una extraña.

–Gracias, pero no –contestó con suavidad, y en ese momento apareció Sandy Adelson.

–¡Así que estás aquí! –exclamó–. Tess me dice que ya os vais. ¿Te importaría que ella se quedara con nosotros? Con gusto la llevaré después a la casa.

Y, por supuesto, allí estaba Tess, de pie junto a Sandy. Seth estaba del otro lado de su abuela.

El primer impulso de Olivia fue rechazar la invitación. Tess no merecía ver los fuegos artificiales y mucho menos desde la cubierta de la embarcación de esas buenas personas. Sobre todo después de lo que había dicho.

Pero su hija parecía arrepentida y miró a Olivia con expresión avergonzada y, para peor, insegura. Y en el rostro apuesto de Seth había un destello de esperanza.

–Tengo muchas ganas de salir en la lancha –dijo Tess.

En un instante de cinismo, a Olivia se le ocurrió que si tenía que elegir entre volver a su casa con una madre furiosa o salir en esa lancha a ver los fuegos artificiales, Tess estaba eligiendo el mal menor. Pero en el fondo, lo cierto era que Olivia quería que Tess hiciera ese paseo en lancha.

–No tendrás que desviarte de tu camino para llevarla a casa, ¿verdad? –le preguntó a Sandy.

–No. –Sonriendo, Sandy pasó un brazo alrededor del cuello de cada uno de los chicos–. Vamos allá.

15

–¿Qué piensas acerca de lo de Natalie y Carl? –le preguntó Olivia a Jill mientras volvían al viñedo.

Jill iba reclinada en el asiento.

–Me parece bien –dijo con tono de fatiga–. No se trata de que ella le esté siendo infiel a Alexander. Él ha muerto. Natalie es libre de volver a casarse. –Resopló–. Pero para mí es fácil decirlo. Al no era mi padre.

–¿Cómo era Alexander?

–Era divertido, muy sociable. Si las cosas hubieran sido distintas, tal vez habría sido un buen político. –Hablaba con cariño–. Siempre recordaba todos los nombres y las caras. Era capaz de olvidar su propio aniversario de boda, pero si le habían presentado a un hombre cinco años antes, cuando volvía a verlo se le acercaba, lo llamaba por su nombre y le estrechaba la mano.

–Vaya.

–Lo vi hacerlo varias veces. Solía ir a Washington a visitarnos a Greg y a mí. Cuando estábamos en un restaurante, si veía una cara conocida en el otro extremo del salón, nos dejaba e iba a saludarlo. Y si el hombre era un veterano, tanto mejor. Al podía hablar horas de la guerra. Y te advierto que era siempre un monólogo. La mayoría de los hombres que lucharon en las trincheras no querían revivir lo padecido. En cambio para Al era un orgullo. Aunque él no estuvo en las trincheras.

–¿No?

Esa sin duda había sido parte de la imagen. No porque Natalie le hubiera hablado de la guerra, pero Olivia había visto fotografías de Alexander en uniforme. Sí, parecía orgulloso... gallardo y orgulloso.

–Alexander estaba en inteligencia –explicó Jill y enseguida pasó a describirlo en su vida civil–. Le gustaban los grandes gestos. Si de él hubiera dependido, para la bodega habría edificado un castillo en lugar de un molino.

–¿Quién decidió que fuera un molino?

Jill miró a Olivia.

–Natalie. Ella es la fuerza que lo impulsa todo.

–Greg dice que era Carl.

–Típico de Greg –contestó Jill, volviendo a mirar al frente.

Acababan de tocar un punto sensible. Olivia se moría por preguntar qué problemas matrimoniales tenía Jill, pero no podía hacerlo. Casi no la conocía, de manera que dijo:

–Natalie tiene setenta y seis años. ¿Qué sucederá cuando no pueda seguir manteniendo su actual ritmo?

Jill lanzó una risita.

–No creo que eso le suceda. El viñedo es su vida. Pero si te estás preguntando si Greg ocupará su lugar, él dice que no.

–Greg ha llamado varias veces –se aventuró a decir Olivia–. Le angustia que Natalie se case con Carl.

–Porque así no podrá controlar la situación. Le perturba que la gente haga lo que le da la gana, sin tener en cuenta sus deseos.

Otro punto sensible. Olivia cambió una vez más de tema.

–Llegado ese momento, tal vez Susanne se haga cargo del viñedo. ¿Cómo es ella?

Ante esa pregunta, Jill sonrió.

–A mí me gusta. Debido a la diferencia de edad que hay entre ellos, Greg considera que los separa una gran distancia, pero Susanne siempre ha sido buena conmigo. Me hace sentir bienvenida, como si realmente le gustara que forme parte de la familia.

–Tal vez ella quiera que te hagas cargo del viñedo.

Jill lanzó de nuevo una risita.

–Lo dudo. –Miró a Olivia. La sonrisa se borró de su rostro–. Parece preocuparte la persona que se pueda hacer cargo de la empresa. ¿Natalie está bien?

–Sí, por lo que sé. Tiene una energía increíble. Cada vez que empiezo a pensar en ella como una persona de mediana edad, de repente empieza a hablar de la década de los treinta y me doy cuenta de que ya es mayor.

–Greg cree que ella no está en sus cabales. ¿Tú qué crees? ¿Te parece una persona coherente?

–Completamente coherente. –Y entonces ¿por qué se preocupaba ella por la salud de Natalie? Porque Natalie no era una mujer de mediana edad y, en lo que a familia se refería, estaba sorprendentemente sola. Había aceptado a Olivia en su entorno, la había hecho formar parte de todo como si estuviera ávida de compañía, y eso era muy halagador. Pero Natalie tenía familia: Susanne, Mark, Greg, Jill y dos nietos–. La vi allí en el Yacht Club rodeada de sus amigos y sus familias y es como si para ella, sin una familia, faltase una generación.

–Tal vez haya sido porque Simon no estaba allí –dijo Jill–. Ya conoces a Simon, ¿verdad?

Olivia enfiló el camino del viñedo.

–Sí.

–¿Crees que él planea quedarse con Asquonset?

–No. –Estaba dispuesta a apostar dinero a que no era así–. Creo que adora este lugar. Posiblemente le haría feliz pasar aquí el resto de su vida. Pero ¿te refieres a si le gustaría ser propietario del viñedo? –Meneó la cabeza–. Quiere cultivar uvas, nada más.

Como era natural, debido a que era el último tema que ella y Jill tocaron antes de separarse en el vestíbulo de la Casa Grande, Olivia pensaba en Simon. No podía dejar de decirse que él seguía sentado y solo en su casa mientras todo el mundo celebraba el Cuatro de Julio en el club. Consideraba que no era justo que alguien estuviera tan solo.

Se puso un polo y unos shorts, se ató las zapatillas y al llegar al coche hizo ejercicios de estiramiento. Luego echó a correr hacia un sol poniente. Al llegar al camino principal, dobló a la izquierda y corrió a un ritmo tranquilo. Cuando empezaba a tener calor, una brisa del mar la refrescó. El ejercicio le hacía bien. Ya había recorrido antes esa parte del viñedo. Había hecho una gira completa por Asquonset, pero nunca vio ningún reflector en un árbol que marcara el camino hacia la casa de Simon. Sin duda no había mirado con suficiente atención.

Esa vez mantuvo una mirada vigilante, y redujo la velocidad en cada punto donde pudiera nacer un sendero. Hasta dobló por uno que resultó conducir al aparcamiento de la casa ubicada del otro lado del camino. De pronto una luz atrajo su atención. Era el último rayo del sol que se reflejaba sobre un reflector colocado en un árbol al principio de lo que parecía un sendero para tractores, dos huellas separadas por una línea de hierba. Como camuflaje era bueno. Diez metros más adelante había un tramo pavimentado apenas visible bajo el dosel que formaban las copas de los árboles. Era sin duda el camino de la casa de un hombre que no quería ser molestado. Con el corazón palpitante, Olivia lo enfiló. De repente pensó que el dueño de esa casa no quería que lo molestaran. Entonces dio media vuelta y volvió al camino principal. Pero volvió a pensar en Simon completamente solo, y se detuvo. Dio media vuelta y se internó en el sendero. El camino ascendía casi todo el tiempo, una ruta no precisamente fácil para una mujer que había dedicado su vida a transitar por terrenos llanos. Respirando con fuerza, en determinado momento Olivia se detuvo, se inclinó para colocar las manos sobre las rodillas y se preguntó si estaría sufriendo un infarto. Más bien un ataque de pánico, decidió. Simon era un hombre que imponía.

Pero ella quería ver su casa. Y como estaba oscureciendo, lo más probable sería que él ni siquiera se enterara de su presencia. Y si llegaba a verla, bueno, no habría problema. Ella sería capaz de manejar la situación. ¿No lo había hecho después del incidente entre él y Tess? ¿No supo manejar a Tess cuando se presentó el problema de Seth? Ella sabía manejar a la gente. Era dura.

Se enderezó y siguió corriendo hasta que el camino terminó de repente. Allí estaba la camioneta plateada y salpicada de barro. Cerca se alzaba una casa pequeña.

¿Casa? Más bien se trataba de una cabaña. Estaba hecha de listones de madera gris y las ventanas sugerían que solo tenía tres o cuatro habitaciones. Estaba ubicada de manera tal que cualquier intruso que se le acercara se encontraba frente a la parte trasera. No cabía duda de que era la casa de Simon.

Se detuvo.

«Yo la habría construido de la misma manera», pensó al mirar el porche del frente y ver el paisaje. No se había dado cuenta de que había ascendido tanto. Desde allí, el mar se veía con claridad. Bajo un cielo ya casi oscuro, era de un color gris plomizo, solo roto por parches de color violeta bajo nubes del mismo tono.

Con los brazos en jarras y ya respirando un poco más tranquila, se preguntó qué debía hacer. No había luces en la casa. Aparte del monótono canto de los grillos, el silencio era total. Si no fuera por la presencia de la camioneta, habría supuesto que Simon no estaba allí. Algo peludo chocó contra una de sus piernas. Olivia lanzó un grito de miedo y retrocedió, imaginando que podía tratarse de una comadreja, un hurón o hasta de un cachorro de oso, pero solo era *Buck*.

Se inclinó y acarició la cabeza del gato. El hecho de que *Buck* estuviera allí no significaba que necesariamente Simon también estuviese. Tal vez se había ido con algún amigo, o con una mujer. Sí, había jurado que no quería relacionarse con nadie, pero los hombres no solían considerar que el sexo fuese una relación. Por lo que Olivia sabía, por lo que cualquiera podía saber, tal vez él y alguna mujer estuvieran entrelazados en alguna casa del pueblo. Había otra posibilidad, por supuesto: que Simon hubiera pasado a buscar a su amiguita y que estuvieran entrelazados allí mismo. Eso explicaría la presencia de la camioneta, la oscuridad de la casa y el hecho de que el pobre gato se hubiera quedado fuera en medio de la noche.

¿Y ella había estado compadeciendo a ese hombre?

En su interior crecía una sensación de indignación cuando un ruido en el porche la desconcertó. Era el crujido de una silla, seguido por el sonido de pies descalzos sobre madera. Olivia se irguió y contuvo el aliento.

–¿Me está buscando? –preguntó Simon desde el porche.

No era fácil distinguir nada porque los árboles bloqueaban los últimos rayos del sol. El mundo de Simon era púrpura y, con cada segundo que pasaba, se iba poniendo cada vez más negro. Por su parte, Olivia se sentía como iluminada por un reflector. No tenía sentido que negara su presencia.

–Sí –contestó–, pero creo que he llegado en mal momento. Lo veré mañana. Adiós. –Se volvió para marcharse.

–¿Por qué no está en el club? –preguntó él.

Ella se volvió a mirarlo. Si conversar con ella era una manera de ganar tiempo, si había una mujer poniéndose la ropa en las sombras, ya era tarde para que Olivia huyera. No tenía más remedio que ver el lado humorístico de la situación.

–Se supone que esa debió haber sido mi frase –contestó–. Estuve en el club. La comida fue una maravilla. Lo echamos en falta.

Simon rió.

–No me parece probable. Por si no lo ha notado, no soy exactamente el que anima las fiestas.

–No lo había notado. La única vez que lo vi con alguien fue con Natalie el día de mi llegada.

–Y con Tess.

A menos que ella estuviera equivocada, Simon la estaba invitando a hacer un comentario acerca de eso. ¿Delante de su amante? Difícil de creer.

–En ese caso estuvo bien –contestó Olivia.

–¿Tess me ha perdonado?

–Bueno, yo no llegaría tan lejos. Su disculpa ayudó. Por lo menos no parece estar más enojada que antes.

Olivia volvió a sobresaltarse, esta vez por una detonación. Miró el mar a tiempo de ver que en el cielo se abría una brillante flor rosada. Contuvo el aliento al ver que otras flores pequeñas y amarillas se abrían y la rodeaban.

–No sabía que su hija tenía un problema de aprendizaje –dijo Simon cuando los colores se esfumaron del cielo.

–No tenía por qué saberlo –contestó Olivia, sin apartar la mirada del mar.

Una segunda detonación fue seguida por una tercera y una cuarta. El cielo se iluminó alternativamente de rojo, blanco y azul y luego verde, amarillo y rosa.

–¿Es muy serio? –preguntó Simon, por lo visto sin que lo alterara el espectáculo de los fuegos artificiales.

–Lo suficiente para menoscabarla en sus relaciones sociales. Y eso es importante para una niña de su edad. Lo está pasando muy mal.

–Le cuesta llevarse bien con los demás chicos.

–Sí.

Hubo otra detonación. Esa vez los fuegos artificiales fueron multicolores, un ejército de pequeños espermatozoides que nadaban en un cielo cada vez más oscuro.

Tess estaba bajo ese cielo, observando el espectáculo desde la cubierta de una lancha. Olivia se preguntó si habría sido acertado permitir que fuese. Si Tess llegaba a ser ruda con Seth ella nunca se lo perdonaría. De repente se le ocurrió que debería estar cerca de un teléfono, por si acaso.

Estaba a punto de marcharse cuando una vívida cornucopia de colores estalló sobre el puerto.

–¡Oh! –exclamó Olivia.

–¿Cuándo se enteró de que ella tenía ese problema? –preguntó Simon.

La cornucopia se deshizo. Olivia razonó que no tenía nada de malo que se quedara allí un momento más, ya que Simon la alentaba a conversar. Miró el porche. Vio el perfil de un brazo alzado, una mano aferrada a un travesaño del techo y un cuerpo delgado que fue delineado por la siguiente exhibición de pirotecnia.

¿Cuándo se había enterado ella de que Tess era disléxica? Recordaba cada detalle de esa pesadilla.

–Cuando ingresó en el colegio y no pudo hacer los deberes. Empezaron dolores de estómago, lágrimas y reuniones con las maestras. Debí de haberme dado cuenta antes, pues le podrían haber prestado ayuda desde el principio. Pero no es fácil descubrir esa clase de cosas. Yo sabía que no era capaz de manipular cierto tipo de juguetes, pero a mí tampoco me gustaban los rompecabezas. Así que jugábamos con las cosas con que ella era hábil.

–¿Usted le leía cuando era pequeña?

Resonó otra detonación, pero esta vez Olivia no miró el cielo. Algo en el tono de Simon hizo que lo imaginara leyéndole a su hija Liana. Abrió la boca para preguntárselo, pero la cerró enseguida pensando: «Es un terreno doloroso, no te metas en eso, Olivia Jones». En lugar de ello, contestó la pregunta de Simon.

–Le leía todo el tiempo. Y sigo haciéndolo. Cuando Tess era pequeña, le leía todos los cuentos que yo me había perdido en la infancia. De pequeña a mí también me resultaba odioso leer. Simplemente no podía hacerlo. Y cuando por fin pude, ya era demasiado mayor para leer cuentos de hadas, así que los viví con Tess y fue muy divertido... para no mencionar lo que me fascinaba poder hacerlo. –Y todavía le fascinaba–. Posiblemente me hayan gustado más que a la misma Tess. Debí haberle enseñado letras y palabras, ya que en ese caso me habría dado cuenta de que tenía un problema. Pero no quería enseñarle a leer. Tenía miedo de hacerlo mal. Y después creí que ella estaba aprendiendo sola a leer. Cuando empezábamos a leer de repente Tess se lanzaba a leer una página ella sola. Así que nos turnábamos. Yo leía una página, ella la siguiente. Me parecía que mi hija era brillante. Es decir, todavía lo pienso. Es brillante. Pero consideré que estaba más adelantada que las niñas de su edad. Bueno, ¿qué madre no quiere creerlo? Una noche, cuando estábamos leyendo, pasé dos páginas en lugar de una y Tess comenzó a recitar líneas de la página que acababa de saltarme. Entonces comprendí que no leía absolutamente nada. Había memorizado el libro entero. Y aún entonces, consideré que esa era una muestra tan grande de inteligencia que no percibí las implicaciones de aquello.

Olivia se mesó el pelo corto, avergonzada aún por haber sido tan idiota. Sonrió.

–Con mi respuesta ha obtenido más de lo que creía, ¿no es así?

Resonó otro estruendo en el puerto, pero no oyó ningún sonido a espaldas de Simon. Por lo visto no había ninguna invitada. Eso también la hizo sentirse idiota.

–Yo pregunté –contestó él.

Buck lanzó un maullido. Olivia alcanzó a ver la forma larga y oscura del gato a mitad de camino entre Simon y ella. La noche caía con rapidez. El color púrpura de la colina de Simon era cada vez más oscuro. Olivia sabía que tendría que regresar corriendo y supuso que debía hacerlo mientras todavía quedara un poco de claridad. Pero se mantuvo firme y miró la cabaña.

–¿Así que esta es su casa? –inquirió.

Se preguntó cómo sería el interior.

–No es la casa en que vivía con mi mujer y mi hija. Esa la quemé después de su muerte.

–¿La quemó? ¿Por qué?

–La había construido para ellas. Y ya no estaban.

–¿Y usted mismo la incendió?

–Hasta convertirla en cenizas.

–¿Y con la casa no se incendió el bosque?

El lugar estaba completamente rodeado de árboles.

Él lanzó lo que pudo haber sido una risa o una exclamación de sorpresa al comprobar que ella no consideraba que fuera una monstruosidad haber incendiado su casa. Olivia notó que meneaba la cabeza en la oscuridad. *Buck* volvió a maullar.

–¿Está tratando de asustame para que me marche? –preguntó ella.

–¿Lo consigo?

–No. No le tengo miedo. Descuide.

–¿No le importa que yo tenga una faceta violenta?

Olivia recordó cómo le había gritado ella a Tess en el aparcamiento del Yacht Club. Fueron gritos violentos. Por supuesto que no se trató de una violencia física. En lo que a catalizadores se refería, la pérdida de Simon era más importante que la desilusión momentánea que Tess le provocó a ella.

–Ni siquiera puedo empezar a imaginar cómo reaccionaría si lo hubiera perdido todo. Si uno no puede marcharse a otra parte, supongo que destruir un recuerdo doloroso es lo mejor que se puede hacer.

Simon no le respondió. Su perfil era una silueta oscura cuando miró el mar. Seguían los fuegos artificiales, pero Olivia no creyó que él los estuviera viendo. Parecía estar en un mundo propio, haber retrocedido por lo menos cuatro años.

«Es hora de que me vaya», pensó.

Entonces Simon habló y ese pensamiento la abandonó. Su voz sonó menos segura, casi dolorosa.

–No debí hacerlo. Estaba furioso. Me sentía impotente. Necesitaba hacer algo. Y lo que terminé haciendo fue borrar todo rastro de mi vida con ellas. Los recuerdos dolorosos se fueron junto con todos los buenos. Lo convertí todo en cenizas. Y así fue.

–¿No quedó absolutamente nada? ¿Ni siquiera fotografías?

–Carl tiene algunas. Y Natalie también. Hicieron lo posible por dármelas. Pasó un tiempo antes de que siquiera pudiera mirarlas. Y todavía me cuesta. Parte de mi ser me dice que lo único que necesito son mis recuerdos.

Era evidente que recuerdos tenía. Y eran como un foso que lo rodeaba y que mantenía a Olivia a distancia. Ella estaba aquí y él allí, en compañía de su mujer y su hija muertas.

–Mire, si Tess vuelve a molestarlo, simplemente dígale que se vaya –aconsejó.

–Eso sería mezquino.

–Dígale que está ocupado, que está fumigando las viñas con algo peligroso y que ella no debe estar allí. Yo trataré de impedir que salga cuando usted esté trabajando. –*Buck* volvió a maullar–. ¿Su gato está bien?

–Sí.

–¿Y no le preocupa que ande suelto por el bosque?

–Es un tipo duro.

–Pero ¿no andan tipos más duros que él por ahí?

–No muchos. Usted ha dejado de salir por la mañana.

Olivia tardó un instante en adaptarse al cambio de tema. Se envolvió el cuerpo con los brazos.

–No. Esa es su hora. Y su lugar.

–Me estaba preguntando si no sería por otra cosa.

La estaba mirando. Ella notó lo directo de su pregunta junto con una especie de desafío. Y decidió devolverle el desafío.

–¿Como qué?

–La veo sentada arriba, junto a la ventana. ¿Qué piensa en esos momentos?

–Pienso en lo afortunada que soy de estar aquí.

–¿Qué más?

–¿Qué otra cosa puedo pensar?

Él no habló, pero ella sintió su respuesta, exactamente allí donde la sentía todas las mañanas, en la boca del estómago. Era un dolor pequeño y enojoso, pero estaba allí. Retrocedió un paso y alzó una mano.

–Oiga, si cree que debería haber algo más, es problema suyo. ¿Yo? Yo soy libre y estoy limpia. Estuvimos de acuerdo en que si alguien creyera que podía haber algo entre nosotros, estaría equivocado. No hay nada. Absolutamente nada. –Respiró con rapidez–. Y aun en caso de que hubiera algo, yo no podría. Por si no se ha dado cuenta, Tess ocupa casi todo mi tiempo. –Se encaminó con lentitud hacia el sendero–. Primero y ante todo, soy madre. Eso no significa que no sienta cosas. ¡Por supuesto que siento cosas! Pero hasta ahí llego... Y aunque me sintiera atraída por usted, sería inútil. Tal vez me fascinen unas buenas piernas, pero no soy masoquista.

Se volvió y se concentró en avanzar por el sendero en plena oscuridad.

A la mañana siguiente, al amanecer, ella estaba allí en el asiento de la ventana después de haber dormido menos de cinco horas. Tess había regresado a las diez y media. Luego dedicaron dos horas a conversar sobre el respeto que merecían los demás. Después de eso Olivia permaneció un rato despierta y sin poder dormir... y a pesar de todo se levantó con las primeras luces del día. Pensó que como era Cuatro de Julio, tal vez Simon durmiera hasta tarde.

Pero allí estaba él, puntual, saliendo de debajo del toldo y caminando hacia el borde del patio. Sin embargo no tenía una taza de café en la mano... Con curiosidad, ella lo vio poner las manos en jarras. Contempló el viñedo como siempre. Muy erguido, con la espalda y las piernas muy derechas. Ese día no apoyaba el peso del cuerpo sobre una cadera, en actitud indiferente. Para Olivia, ese cambio de postura indicaba que algo andaba mal.

Simon levantó la vista y la miró por encima del hombro, hizo un gesto con la cabeza en dirección al viñedo y se alejó por el sendero.

El corazón de Olivia comenzó a palpitar con desenfreno. El gesto de Simon era una invitación; de eso no cabía duda. ¿Querría conversar? ¿Mostrarle algo?

Mantuvo la mirada fija en el sendero, pensando que quizá volviese y le diera una pista. Pero como no lo hizo, Olivia tomó una decisión. Se quitó el camisón, se puso un polo y unos shorts. Cogió un par de zapatillas y cruzó el baño descalza para mirar a Tess. Luego volvió a su cuarto y bajó la escalera en silencio pero con rapidez.

Había llovido poco antes. Las lajas de patio todavía estaban mojadas. Se puso las zapatillas y se fue.

La humedad era espesa en el aire cálido de julio. Eso, agregado a la misma lluvia, no debía de ser bueno para las uvas. Tal vez esa lluvia no deseada fuera la causa de la tensión de Simon. Tal vez lo que ella tomó por una invitación no fuera más que un gesto de frustración.

Llegó al sendero del viñedo y avanzó, asomándose en cada hilera de vides mientras se preguntaba dónde encontraría a Simon. De repente se le ocurrió que probablemente estaba haciendo el papel de tonta al haber salido así. Debió permanecer junto a la ventana, o quedarse en la cama.

A pesar de todo siguió adelante. Estaba llegando al final de ese sector de vides cuando lo vio en un extremo. Estaba apoyado contra un viejo arce, con los brazos cruzados.

La estaba esperando. Ella se acercó despacio y se detuvo a una docena de pasos de distancia. Se metió las manos en los bolsillos.

–¿Me ha llamado? –preguntó.

Simon miró hacia un lado y estuvo a punto de sonreír.

Justo en el momento en que ella pensaba que si esa media sonrisa le producía una notable debilidad, una sonrisa completa la derretiría, Simon la invitó a acercarse moviendo un dedo.

Con el corazón cada vez más agitado, Olivia dio un paso hacia él y se detuvo.

–¿Sí?

Él se alejó del árbol y acortó la distancia que los separaba. Estudió los ojos de Olivia con expresión muy seria. Instantes después le tomó la cabeza con ambas manos y se la levantó para besarla. Ese beso no tuvo nada de suave. Fue un beso duro, con una boca abierta que hablaba de un deseo intenso.

Olivia sintió que la misma sensación de deseo le recorría todo el cuerpo. Había admirado a Simon demasiado a menudo, había observado su cuerpo delgado y de caderas estrechas, y había visto cómo se le hinchaban los bíceps cuando hacía un esfuerzo. En ese hombre había un misterio que aumentaba el deseo. También había en él algo de cosa prohibida. El beso fue tanto más excitante por ser inesperado.

No era suave. No existía delicadeza en su manera de sostenerle la cabeza ni de manipular su boca, pero la avidez no permitía delicadezas. A Olivia no le importaba, ansiaba más la avidez que el estilo. Deslizó los brazos alrededor del cuello de Simon y le devolvió el beso. De repente pensó en su hija y sonrió para sus adentros. Sí, Tess tenía razón cuando dijo que Simon olía; desprendía un olor a limpio maravilloso y completamente viril. Su pelo estaba húmedo y era espeso al tacto, su cuello era cálido, sus hombros fuertes. Olivia deslizó las manos por el pecho de Simon pero las volvió a llevar con rapidez a su cuello. Tenía necesidad de apoyarse en él. Las piernas no la sostenían.

Creía que el cosquilleo que sentía al observarlo cada mañana era solo de ella, pero en ese momento no parecía que fuera así. El cuerpo de Simon estaba tenso.

Así que pensó que tal vez hiciera tanto tiempo que no tenía relación con una mujer que cualquiera le bastaba. Cuando apartó sus labios de los de ella, la apretó contra su cuerpo y la mantuvo allí cruzándole un brazo por la espalda y apretándole el trasero con el otro. Estaba tremendamente excitado. Y para ella, era una sensación increíble. Pero ¿cualquier mujer le habría podido provocar esa misma excitación? Ella no quería eso. Nunca practicaba el sexo con desconocidos. No lo hacía sin más.

Pero instantes antes de que él echara atrás la cabeza fue su nombre el que oyó murmurar a Simon con voz ronca y quebrada, y fueron sus ojos los que él miró con fijeza. En los ojos de Simon había sorpresa y confusión. Pasión. Respiraba con dificultad, tenía la frente húmeda. La mandíbula cuadrada, recién afeitada, de manera que en ella solo quedaba una pequeña sombra de barba. Tenía una boca delgada, entreabierta. Sus ojos eran de un azul profundo, muy profundo.

Esos ojos estaban muy abiertos y sabían lo que sucedía. Sí, Simon sabía que se trataba de ella. A Olivia le parecía increíble, considerando que no era ninguna rubia guapa, pero él sabía que era ella.

Eso hizo que todo fuese más dulce cuando él volvió a besarla, esta vez con más suavidad, saboreándola en lugar de devorarla. Movió la lengua contra la suya, deslizándola. Sus movimientos comenzaron a ser lentos y excitantes, tentadores. Olivia ardía y se entregó a ese ardor moviéndose contra el cuerpo de Simon en busca de alivio, y buscó su boca con desesperación. Pero así como no practicaba el sexo con desconocidos, tampoco se entregaba a aventuras de una noche, o de una mañana, que era hacia donde parecían encaminarse. Era totalmente excitante y completamente aterrador. Un imposible absoluto.

Ejerció una pequeña presión sobre los hombros de Simon, interrumpió el beso y retrocedió. Lo miró, respirando con agitación.

Respirando con idéntica agitación, él le devolvió la mirada.

Esa vez ella no tuvo fuerzas para sostener esa mirada. Bajó los ojos, apretó un puño contra su corazón palpitante y respiró hondo con la esperanza de que eso la tranquilizara en vano. Tenía todo el cuerpo tenso.

Respiró hondo por segunda vez y luego por tercera vez. Alzó una mano, sin volver a mirarlo.

Las piernas no la sostenían. Pero temía cambiar de idea e ir por más, cosa que no convendría en absoluto.

Ella era la mujer. Ejercía el control. Podía decir cuándo quería que la besaran y cuándo no, y en ese momento no quería. Se volvió de una manera tan repentina que casi perdió el equilibrio, lo recuperó, alzó el mentón y se alejó con la mayor dignidad posible considerando que se trataba de una mujer que caminaba sobre piernas temblorosas.

16

–¿Por qué no se casó con Carl en 1942?

–Porque me casé con Alexander.

Olivia miró a Natalie y luego meneó la cabeza y sonrió.

–No me sorprende.

Natalie también sonreía.

–¿Por qué no te sorprende? Dímelo.

–Porque usted siempre ve la copa a medio llenar. Y porque no le gusta hablar de temas dolorosos.

–O que me resultan difíciles.

–¿Difíciles? ¿Le resulta difícil hablar del motivo que la llevó a casarse con Alexander en lugar de hacerlo con Carl?

A Olivia solo se le ocurría un motivo que pudiera hacerla sentir así: que estuviera embarazada de Alexander. Pero eso no podía ser. Natalie estaba enamorada de Carl.

–Sí, me resulta difícil.

–¿Por qué?

Natalie levantó los ojos al cielo. Cuando volvió a mirar a Olivia, los tenía llenos de lágrimas. Su sonrisa era ahora tímida.

–Porque... –empezó, pero se detuvo.

Se levantó de su sillón de paja y comenzó a amontonar los platos y vasos usados que había en una mesa cercana.

Era el atardecer del Cuatro de Julio. De la barbacoa a gas donde se quemaban los restos de hamburguesas y salchichas surgían oleadas de calor. Madalena y Joaquim habían llevado a la cocina las ensaladas, el pan y los condimentos. La docena de amigos que acababan de almorzar con los dueños de casa ya se habían ido. Carl había llevado a Jill y a Tess a tomar unos helados.

Simon no había aparecido. Le preguntaron a Carl por

él, aunque más bien la pregunta se refería al estado de ánimo de Simon que al lugar donde se encontraba. Por lo visto nadie esperaba que acudiese, y aunque eso fuese una tristeza para Olivia, al mismo tiempo la aliviaba. Todavía estaba tratando de entender qué había sucedido esa mañana debajo de los árboles.

Le resultaba más fácil concentrarse en el problema de Natalie.

Se puso de pie y la ayudó a ordenar. Debajo de las manchas de mostaza y ketchup y de alguna ocasional patata frita, tanto el mantel como las servilletas eran de un patriótico rojo, blanco y azul.

–¿Por qué difícil?

Natalie vació varias copas de ponche con frutas en una sola y reunió las vacías.

–Tal vez decir que me resulta difícil no sea la mejor manera de expresarlo. –Miró a Olivia–. Tal vez debería decir que me avergüenza. No porque la decisión que tomé fuese equivocada, ni porque Alexander no fuera un buen hombre. No quiero que mis hijos crean eso, porque no es cierto. Alexander era un hombre excelente. Me gustaba, llegué a quererlo, tuvimos una buena vida juntos. Si hoy estuviera en la misma situación y con las mismas opciones, haría exactamente lo que hice en aquel momento. –Su aire fogoso se apagó. Frunció el entrecejo y jugueteó con las copas.

–¿Qué? –preguntó Olivia con suavidad–. ¿Qué hizo?

–De acuerdo a los parámetros actuales, lo que hice puede parecer superficial. Suena como una terrible traición. Suena como un acto materialista.

A Olivia solo se le ocurrió una manera de que fuera así.

–¿Se casó con Alexander por dinero?

El fuego apenas había sido extinguido y los cadáveres retirados en Pearl Harbor cuando todos los hombres de la ciudad comenzaron a alistarse. Para Carl era algo tan importante que fue uno de los primeros en hacerlo. Antes de que yo tuviera tiempo de decirle que debíamos casarnos an-

tes de su partida, allí estaba, de uniforme y listo para que lo trasladaran a Europa.

Fue a principios de 1942, un gélido 8 de febrero. Jamás olvidaré esa fecha. Carl y yo nos pusimos de acuerdo en que yo no iría a despedirlo a la estación. Sería demasiado doloroso. Estuvimos toda la noche despiertos y abrazados en el cobertizo del tractor. No nos importaba que allí hiciera frío. No teníamos otro lugar donde estar.

Salió el sol, el sol cruel en un día deprimente. Los campos estaban desnudos. Pequeñas partículas de hielo cubrían las puntas de los pastos secos y las plantas, algo que podría haber sido hermoso en otras circunstancias.

No hablamos. No había nada que decir. Carl estaba haciendo lo que debía hacer y yo lo apoyaba. Pero estaban a punto de mandarlo solo Dios sabía adónde y sufriría solo Dios sabía qué. Hasta entonces jamás nos habíamos separado. Se encaminó tres veces a la puerta para salir. Tres veces volvió. Hasta que no pudo demorar más la partida. Se acercó a la puerta por cuarta vez, permaneció allí con una mano sobre el gran picaporte de hierro y la otra al costado del cuerpo, y miró hacia atrás. Recuerdo los detalles de ese momento con la misma claridad con que recuerdo el día en que lo vi por primera vez a los cinco años. La ropa era más grande, pero con excepción del mono de trabajo, su vestimenta era muy parecida: sombrero y chaqueta parecidos, botas parecidas. El pelo le caía sobre la frente. Ambos sabíamos que lo tendría mucho más corto antes de que terminara el día. Tenía la camisa por fuera de los pantalones, eso también por última vez. Me abrazó con los ojos, con ellos me tocó, me amó. Después bajó la cabeza y salió.

Mi corazón se fue con él. Corrí hasta la puerta y lo miré. Cuanto más se alejaba, más pequeño parecía, hasta que tomó el sendero que conducía a su casa y desapareció de mi vista.

Me dejé caer al suelo y lloré. Solo lloré. De no haber sabido lo importante que era para él lo que iba a hacer, lo habría seguido para suplicarle que se quedara. Pero eso no nos habría ayudado a ninguno de los dos. Solo me quedé allí sentada... sentada... y lloré.

Fue solo... ¡oh Dios!... un momento de esos que destrozan el corazón.

Bueno. Ya estoy bien. Pero en realidad eso no es lo que tú quieres saber. Lo que quieres saber es por qué no nos casamos antes de que Carl se fuera.

Créase o no, él no me lo pidió. Y yo no le di importancia. ¡Todo sucedió con tanta rapidez! Fue como si estuviera aquí un día y ya no al siguiente. Supuse que nos casaríamos cuando él volviera. Si volvía. Sí, es cierto que yo veo la copa a medio llenar, pero la realidad de esos días lo hacía más difícil. Hitler era un monstruo. En ese momento no conocíamos los detalles como hoy en día, pero sabíamos que era un malvado.

¿Quién era Carl para luchar contra eso? Era un hombre dulce, un hombre no violento. Me dije que era fuerte y decidido y que esas cualidades lo ayudarían a vivir la guerra y a volver a casa sano y salvo. Pero había bombardeos. Todas las noches los oíamos por la radio. ¿Cómo iba Carl a protegerse contra una bomba?

Yo tenía diecisiete años y estaba aterrorizada por él. Sí, ojalá Carl me hubiera propuesto que nos casáramos antes de que se fuera. Me habría dado un argumento para no casarme con Alexander... pero te repito que no quiero que eso se interprete mal. Alexander era un buen hombre. Pero yo estaba enamorada de Carl.

¿Estaba enojada porque no me había propuesto matrimonio? No. *Bueno, sí. Los días siguientes fueron tan tumultuosos para mí, que es natural que el enojo fuera una de las emociones que sentí. Sin embargo, y esto es importante, no me casé con Alexander por despecho. Me casé con él por otros motivos.*

Pero estoy adelantando acontecimientos. Volvamos al hecho de que no me haya casado con Carl. Como te dije, en la agitación de su partida, ni siquiera lo pensé. Pero una vez se hubo ido, sí lo hice. Otras chicas a quienes conocía se estaban casando con sus novios. Y entonces se me ocurrió que también nosotros podríamos habernos casado y de repente sentí una necesidad desesperada de ser su esposa. Pero Carl no me lo había pedido. Durante años me pregunté por qué. Solo hace poco que se lo pregunté... me tomó todo ese tiempo reunir la valentía necesaria para esa pregunta. Su respuesta me sorprendió. Creí que el momento era su única reserva: mi edad y el apuro de su partida. Pero él tuvo otros motivos para esperar. Era católico y nosotros protestantes. Sus padres eran inmigrantes, nosotros gente enraizada. Él no era un hombre educado ni rico. No era un terrateniente. Se sentía inferior a mi padre. Me dijo que en todos los años que mis padres lo conocieron, por buenos que habían sido con sus padres y con él, nunca se les ocurrió tomarlo seriamente como un posible yerno.

Tenía razón. Mis padres me lo dijeron con claridad cuando Alexander se me declaró.

Sin embargo yo no lo había visto así. Estaba tan enamorada de Carl que supuse que mis padres sabían lo que yo sentía y quería. No había por qué hablar del asunto. Yo solo tenía diecisiete años. Ni siquiera había terminado la secundaria.

Pero mis padres habían estado hablando entre ellos de mi futuro. Durante los meses anteriores a Pearl Harbor, mientras yo me dejaba llevar por mis sueños de adolescente de casarme con Carl, ellos albergaban otros pensamientos. Alexander Seebring era el hijo de un empresario con éxito. Su familia veraneaba en Newport cuando nosotros también lo hacíamos, así que yo sabía quién era Al. Sin embargo no habíamos sido amigos. Él me llevaba casi diez años.

El otoño anterior a Pearl Harbor, nuestras familias comenzaron a reunirse. Recuerdo los preparativos, la limpieza y el cuidado que pusieron para impresionar a los visitantes. Me sorprendió que nuestra casa pudiera ser tan bonita. Mi madre estaba enferma con frecuencia y nunca se esforzó por la apariencia de la casa, de manera que yo estaba acostumbrada a algo más sencillo. Sin embargo, cuando terminaron los preparativos para recibir a los Seebring, nosotros no parecíamos vivir en la pobreza.

Aun entonces no le di importancia a las visitas de los Seebring. Alexander estaba ayudando a mi padre. Los Seebring tenían una fábrica de calzado, de modo que Alexander hacía frecuentes viajes a Europa. Aprovechaba esos viajes para ayudar a mi padre a encontrar la cepa perfecta.

Yo le pedía a Al que me hablara de sus viajes. Él hablaba durante horas y era encantador. Nunca se me pasó por la cabeza que nuestros padres alentaran esas conversaciones por un motivo ulterior.

Me daba cuenta de que mi padre estaba mejor cuando llegaban los Seebring. Pero en cuanto se iban, volvía a caer en la depresión y eso ya sucedía antes de que entrásemos en la guerra. Después de Pearl Harbor, después de la muerte de Brad, su depresión empeoró. Pasaba días enteros sin pronunciar palabra, nos dejaba el trabajo del campo a Jeremiah y a nosotros, mientras él permanecía sentado y se marchitaba junto a sus vides.

Mi madre era presa del pánico. No podía hablar de Brad porque su muerte era demasiado reciente, y papá empeoraba día a día. Ella también. Más tarde nos enteramos de que lo que creímos una indigestión crónica era un tumor. Lo único que yo sabía en ese momento era que estaba extremadamente delgada y más frágil cada día.

Apenas había pasado un mes desde la partida de Carl cuando mamá me sugirió que me casara con Alexander. Estaba tan desesperada que ni siquiera intentó disimular los motivos. Dijo que necesitábamos dinero. Alexander lo tenía. Dijo que si yo me casaba con él, Alexander aportaría enormes recursos al viñedo. Entonces mi padre podría comprar más cepas y lograr hacerlas fructificar. Él lo necesitaba con desesperación. De otro modo, moriría.

Sí. Eso me dijo. Que si no me casaba con Alexander, si no conseguíamos dinero, mi padre moriría. Por mi parte yo estaba pensando que tal vez mamá moriría antes, y que si esa era su última voluntad, ¿cómo negársela?

Alexander se alistó. Quería casarse conmigo antes de partir para Europa. Tuve una semana de tiempo para tomar una decisión.

–Debe de haber sido una pesadilla para usted –dijo Olivia, y por primera vez se preguntó si, después de todo, le habría gustado vivir en esa época.

Acababan de recoger la mesa del patio y se estaban internando en el viñedo. Era lógico que Natalie quisiera estar rodeada de vides al contar esa parte de la historia. Las vides eran una parte importantísima de su vida... y eran una belleza. Olivia alcanzaba a notar cómo habían cambiado con el paso de junio a julio. Las hojas eran de un verde más vivo y muchas de ellas ya alcanzaban el alambre más alto del enrejado y, a pesar de que las uvas en sí seguían pequeñas y duras, el sol de ese día ponía una promesa en el aire.

–¡Sucedió con tanta rapidez! –suspiró Natalie.

–Y en ese momento ¿dónde estaba Carl?

–En Guadalcanal.

–¿Sabía lo que estaba sucediendo?

Natalie no contestó. Abandonó el sendero y caminó junto a una hilera de vides. De vez en cuando extendía una mano para acariciar alguna hoja.

–No hasta después de la boda –dijo por fin.

–¿Usted trató de ponerse en contacto con él?

Entonces Natalie la miró.

–¿Para qué? Carl no había hablado de boda, de casarse conmigo, ni antes de irse ni en sus primeras cartas. Mi madre me presionaba. Mi padre me presionaba. Alexander me presionaba.

Siempre romántica, Olivia dijo:

–Pero usted estaba enamorada de Carl.

–Yo tenía diecisiete años. Estaba confusa y sola. En el momento en que más ayuda necesitaba, mi mejor amigo, el compañero de mi alma, mi otra mitad, se había ido. Mi madre decía que si no me casaba con Alexander, Asquonset se hundiría y mi padre moriría. Ella estaba cada día más débil y acabábamos de perder a Brad. Yo era lo único que les quedaba. Su única esperanza.

En ese momento Olivia percibió la angustia que había en los ojos de Natalie. De repente eran ojos viejos, inyectados en sangre por la tristeza, pesados y con décadas de dolor oculto. Por primera vez, Natalie aparentaba la edad que tenía. Como si lo comprendiera, incómoda por su propia transparencia, Natalie desvió la mirada. Pero siguió con su historia.

–Yo rezaba para que mi madre comprendiese hasta qué punto estaba destrozada, pero ella estaba demasiado atormentada. Expuse los argumentos habituales: apenas conocía a Al, era demasiado joven para casarme, Al era demasiado viejo para mí. Por fin, cuando él me exigía una respuesta y yo estaba frenética, le dije a mamá que amaba a Carl. Se lo dije de sopetón, pero ella ni siquiera parpadeó. Me preguntó dónde había estado Carl en nuestros momentos de necesidad y si podía aportar suficiente dinero para salvarnos. No supe qué responder. Alexander insistía en que nos casáramos en el término de una semana. Yo no sabía qué hacer.

–¿Y Jeremiah y Brida? –preguntó Olivia–. ¿Ellos no intercedieron por Carl?

Sonriendo con tristeza, Natalie acunó con la mano un racimo de uvas verdes.

–Hablé con Brida, pero ellos estaban en una posición casi insostenible. Eran empleados de mi padre. Él les ponía un techo sobre sus cabezas y comida en la mesa. Tenían aguda conciencia de eso... y estaban agradecidos. Brida sufría de una artritis tremenda; no era vieja pero el aire húmedo había hecho estragos en sus articulaciones. Ya no podía llevar a cabo algunos de los trabajos que antes hacía... y nadie se quejaba. Por todo eso Jeremiah y Brida sentían una lealtad especial hacia mis padres.

–¿Y no hacia su propio hijo? –preguntó Olivia, consternada.

–Sí, también hacia su propio hijo... –Natalie hizo una pausa.

–¿Y?

–Me tenían mucho cariño. Pero había una chica en Irlanda, la hija de unos grandes amigos. Siempre habían soñado con que ella y Carl se casarían.

–¿Carl la conocía?

–No.

–Entonces era una falsa esperanza –declaró Olivia.

Natalie sonrió.

–¿Cómo lo sabes?

Olivia la miró y exhaló con fuerza.

–No lo sé.

–En algunos momentos –dijo Natalie– yo también me pregunté si Brida habría inventado la historia para que mi decisión fuera más fácil. Era una mujer inteligente. Sabía que yo estaba entre la espada y la pared. Me quería, pero también quería a mis padres. Estaba convencida de que el dinero sería de gran ayuda y un Asquonset próspero también sería bueno para su familia. Además, la historia no era falsa. Existía esa joven en Irlanda. Pero después de la guerra pasaron años antes de que Carl siquiera pudiera considerar la idea de casarse, y entonces no fue con ella.

–Así que usted aceptó casarse con Alexander –dijo Olivia, haciendo un esfuerzo para que su voz no implicara que la estaba juzgando.

Natalie se puso a la defensiva.

–Traté de ganar tiempo. Dije que debíamos permitir que Al se fuera y planear la boda para cuando volviera de permiso. Tenía la esperanza de que Carl apareciera primero y se casara conmigo. Y que mientras tanto mi padre hubiera encontrado la cepa de sus sueños de manera que no le hiciese falta el dinero. Pero no tuve éxito. Las jovencitas se casaban por doquier. Era el acto de patriotismo que nos correspondía... ya sabes, que los muchachos fueran a la guerra con un motivo más para querer ganarla. Así que acepté casarme con Alexander. Y todo se precipitó. En cuanto acepté, me encontré en una pequeña iglesia del pueblo, prometiendo amar a Alexander para siempre, para lo bueno y para lo malo.

–Y en ese momento ¿qué sentía por él? –preguntó Olivia.

Natalie no contestó. Siguió caminando entre las hileras de vides, murmurándoles palabras de aliento. Simon no estaba por allí. Olivia oyó el ruido lejano de una maquinaria que le indicó que se encontraba en otro sector del viñedo. Tenía pocos ayudantes. Debía de estar trabajando a pesar de que era fiesta. Olivia conocía a esa clase de hombres. No porque Simon fuera parecido a Ted. La adicción al trabajo de su amigo era grave. No podía decir que la de Simon lo fuera. Lo suyo más bien parecía dedicación.

Además, allí estaba ella, trabajando también en un día de asueto. Solo que lo suyo no parecía un trabajo.

–¿Natalie?

La dueña del viñedo se detuvo y estudió las vides antes de preguntarle a Olivia:

–¿Sabes qué uvas son estas?

–Sí. Gewurztraminer.

–Apuesto a que no conocías ese nombre hasta que llegaste a Asquonset.

–No –admitió Olivia.

–Mucha gente no las conoce. *Gewurzt* significa «picante» o con gusto a especias. El vino que producimos con estas uvas es suave y picante. Es una de las primeras variedades con que tuvimos éxito. A las Gewurztraminer les encanta el clima fresco. Por lo general se cultivan en Alsacia, Francia. Fue allí donde mi padre las consiguió.

–¿Con el dinero de Alexander?

Natalie lanzó una exclamación burlona.

–No del todo.

–¿Por qué no?

La mujer miró a Olivia y sonrió.

–Eso es para otra sesión. No hemos terminado con esta. Creo que me preguntabas qué sentí por Alexander. –Frunció el entrecejo–. La respuesta es compleja.

Durante un minuto no agregó nada más, así que Olivia la ayudó.

–¿Cómo fue su boda?

Yo estaba como entumecida. Sin aliento. ¿Alguna vez te ha arrastrado una ola en el mar? ¿O una multitud de gente? Fue así. Una vez acepté casarme con Alexander, fui arrastrada por una poderosa ola de acontecimientos. Y antes de que llegara a darme cuenta de nada, me encontraba allí frente al altar, vestida de blanco, con Alexander a mi lado luciendo su uniforme nuevo. Formábamos una pareja espléndida. Te lo digo sin arrogancia. A mi edad, puedo hacerlo.

Ya has visto las fotografías. Yo sonreía, ¿verdad? ¿No parecía feliz? Y no era simulado. Todas las chicas sueñan con el día de su boda. Me casaba con un hombre excelente y de una familia excelente. Me estaba casando con un hombre maduro. Él me cuidaría... nos cuidaría a todos cuando volviera de la guerra. Era la solución a las desdichas de mi familia.

Y ese día no pensé en Carl. No pude. Habría sido demasiado doloroso. Durante una semana entera no me permití pensar en él. Solo... lo borré. ¿Qué más podía hacer? La decisión estaba tomada. Mi compromiso era un hecho. No tenía sentido que me preguntara dónde estaba Carl y qué estaría pensando. No me enorgullece admitirlo. El hecho de que pudiera dejar de pensar en él y sonreír durante mi boda con otro hombre no dice mucho acerca del amor que le profesaba. Muchas veces me he preguntado cómo lo logré. Cuando por fin hablamos, Carl también me lo preguntó, pero eso solo fue cuatro años después. Él estuvo todo ese tiempo en ultramar. Pero me estoy adelantando una vez más.

Ese día de marzo de 1942, mi boda no fue fastuosa. Mis padres no estaban en condiciones de permitírselo, y la muerte de Brad y la reciente declaración de guerra fueron excusas perfectas para celebrar una boda sencilla. Después de la ceremonia religiosa, hubo una comida en casa. Alexander y yo fuimos a Boston en coche y pasamos una luna de miel de dos días antes de que él se embarcara hacia el frente.

Hacia mi nuevo marido sentí todo lo que sentían muchas de las chicas que se casaron durante los primeros días de la guerra. Era muy joven. Adelanté la fecha de mi boda a causa de la guerra, pero creí hacer lo correcto. Era la novia y eso me excitaba. Me encerré en ese papel. Tenía un marido y un nuevo apellido. Tenía grandes esperanzas de futuro, a pesar de que él se iba a la guerra, y traté de verlo con filosofía. Mi marido lucharía por nuestro país. Me enorgullecía. Coloqué una bandera norteamericana en el balcón para indicar que teníamos un chico en el frente.

Permanecí en Asquonset con mi familia. Muchas jovencitas lo hacían cuando sus flamantes maridos partían a la guerra. Alexander quería que nos instaláramos en Asquonset. Su familia tenía fábricas de calzado en New Bedford y en Fall River, ambas a corta distancia de la granja. Prometió que en cuanto regresara haría construir una casa nueva para nosotros. Mientras tanto yo debía terminar la secundaria, así que convenía que siguiera viviendo allí. Además, mis padres me necesitaban.

Al principio escribía a Alexander todas las noches. Y todas las noches, después de cerrar la carta de ese día, trataba de escribirle a Carl. Luché con las palabras noche tras noche. Por fin comprendí que no había palabras para lo que yo tenía que decirle. Así que simplemente puse por escrito mis pensamientos. Fue una carta directa y sincera. Para entonces ya estaba enojada. Comenzaba a comprender la realidad de la situación. Estaba casada, atada a otro hombre por el resto de mi vida. Era un compromiso legal, un compromiso religioso. Y era permanente.

Pero ese hombre debió haber sido Carl.

Y como no lo era, mentalmente le adjudiqué el papel del malvado. Decidí que le importaba más la guerra que yo. Razoné, con egoísmo, que al correr a alistarse sin pensar en mí, me había traicionado tanto como yo a él. Y las cartas que él me escribía cada semana afianzaban esa creencia. Eran cartas llenas de noticias, en las que me hablaba de los hombres de su unidad, de la comida que les daban y hasta de las duchas. No eran cartas personales. No eran cartas de amor.

La semana pasada estuvimos conversando acerca de eso. Él asegura que escribía cosas acerca del amor, porque recuerda que eso era lo que pensaba y sentía. Pero le demostré que se equivocaba. Le mostré las cartas. No había en ellas una sola palabra sobre el amor. Frunció el entrecejo, pobrecillo, y me dijo que sin duda debió de temer que los censores tacharan cualquier cosa personal que escribiera.

No estoy segura de que los japoneses tuvieran interés en reunir informaciones personales de los soldados, pero le he concedido el beneficio de la duda.

De todos modos, y volviendo a 1942, envié mi carta. En los dos meses transcurridos desde la partida de Carl, había recibido seis cartas suyas. Después no recibí más.

–¿Ni una? –preguntó Olivia. En ese momento volvían a la casa, caminando con lentitud bajo un cielo plúmbeo–. ¿Ni siquiera una nota de felicitación?

Natalie había entrelazado las manos a la espalda en un gesto que sugería impotencia.

–Nada. Fue mi castigo. Carl estaba destrozado. Destruyó todas las evidencias de mi existencia que tenía en su poder.

–¿Igual que Simon cuando quemó su casa? –aventuró Olivia.

Natalie le dirigió una mirada curiosa.

–¿Quién te lo contó?

–Simon –contestó ella, y comprendió su error al ver que Natalie alzaba una ceja–. Usted ya me conoce –agregó con una sonrisa–. En cuanto alguien menciona algo que se refiere al pasado, de mi boca surge un torrente de preguntas. Conseguí que me hablara de su mujer y su hija. Y le aseguro que no le gustó contármelo.

–Hay mucha gente que a Simon no le gusta. Pero te aconsejo que insistas.

–Descuide. Un terapeuta podría tardar años en conseguir que Simon hable. Yo solo estaré aquí durante el verano, y además no soy terapeuta.

–Ese chico merece ser feliz.

–¿No lo merecemos todos? –repuso Olivia, y enseguida cambió de tema–. ¿Cómo fue su primer encuentro con Carl?

–¿Después de la guerra? Fue duro, pero no tanto como yo había supuesto.

–¿Por qué no?

–Porque lo necesitábamos. Aquí se había desatado un verdadero infierno. Jeremiah trataba de dirigirlo todo él mismo y necesitaba ayuda con desesperación.

–¿Dónde estaba su padre?

–En la casa. Después de la muerte de mamá ya casi no volvió a levantarse.

–¿Y cuándo murió su madre?

–Un año después de mi boda. Entonces yo ya tenía un hijo, y dos cuando terminó la guerra. Yo cuidaba de la casa, criaba a mis hijos, atendía a mi padre y trabajaba con Jeremiah, quien tampoco estaba demasiado animoso. –Llegaron al patio y se detuvieron–. La artritis de Brida era de las que dejan lisiado al enfermo. A pesar de que lo intentaba, cada vez podía hacer menos. Y cuanto más lo intentaba y más fracasaba, más destrozados quedábamos los que la veíamos. Jeremiah se convirtió en su enfermero, aparte de todo lo demás que tenía que hacer. Era simplemente imposible encargarse de todo.

–¿Y dónde estaba Alexander?

–En Inglaterra.

–Le pregunto dónde estaba después de la guerra.

–En Inglaterra –repitió Natalie–. Después en Francia. Estuvo ausente casi cinco años. Hasta el día de hoy creo que le gustaba más el trabajo en los servicios de inteligencia que cualquier otra cosa que haya hecho en su vida. Después de la victoria, nuestros muchachos comenzaron a volver a casa. Pero Alexander no. Él se quedó en Europa para reunir pruebas de los crímenes de guerra y presentarlas en los juicios.

–Pero usted lo necesitaba aquí.

–Había vuelto Carl.

«Había vuelto Carl.» Como si con eso lo dijera todo. Pero en opinión de Olivia no era así.

–¿Y qué sintió usted al tenerlo aquí?

–Al principio me resultó incómodo –contestó Natalie después de pensarlo–. No sabíamos qué decirnos. Teníamos que redefinir nuestra relación.

Olivia trató de imaginar lo que debió de significar para Carl.

–Me sorprende que él haya vuelto a Asquonset. Verla a usted debe de haberle resultado muy doloroso.

–Creía en la causa, eso era típico de Carl. Para él, Asquonset no era un trabajo sino una forma de vida. Estaba convencido de que llegaría el día en que seríamos viñateros exitosos y excelentes bodegueros. Quería esforzarse y trabajar para que sucediera. Además, quería estar cerca de sus padres.

–La romántica que hay en mí me dice que también debía de querer estar cerca de usted.

Natalie miró hacia la casa en el momento en que salían de ella Madalena y Joaquim.

–También puede haber habido algo de eso –murmuró, distraída. Hizo una pausa y exclamó con cautela–: Madalena, ¿vais a alguna parte?

Iban vestidos de una manera que Olivia no les había visto nunca. No vestidos para trabajar ni para ir a la iglesia. Estaban vestidos para... viajar.

Madalena tenía una expresión culpable.

En un inglés con fuerte acento extranjero, Joaquim contestó:

–Mi hermana está enferma. Vamos a Brasil... ahora mismo.

–¡A Brasil! –exclamó Natalie consternada mientras se les acercaba. Tomó la mano de Madalena–. ¿Brasil? ¿Por cuánto tiempo?

Madalena miró a su marido.

–Mi hermana tiene siete hijos y doce nietos –explicó él.

–Lo sé, Joaquim. Hace años que les mando ropa.

–Pero ahora está enferma. Necesita ayuda.

–¿No podemos contratar a alguien para que la cuide? Yo lo pagaría con gusto.

–Necesita a su familia.

–¿Durante cuánto tiempo? –volvió a preguntar Natalie. Cuando ninguno de los dos contestó, dijo–: Me estáis abandonando. Os vais a causa de mi boda. Es así, ¿verdad?

Joaquim habló por los dos.

–Es hora. Estamos cansados.

–Muy bien –dijo Natalie, asintiendo–. Eso lo comprendo. Pero por lo menos esperad hasta después de la boda.

Joaquim meneó la cabeza.

–Mi hermana.

–Entonces id a verla por una semana. Id por el resto de julio pero volved en agosto. –Como ninguno de los dos contestó, Natalie se volvió hacia Olivia–. Trata de convencerlos, por favor.

Olivia lo intentó. Dijo que el pato asado de Madalena era el más delicioso que había comido en su vida, y que Joaquim tenía una habilidad increíble con las rosas. Dijo que Tess se había negado a comer ensalada hasta que probó el condimento de ajo preparado por Madalena y que desde que Joaquim le había arreglado su viejo Toyota, nunca había funcionado mejor. Dijo que si alguna vez ellos dos eran necesarios en Asquonset, era ahora. Preguntó si era problema de dinero.

–¡No! –contestaron ambos con tanta ferocidad que Olivia comprendió que era una causa perdida.

Transmitió a Natalie su pensamiento con una mirada. A juzgar por su expresión resignada, Natalie ya lo sabía. Por un momento se llevó la mano a la frente como para recuperarse. Luego, dama como siempre, dijo:

–Venid. Entremos. Os pagaré lo que se os debe.

Olivia permaneció en el patio, no porque creyera que Natalie volvería sino porque se sentía inquieta.

¿Inquieta? No, no era eso. Desilusionada. Comprendía los motivos que llevaron a Natalie a casarse con Alexander. Dadas las circunstancias, supuso que tal vez ella habría hecho lo mismo. Pero ¿sin dolor? ¿Sin pensar en Carl día y noche? ¿Hubiera podido hacerlo? ¿Sería posible que un amor como ese simplemente terminara?

Se dejó caer en una silla, apoyó la cabeza contra el respaldo, cerró los ojos y pensó en los hombres de su vida.

Analizó cada relación, buscando algo que se le pudiera haber pasado por alto en su momento. Ninguna de ellas se acercaba siquiera a lo que habían tenido Natalie y Carl.

Ella estaría dispuesta a dar su brazo derecho por un amor así. Si alguna vez llegaba a amar a alguien de esa manera, jamás lo dejaría ir.

–Te he defraudado.

Olivia se sobresaltó. No había oído regresar a Natalie.

–No, solo estaba pensando. ¿Madalena y Joaquim ya se han ido?

–Sí.

–Lamento no haber podido ayudar. Pero estaban completamente decididos.

–Y hasta habían hecho sus maletas. No valía la pena discutir. Pero si crees que aceptaré esto con la misma facilidad con que acepté la pérdida de Carl, que bajaré la cabeza y seguiré adelante, estás equivocada.

–No estaba pensando en eso.

–Pero pensabas en algo parecido. –Natalie se instaló en un sillón–. Mis hijos también lo piensan. Creen que enterré a Alexander y seguí adelante –chasqueó los dedos–. Simplemente así. Pero no es simplemente así, nunca lo fue. Lo que siento aquí –puso una mano sobre el corazón– no siempre coincide con esto. –Se llevó una mano a la cabeza–. Una puede saber, basándose en la razón, que un curso de acción es el indicado, aunque su corazón no lo acepte. En este caso, sé que Madalena y Joaquim deben irse. La hermana de Joaquim está realmente enferma y él quiere ayudarla. El momento que han elegido despierta sospechas, pero si la perspectiva de que me case con Carl los hace infelices, no deben estar aquí. Carl le ha entregado demasiado a este lugar para que la gente de por aquí no lo considere como se merece.

–¿Y Susanne y Mark? –Ellos sin duda caían dentro de esa categoría.

–En su caso es distinto. Son parte de la familia. Tú lo sabrías si estuvieras más cerca de la tuya.

Olivia cada vez se sentía peor. Natalie compartía asuntos privados con ella, le daba respuestas sinceras aunque no hicieran quedar demasiado bien y, sin embargo, ella ya había mentido dos veces acerca de su propia situación familiar. De repente le pareció que estaba actuando de manera deshonesta.

–La verdad –dijo en voz baja– es que lo sabría si tuviera familia. Somos solo mi madre y yo. Yo quería que hubiera un padre. Quería que hubiera hermanos, aunque solo fuera uno. Pero no los hay.

Las facciones de Natalie se suavizaron. Donde pudo haber enojo por haber sido engañada, solo había compasión.

–¿Y la ves con frecuencia?

Olivia negó con la cabeza.

–Pero ¿alguna vez te encuentras con ella?

Olivia podía decir una última mentira, solo para quedar en una mejor posición. Pero estaba cansada de mentirle a Natalie, cansada de mentirse a sí misma. Volvió a menear la cabeza.

–¿Dónde está? –preguntó Natalie.

–No lo sé.

–Yo puedo averiguarlo. Puedo contratar a un investigador privado. Las personas no desaparecen de la faz de la tierra sin dejar rastro.

–No, no lo haga –rogó Olivia–. No creo que ella quiera que la encuentren. Yo fui una hija difícil. La tuve atada durante años. Ahora ella merece su libertad.

–Pero tú quieres una madre y quieres una abuela para Tess.

–Pero no una abuela que no desea serlo. ¿Y si la encontráramos y ella lo tomara a mal? Eso sería mucho peor.

–¡Ah! –exclamó Natalie con una suave sonrisa–. Es cuestión de analizar la situación y pensarlo bien. Tú estás dispuesta a dejarla ir porque conocer la realidad puede ser peor que ignorarla. La verdad puede ser más dolorosa que vivir sin ella. Ahora sabes lo que yo sentí. Estaba dispuesta a guardar mi amor por Carl porque mirarlo todos los días me habría matado.

–Pero no tuvo más remedio que mirarlo todos los días. Después de la guerra Carl estaba aquí, lo mismo que usted. ¿Cómo pudo no pensar en todo a lo que había renunciado?

–¿Qué habría ganado con hacerlo? –exclamó Natalie con emoción–. Podría haber pensado en él noche y día y nada habría cambiado. Además no tenía tiempo para pensar en él noche y día. No se trataba de que estuviera todo el día sentada en un cobertizo lleno de heno extasiándome ante la vista del hombre con quien siempre creí que me casaría. Tenía dos hijos, un padre catatónico, una casa que limpiar, debía cocinar y dirigir una empresa. Trata de encontrarle algo romántico a eso, Olivia Jones. Estaba ocupada todo el día, llevaba el peso del mundo sobre mis hombros. Lo cual no quiere decir que no pensara en lo que había perdido. ¡Por supuesto que lo pensaba! Soy humana. –Se levantó y caminó hasta el extremo del patio, donde permaneció de espaldas a Olivia, que la siguió, sintiéndose culpable.

–Lo siento. No debí hacerla hablar de esto.

–Lo que me molesta no es que impulses a hablar de esto. Lo que me molesta es que me condenes.

–¡Oh, no! Nada más lejos de mi intención. ¿Cómo voy a condenarla? Usted no me condenó cuando le mentí acerca de mi familia. ¿Cómo la voy a condenar yo a usted?

–Bueno, lo que sucede es que yo misma me condeno –contestó Natalie. Cuando volvió la cabeza, había lágrimas en sus ojos–. ¡Vaya si me condeno! Traicioné a Carl. Renuncié a algo tan maravilloso que aún hoy me quita el aliento. Si quieres saber la verdad, sufrí. Sufrí tanto como nadie podrá imaginar jamás.

Se detuvo y se secó los ojos con el dorso de una mano. De repente esa mano era temblorosa y arrugada, una mano que demostraba la edad que tenía su dueña.

–Lo siento –susurró Olivia.

–No lo sientas –contestó Natalie apoyando la mano en el hombro de Olivia–. Estás haciendo lo que te pedí que hicieras. No me gusta hablar de sufrimientos. No creo merecer la compasión de nadie. El problema es que mis hijos creen que mi vida ha sido un lecho de rosas.

–¿Mejoró con el regreso de su marido? –preguntó entonces Olivia.

Natalie la miró.

–Eso fue lo peor.

17

Olivia no quería ver a Simon. No sabía cómo manejar lo que sentía. Era una atracción física desnuda, sin lazos emocionales, y era también un error en ese momento de su vida. Pero Natalie tenía razón: la mente de una mujer no siempre está en sintonía con su cuerpo.

En realidad, la analogía de Natalie se refería a la mente y el corazón de una mujer, pero el resultado era el mismo. Olivia no confiaba en sí misma. Durante las mañanas siguientes se quedaba en la cama hasta que Tess aparecía por la puerta del baño seguida por uno o dos gatos. Para entonces hacía rato que Simon había abandonado el patio.

¿Pensaba en él?

No parecía que le quedase tiempo para ello. Cuando no estaba hablando por teléfono en el loft, estaba escribiendo, con la mirada fija en la pantalla del ordenador, leyendo lo que había escrito y corrigiéndolo. Contaba la historia en voz alta y escribía a medida que hablaba, en un intento de que las frases fluyeran. Pero que fluyeran era solo parte del asunto. Las palabras podían significar una cosa en determinado contexto y otra en un contexto distinto. Ella debía expresar el sentimiento exacto en cada frase.

Natalie tenía razón. Olivia no tenía derecho a juzgarla, pero en el texto de sus memorias lo opuesto sería igualmente equivocado. Si cubría la historia de azúcar, perdería autenticidad.

La clave consistía en encontrar un término medio. Para lograrlo, Olivia escribía, corregía y reescribía una vez más. Trabajaba en el loft después de acostar a Tess, y mantenía un cuaderno junto a su cama para anotar los pensamientos que se le ocurrían durante la noche.

¿Pensaba en Simon? ¡Por supuesto que sí! ¿Qué mujer que no tuviera horchata en las venas hubiera podido evitarlo? Hasta se habría sentido tentada a hacer algo respecto al asunto si él hubiera mostrado un mínimo de interés. Pero Simon estaba más ausente que nunca. Y eso la ayudaba a no pensar en él.

También la ayudaba el caos que reinaba en la casa. Acababan de despedir a una criada y de contratar a otra, lo que significaba que había que entrenarla, y eso habría sido más sencillo si Madalena hubiera estado allí, pero ya hacía días que ella y Joaquim se habían ido. Sin ellos, la cocina era una desorganización total. Natalie entrevistaba a posibles sustitutas, pero todavía no había encontrado a nadie que le gustara. Mientras tanto reinaba una especie de sálvese quien pueda. Por la noche salían a cenar. A la hora del almuerzo compraban comida preparada. El desayuno se lo organizaba cada uno, por lo menos eso era lo que se suponía. Pero a Olivia le gustaba desayunar bien. Era la única comida del día que sabía preparar. Así que un día preparaba panqueques; al día siguiente, tortilla; al otro, tostadas. Servía plátanos cortados sobre cereales y preparaba café. Se divertía en grande hasta que el cuarto día Jill dijo que solo quería té y una tostada. El primer pensamiento de Olivia fue que le debía de haber sentado mal algo preparado por ella, pero su segunda premonición fue más intuitiva.

–¡Oh, Dios! Seguro que has hablado con Greg.

Jill sonrió con curiosidad.

–¿Cómo lo has adivinado?

–Porque estás un poco pálida.

En ese sentido se quedaba corta. Jill estaba casi tan blanca como la bata de cama que llevaba puesta. Tenía el pelo rubio lacio y caído y se lo había peinado detrás de las orejas, de una manera que indicaba que no tenía fuerzas para más.

–Greg puede ser difícil –dijo Jill, y dejó caer una bolsita de té en una taza. Llenó la taza con agua y la metió en el microondas.

–¿Le molesta que estés aquí? –preguntó Olivia.

–¡Ah, no! Le gusta. Si yo estoy aquí, su presencia no es necesaria. –Fijó el tiempo de cocción y puso en marcha el microondas–. ¡Ojalá viniera! Hace más de un mes que no lo veo. Es como si nos hubiéramos separado.

–¿En serio? –aventuró Olivia, adentrándose en un tema personal con Jill, cosa que hasta entonces no había hecho. Pero le gustaba pensar que Jill y ella eran amigas.

Jill debía sentir algo semejante, porque le contestó sin titubear.

–No... formalmente. Estuve un tiempo en casa de mi madre. Quería hablar con ella. También quería asustar a Greg. Bueno, él insiste en que vuelva a Washington. –Abrió el frigorífico–. Pero antes es necesario que aclaremos algunos temas, porque temo que si vuelvo caeremos de nuevo en la vieja rutina. –Sacó una rebanada de pan y la puso en la tostadora.

–¿Y él está dispuesto a hablar?

–Dice que sí. –Se apoyó contra la mesa y cruzó los brazos–. El asunto es que su definición de una conversación es distinta de la mía. A Greg le cuesta entrar en temas profundos.

–Tal vez sea un rasgo de los Seebring –dijo Olivia pensando en Natalie–. Les resulta difícil hablar de ciertas cosas.

–¿Hablar de ciertas cosas? –Sonó el bip del microondas–. Yo diría que les resulta difícil pensar en ellas con seriedad. –Jill sacó la taza y empezó a hundir en ella la bolsita del té–. De tal padre, tal hijo. A Alexander no le gustaba pensar en profundidad.

–Pero a Natalie sí –repuso Olivia–, solo que no le gusta compartir esos pensamientos.

Jill dejó caer la bolsita del té en el cubo de la basura y aferró la taza. Su mirada se encontró con la de Olivia.

–¿Está realmente enamorada de Carl? –preguntó.

–Ha estado enamorada de él desde que tenía cinco años –contestó Olivia.

Natalie le había dado permiso para hablar con Jill con libertad. De hecho, parecía incluso ansiosa de que lo hiciera.

–¿En serio? –preguntó Jill sorprendida.

–Completamente en serio.

–¡Eso es muy interesante! –Jill frunció el entrecejo–. Arroja una luz nueva sobre las cosas. Y una se hace muchas otras preguntas. Por ejemplo, acerca de la fidelidad.

–Natalie fue fiel a Alexander –aseguró Olivia.

No lo sabía con seguridad, por supuesto, nunca lo había preguntado y Natalie no dijo nada al respecto, pero Olivia creía que toda mujer debía ser considerada inocente mientras no se demostrase su culpabilidad.

–¿Durante tantos años... –en ese momento su tostada saltó de la tostadora–, y estando enamorada de otro? –Sacó el pan de la tostadora–. ¿Y Alexander le fue fiel a ella? –Jill mordisqueó la tostada.

–No lo sé.

–Adivina –dijo Jill, y bajó la voz para añadir–: Entre tú y yo. Creo que él tenía una amante. Le encantaba hablar, le encantaba viajar, le encantaba ser el centro de atención. Pasaba más tiempo del necesario en Washington. Creo que tenía una mujer en aquella ciudad.

Olivia se sintió profundamente ofendida.

–¿Qué le disgustaba de su esposa? –preguntó.

–Los hijos de Alexander te contestarían que ella no era lo bastante interesante. Te dirían que pasaba demasiado tiempo en Rhode Island. Afirmarían que era demasiado parroquial.

–¡Es una mujer increíble! –afirmó Olivia.

–Eso es algo que tú y yo percibimos, pero nosotras no nos apellidamos Seebring. Es sorprendente la ceguera que produce la dinámica familiar. Susanne y Greg no ven lo que vemos nosotras. Sus propias necesidades conforman su visión. Necesitaban ser queridos por su madre durante la infancia, pero Natalie siempre estaba ocupada. Susanne solía venir a Asquonset con sus hijos y pretendía que Natalie los cuidara, pero ella no tenía tiempo para hacerlo. Lo irónico –prosiguió– es que Natalie mimaba a Alexander, satisfacía todas sus pequeñas necesidades y después él la menospreciaba. Y sobre todo delante de la gente. Decía cosas como: «¿No les parecen maravillosas esas servilletas? Doblar servilletas es la especialidad de Natalie». Y mira –Jill hizo un gesto con la tostada en la mano–, yo no digo que doblar servilletas sea una tontería, pero Natalie hace mucho más que eso. Cada vez que vengo a Asquonset a pasar más de un fin de semana, me pone a trabajar, y no se trata de planear una fiesta, sino de hacer de relaciones públicas para una empresa multimillonaria. Y lo sorprendente es que cuando yo no estoy aquí, lo hace ella.

–¿Lo hace todo ella? –preguntó Olivia.

Sabía que Natalie se encargaba de muchas tareas. Eso quedaba claro solo con ver las llamadas telefónicas que hacía en un día, pero que se encargara de la dirección de la empresa era otra cosa.

Jill no le contestó con claridad.

–Alexander menospreciaba a Natalie porque no podía aceptar que fuera una mujer capaz. Era una amenaza para él. Así que la dejaba aquí para que se hiciera cargo del trabajo diario, y él se mostraba como si fuera la imagen de Asquonset y viajaba en calidad de héroe. Y no me sorprendería que en el camino encontrara a alguien que no le resultara una amenaza y que le levantara un poco el ego. –En los ojos de Jill se pintó una expresión de dolor–. ¿Por qué los hombres siempre tienen problemas con las mujeres fuertes? ¿Tan frágiles son? Mi marido es cauto y trata de no hablar de cosas importantes conmigo, y eso abarca desde la política hasta el amor y la responsabilidad. Siempre me dice que está extenuado de tanto hablar en sus horas de trabajo. Durante bastante tiempo le creí. Pero es una excusa. La verdad es que siente que mis opiniones son una amenaza para él. Teme que puedan ser distintas a las suyas, porque existiría la posibilidad de que yo tuviera razón.

Olivia estaba fascinada. No pensaba enterarse de tantas cosas.

Y Jill no había terminado.

–Tengo treinta y ocho años –continuó–. Trabajé hasta que me casé con Greg, pero él no quiso que siguiera trabajando y yo creí que era un sentimiento muy tierno por su parte. Pero después me di cuenta de que se trataba de una cuestión de poder: le preocupaba la posibilidad de que yo tuviera éxito en mi carrera. Él es el hombre. El que gana el pan. Se supone que así debe ser. Se supone que él debe ser quien conduzca. Era lo que hacía su padre. –De repente se mostró herida–. Y me pregunto si Greg tendrá también a alguien que alimente su ego cuando viaja...

–¿Lo tiene? –preguntó Olivia dispuesta a condenarlo si así fuera.

Jill alzó los ojos al cielo.

–¡Dios, espero que no! –exclamó, y al instante siguiente respiró hondo, se llevó una mano al pecho y maldijo en voz baja. Cerró los ojos y respiró por la nariz. Tragó una vez, luego otra. Su tez, tan pálida, adquirió un tono verdoso.

Olivia se le acercó.

–¿Estás bien? –preguntó.

Transcurrió un minuto y Jill tragó varias veces más antes de abrir los ojos y dirigirle una débil sonrisa.

–Depende de lo que llames bien. Si consideras que estar embarazada de tu insensible, querido, pero indiferente marido, que hasta ignora que va a ser padre, está bien, entonces estoy bien.

Olivia abrió los ojos con sorpresa.

–¡Embarazada! ¿Y él no lo sabe?

–Tampoco lo sabe Natalie. Y preferiría que por ahora no lo supiera ninguno de los dos.

Encantada de ser la confidente de Jill, Olivia cruzó dos dedos sobre sus labios.

–Mis labios están sellados –afirmó.

Simon quería ver a Olivia. No quería hablar con ella, ni siquiera quería volver a besarla. Bueno, sí, en realidad quería volver a besarla. Pero eso era algo secundario. De momento solo quería verla. Quería mirarla. Quería saber si era distinta o... solo extraña.

Cuando no la vio en la ventana durante tres mañanas

seguidas, ni la vio al amanecer sentada en el patio, ni la vio pasear una sola vez por el viñedo durante los días siguientes, Simon comprendió que estaba evitándolo.

No era ese el caso de Tess. Cuando él estaba arrodillado en la tierra, arrancando hojas, de repente allí estaba ella, como surgida de la nada, una criatura fantasmal que lo miraba trabajar.

Él no tenía tiempo para jugar. Sin Paolo tenía mucho trabajo y el tiempo no ayudaba: la falta de sol le obligaba a podar más hojas para controlar cada racimo, y la lluvia exigía airear cada vez más los racimos. Quería hacer una fertilización extra, pero la humedad se lo impedía. Y siempre debía seguir quitando hojas, vid por vid, hilera por hilera, sector por sector. Estaba demasiado ocupado para entrevistar a posibles ayudantes y mucho más para entrenar a alguno. Pero allí estaba Tess, mirándolo trabajar con las gafas a media asta.

«Con las gafas a media asta.» Su madre solía decirle eso mismo cuando era pequeño. Ahora usaba lentillas, pero recordaba aquellos días.

Recordaba otra cosa sobre su madre. Odiaba a los perros. En una época tuvieron un labrador dorado. Se suponía que debía ser el mejor amigo del hombre, pero ese perro vivía dando vueltas alrededor de su madre. Nadie sabía por qué. Ella ni le daba de comer, ni lo cepillaba, ni lo bañaba. Ni siquiera lo acariciaba. Y cuanto más lo espantaba ella, más se le acercaba él. Por fin se dio por vencida y permitió que el perro la siguiera por todas partes. Con el tiempo el animal perdió interés.

Simon se preguntó si podría suceder lo mismo con Tess. La siguiente vez que la vio él estaba subido a una escalera emparejando un seto. Apagó la máquina y le hizo señas de que se le acercara. Ella negó con la cabeza y salió corriendo.

Pero al día siguiente estaba de nuevo allí. *Buck* parecía tenerle simpatía. Se sentaba a su lado y la miraba fijamente mientras ella miraba fijamente a Simon.

Esa vez Simon no estaba trabajando con una máquina.

–Te puedes acercar –exclamó–. No te morderé.

–Mamá dice que no debo acercarme –contestó ella.

Simon supuso que Olivia le habría dicho que no se acercara a ninguna parte donde él estuviera, lo que significaba que no debía estar en el sector donde él trabajaba. Comprendió que a Olivia no le gustaría saber que Tess estaba allí. Le preocuparía la posibilidad de que él pudiera volver a herir a la niña. No pensaba hacerlo. Todavía se sentía mal por haberlo hecho una vez.

Estaba a punto de mostrarle a Tess en qué estaba trabajando cuando ella desapareció.

En realidad acababa de ocurrírsele que enseñarle a la pequeña algo sobre las uvas tal vez sería un señuelo para atraer a la madre. Pero Tess solo se le acercaba hasta cierto punto. ¿Y qué podía decirle él a Olivia? «¿Vienes a ver mis uvas? ¿No te parecen hermosas las hileras de vides? ¿Quieres que te muestre una lombriz?» No sabía iniciar una conversación. Con Laura no le hizo falta. Se conocieron en Cornwell y desde el principio a ella le interesó el trabajo de Simon. Y antes de Laura las chicas simplemente estaban ahí. Él nunca necesitaba pensar cómo iniciar una conversación.

Sin embargo, a una muchacha de ciudad como Olivia su trabajo debía de parecerle espantosamente aburrido. Las tareas podían variar con las estaciones del año, pero era una rutina constante, día tras día, año tras año. Para él la belleza del asunto radicaba en que la rutina no era nunca la misma. Los brotes no se abrían el mismo día dos años seguidos. Esperar que sucediera, sentir la excitación que le producían las vides cuando de repente explotaban en el más pálido de los verdes era... increíble. Lo mismo que los pocos días críticos en que se producía la floración. En realidad eso era un poco más inquietante. Recordaba temporadas en las que perdieron sectores enteros de uvas porque el viento y el frío destruyeron los pétalos antes de que tuviera lugar la autopolinización. Un viñedo era algo precioso que dependía de variables tales como el clima, la edad de una vid determinada y el tamaño de la población de escarabajos japoneses. Las prácticas de la vitivinicultura evolucionaban con tanta rapidez que él siempre estaba probando algo nuevo, pero el cuadro total era el mismo. Le encantaba ver crecer y madurar las uvas y nunca dejaba de emocionarse cuando el equilibrio entre el azúcar y el ácido era el correcto y él decidía que había llegado la hora de la vendimia.

No señor, no había nada aburrido en su trabajo. Solo que no servía para iniciar una conversación.

Entonces, ¿qué otras alternativas tenía? Podía quedarse más tiempo en el patio. Pero él no era el tipo de hombre que puede permanecer largo rato en un lugar sin hacer nada. Podía reunirse con todos a la hora del desayuno o el almuerzo, o salir a cenar con ellos. Pero después de cuatro años sin hacerlo, sumarse ahora a sus comidas o sus cenas sería lo mismo que ondear una bandera roja frente a Natalie, porque, a pesar de lo que dijera Olivia, él sabía que Natalie quería que ellos dos terminaran juntos, y las intenciones de Carl eran igualmente malas. Su padre trataba de ser sutil, pero le había hecho demasiados comentarios sobre Olivia.

La única posibilidad que se le ocurría a Simon era invitarla a salir. Pero eso significaría una cita y no pensaba iniciar una seguidilla de citas. Lo único que quería era mirarla. Olivia era entretenida.

Al final la solución se presentó sola. No hacía falta que él se rompiera la cabeza buscándola. Todo fue obra de *Buck* y se produjo en medio de la noche. Simon se había quedado dormido en el sofá, con las gafas colgando de una mano y un libro abierto sobre el pecho, cuando le despertó un ruido extraño. Apoyó los pies en el suelo, se sentó, se frotó los ojos y se puso las gafas.

Volvió a oír el ruido. Era una mezcla de gemido y de maullido que hasta entonces nunca le había oído a *Buck* y procedía del dormitorio. Pero Simon ni siquiera tuvo que llegar tan lejos. Tres canastas de paja se alineaban en el pasillo que conducía al dormitorio. La primera estaba llena de libros que pensaba leer. La tercera estaba llena de ropa que había que lavar. Entre ambas, la segunda contenía ropa limpia, preparada para que él la usara. Con sabiduría, *Buck* había elegido esa canasta para hacer... lo que estaba haciendo.

Durante un minuto Simon se quedó mirándolo con incredulidad. Hubo más maullidos quejosos y varias miradas enternecedoras de *Buck* que podían haber sido provocadas por la perplejidad, el dolor o el pánico. Si bien también podía ser que el pobre gato estuviera pidiendo auxilio, aunque no había nada que Simon pudiera hacer.

Entre la sonrisa y la sorpresa, Simon se acercó al teléfono... para darse cuenta enseguida de que el teléfono no podía ayudarle. Solo molestaría a todos los que él no quería molestar. ¡Sería como izar una bandera roja!

Linterna en mano, corrió por el bosque hacia la Casa Grande. Entró por la puerta del patio, subió de dos en dos los escalones de la escalera que conducía al ala de Olivia y cruzó el vestíbulo.

La puerta del dormitorio de Olivia estaba cerrada. Por debajo no se filtraba luz. Dormía.

Pero dado el acontecimiento, bien valía la pena despertarla. Era una de esas cosas que suceden una sola vez en la vida. Golpeó con suavidad y esperó apoyado contra el marco de la puerta y con la linterna apuntando al suelo. A los pocos segundos apareció Olivia. Simon dirigió el haz de luz de la linterna hacia su rostro para que Olivia viera que era él, pero la luz también la iluminó a ella. Simon vio un camisón, mechones de pelo en los ángulos más extraños, una arruga en la mejilla donde había estado apoyada en la almohada y un par de ojos adormilados y sorprendidos.

–Hay algo que es necesario que veas –susurró Simon señalando con un gesto el dormitorio vecino–. Despierta a Tess.

Olivia lo miró como si lo creyera loco.

–Es más de la una –replicó.

–Lo sé. Pero... es increíble. *Buck* está teniendo crías.

Durante un instante ella no dijo nada, solo lo miró fijamente. Luego preguntó con cautela:

–¿Crías de qué?

–Gatitos.

Se produjo otro silencio, seguido por una palabra pronunciada por Olivia con tono de incredulidad.

–*¿Buck?*

Simon dirigió una mirada a la pared.

–Sí, bueno..., supongo que cometimos un error –explicó.

–¿Cometimos?

–Que yo cometí un error. ¡Vamos! ¿Quieres o no quieres verlos?

–No sabía que llevabas gafas.

–Solo cuando me quito las lentillas. Escucha, lo vi..., es decir, la vi tener un gatito y creo que se estaba preparando para dar a luz a otro. No sé cuántos serán y tampoco sé si quieres que Tess presencie el parto, pero es algo bastante especial y a tu hija le encantan los gatos. Pero no creo que *Buck* continúe mucho tiempo con el espectáculo. Si quieres que Tess lo vea, será mejor que te apures.

–¿Si quiero que Tess vea cómo *Buck* tiene gatitos? ¡Por supuesto que quiero! –Y sin más comentarios le cerró la puerta en las narices.

Pero Simon oyó ruidos en el dormitorio... los pasos de pies descalzos, el clic de la puerta del baño, y supo que le acompañarían. «¡Eres un genio, *Buck*!», pensó. Y enseguida se preguntó si no debería haberse quedado con el gato en ese momento de necesidad. No es que hubiera sabido qué hacer si él... si ella tenía problemas, pero eran amigos. Su presencia habría significado un apoyo. Miró su reloj, estaba ansioso por volver. Habían transcurrido diez minutos desde que salió de su casa. Se apoyó contra la pared, cruzó los brazos y trató de estar solo tan excitado como lo merecía el hecho de que su gato estuviera teniendo crías.

18

Simon debía felicitar a Olivia por su rapidez. No tuvo que esperarla más de un minuto o dos en el vestíbulo. Aunque no debía tomar mucho tiempo ponerse un polo y unos shorts.

Cuando Olivia volvió a abrir la puerta, estaba decorosamente vestida. Pero al mirar a Tess, Simon tuvo que hacer un esfuerzo por no reír. Si la madre tenía el pelo erizado, el de la hija estaba peor. Su carita adormilada casi se perdía en su mata de pelo.

Pero tal vez eso fuera bueno. En realidad tenía un aspecto muy dulce. Por desgracia, cuando lo vio allí aumentó su desconfianza. Pero era imposible evitarlo, no estaba dispuesto a dejarlas cruzar solas el bosque en plena oscuridad.

Les indicó que lo siguieran, dirigió la linterna hacia atrás, bajó la escalera y salió. Cruzó el patio y las guió por el sendero del bosque, mirando de vez en cuando hacia atrás para asegurarse de que lo seguían.

No había luna. Más allá del haz de su linterna, el bosque estaba oscuro como boca de lobo, y era la época del año en que estaba más denso. Ya casi habían llegado al claro cuando apareció la luz de su cabaña.

Simon abrió la puerta, las hizo pasar y luego se adelantó para indicarles dónde estaba *Buck*. El vestíbulo estaba oscuro, solo iluminado por la luz que llegaba de la sala, pero era una iluminación apropiada para un parto y había claridad más que suficiente para ver lo que sucedía.

Tess jadeó, lanzó un gritito de alegría y se acercó al cesto. Olivia estaba a su lado y se arrodilló completamente fascinada.

Lo único que Simon alcanzó a ver fue el cesto lleno de

ropa sucia que había junto al de *Buck*. Con el mayor disimulo posible, empujó con el pie hasta meterla en el dormitorio y cerró la puerta. Después observó a la gata. En ese momento había tres gatitos en el cesto y, a juzgar por los maullidos plañideros de *Buck* y la mirada de auxilio que le dirigió a Simon, había un cuarto en camino.

–¡Dios mío, mamá! –exclamó Tess en voz baja–. ¡Son tan pequeñitos! –Se les acercó más–. Ni siquiera parecen gatitos. –Extendió un dedo y lo acercó a una de las crías–. Todavía tienen los ojos cerrados. ¿Cuándo crees que empezarán a ver?

–Tal vez dentro de tres días –contestó Olivia y le dirigió una mirada interrogante a Simon–. ¿Es así?

Él estaba a menos de medio metro de distancia y se inclinaba hacia delante para ver mejor.

–No me lo preguntéis a mí –contestó–. Yo soy el que creía que *Buck* era macho.

–¡Mira, mamá!

–Los está lamiendo. Los limpia.

–No, allí –dijo Tess señalando–. Me parece que está naciendo otro.

–Creo que tienes razón.

–Son muy resbaladizos.

–Creo que todo el proceso ha sido bastante limpio –opinó Simon–. *Buck* lo come todo.

–¡Qué barbaridad! –exclamó Tess apoyándose sobre los talones–. ¿Cuántos más crees que tendrá?

–No lo sé –contestó Olivia–. Tendremos que esperar y ver.

Tess miró a Simon. A él le pareció que con menos desconfianza.

–¿Cómo supiste que estaba pariendo?

–Lo oí maullar de una manera muy lastimera y seguí el sonido.

–¿Y tú la pusiste allí dentro?

–No. Pero es un buen lugar. Con mucho algodón. Calentito, cómodo y limpio. Y el cesto alto mantendrá allí a los gatitos hasta que la madre quiera que salgan.

–¿Y eso cuándo será?

Simon se encogió de hombros.

–Dentro de una semana o dos. Tal vez tres. Quizá sean cuatro.

Olivia lanzó una risita.

–¡Buena respuesta!

–¿Tú lo sabes? –preguntó él.

–Yo no. No es mi gata.

–¿Y quién es el padre? –preguntó Tess a Simon.

–No lo sé.

–Apuesto a que es *Bernard*. No, *Maxwell*. Él tiene un tamaño más parecido al de *Buck*. ¿Cómo no supiste que era hembra?

–Nunca tuve necesidad de saberlo. No hace un año que la tengo, y no fui el único que se equivocó –dijo ansioso por compartir la culpa y no quedar como un tonto de remate–. Natalie fue quien le puso *Buck*.

–Esto explica por qué era tan gorda –dijo Tess.

Simon asintió.

–Así parece.

La niña se instaló en el suelo y cruzó las piernas.

–¿Puedo levantar un gatito?

Simon consideraba que era demasiado pronto, pero no quería ser quien se lo impidiera a Tess. Se tranquilizó cuando Olivia intervino.

–No debes cogerlos durante unos días, querida. Son demasiado frágiles.

Tess se quedó pensativa.

–¿Recuerdas que vimos por televisión algo acerca de cuatro gatitos que alguien metió en una bolsa de plástico y trató de ahogar? –Alzó la voz–. ¿Cómo es posible que alguien quisiera hacer algo así? Son bebés. Son los bebés de *Buck*. ¿No sería terrible que alguien quisiera hacerles eso?

Simon recibió el mensaje.

–Yo no les haré daño.

–¿Y qué harás con ellos cuando crezcan?

–Todavía no lo sé. Ya se me ocurrirá algo.

–¿Serías capaz de soltarlos en el bosque?

–No. Necesitan un hogar. –Se puso de pie–. Tengo sed. ¿Alguien quiere beber algo?

Tess debió de encontrar aceptable la respuesta que acababa de darle, porque preguntó:

–¿Qué tienes?

Simon imaginó el interior de su nevera. No estaba precisamente llena de cosas que pudieran agradar a una niña.

–Pues... zumo de naranja y agua.

–¿Ni una Coca-Cola?

–¿Ni zumo de uvas?

–Lo siento.

–¿Cómo es posible que hagas lo que haces y que no tengas zumo de uvas?

–No seas descarada, Tess –la reprendió Olivia.

Pero Simon dijo:

–Lo que Tess acaba de decir es sensato. Pero sucede que no estoy acostumbrado a que vengan chicos. Tú eres la primera.

Tess alzó las cejas por encima de la montura de sus gafas.

–¿Soy la primera?

–La primera.

–¿Y dónde vivía tu hija?

–¡Tess! –susurró Olivia.

–Vivíamos todos en otra casa –contestó Simon mientras se preguntaba qué posibilidades habría de que Tess se conformara con esa respuesta.

En lo que a curiosidad se refería, la de la niña era quizá mayor que la de su madre, que posiblemente era el motivo por el que en ese momento Olivia estuviera callada. Era imposible que las dos parlotearan al mismo tiempo. A menos que el motivo fuese otro: que Olivia estuviera cansada, o que se sintiera incómoda. Tal vez no fuera una persona noctámbula. En cambio por la mañana era una maravilla. Le constaba.

–¿Ni siquiera tienes vino? –preguntó Tess.

Aliviado de que no siguiera hablando de Liana, Simon sonrió.

–No para ti. –Miró a Olivia. En la penumbra, habría podido jurar que ella estaba sorprendida.

–¿Qué?

Ella lo miró, luego meneó la cabeza y volvió a fijar la vista en el cesto.

–¿Quieres un poco de vino?

–Agua, por favor.

–Yo quiero zumo de naranja –dijo Tess–. Pero no si tiene pulpa. Odio la pulpa.

–Odia la pulpa –murmuró Simon mientras se dirigía a la cocina situada en un extremo de la sala de estar.

Sirvió un vaso de agua y estaba por verter jugo de naranja en un colador cuando Olivia se le acercó.

–No es necesario que hagas eso –dijo con suavidad.

Simon sacudió el colador para que pasara el zumo.

–Tess odia la pulpa.

–No era necesario que bebiera nada. Ver a *Buck* dando a luz ya ha sido un programa suficiente. No piensa apartarse de ese cesto.

Simon colocó el colador en la pila y se volvió para mirarla. La cabeza de Olivia le llegaba a los hombros. Tenía el pelo de una docena de tonos de rubio. Hasta parecía natural.

–En cierto momento algo te sobresaltó –dijo.

Ella le dirigió una rápida mirada y se encogió de hombros.

–¿Qué fue?

Olivia volvió a encogerse de hombros.

–Sonreíste. La expresión de tu cara cambió.

Simon hubiera podido jurar que de repente sufría un ataque de timidez, pero enseguida decidió que solo parecía más suave. Era tal vez el efecto que le producía la noche.

–Gracias por haber ido a buscarnos –dijo y se volvió de manera que quedó apoyada contra la encimera y mirando hacia fuera–. Tienes una bonita casa.

Simon se apoyó a su lado.

–Es muy pequeña. No podía tolerar la idea de vivir en un lugar donde hubiera ecos.

–Con tantos libros es muy poco probable que haya ecos. Nunca he visto tantos libros juntos. Apuesto a que no tienes ninguno sobre la mejor manera de criar gatitos.

–Dame tres días. –Le tendió el agua y siguió hablando en voz baja para que Tess no pudiera oírlo–. Hacía bastante que no te veía.

Olivia bebió un sorbo de agua.

–He estado durmiendo hasta más tarde.

–¿Deliberadamente?

–Trabajo de noche. A veces hasta muy tarde. –Estudió el borde del vaso. Por fin levantó los ojos y su mirada se encontró con la de Simon. Su rostro estaba desnudo en todo sentido–. No sé cómo manejar esta situación. No es para esto por lo que he venido a Asquonset.

A Simon, la honestidad de aquella respuesta le produjo una sacudida interior.

–No fue más que un beso.

Ella arqueó una ceja y le dirigió una fugaz mirada a los pantalones.

–Te aseguro que tuve la sensación de que podía llegar a ser mucho más.

Y a Simon le volvió a suceder. Así sin más. Una sola mirada le provocaba esa reacción tan embarazosa. Avergonzado, levantó una rodilla y colocó un pie sobre el borde de la puerta de la alacena bajo la encimera.

–Lo que sucede –susurró ella, volviendo a mirar alrededor– es que lo que te dije es verdad. He venido aquí a trabajar durante el verano. Después me iré. Este lugar... este viñedo... para mí no es más que un oasis.

–Mala analogía. Con tanta lluvia, más bien es un barrizal.

Ella lo miró, preocupada.

–¿Existe la posibilidad de que la cosecha se estropee?

–Siempre existe esa posibilidad. Pero no sucede a menudo. Lo más probable es que el vino resulte mejor o peor.

Entró Tess, con los ojos muy abiertos.

–Está naciendo otro. Quiere decir que son cinco. ¿Os imagináis lo que sería tener cinco bebés?

–Yo no me lo imagino –contestó Simon.

Olivia no pudo menos que reír, pero de repente Tess miró a Simon.

–¿Por qué te has puesto gafas?

–Las he tenido puestas toda la noche.

–Y durante el día ¿qué haces? ¿Usas lentillas?

–Sí.

–Yo también las usaré, pero debo esperar hasta que mis ojos dejen de cambiar. ¿Cuándo empezaste a usar las tuyas?

–A los catorce años –contestó Simon, entregándole el zumo de naranja.

–¡Yo no puedo esperar tanto tiempo! –exclamó Tess mientras examinaba el contenido del vaso.

–No tiene nada de pulpa –aseguró él antes de que ella pudiera protestar–. Lo he colado.

–Bien. –Con el vaso en una mano hizo un gesto parecido a una despedida con la otra y se alejó.

Olivia le dijo:

–¿Tess?

–Se lo he agradecido con una seña –contestó la niña.

–¡Ah! –dijo Olivia, y le explicó a Simon–: El nieto de Sandy es sordo. No sé con seguridad si la seña que te ha hecho es la correcta, pero por lo menos la intención lo fue: Gracias por el zumo.

Simon fue a la sala y miró a Tess, que estaba en el vestíbulo. Trató de imaginar a Liana en su lugar, observando parir a *Buck*, después de recibir un zumo y de agradecérselo.

–Justo empezábamos a enfrentar ese asunto, me refiero a los buenos modales y todo eso. –Estaba por indicarle a Olivia que se sentara en un sillón cuando se le ocurrió que tal vez ella también quisiera observar a *Buck*. Modificando el gesto, señaló el cesto con un pulgar y alzó las cejas.

Ella meneó la cabeza y se dejó caer en un cómodo sillón. Después de apoyarse contra el respaldo, se sacó las zapatillas y subió los pies. Parecía una muchacha de dieciséis años.

–¿Te molesta que Tess esté aquí? –preguntó.

Simon miró a Tess y el cesto del vestíbulo. Después miró hacia atrás, hizo a un lado un libro, se sentó en el sofá y consideró la pregunta. ¿Le molestaba tener a Tess en su casa? No había sido un asunto premeditado. No pensaba llevar a ninguna de ellas a su casa. Pero *Buck* le había brindado una maravillosa oportunidad y allí estaban.

¿Le molestaba? Hubiera pensado que sí. Con toda deliberación, la vez anterior no había invitado a Olivia a pasar. Ese era su lugar privado. Allí no había lugar para mujeres y chicos.

Sin embargo era algo extraño. Olivia y Tess no eran solo mujeres y chicos. No eran genéricos. Eran... Olivia y Tess, cada una con su propio aspecto y personalidad. Eran completamente distintas a su mujer y su hija.

–¿O no debí preguntártelo? –inquirió Olivia.

–No, no me molesta que ella esté aquí. Podría imaginar a Liana a la edad de Tess, pero lo cierto es que la veo como la criatura de seis años que era cuando murió. Siempre será así. Tess es de una clase distinta... y no lo digo en un sentido peyorativo. Lo digo por una cuestión de edad. Es mayor. Habla más. Tiene más experiencia.

–¿Eso de que habla más es un eufemismo de charlatana? –preguntó Olivia con una media sonrisa.

–Lo es a veces, pero por lo que me has dicho tiene buenas razones para serlo. ¿Te parece que se siente mejor?

Olivia asintió, no muy convencida.

–Sandy es una maravilla. Tess está comenzando a comprender el sentido del método que le enseña. Sería increíble que yo pudiera hacerla ingresar en un colegio privado que se especializara en ese método. Ya mandamos una solicitud a uno de Cambridge. –Bajó la voz hasta convertirla en un susurro–. Pero acaban de contestarme por correo que no tienen plazas y yo no he tenido el coraje de decírselo.

–¿Porque ella tenía ilusiones de estudiar allí? –preguntó Simon, también en susurros.

–Está decidida a no volver al colegio de antes. He enviado solicitudes de ingreso a varios otros, pero tal vez no tengamos el resultado hasta el último minuto. Y eso me destroza los nervios.

–¿Ha hecho muchos amigos aquí?

–Ninguno que la llame por teléfono. Y por si no lo sabes, ese es un indicio importante.

¡Ah! ¡Por supuesto que él lo sabía!

–Hay cosas que nunca cambian. ¿Y a ti quién te llama?

–¿A mí?

Él no pensaba preguntarlo, pero lo hizo.

–El otro día me encontraba en la oficina cuando te llamó un tipo. A Anne Marie le dio trabajo convencerlo de que no estabas.

Olivia resopló.

–Debe de haber sido Ted. Él jura que no me llama, pero no puede haber sido nadie más. Salíamos cuando yo estaba en Cambridge. Él sigue interesado, pero yo no.

–¿Por qué no?

–Es demasiado tenso. Crea problemas que no existen. Es algo que no puedo manejar. Ya tengo bastantes problemas reales. Además, está allí, en la ciudad, convencido de que yo veraneo aquí en la costa y que lo único que hago es comer uvas. ¡Ojalá! –agregó con un suspiro de cansancio y apoyando una mano en el respaldo del sillón–. Se suponía que el uno de agosto las memorias de Natalie ya estarían en la etapa de compilación. Ella quería que su familia las tuviera antes de la boda, pero no contó con la cantidad de tareas que tiene.

–Es una mujer muy ocupada.

–Sí, me estoy enterando de eso. Supongo que debería estar agradecida. Me preocupa la posibilidad de no poder seguirle el ritmo. No soy la más veloz de las escritoras.

–Pero le sigues el ritmo.

Olivia sonrió, y si la sonrisa de Simon la había sobresaltado, la suya le produjo la misma reacción a él. Era una sonrisa alegre y llena de esperanzas. Feliz. Contagiosa. Ella estaba orgullosa de sí misma, pero sin vanidad.

–Sí, me mantengo a la par de Natalie. En realidad me muero de ganas de que me proporcione más material. Su historia me fascina. El problema es saber si fascinará a Susanne y Greg. Y más concretamente, saber si la leerán.

–Creo que la leerán. No son malas personas.

–Si es así –dijo ella con tono de duda–, ¿dónde están? ¿Por qué no han venido? Estamos en pleno verano y esto es maravilloso. Si esta fuera la casa de mi familia les pediría que me reservaran una habitación permanente. –Bajó la voz–. Y hablando de habitaciones, esta noche llamaste a la puerta correcta. Sabías cuál era mi dormitorio.

–No es un misterio –contestó él, ansioso por desechar toda sospecha. No quería que ella creyera que la estaba vigilando–. Natalie siempre aloja a los huéspedes en esa ala de la casa, así que supe que estarías allí. Tú me observas desde el asiento de una ventana. Solo uno de esos dormitorios tiene un asiento bajo la ventana.

–Y entonces ¿quiénes viven en la casa principal? –preguntó Olivia–. Natalie tiene un dormitorio y Jill otro. De manera que supongo que el tercero será para Susanne y su marido. Pero ¿qué hay detrás de la puerta cerrada?

Simon vaciló. Sabía lo que había en ese dormitorio, pero correspondía que fuera Natalie quien se lo dijera a Olivia.

–Recuerdos. Trofeos. Viejos libros y ese tipo de cosas.

–¿Dónde está Brad?

–¿Te refieres a Brad el hermano?

–Brad el hijo. Es el único que no ha llamado a Natalie. Y ella asegura que no lo llamará. Supongo que se trata de un alejamiento definitivo. Y a una persona como yo, eso le resulta muy difícil de aceptar. Yo daría cualquier cosa por tener una familia. Y esta gente la tiene y la tira a la basura. ¿Por qué no quieren saber nada con Asquonset? ¿O es por la boda?

–Este verano solo es por eso.

–¡Pero es una historia de amor increíble! ¿La conoces... Carl te ha contado...?

–¿Que eran novios de la infancia? Sí.

–¿Siempre lo supiste?

–No. Él quería a mi madre. La trataba bien. Trabajaba con Natalie pero siempre volvía a casa, a mi madre.

Olivia reflexionó.

–Y la quería.

–Sí.

–Entonces ¿crees que se puede querer a dos mujeres al mismo tiempo?

–Las quería de una manera distinta.

Al pensar en eso, Olivia se puso aún más pensativa. Él la observó inclinarse y abrazarse las rodillas. Por fin ella se echó atrás, sin dar muestras de prisa por irse a pesar de que ya eran casi las dos de la madrugada. Parecía contenta.

Para Simon eso fue gratificante. Le indicaba que tuvo razón al ir a buscarlas y llevarlas a su casa. Estaba bien vivir en una casa libre de mujeres y chicos, pero algunas cosas estaban hechas para ser compartidas. Las crías de *Buck* eran una de ellas. El silencio de la noche era otra.

Entonces se le ocurrió que la noche estaba demasiado silenciosa. Se inclinó para mirar el vestíbulo. Tess tenía la cabeza apoyada contra el borde del cesto.

–¿Está bien? –preguntó.

Olivia sonrió.

–Es probable que se haya quedado dormida. Es lo que suele suceder cuando está tanto tiempo callada.

No cabía duda de que Tess dormía. Despertó, pero apenas, cuando Olivia le tocó un hombro. Su madre hizo ademán de levantarla, como si pensara llevarla en brazos de vuelta a la casa. Pero Simon se hizo cargo de la situación.

–Tú ocúpate de la linterna –susurró mientras levantaba a la niña.

Fuera lloviznaba. Pensando en sus uvas, Simon maldijo en voz baja.

–¿Te parece mejor que volvamos en coche? –preguntó Olivia, malinterpretando su disgusto.

–No. Tardaremos lo mismo si caminamos y Tess no pesa mucho. Durante un rato esta clase de lluvia no saturará los árboles, de manera que no nos mojaremos. –Se dirigió al sendero y al llegar se detuvo para dejar que Olivia lo precediera–. El informe meteorológico predijo que llovería, pero teníamos esperanzas de que se equivocaran.

–No hace frío ni hay viento.

–No nos hace falta que haga frío. En cambio nos hace

falta viento, siempre que no sea fuerte. Un viento ligero ayuda a secar la humedad de las uvas.

Lloviznaba sobre las hojas en lo alto, pero ellos no se mojaron hasta que abandonaron el cobijo de los árboles y corrieron hacia la casa. Mientras corrían, Simon sostuvo a Tess más cerca de su cuerpo, protegiéndola de la lluvia. Cuando estuvieron bajo el toldo del patio se la pasó con suavidad a Olivia y abrió la puerta.

Ambas habían desaparecido antes de que a él se le ocurriera algo que decir. Sin embargo, mientras cruzaba el bosque de regreso a su casa, se dio cuenta de que estaba contento.

Y cuando se acostó, estaba más excitado que el demonio, y seguía estando contento.

19

Susanne oyó sonar el teléfono en el momento en que giraba la llave en la cerradura. Abrió la puerta con rapidez y quitó la alarma. Dejó caer sus cosas sobre una silla justo antes de que saltara el contestador.

–¿Sí?

–Hola, Susanne. Soy Simon.

No era exactamente la llamada que esperaba, alguien que la invitara a almorzar en un restaurante elegante, pero aun así podía resultar interesante.

–Simon. Mi futuro medio hermano. ¿Cómo estás?

–No del todo mal. ¿Y tú?

–Muy bien. No podría estar mejor. Oye, no te he visto desde que nuestros padres nos informaron del acontecimiento. ¿Qué te parece ese asunto?

–Me parece muy bien.

Por supuesto que debía parecerle bien. Con esa boda su padre ascendería en la escala social, para no mencionar la seguridad de que conservaría su empleo.

Pero era injusta con Simon. Le había sido leal a Greg y, si tenía en cuenta las horas que dedicaba al viñedo, también le había sido leal a sus padres. Así que, por lo menos, ella le debía el beneficio de la duda.

–¿Te sorprendió? –quiso saber–. ¿O lo veías venir? –Simon estaba todo el día en Asquonset. Tenía que haber notado un cambio en el trato de Natalie y Carl: el intercambio de miradas, manos que se unían, besos. Sin duda ellos debieron hacerle confidencias.

–No, no lo vi venir. Pero bueno, no era algo que esperara. Además, últimamente no me relaciono mucho.

Susanne se arrepintió. Con más suavidad, dijo:

–Comprendo.

Más allá del papel que Simon hubiera desempeñado en la unión de las familias de ambos, inocente o no, lo que él había sufrido con su propia familia era una verdadera tragedia.

–Natalie y Carl parecen felices –continuó él–. Y eso es lo único que importa.

–¿Eso significa que no ves con buenos ojos la boda?

No había considerado esa posibilidad. ¿Qué podía no gustarle a Simon desde su punto de vista?

–No es eso. Siempre he pensado que Natalie es una persona increíble.

–Y ella piensa lo mismo de ti –acotó Susanne con algo de envidia–. Siempre quiso que alguien de la familia se hiciera cargo del viñedo. Ahora su deseo se cumplirá.

Simon era la voz de la razón.

–No, lo que ella quería era que tú o Greg os hicierais cargo. Y todavía lo quiere. Además, yo no pienso hacerme cargo de nada. Soy administrador del viñedo desde hace seis años. Y eso no cambiará.

–Por ahora no. Pero a la larga... bueno, esa es otra historia. –Quería decírselo. Era lo que ella creía.

Simon hizo una pausa. Cuando habló lo hizo con cautela.

–A mí no me hace falta eso, Susanne.

–¿A qué te refieres? ¿A ser dueño de Asquonset? ¿O al hecho de que yo te lo haya dicho?

–A ambas cosas –contestó él–. Me estoy rompiendo la crisma para obtener una buena vendimia, y el clima no coopera. No tengo tiempo para estar hablando por teléfono contigo.

Y a ella tampoco le entusiasmaba demasiado.

–Entonces ¿por qué has llamado?

–Porque Natalie te necesita. Tiene demasiados problemas. Creí que debías saberlo.

–¡Ah! Quieres que yo esté ahí. –Mark también pensaba que ella debía estar allí. Y sus hijos también.

–Creo que sería agradable que alguien de la familia le echara una mano.

–Pero mamá ahora tiene una nueva asistente –dijo Susanne con dulzura–. ¿Ella no puede ayudarla?

–La ayuda. Pero a Natalie le haría bien que estuvieras tú.

–¿Porque supone que yo no tengo cosas que hacer? –Siempre terminaban en eso.

Simon suspiró.

–Sé que tienes ocupaciones, pero ¿cómo es posible que te preocupe la posibilidad de que yo me haga cargo del viñedo si tú y Greg ni os acercáis a Asquonset?

–¿Has llamado a Greg? ¿Le has dicho que crees que debería estar allí?

–No. No creí oportuna una llamada mía.

Susanne se envaró.

–¿Porque él trabaja mientras yo me paso la vida sentada y sin hacer nada? ¿Es eso lo que crees? Tengo cosas que hacer, Simon. Muchas cosas. Mi madre siempre se ha ocupado de hacer lo que le viene en gana. Sin duda no me consultó antes de decidir su boda. ¿Para qué puede necesitarme ahora? Y si me necesita, ¿qué le impide coger el teléfono y decírmelo?

–No lo sé. Tal vez no va con su carácter el pedir ayuda. Siempre se las ha arreglado sola.

–Exactamente. Natalie ante todo.

–Eso he querido decirte, Susanne, que Natalie prefiere hacer todo ella misma antes que pedir ayuda.

–¿Así que ahora la conoces mejor que yo? Eso es muy interesante, Simon. Eres un presuntuoso. Dime, ¿por qué supones que esto es asunto tuyo?

Hubo una larga pausa antes de que Simon contestara en voz baja.

–Tienes razón –dijo–. No es asunto mío. Natalie es tu madre, no la mía. La mía ha muerto. Si de alguna manera pudiera recuperarla, te aseguro que estaría haciendo todo lo posible para ponerle las cosas fáciles en sus últimos años.

Simon bajó presuroso por la escalera de su oficina, furioso. No comprendía por qué la gente que tenía tantas cosas en la vida las arrojaban a la papelera. En ese sentido él y Olivia pensaban lo mismo. Asquonset era el lugar más maravilloso que conocía, y eso que había viajado bastante. Hubo una breve época en su vida, cuando estaba en la universidad, en que consideró la posibilidad de trabajar en otra parte. Sin embargo, nada de lo que vio en su búsqueda se acercaba a lo que era Asquonset, ni en belleza física ni en filosofía vitícola.

No era que quisiera que Susanne y Greg anduvieran por allí si pensaban tratarlos a él y a su padre como cazafortunas. Él no andaba en busca de dinero. El dinero tenía sus límites. Con toda seguridad no lograba devolver la vida a los muertos.

En la sala de almacenaje de la planta baja tomó herramientas, un rollo de alambre y guantes de trabajo. Tenía que reparar el alambre superior de una hilera de las Chenin Blanc. Las hojas ya lo habían alcanzado. Ya habían sido acomodadas una vez pero debía volverlo a hacer. Sin embargo, antes tenía que tender un nuevo alambre. Era un buen trabajo que no exigía pensar.

Se había puesto los guantes y estaba cortando con unos alicates el alambre viejo que todavía sostenía las plantas, cuando vio a Tess.

La noche anterior había sido una cosa. Ese día era otra. Con tanta seguridad como que las manchas que tenían algunas uvas significaban problemas, sabía que ese día no estaba de humor para lidiar con una niña.

Por supuesto, justo porque él no lo deseaba, ella se le acercó, pero parecía más cautelosa que intratable.

–¿Dónde está *Buck*?

–En casa –contestó él sin interrumpir su trabajo–. No se aleja de sus gatitos.

–¿Tuvo más después que yo me fui?

–No. Son cinco en total.

–¿Y tú qué estás haciendo?

–Reparando el alambre.

–¿Para qué sirve?

–Para sostener las vides. –Era la respuesta más sencilla.

Pero hizo un esfuerzo por ser más comprensivo que la vez anterior y agregó–: Las dirige en un sentido vertical en lugar de que crezcan horizontalmente. Quiero que las plantas sean altas, no anchas.

–¿Por qué?

–Porque si crecieran a lo ancho taparían las uvas y estas no recibirían sol ni aire. Y sin sol no maduran. Si no reciben brisa no se secan y si no se secan se pudren.

–Puuudren –repitió Tess como si le gustara el sonido de la palabra.

A Simon no le gustaba.

–También se lo conoce como hongos o moho. Son cosas desagradables. –Miró su reloj. Tess parecía dispuesta a quedarse allí un rato y él no tenía tiempo para entretenerla–. ¿No tienes clase por la mañana?

–La señora Adelson está enferma. ¿Puedo ir a ver a *Buck*?

–Ahora no. Tengo que trabajar.

–Está bien. Tú puedes trabajar mientras yo voy a ver a *Buck*.

–Pero no tengo tiempo para llevarte en coche hasta allí.

–Caminaré. Solo necesito que me indiques dónde empieza el sendero.

–¿Dónde está tu madre?

–En el loft, pero si tú dices que está bien, no tengo que pedirle permiso a ella.

Simon la observó. Estaba limpia y pulcra, pero el día acababa de comenzar.

–¿Tu mamá te dijo que no fueras?

–Me dijo que no debía molestarte. –De repente su expresión se suavizó. Tal vez estaba decidida a manipularlo. Pero en todo caso resultaba convincente–. Si tú estás aquí y yo estoy allá no podré interrumpirte. ¿Crees que *Buck* puede estar sola todo el día? Ella me conoce y me quiere. Me parece que le gustaría lucir a sus bebés. Además, tengo ganas de ver a los gatitos para poder contarle todo a mis compañeros de clase de navegación.

¡Ah! Una manera de conquistar amigos.

–Debes sonreír.

–¿Qué?

–Debes sonreír mientras cuentas lo de los gatitos a tus compañeros. Eso les demostrará que estás entusiasmada y que no tratas de ser superior a ellos.

–Bueno, apuesto a que ninguno de ellos tiene cinco gatitos.

–Tú tampoco –dijo Simon, y lo lamentó al ver que Tess arrugaba la cara–. En realidad sí los tienes –se corrigió mientras se sacaba los guantes de trabajo–. Fuiste la primera en notar lo gorda que estaba *Buck.* Ven, te mostraré el camino. Pero no debes abandonarlo porque podrías perderte. Hay osos en estos bosques.

–¡Qué va a haber osos! –contestó ella, sabiendo que él bromeaba–. Hay visones, mapaches, ciervos y faisanes, pero ellos me tienen más miedo a mí que yo a ellos. –Trotaba para mantenerse a la par de Simon.

–Está bien. Aquí está. ¿Ves el sendero que nace junto a ese viejo arce?

–Lo veo. –Corrió hacia allí.

–¡Espera! –gritó Simon–. ¿Qué se supone que debo decir si tu madre viene a buscarte?

Ella se volvió, sin dejar de correr.

–Dile que me invitaste a tu casa. Lo has hecho ¿no?

Simon podría haberlo discutido, pero lo dejó pasar.

–¿A qué hora tienes que estar de vuelta?

–La clase de navegación es a las dos.

–¿Y qué harás cuando le cuentes a los chicos lo de los gatitos?

Tess sonrió, se volvió y salió corriendo.

Antes de coger el teléfono y llamar a Greg a su oficina, Susanne pasó una hora agobiada por la culpa que le provocaba haber arruinado los últimos años de su madre.

–Llamas en mal momento –le dijo Greg, pero ella no estaba dispuesta a permitir que no la atendiera. Su paz de espíritu era tan valiosa como la de él. Además, para Greg cualquier momento era un «mal momento».

–Acabo de recibir una llamada de Simon –dijo–. Dice que mamá necesita ayuda. ¿Sabes algo al respecto?

–¿Qué clase de ayuda?

–No sé. Lo único que me dijo es que le vendría bien que le echáramos una mano.

–Jill está allí.

–¡Ah! No lo sabía. Bueno, me alegro. Pero entonces, ¿por qué crees que me ha llamado Simon?

–Escucha, tengo una reunión dentro de veinte minutos y antes debo revisar cincuenta páginas de datos.

–¿Te piensas reunir allí con Jill?

–No si lo puedo evitar.

–Tal vez uno de nosotros debería ir. Ya sabes, para ver personalmente lo que está sucediendo.

–Ve tú. Tienes más tiempo que yo.

–Pero tu mujer está allí. Eso te da una buena excusa para ir.

–¿Para qué crees que necesitas una excusa? Simplemente di que estás preocupada.

–El que está preocupado eres tú –arguyó ella–. Tú eres el que cree que los Burke quieren quedarse con el viñedo. Si fueras, podrías hablar con Carl.

–Susanne, ¡no tengo tiempo para eso!

–¡Yo tampoco! –exclamó ella–. ¿Y si llegara a suceder algo? El hombre eres tú. Tú estás acostumbrado al mundo de los negocios. Si ellos se proponen algo, te darás cuenta enseguida.

–Susanne, mi reunión es... dentro de dieciocho minutos.

–¡Oh, por favor! –Estaba cansada de sentirse insignificante–. ¿Tu trabajo es más importante que tu familia? Te estoy pidiendo que me ayudes en este asunto, Greg.

–No pienso ir a Asquonset –dijo él con repentina fiereza–. ¡Si Jill quiere hablar conmigo, ya sabe dónde estoy!

Susanne se sorprendió. Preguntó en voz baja.

–¿Tenéis problemas?

Greg lanzó un gruñido.

–Nada que un poco de tiempo y distancia no pueda arreglar. Mira, Susanne, olvida que lo he mencionado. Estoy cansado y estresado. Jill quería visitar Asquonset y yo no podía irme de la ciudad. Llámala. Pregúntale su opinión. Y si eso no te satisface, ve tú misma hasta allí. Pero yo no puedo. En este momento no. Simplemente no puedo.

20

–Hay momentos –musitó Natalie– en que me pregunto sobre la familia. –Hizo una pausa como para meditarlo mejor.

Olivia le concedió un minuto antes de incitarla a seguir hablando.

–¿En qué sentido?

Natalie parecía preocupada.

–Por ese asunto de que la sangre es más espesa que el agua. –Miró la ventana–. Siempre creí que tenía un significado positivo, ya sabes, que lo que une a una familia es más fuerte y más profundo. Pero se podría interpretar de otra manera. En teoría podría alegarse que la sangre espesa entontece el funcionamiento de la mente, así que el razonamiento se retrasa cuando se trata de asuntos familiares. –Su mirada buscó la de Olivia–. Tomo por ejemplo un compromiso. A veces me hace dudar.

¿A veces? A Olivia le hacía dudar mucho más seguido. El hecho de tener una madre desaparecida la llevaba a dudar. Pero Natalie había estado allí mientras sus hijos crecían, y seguía estando allí.

–Tal vez debería volver a llamarlos –sugirió Olivia.

–No, todavía están angustiados.

–Será necesario que lean lo que estoy escribiendo.

–Pero todavía no has escrito la mejor parte. Ni siquiera te has enterado de ella.

El escritorio estaba cubierto de fotografías tomadas durante e inmediatamente después de la guerra. Olivia había reparado en algunas, en general las más formales, las que mostraban una vida elegante y encendían su imaginación. Otras, las que veía por primera vez, eran fotos de trabajo.

En ese momento se le ocurrió que Natalie no quería embellecerlas.

Entonces levantó una de estas últimas. La mostraba con dos chicos en brazos, uno apoyado sobre cada cadera. Alexander le rodeaba los hombros con un brazo y miraba la cámara con una ancha sonrisa. Era el único que sonreía en la fotografía.

Como Alexander se quedó en ultramar después de la guerra, estuvimos separados casi cinco años. Por supuesto que le concedieron permisos, pero esos días eran demasiado escasos y frenéticos para que pudiésemos conocernos a fondo. Agrégale a eso el hecho de que yo no lo conocía bien cuando nos casamos, así que cuando él por fin volvió a casa, descubrí que convivía con un extraño. Los chicos no lo conocían y recelaban, con lo cual la situación era aún más difícil. Pero por lo menos él estaba en casa. Las cosas mejorarían. Alexander salvaría Asquonset; por eso me había casado con él. No te imaginas cuántas veces repetí estas palabras cuando él no estaba, años durante los que añoré a Carl mucho más que a Alexander. Fueron tiempos terribles para mí, y te aseguro que sufrí. Una vez se me pasó la novedad de estar casada y cuando aquí la situación empeoró, yo quería tener conmigo a Carl. Pero Alexander salvaría Asquonset; por eso me había casado con él.

Estas palabras se convirtieron en mi mantra. Fue lo único que me mantuvo en marcha durante esos días oscuros. ¿Oscuros? Tal vez no sea la palabra apropiada. Eran duros. Estaban llenos de trabajo y preocupaciones. Teníamos la constante esperanza de recibir cartas. Los carteros daban prioridad a las cartas del frente y las entregaban en cuanto llegaban; vivíamos en una espera permanente. Por supuesto que también podíamos recibir la visita inesperada de algún oficial. Era lo que temíamos. Ya habíamos vivido eso una vez. Todas las noches nos sentábamos frente a la radio de la sala y escuchábamos las noticias del frente. Nos estremecíamos cada vez que nos enterábamos de la muerte de otro muchacho del pueblo.

Fueron días muy solitarios para mí. Mis hijos eran demasiado pequeños para brindarme compañía. No tenía con quien conversar, nadie ante quien quejarme, nadie a quien pedir ayuda. Estaba librada a mi propia suerte.

Pero Alexander salvaría Asquonset. Por eso me había casado con él. Bien, ¿dónde estaba el dinero? Era una buena pregunta. No porque yo la haya formulado, no me correspondía. Yo era la mujer, era la hija. Asquonset era propiedad de mi padre. Después de todo él había concertado el acuerdo. «Llegará después de la guerra», me dijo él con un gruñido poco satisfecho la única vez que me atreví a preguntárselo. De manera que fundé en eso mis esperanzas. Alexander salvaría Asquonset una vez finalizara la guerra. Y, al hacerlo, también salvaría la vida de mi padre. Teníamos que aguantar el tiempo suficiente.

Bueno, Jeremiah y yo aguantamos. Mantuvimos todo en marcha hasta que Carl volvió y asumió parte de la responsabilidad. Para mí fue a la vez mejor y peor. Mejor porque había alguien que nos ayudaba, peor porque ese alguien era Carl. Tenía que verlo todos los días. Tenía que recordar lo que pudo haber sido y, por fin, explicarle por qué ya nunca podría ser.

Alexander salvaría Asquonset. Cuando regresara de la guerra invertiría dinero en las cepas que le darían a mi padre un nuevo motivo para vivir. Como viñedo, Asquonset crecería como nunca antes.

En teoría, la promesa de Alexander no fue vana. Su familia poseía dos exitosas fábricas de zapatos que, a pesar de haber sufrido durante la Depresión, seguían pujantes y vitales. Cuando llegó la guerra, de repente las fábricas de los Seebring se pusieron a fabricar botas, no solo para los soldados norteamericanos sino también para todos los Aliados. La demanda era tan grande, que no podían cumplir.

Bueno, la guerra logró poner fin a la Depresión. Por espantoso que parezca, fue así. Las fábricas Seebring fueron solo algunas de las que se beneficiaron. No solo había que vestir y alimentar a nuestros soldados. Había que armarlos, proporcionarles vehículos para combates en tierra, mar y aire. De repente prosperaron muchas empresas que hasta entonces luchaban por sobrevivir. El caso de las de Alexander sin duda no era el único.

Cuando terminó la guerra, la misma gente que contaba sus monedas a la sombra de la Depresión, era ahora optimista y tenía ahorros. Las mismas empresas que fabricaban uniformes comenzaron a fabricar trajes y vestidos para la vida civil. Las misma fábricas que producían botas de combate, comenzaron a producir calzado normal.

Eso se supuso que debía suceder con las fábricas Seebring. Si todo hubiera marchado de acuerdo a lo planeado, habrían pasado a la producción de épocas de paz, prosperando.

Pero el padre de Alexander murió a mediados de la guerra y quedó fuera de la dirección de las empresas. Alexander nombró un apoderado para que se encargara de todo hasta su regreso. Pero él se dejó atrapar por la aventura de jugar al espía y permaneció en Europa más tiempo del debido.

No, no. Es injusto que diga eso. No lo escribas, Olivia. Alexander no estaba jugando al espía. Estaba haciendo algo que era necesario hacer, reunir pruebas para los juicios de crímenes de guerra era importante. Las atrocidades cometidas por el Tercer Reich debían tener un castigo.

Pero el hecho de que Alexander estuviera en Europa creó un vacío aquí. Si hubiera vuelto al finalizar la guerra, junto con el resto de los soldados, tal vez habría podido salvar las fábricas. Pero cuando llegó, el daño ya estaba hecho. Su apoderado se había fugado con las ganancias y la prosperidad de posguerra no tuvo lugar en las fábricas. Cuando Alexander volvió, las fábricas ya estaban arruinadas.

Bueno. Te he hablado del primer día que vi a Carl y del día que él partió para la guerra y del día en que me casé con otro. Ahora te hablaré del día en que me enteré de que todo fue un desperdicio y de que había renunciado a Carl por nada.

Fue un domingo. Hacía un mes que Alexander había

vuelto a casa, pero casi todos los días iba a ver sus fábricas. Todos creímos que las fábricas estaban en plena producción y que él simplemente quería enterarse en detalle de lo sucedido en su ausencia. Alexander no nos habló de su apoderado ni del cierre de las fábricas. Salía sonriente por la mañana y volvía sonriente por la noche.

En realidad, en ese momento, nosotros éramos la menor de sus preocupaciones. Había perdido las empresas de su familia. Dedicó un mes a intentar salvar algo, cualquier cosa, antes de aceptar lo sucedido. Después tuvo que darnos la noticia a nosotros. ¿Qué mejor día que un domingo? El domingo era el día de ir a la iglesia, el día de la comprensión y el perdón.

Así que fuimos a la iglesia y volvimos a casa a almorzar. Mi padre estaba demasiado débil para asistir a los oficios religiosos, en esa época pocas veces salía de casa, pero ese día bajó a almorzar con nosotros. Alexander esperó hasta que termináramos de comer. Los chicos acababan de subir para dormir la siesta. Yo estaba limpiando la cocina.

Al escuchaba la radio en compañía de mi padre. En cuanto me reuní con ellos, apagó la radio. Volvió a su sillón, se inclinó hacia delante y dejó caer un poco la cabeza.

–Tengo malas noticias –dijo, y procedió a contarnos lo que había hecho su apoderado. Dedicó largo rato a hablar sobre sus intentos para revertir la situación. Repitió en detalle las conversaciones mantenidas con obreros locales. Nos contó que había trabajado con la policía, sin obtener resultados concretos, y finalmente reconoció el enojo y la frustración que sentía.

Yo escuché con atención, pero tardé en comprender el significado de sus palabras. Después de todo, Alexander iba a salvar Asquonset. Le iba a proporcionar a mi padre lo que este más necesitaba. Por eso me había casado con él en lugar de con Carl.

Solo que Alexander no tenía dinero. No podía salvar Asquonset. Mi padre estaba blanco como el papel. Después de tres intentos y solo gracias a mi ayuda, se levantó de su sillón. Estaba lastimosamente delgado y encorvado y tem-

blaba de tal manera que yo empecé a hablar solo para tranquilizarlo.

–Conseguiremos dinero –dije–. Te compraremos las cepas que necesitas. No temas, encontraremos el modo. Ahora debes descansar y recuperar las fuerzas para que cuando lleguen las vides estés en condiciones de decirle a Jeremiah dónde quieres que se planten.

Mi padre no habló. Tenía la cabeza gacha, los ojos vacíos. Comprendí que todo había terminado, acababa de darse por vencido.

Sufrí por él. Era mi padre. Lo quería y se estaba muriendo allí mismo, delante de mis ojos. Lo ayudé a acostarse y me quedé sentada con él hasta que se despertaron los chicos. Para entonces Alexander había vuelto a convertirse en el hombre alegre y entusiasta de siempre.

Yo no. Yo necesitaba pensar, estar sola.

Le pedí que cuidara a los chicos. Pero tenía que ir a Newport a encontrarse con un compañero del ejército.

Así que arropé a los chicos. Brad tenía casi cinco años. Iba corriendo delante nuestro. Yo llevaba en brazos a Susanne, que solo tenía dos años.

Me dirigí al mar. Caminamos y caminamos. Era un día de septiembre, soleado pero fresco. Cuando llegamos al mar, trepamos las rocas hasta llegar a un lugar donde nos podíamos sentar y observar la rompiente sin que la espuma nos mojara.

Recuerdo el respeto que me inspiró la fuerza de las olas que rompían contra las rocas, el atronar de la mar y la belleza de todo ello. Por supuesto que belleza era lo menos que sentía en mi interior. Me sentía vacía y sombría. Me sentía impotente. Sentada allí sobre esas rocas, me invadió la desesperanza. Pensé en saltar. Durante un minuto lo hice: pensé en saltar.

Entonces Brad me envolvió el cuello con sus bracitos. El mar le daba miedo. Necesitaba que lo sujetaran.

Eso bastó para que yo recuperara la sensatez.

Antes de tener tiempo de volver a pensar en saltar, cogí a mis dos hijos e inicié el camino de regreso. No sé de dón-

de saqué las fuerzas para volver con los dos en brazos, pero lo hice. Y cuando llegué a la granja, había encontrado un nuevo propósito en la vida.

Fue una experiencia parecida a la Epifanía.

«Fue una experiencia parecida a la Epifanía», escribió Olivia, y se reclinó en la silla. Natalie siempre le había parecido una persona optimista. Los optimistas no contemplan la idea del suicidio.

Se puso de pie y se inclinó hacia la ventana. Alcanzaba a ver a Natalie a la distancia, una figura elegante que entraba y salía de las hileras de vides. La acompañaba la diseñadora gráfica que crearía las nuevas etiquetas de los vinos. Ya hacía casi una hora que estaban en el viñedo. Natalie quería que, antes de hacer los bosquejos, la mujer se impregnara del lugar.

Una experiencia parecida a la Epifanía. Olivia había buscado en el diccionario la palabra Epifanía. Le interesaba conocer a fondo su significado. Una experiencia así debía ser de una profunda percepción. Un hecho sencillo que llevaba en sí un significado profundo. Sin duda, precisamente una experiencia que podía llegar a modificar toda una vida.

Quería oír más. Natalie le había prometido volver, pero allí estaba, todavía con la diseñadora.

Sin duda Tess iba a querer almorzar antes de ir al Yacht Club. Una cocinera había llegado y partido el mismo día, una dulce muchacha de un restaurante que se vio instantáneamente sobrepasada. Natalie estaba buscando otra. Mientras tanto, después de demasiados días de comida comprada en la tienda del cruce de caminos, Olivia supuso que por lo menos debía preparar unos sándwiches de atún. A Natalie y Carl les gustaban.

Encontró latas de atún en la alacena y mayonesa en la nevera, los mezcló con rapidez y preparó los sándwiches, a los que agregó lechuga y luego cortó por la mitad. Nada demasiado elegante. Cocinar no era una de sus habilidades.

Estaba leyendo el periódico y esperando a Tess cuando

entró Simon. Se detuvo un instante al verla, luego fue a la nevera, cogió una botella de agua mineral y la bebió íntegra.

Estaba sudado. Tenía la camiseta húmeda, la piel perlada de sudor. Húmedo, su pelo parecía más oscuro. Tenía las mejillas coloradas a pesar de estar muy bronceadas por el sol.

De repente a Olivia le ardió la sangre. Se preguntó por qué sería que la química funcionaba con algunos hombres y no con otros. No cabía duda de que ese la atraía.

–Fuera hace calor –dijo él cuando enderezó la cabeza. Miró los sándwiches–. ¿Quién ha preparado esos sándwiches?

–Yo –contestó ella, bajando el periódico–. Cómelos si te atreves a correr el riesgo. No soy buena cocinera.

Aunque le hubiera gustado serlo, saber preparar platos increíbles. A los hombres les encantaba la comida casera. Pero bueno, también les encantaba el pelo largo y rubio y ella tampoco lo tenía.

Simon cogió un sándwich y escrutó su interior.

–Es imposible equivocarse con atún.

–Sí, pero se pueden hacer muchas más cosas que las que yo hice. Madalena hacía maravillas. Pero se negó a darme la receta.

–Les agregaba cilantro.

–¿Cilantro?

–Lo deshacía en la mayonesa.

–¡Ah! –Con cierta timidez, Olivia cruzó los brazos, los descruzó y apoyó las manos sobre el regazo.

Simon la estaba observando. Todo sudado, era una maravilla. Ella se sentía muy poco maravillosa y en ese momento hasta habría aceptado tener el pelo con corte de melena.

–¿Cómo están los gatitos? –preguntó, ansiosa por poner fin a ese momento tan incómodo.

–Pequeños. –Señaló los sándwiches con el mentón–. ¿Puedo?

–¡Por supuesto! –Cilantro. Ni siquiera sabía qué aspecto tenía el cilantro, pero eso tenía fácil solución. Se sentía perfectamente capaz de mezclar cilantro en la mayonesa. Sin embargo, con o sin cilantro, Simon parecía disfrutar del sándwich. Desesperada por decir algo y llenar el silencio para que él no creyera que esperaba que la alabara, dijo–: A Natalie le encantó que *Buck* fuese hembra.

–Sí, lo sé. Ya me lo ha dicho tres veces. Creo que es algo que nunca podré superar –contestó él con aire divertido. Y aunque no sonriera exactamente, daba la impresión de que en cualquier momento lo haría.

Olivia esperó, ansiosa por ver esa sonrisa.

Entonces Simon fijó la mirada en su boca y ella olvidó la sonrisa.

–¿Dónde está Natalie? –preguntó, para llenar el silencio–. ¿Todavía anda fuera?

–Sí. –Se sirvió otro medio sándwich.

Olivia miró el reloj.

–¿Y dónde estará Tess?

–En mi casa. Quería ver los gatitos. Le mostré el sendero del bosque.

–Vaya. Creo que no ha sido un gesto inteligente de tu parte. Es posible que se quede allí mucho más de lo que a ti te gustaría. Esos gatitos le fascinan. No habló de otra cosa durante el desayuno.

–¿Por qué no te quedas con uno cuando tengan edad para separarlos de la madre? Mejor aún, quédate con dos. O con los cinco.

–No creo que podamos. No tenemos casa propia. Yo ni siquiera sé con seguridad dónde estaremos en otoño. Y algunos dueños de casa odian a los gatos.

–Bueno, tienes seis semanas para decidirlo –dijo Simon. Camino de la puerta cogió otro medio sándwich–. Están muy sabrosos. Si quieres que te diga la verdad, el cilantro nunca me ha gustado demasiado.

–Fue una verdadera Epifanía –leyó Olivia en voz alta para recordarle a Natalie dónde se habían quedado. Se apartó del ordenador y se instaló en un sillón armada de lápiz y papel. Le había dado de comer a Tess, a quien luego llevó al club. Se había sacado a Simon de la cabeza. Era hora de trabajar–. ¿En serio consideró la posibilidad de suicidarse?

Natalie alisó sus shorts de hilo al tiempo que en su frente aparecía una arruga.

–Durante un minuto. Solo un minuto. Tenía un dolor y un vacío terribles y me sentía perdida. Estaba cansada, asustada.

–¿De qué?

–Del futuro. Durante todo el tiempo que duró la ausencia de Alexander yo me formé una imagen de lo que sería nuestra vida. Tal vez no fuese una imagen demasiado bonita pero era una de las maneras que tenía de racionalizar la pérdida de Carl. Lo que me esperaba lograría que esa pérdida valiera la pena. Pero de repente no era así. Toda la imagen simplemente... simplemente... –hizo un gesto frenético– ¡se hizo trizas!

Dejó caer las manos. Su rostro reflejaba el recuerdo de un dolor muy lejano.

La vida de Olivia tampoco había carecido de dolor. Sabía lo que eran el vacío, la pérdida, el cansancio y el miedo. Sin embargo, Natalie debió de sentirlos mucho más si la llevaron a pensar en el suicidio.

Comprendió que la diferencia estaba en las oscilaciones. Natalie había experimentado los extremos. Era lógico que para alguien que conoció la clase de felicidad que ella tuvo con Carl, la pérdida significara una desilusión insoportable.

–De todos modos –agregó Natalie–, no fue más que un minuto y enseguida pasó. Durante la caminata hasta casa, con mis dos hijos en brazos, aquel día modifiqué mi concepto de la vida. Hasta entonces siempre ponía mis esperanzas en otras personas. Primero confié en mi padre, después en Carl, luego en Alexander. Había escuchado a mi madre y tomado una decisión que no debí tomar. Pero fue mi decisión. Quiero que eso quede muy claro en lo que escribas. Mi madre no me obligó a casarme con Alexander. Yo decidí hacerlo. –Hizo una pausa.

–¿Sí? –la alentó Olivia.

–Pero la verdadera decisión la tomé ese día. Sentada en esas rocas, en medio del fuerte viento y de las olas que parecían explotar en el aire, me encontraba en una bifurcación de caminos. Elegí la vida, pero no cualquier vida. Quería una buena vida. Y me prometí construirla.

Olivia comprendió que en ese punto se abría el siguiente capítulo de la historia, pero no quiso adelantarse. Seguía pendiente una pregunta importante.

–¿No consideró la posibilidad del divorcio?

–No. Me había casado con Alexander por mi libre voluntad.

–Pero basándose en las falsas promesas que él le hizo.

–Las promesas de Alexander no fueron falsas en el momento en que las hizo. Tenía toda la intención de apuntalar el viñedo con dinero de sus fábricas de calzado. No nos había mentido.

–Pero de todos modos le falló –insistió Olivia–. ¿No estaba furiosa con él?

–¿Furiosa? Quizá con la situación, pero no con Alexander. ¿Cómo iba a estar furiosa con alguien que actuó de buena fe? ¿Con alguien que también había sufrido una gran pérdida? Estaba desilusionada. Lo había creído un empresario inteligente y no lo era, pero tenía buen corazón.

–Usted dijo que se quedó en Europa más tiempo del necesario.

–No –corrigió Natalie–, lo que dije fue que las cosas podían haber sido distintas si él no hubiera permanecido tanto tiempo en Europa. Pero no estuvo allí en balde. Lo que hacía era importante.

–¿Y su padre? Su madre había dicho que sin más dinero y nuevas cepas su padre moriría. ¿Usted culpó a Alexander de su muerte?

Natalie sonrió con tristeza.

–Alexander no tuvo nada que ver con el dinero que mi padre perdió con la caída de la Bolsa. Ese fue el principio del declive de papá, pero fue su propia obra. Él era el presidente del banco. Él aprobaba todas las decisiones importantes. Alexander no tuvo nada que ver con los errores que cometió papá como granjero, y en cuanto a las compras de cepas que hizo en Europa, solo compró las que mi padre le decía que comprara. No fue culpa suya que esas vides no pudieran prosperar en el microclima que tenemos aquí. Alexander no fue quien le aconsejó a papá que invirtiera más y más dinero en el viñedo. Además –respiró hondo–, mi padre no murió. Siguió viviendo varios años más... probablemente gracias a Alexander.

Olivia se sobresaltó.

–¿Siguió viviendo?

–Sí. Y Alexander fue bueno con él. Se sentaba a su lado y le hablaba. Y cuando Alexander hablaba uno lo escuchaba... y sonreía y le creía. Aseguraba que Asquonset se encontraba en la cima de la grandeza y que el último grupo de vides producía las mejores uvas. Señalaba una botella de vino francés e insistía en que solo era cuestión de tiempo que nuestro vino tuviera tanta demanda como ese. Lo que quiero decir es que casi todo era mentira –agregó con una sonrisa cariñosa–, pero como mi padre ya no salía, las creía. Escuchaba y se sentía mejor. Alexander hasta llegó a llevarlo a la ciudad, cosa que yo nunca pude hacer porque él era muy frágil, y Carl nunca pudo hacerlo porque siempre estaba demasiado ocupado. Pero Al tenía el tiempo y la paciencia necesarios y estaba en condiciones de levantarlo y moverlo. Estaba en condiciones de ayudarlo a subir al coche y de instalarlo en una silla en Pindman's. Por supuesto que con todo eso Alexander ganaba algo: mi padre era una audiencia cautiva garantizada. Sin embargo, a su manera, Alexander le insuflaba ganas de vivir.

–Bueno, eso me alegra.

–Pero todavía te molesta que no me haya divorciado de él para casarme con Carl.

–No –contestó Olivia, decidida a no juzgar a Natalie–. Usted tuvo sus motivos. Lo que sucede es que no sé si yo hubiera hecho lo mismo.

–Eso es porque los tiempos han cambiado. Vosotros los jóvenes no le dais mucha importancia al divorcio. Lo veis constantemente en los diarios y por televisión y en los libros. Es algo mucho más común. Así que, como es natural, cuando se presenta un problema, uno de los dos se separa. Mi generación no era así. Por supuesto que en esa época era más difícil obtener el divorcio, pero no fue por eso por lo que permanecí con Alexander. Y tampoco por el bien de los chicos, aunque si no hubiera sido por ellos tal vez Al y yo nos habríamos separado. No, yo permanecí a su lado porque era mi marido. En ese tiempo respetábamos la institución del matrimonio. Tal vez eso se debiera a la guerra. Nuestros maridos habían luchado para que nosotras pudiéramos ser libres. Habían arriesgado sus vidas. Habían presenciado horrores que nosotras solo podíamos imaginar. Les debíamos nuestra lealtad. El divorcio no entraba en consideración.

–¿Aun en el caso de que el marido las maltratara?

–Bueno, Al no me maltrataba. No bebía. No era jugador. Era un buen hombre sin habilidad para los negocios.

–Pero ¿usted ni siquiera pensó en la posibilidad del divorcio?

–No como una opción viable –insistió Natalie–. Amaba a Carl. Si hubiera podido atrasar el reloj, habría elegido casarme con él. Pero no podía modificar la situación. Estaba casada con Alexander. Tenía que vivir con eso. Y de la mejor manera posible. Mírate a ti misma. ¿No has hecho lo mismo?

A Olivia la dejaron perpleja las palabras de Natalie.

–¿Yo?

–Tú estabas deseando que tu madre te quisiera, pero ella se marchó. Tú querías que el padre de Tess te amase, pero no fue así. Así que allí estabas, sin apoyo familiar, y de repente tuviste una criatura que dependía por completo de ti. No podías modificar la situación. No podías pedirle a tu madre que cuidara a la pequeña mientras tú caminabas por las paredes. No podías simplemente elegir a otro hombre para que pusiera pan en tu mesa y jugara a ser el padre de Tess. Así que empezaste a trabajar. Cuidaste tú misma a Tess. Yo respeto tu actitud.

–¿En serio? –preguntó Olivia con una sonrisa.

–Sí. Es uno de los motivos por los que te contraté. Tal vez no conociera tu vida en detalle, pero presentí que eras independiente.

La sonrisa de Olivia se esfumó.

–No siempre es agradable ser independiente. Tengo la sensación de haberme pasado toda la vida buscando a alguien en quien poder apoyarme.

–Pero aunque no lo hayas encontrado, no te has desmoronado.

–No. Tenía a Tess. Ella me necesitaba.

–Igual que yo tenía Asquonset. Asquonset también me necesitaba.

Creo que eso, más que ninguna otra cosa, fue lo que me mantuvo en marcha. Quería a mis hijos pero sabía que, a pesar mío, ellos crecerían. A pesar de lo que quieran sus padres, crecen y se convierten en adultos con ideas propias. Asquonset era otra cosa. No tenía cerebro, no podía funcionar por sí solo. Si no hacíamos nada se desmoronaría. Si queríamos que creciera, alguien debía hacerse cargo.

¿Quién podía hacerlo? Mi padre era frágil y estaba enfermo. Jeremiah estaba cuidando a Brida. Cuando se trataba de dinero, Alexander se paralizaba y Carl se negaba a ocupar su lugar.

Eso solo me dejaba a mí. Yo había trabajado en la granja durante la guerra y conocía todos sus aspectos. Así que tenía conocimientos y tenía resolución, y mi resolución no tenía mucho que ver con cosechar patatas o maíz. Quería llegar a tener un viñedo. Las uvas habían sido el motivo de mi boda con Alexander. ¿Qué mejor manera de justificar esa boda que tener un buen viñedo?

Pero no podíamos comprar nuevas cepas. No teníamos dinero.

Bueno, no teníamos la cantidad de dinero que nos habría gustado, pero algo teníamos. Las fábricas Seebring es-

taban silenciosas, pero eran estructuras sólidas que se alzaban en tierras sólidas y disponían de una importante mano de obra. Debía de haber alguien que tuviera interés en ellas.

Alexander no fue fácil de convencer. Esas plantas llevaban el nombre de Seebring. Hasta el día de hoy, creo que parte de su ser soñaba que, de alguna manera, llegaría el momento en que esas fábricas volverían a abrirse y que triunfarían. No me preguntes por qué creía que eso sucedería, pero considera que Alexander nunca fue un hombre de soluciones. Pero soñaba. Y tenía orgullo. Mientras fuera el propietario de esas fábricas, era propietario de algo.

Lo convencí de que ser propietario de Asquonset también era algo. Conjuré imágenes grandiosas de lo que podía llegar a ser el viñedo si poníamos en ello toda nuestra energía. Le expliqué que tendría que viajar a Europa con frecuencia para comprar cepas nuevas, lo mismo que hacía mi padre, solo que esta vez seríamos más prudentes en nuestra selección. Le presenté un diagrama de la granja con los lugares que me parecían más indicados para las uvas y le expliqué por qué.

¿Que cómo sabía todo eso? Mi padre tenía libros, cartas, tratados escritos a mano. Por desgracia, era un banquero. Era un matemático y manejaba bien los números, pero no sabía interpretar ese material con relación a nuestra tierra. Carl podía, y lo hizo. Me pasó el material y yo también lo comprendí. Era sensato que las uvas que prosperaban en Napa Valley no prosperarían aquí. Como tampoco prosperarían las que se cultivaban en las regiones más cálidas de Francia o Italia. Esos son climas mediterráneos. Son más estables, con veranos largos, calurosos y secos e inviernos frescos y lluviosos. Nuestro clima no es así. El nuestro es un clima continental como el de las regiones europeas de Borgoña, Champaña y del Rin, donde el aire es más fresco y la estación de crecimiento más corta. Era necesario que plantáramos vides que hubieran prosperado en esas regiones donde el clima era comparable al nuestro.

Le expliqué todo esto a Alexander, y él lo comprendió. Vio la posibilidad de cultivar uvas aquí con éxito. Y aún más importante, le gustó el papel que le dije que debía desempeñar él en el asunto.

Así que cedió. Nos reunimos con los banqueros locales y él expuso mis ideas sobre los edificios de las fábricas, las tierras y la mano de obra. Alexander los convenció de que esas dos fábricas valían mucho dinero para un empresario dispuesto a apostar por la prosperidad que llegaba con la paz. Habló con apasionamiento y fue persuasivo. Pero claro, ese era su fuerte. Además, era un buen jugador de póquer y sabía lo que era un farol.

Con la venta de esas fábricas obtuvimos un cinco por ciento más de lo que calculábamos... lo cual no era mucho, pero era un principio. Pedimos prestado al banco el resto de lo que nos hacía falta.

¿Nosotros? No. Alexander se encargó él solo de esa parte de la transacción. Él era hombre. Yo era mujer. Cuando de préstamos bancarios se trataba, el sexo establecía una diferencia.

¿Si me molestaba? No. Lo importante era conseguir el dinero. Yo no luchaba para inflar mi orgullo. Luchaba por Asquonset.

Además, era afortunada. Muchas mujeres que conocía estaban sin trabajo. Durante la guerra, cuando los hombres eran escasos y el trabajo abundante, habían pasado a formar parte de la mano de obra. Pero de repente los hombres estaban de vuelta y las mujeres se quedaron sin trabajo. Era una injusticia. Lo que yo experimenté era simplemente enfado. Hay una gran diferencia entre una cosa y la otra.

Además, Alexander tenía necesidad de sentirse importante. Dejó atrás el fracaso que significaba haber cerrado las fábricas y se lanzó al viñedo, como si lo anterior hubiera sido un acto deliberado para facilitar lo segundo. Sí, en él primaba el orgullo. Tenía un ego considerable.

Por favor, Olivia, escribe eso con cuidado. Puede tomarse como una crítica, y no es eso lo que siento. Susanne y Greg tenían en alta estima a su padre y él la merecía. Lo que Alexander hacía, lo hacía bien. Fue un poderoso instrumento de relaciones públicas para Asquonset. Yo jamás podría haber viajado como viajó él. No me interesaba. Me sentía más feliz cuando estaba en casa.

¿Por qué? ¿Preguntas si era porque aquí estaba Carl?

No. Por el viñedo. A medida que mis propios hijos crecían, las uvas fueron ocupando su lugar.

Pero volvamos a Alexander. No era el único que tenía ego. Muchos hombres necesitan que los adulen. La cuestión es que nosotras, las mujeres, lo sepamos y que lo usemos en nuestro propio beneficio.

Pareces consternada. ¿Por qué? ¿Te parece que eso es manipular?

No es manipular, Olivia. Es puro sentido común. Alexander era capaz para ciertas cosas. Quería creer que también lo era en otras. Si yo le permitía creerlo, se sentía mejor con respecto a sí mismo. Y cuando se sentía mejor con respecto a sí mismo, no solo hacía mejor lo que ya hacía bien, sino que resultaba más fácil vivir con él.

Así yo lograba que mi vida fuese más fácil. Es tan simple como eso. Una vez sus necesidades de vanidad estaban cubiertas, Alexander se sentía cómodo permitiendo que yo hiciera lo que quisiera. Y cuando yo hacía lo que quería, sentía que controlaba la situación. Nos apoyábamos el uno al otro.

–Pero parece un juego –comentó Olivia–. ¿Por qué es necesario hacerlo?

–No es necesario –contestó Natalie–. Pero si jugamos, tenemos posibilidades de ganar. Si nos negamos a jugar, no las tenemos.

–Entonces ¿el movimiento feminista fue una pérdida de tiempo?

–¡De ninguna manera! Enseñó a las mujeres a tener aspiraciones. Les abrió los ojos con respecto a sus posibilidades. Fracasó al no ser realista en las estrategias para lograr lo que querían. En un mundo ideal, las mujeres tienen iguales derechos que los hombres, pero nuestro mundo no es ideal. Ser realista significa trabajar el sistema. Significa comprender los métodos psicológicos involucrados y utilizarlos. Mira el caso de Simon.

Olivia le dirigió una sonrisa de perplejidad.

–¿Qué tiene que ver Simon con esto?

–Es una persona compleja. Las mujeres quieren que sea cálido y abierto, pero no lo es. Tiene motivos para ello. Si comprendemos los motivos, estamos en condiciones de hacer un rodeo y encontrar su calidez.

–Supongo que se refiere a su mujer y su hija.

–En parte. Cuando ellas murieron, Simon se quedó destrozado. No quiere volver a ser vulnerable ni a someterse a la posibilidad de volver a sufrir semejante dolor. De modo que ha levantado un muro.

Olivia conocía bien ese muro. Simon se lo había plantado frente a la nariz en el momento en que entró al viñedo.

–Esa es una parte. ¿Y la otra?

–Su infancia. La madre era una persona encantadora. Ana era una mujer del lugar, que no se casó joven, pero que sabía lo que quería. Quería un marido y un hijo. Sospecho que sabía lo que Carl sentía por mí, pero tuvo la inteligencia necesaria para casarse de todos modos con él. Dicho eso te aclaro que no estoy segura de que ella lo haya creído por completo. Siempre fue un poco introvertida y reservada.

–¿Así que usted cree que Simon tiene predisposición a ser introvertido?

–Es posible.

–¿Lo fue con Laura?

–Intuyo que sí. Ella era callada. No estaba en su naturaleza impulsarlo hacia el triunfo. –Miró a Olivia y sonrió un instante más de lo necesario. Olivia le devolvió la sonrisa.

–¿Y en la mía sí?

–Por supuesto que sí –respondió Natalie–. Vives impulsándome constantemente.

–No me refiero a eso. Si está jugando a la casamentera...

–No, no es eso. Solo estoy aclarando un concepto acerca de los hombres.

–Se suponía que estaba aclarando un concepto acerca de las mujeres.

–Bueno, es lo que estoy haciendo. El concepto es que a las mujeres nos puede ir mucho mejor con los hombres si comprendemos cómo son. A mí empezó a irme bien cuando comprendí que a Alexander le hacía falta que lo halagaran. A Simon no le hace falta que lo halaguen. Necesita que lo impulsen.

–Pero no seré yo quien lo haga –aseguró Olivia tomando el bolígrafo–. ¿Quiere que sigamos o preferiría que yo me dedicara a escribir?

21

Ya había transcurrido la mitad del verano. Esa noche Olivia no podía dejar de pensar en ello. ¿Cómo no pensarlo con el giro que acababan de tomar las preguntas de Tess? Habían estado leyendo *On the Banks of Plum Creek*, de Laura Ingalls Wilder, uno de los libros predilectos de Tess a la hora de dormir, pero la pequeña no podía dejar de pensar en los gatitos. En la mitad de un capítulo, levantó la vista, miró a Olivia y volvió a preguntarle si podían quedarse con uno. Olivia debió repetir su argumento acerca de los apartamentos y los gatos.

–Pero si nos mudamos –razonó Tess–, podríamos buscar un apartamento donde nos dejaran tener un gatito. ¿Cuándo sabremos si tendremos que mudarnos?

–Tan pronto sepa dónde trabajaré.

–¿Y eso cuándo será?

–Pronto.

–¿Y cuándo sabré a qué colegio iré?

Olivia lo ignoraba. Y de repente la preocupación la agobió. Como en Asquonset todavía les quedaba más tiempo del que llevaban allí, de alguna manera se sentía protegida. Creyó que se presentaría algo, que las cosas siempre se solucionaban, que al llegar el otoño ella tendría un empleo y Tess un colegio. Pero ya había pasado la mitad del verano y no tenía nada. Debía acelerar su trabajo. En caso contrario no lo terminaría a tiempo.

Con ese fin, a la mañana siguiente se levantó antes del amanecer y, cuidando de no despertar a nadie, subió al loft. A los pocos minutos navegaba por Internet. Esa vez no estaba dispuesta a poner todos los huevos en una canasta. Ni siquiera los pondría en una docena de canastas. Anotó los nombres y direcciones de todos los museos que encontró, luego hizo lo mismo con las galerías de arte. Insertó un disquete e imprimió copias de su currículo. Estaba por imprimir los sobres cuando se abrió la puerta. Aun antes de ver quién entraba, Olivia se alegró de haber tenido la prudencia de vestirse antes de subir al loft.

Era Simon.

–Sabía que eras tú –dijo ella en voz baja.

–No hay otro loco que se levante tan temprano. Vi la luz. ¿Qué estás haciendo? –Se acercó y fijó su mirada en el monitor.

Ella estuvo a punto de cubrirlo con las manos, pero se detuvo. No habría sido una actitud muy adulta.

–No lo leas –pidió–. No es más que un primer borrador. Hago faltas de ortografía y dependo del corrector ortográfico. Si llegas a leer eso, te preguntarás cómo diablos estoy escribiendo las memorias de Natalie, pero te aseguro que el resultado será bueno...

–Shh –murmuró él, apoyándole con suavidad una mano en el hombro.

Olivia no dijo una palabra más. Simon mantuvo la mano en su hombro aun después de haber terminado de leer y de haberse erguido.

–Necesito un empleo –explicó ella con suavidad. Mantenía la mirada fija en el monitor–. Natalie solo me contrató hasta el día del Trabajo.

–¿Lo que te ha encargado estará listo para esa fecha?

–Sí.

–¿Adónde quieres ir?

–A cualquier parte. Los mendigos no pueden elegir.

Simon movió la mano. ¿Fue una caricia o simplemente un gesto de consuelo?

–¿Por qué lo dices así? Eres una mujer capaz. Eres una artista.

–Los artistas tenemos la habilidad de poder vivir al borde de la inanición. Pero tengo que alimentar, vestir y educar a Tess. –Respiró hondo, sonrió y se levantó de la silla. Simon dejó caer la mano, con lo cual a ella le resultó más fácil seguir hablando–. Encontraré un empleo. Tal vez trate de hacer algo completamente distinto.

–¿Como qué?

–Como ser azafata de un hotel.

Simon la miró con incredulidad.

–¿Por qué no? Soy una persona sociable. Puedo encargarme de conseguir entradas para teatros y limusinas. Puedo aconsejar a los huéspedes qué espectáculos conviene ver y cuáles no valen la pena. Puedo recomendar restaurantes y reservarles mesa. –Sonrió y dejó volar su imaginación–. ¡Sería tan divertido conocer todos esos restaurantes para saber cuáles recomendar!

–Creo que todas las recomendaciones se compran y se venden.

–Bueno, ese es un punto de vista cínico. Yo enfocaría así ese trabajo y les haría conocer mi sistema a los dueños del hotel. En mi trabajo no admitiría sobornos. Diría siempre la verdad.

–¿Y si el gusto por los restaurantes de los huéspedes del hotel no coincide con el tuyo?

Olivia se encogió de hombros.

–Es lógico que eso suceda de vez en cuando. No es posible satisfacer a todo el mundo. Y Tess y yo podríamos vivir allí mismo, en el hotel. ¿Te lo imaginas? Tess podría ser otra Eloise. ¡Ah, cómo le gustaban esos cuentos! Después de leer *Eloise en París* se empeñó en que viajáramos a París. Pero creo que se conformaría con Nueva York. ¿No sería una maravilla que viviéramos en el Plaza...?

Simon la hizo callar con un beso, lo que no fue una completa sorpresa considerando los instantes que hacía que le miraba la boca, aunque no la preparó para ello. Lo que Olivia sintió fue cálido y expansivo, en algunos sentidos familiar, cosa que no debía ser después de un solo beso anterior.

A Olivia siempre le habían gustado las sensaciones cálidas y expansivas. Cálida y expansiva era la fotografía en color sepia de una tarta de manzanas recién salida del horno, sobre una fuente de loza que había visto generaciones de uso. Cálido y expansivo era un fuego alegre que secaba un par de mitones de lana con su nombre tejido en ellos, o una humeante taza de chocolate con crema. Cálido y expansivo era esa clase de beso que hacía que una deseara derretirse... ese beso en el que una se apoyaba y se enroscaba para estar más cerca, el que seguía y seguía sin perder ni una gota de su ardor. Era el tipo de beso al que una se aferraba, que no quería que terminara y que sobresaltaba al llegar a su fin porque una no lo comprendía en absoluto.

Simon parecía tan sobresaltado como ella, aunque eso no fuera la respuesta a ninguna pregunta.

–¿Qué estamos haciendo? –susurró ella.

–Me supera –contestó él, también en susurros.

La sostuvo cerca de sí con un brazo, mientras con el otro le acariciaba con suavidad el pelo, que le estaba creciendo.

–Hasta mayo pasado lo tenía largo, me llegaba a los hombros. Me daba buen aspecto, pero era demasiado caluroso. Una noche me impacienté y me lo corté todo. Soy así: impaciente e impulsiva. Tal vez eso sea lo que me pasa contigo.

Él le pasó el pulgar por la boca, de nuevo con lentitud, y ella no tuvo la sensación de que fuese algo impulsivo. Era excitante, profunda e increíblemente excitante, en todo sentido tan ardiente como el beso de Simon. Y entonces él, mirando su propia mano, la deslizó hacia abajo, hasta el pecho de Olivia, la giró y le pasó el dorso por el pecho.

Ella contuvo la respiración. Tomó la mano de Simon y la apretó con fuerza contra su pecho, cerró los ojos y apoyó la frente contra el pecho de él.

–¿Qué significa esto? –murmuró.

–¿Qué significa esto? –dijo una voz que pareció un eco, pero no era la de Simon.

Al levantar la vista Olivia vio que él miraba hacia la puerta. Lo imitó, temerosa de que Natalie los hubiera descubierto. Pero la que estaba allí no era Natalie. Era una mujer muy parecida: la misma estatura, el mismo tipo de cuerpo, la misma postura y la misma piel suave. Hasta el peinado era el mismo, aunque el pelo de esa mujer no era blanco sino castaño. Olivia tuvo la sensación de estar viendo a Natalie veinte años antes.

Susanne sonrió, divertida.

–¡Y yo que creí que mamá debía de estar levantada temprano, trabajando en su lista de invitados! Tienes las mejillas sonrosadas, Simon.

–Y tú –contestó Simon con aplomo y adelantándose como para escudar a Olivia–. No sabía que habías llegado.

–Mamá tampoco lo sabe. Llegué anoche, tarde. Subí al loft creyendo que la sorprendería. –Miró a Olivia, levantando las cejas en un gesto inquisitivo.

Olivia ya no estaba detrás de Simon. No quería que la escudaran. ¡Qué actitud tan desfasada y masculina! Pero en cambio lo imitó en lo que a aplomo se refería. Extendió una mano y se presentó.

–Yo soy Olivia.

–Supuse que eras Olivia –contestó Susanne. Su tono era seco, pero le estrechó la mano con calidez–. Tenías que ser Olivia o una doncella nueva, una nueva contable o una nueva obrera del viñedo. –Hizo una pausa–. ¿Ha habido más despidos voluntarios últimamente?

–Madalena y Joaquim –contestó Olivia y notó que la mirada de Susanne se fijaba en Simon.

Él volvió a colocarse delante de Olivia.

–Natalie ya ha contratado una sustituta.

–Una segunda sustituta –corrigió Olivia, volviendo a adelantarse para no quedar detrás de Simon–. Empieza la semana que viene. Esta parece prometedora. Trabajó en un restaurante de Pawtucket. Lo único que la anterior sabía preparar eran comidas rápidas, no era capaz de preparar una cena sustanciosa.

Pero Susanne no parecía oírla. Miraba a Simon, echando chispas por los ojos.

–¡Miserable! ¿Por eso me llamaste? Dijiste que Natalie necesitaba mi ayuda. ¡Lo que necesita es una cocinera!

–Tú eres la mejor –concedió Simon–, pero no te llamé por eso. Ya hay otra cocinera en camino.

–Lo creeré cuando la vea –murmuró Susanne. Metió las

manos en los bolsillos, lo mismo que Olivia le había visto hacer docenas de veces a Natalie, miró a Olivia y dijo–: Así que tú y Simon...

–No –contestó Olivia.

Él la secundó.

–No hay nada entre nosotros.

–Solo estaré aquí este verano.

–Yo no puedo implicarme en ninguna relación profunda.

–No es necesario que el sexo sea profundo –ironizó Susanne, pero ese comentario le sentó mal a Olivia.

–¡Por supuesto que es profundo! ¡Debe serlo!

Simon agregó:

–Lo que acabas de ver no era sexo. Era...

–... un abrazo –acotó Olivia–. Yo estaba alicaída porque todavía no tengo empleo para el otoño. Por eso estaba trabajando aquí arriba tan temprano. Simon solo trataba de que me sintiera mejor.

–Apuesto a que sí –dijo Susanne–. Quiero decir que este es un uso novedoso del loft, pero por lo que sé, tal vez haya sido un nido de amor durante años. Necesito una taza de café. –Salió y cerró la puerta tras de sí.

Cinco minutos después Olivia se encontró con Susanne en la cocina. Estaba preparando café.

–Lo siento –dijo–. No es justo que el día de su llegada se haya encontrado con una escena así en su propia casa.

Susanne abrió un armario que contenía elementos para hornear.

–Entonces ¿admites que hay algo entre vosotros?

–Sí –contestó Olivia, porque era absurdo que lo siguiera negando–, pero le aseguro que aún no comprendo qué es. Además, no quiero que vuelva a suceder. –Se tocó el mentón con una mano firme–. No se trata solo de Simon. Tengo muchos problemas. Lo de hoy ha sido una casualidad, y tampoco creo que su madre haya estado allí con Carl, por lo menos haciendo tonterías.

–Pero no estás segura, ¿verdad? –dijo Susanne mientras mantenía abierta la puerta del armario. Hizo una mueca–. ¡Haciendo tonterías! ¡Me parece una frase absurda para referirse a una mujer de la edad de mi madre!

–¡Oh, no! –exclamó Olivia, sonriendo–. No es una frase absurda. Yo espero llegar a su edad, igual que ella, pudiendo hacer toda clase de cosas. ¿Imagina la libertad que implica tener setenta y seis años? Reconozco que es necesario estar sana para poder disfrutar de muchas cosas. Pero aun si uno no lo es, la edad tiene muchas ventajas. No es necesario preocuparse por lo que piense la gente. Uno puede hacer lo que le venga en gana.

–¿Y eso te parece una ventaja? –replicó Susanne–. ¿Y las personas a quienes uno hiere? –Revolvió el contenido del armario, del que sacó harina, azúcar y una lata de maíz y cerró la puerta con más fuerza de la necesaria.

–Yo no me estaba refiriendo a Natalie –aclaró Olivia–. Me refería a la idea de... usar un pintalabios intenso cuando uno tiene ochenta y cinco años.

–¿Y crees que eso es distinto a cambiar de marido a los seis meses de enviudar? –preguntó Susanne, ahora examinando la nevera. Al ver que Olivia no encontraba respuesta, exclamó–: ¡Te he pillado! –Y extrajo leche y huevos de la nevera.

Olivia se apoyó contra el borde de uno de los taburetes de la cocina.

–Debe leer la historia de Natalie. Una vez lo haya hecho, seis meses no le parecerán tan poco tiempo. Si quiere le puedo pasar lo que he escrito hasta ahora.

Susanne sacó un bol del armario debajo de la encimera.

–Gracias, pero tengo muchas cosas que leer.

–Su biografía explica muchas cosas.

–Si mi madre quiere explicarme algo, puede hacerlo cara a cara.

–Le cuesta hablar de ciertos temas. Yo tuve que interrogarla y darle ánimo. –Olivia sonrió–. Le alegrará que usted esté aquí. ¿Su marido también ha venido?

–No. Está trabajando.

–¿Y sus hijos?

–No. –Empezó a mezclar ingredientes en un bol–. Están trabajando. Y por si no lo has adivinado, yo soy la única que no trabajo. Hoy en día, atender una casa no se considera un trabajo. –Siguió mezclando afanosa.

–Lo cual demuestra lo poco que saben –declaró Olivia–. Atender una casa es la profesión más antigua del mundo.

–Creí que era la prostitución.

–No; es ser ama de casa. Piénselo. Los hombres de las cavernas salían a cazar mientras sus mujeres se dedicaban a mantener limpia la cueva, cocinaban, criaban los hijos. Si no lo hubieran hecho, sus hombres habrían muerto de inanición. Me refiero a que no podían comer carne cruda, y si alguien no hubiera criado a los hijos no habrían tenido descendientes y eso hubiera significado el fin de la especie. ¿Esos hombres habrían podido tener hijos sin nosotras? No. Sus cuerpos son incompletos. En cambio nosotras podemos hacer cualquier cosa que queramos. Podemos limpiar, cocinar y criar hijos. Podemos confeccionar ropa y venderla, y negociar con esas ventas. Y, volviendo a mi analogía, también podemos cazar... Por supuesto que yo nunca he tenido que elegir entre cazar y morirme de hambre. Pero su madre lo hizo.

Susanne se detuvo en el momento en que estaba a punto de meter una taza en el frasco de la harina.

–¿Elegir entre cazar y morirse de hambre? ¿Mi madre?

–Bueno, no exactamente entre esas dos cosas, pero en su vida hay correlaciones. Yo tampoco lo creía. Llegué convencida de que en Asquonset todo había sido siempre elegante y lujoso, pero me equivocaba.

–Lo sé –dijo Susanne mientras proseguía con su trabajo–. El viñedo creció con lentitud, pero mientras tanto no creo que Natalie haya tenido que salir a cazar gansos para comer.

–¿Hay gansos aquí? –preguntó Olivia, pero antes de que Susanne pudiera responder apareció Natalie en la puerta.

–Te he oído –le dijo a su hija y cruzó la cocina con una sonrisa y los brazos abiertos. Solo esperó hasta que Susanne se secó las manos con un trapo, luego la abrazó–. ¡Me alegro tanto de verte! ¿Cuándo has llegado? Has conducido de noche, ¿verdad?

–Llegué a medianoche. La puerta de tu dormitorio estaba cerrada y no quise molestarte.

–Estaba durmiendo sola –aclaró Natalie socarrona, pero en su tono había cierto humor, y volvió a sonreír–. Veo que ya conoces a Olivia.

–¡Ah, sí! Estaba en tu despacho cuando esta mañana subí con idea de darte una sorpresa. Me siguió hasta aquí y me ha hecho hablar como nunca se debe hacer con una desconocida.

Olivia se sintió agradecida de que Susanne no hubiera mencionado la escena del escritorio. No quería tener que dar explicaciones.

–Olivia me está siendo de gran ayuda –contestó Natalie y se echó atrás para estudiar a su hija–. Estás hermosa, Susanne. Joven, joven, joven. Me encanta tu peinado. ¿Cómo están los chicos? ¿Melissa? ¿Brad?

Olivia solo se quedó un instante escuchándolas. No porque no quisiera oír, sino porque consideró que era una conversación privada entre madre e hija. Se alejó, maravillada de que todo pudiera parecer tan agradable entre dos mujeres entre las que había tantas desavenencias.

22

No podía dejar de pensar en Simon. Permaneció el resto del día en el fondo de la mente de Olivia, empujándola hacia un lado y otro. Era una lucha con sexo en un extremo y lógica en el otro. Y triunfó la lógica. A pesar de la atracción que sentía, no podía darse el lujo de que algo la alejara de sus metas. Y así se lo dijo a él a la mañana siguiente. Bajó en cuanto Simon apareció en el patio y, a pesar de que aún en ese momento sentía la atracción física que él le inspiraba, fue al grano casi antes de saludarlo. Él la escuchó sin pestañear y por toda respuesta preguntó con tranquilidad:

–¿Hacia dónde te diriges?

–No lo sé. Ese es el problema. Pero necesito la máxima libertad de movimientos, es decir no estar involucrada con nadie. Que significa solo pensar en Tess y pensar en mí misma. Estoy en una bifurcación de caminos en mi profesión y en mi vida. Es un momento crucial.

Caminaban por el sendero que separaba las uvas Cabernet Sauvignon de las Chenin Blanc. El sol comenzaba a salir en un día de verano sin nubes.

–¿Cuál es tu sueño? –preguntó él.

–¿Mi sueño? ¿Te refieres a mi trabajo ideal?

–Aparte de la posibilidad de vivir en el Plaza y de ser azafata del hotel –bromeó él.

Por un momento ella no contestó. No esperaba bromas de un hombre que había sido tan frío al principio. La trataba con una suavidad que, bueno... resultaba desarmante. Habría preferido mil veces que se mostrara tosco o vulgar. Eso habría facilitado su decisión.

–¿Mi sueño? –repitió, haciendo un esfuerzo por decidirse–. ¿En serio?

Simon asintió.

–Me gustaría que me concedieran una beca para hacer un trabajo fotográfico sobre la vejez.

Él esbozó un amago de sonrisa.

–¿Sobre la vejez?

Ella asintió.

–Nuestra sociedad sintoniza con la juventud y la belleza. Los mayores no pueden competir en ese sentido, pero tienen una enorme riqueza de experiencia para compartir. Si tienes la paciencia necesaria para leer entre líneas, está escrito en todos los detalles de sus rostros. Sus caras pueden llegar a ser las más expresivas. Yo podría captar eso. –Sonrió, llena de timidez por haber demostrado tanto entusiasmo–. No es más que un sueño.

Pero Simon no reía.

–Las vides también se parecen a eso. Cuanto más viejas son, más carácter tienen. Una vid debe crecer durante cuatro años antes de tener un rendimiento parejo; luego, igual que el vino, sus uvas son mejores a medida que pasan los años. Nosotros las sujetamos con fuerza durante la estación de crecimiento, así que uno no percibe su individualidad. Eso surge durante los meses de invierno. Cuando pierden las hojas, uno aprecia lo única que es cada planta.

Olivia quería que Simon siguiera hablando, aunque fuese para oír el sentimiento que había en su voz.

–¿Cuando las vides pierden las hojas el viñedo no parece estéril?

–No, porque no lo es. La época latente es muy importante. Es cuando las vides descansan del trabajo de una temporada y se preparan para la siguiente. Entonces las podamos y eso también es importantísimo. Si la poda no es la que corresponde, puede arruinar el rendimiento.

–¿Y lo haces todo tú mismo?

–Donna me ayuda. Antes también me ayudaba Paolo. En otoño contrataré a algún otro, pero tendré que dedicar la mayor parte del primer año a enseñarle a él. O a ella. –Le dirigió una mirada muy especial y sonrió.

–¿Qué? –preguntó Olivia, intrigada por la sonrisa.

–El sonido es sorprendente.

–¿Qué sonido?

–El del viñedo, en invierno. Hay crujidos en el viento. Hay chasquidos cuando cortamos una rama y un golpe y un eco cuando esta cae sobre la pila. El aire es frío, nuestro aliento, blanco. El sol es débil, pero bueno para las vides. –La suavidad que había en su sonrisa estaba también ahora en su mirada–. Entonces llegan los brotes. Es algo que uno espera, que se pregunta cuándo sucederá, y nos levantamos cada mañana y miramos fuera, listos para que suceda... –había suspense en su voz– y de repente allí están. Así, sin más. Puede suceder a la madrugada o a las diez de la mañana o a las dos de la tarde, y es el momento en que los brotes surgen de sus yemas y se los alcanza a ver. Es como una neblina verde, de un verde muy pálido que cubre la viña. Los brotes son pequeños y pálidos, frágiles. En ese momento, una helada puede matar la vendimia.

–¿Matar toda la vendimia? –preguntó Olivia.

–Conozco casos en que ha sucedido. Aquí nunca nos pasó. El mar modera el clima y con frecuencia es bastante cálido cuando surgen los brotes, es raro que en ese momento hiele. Un grado o dos de temperatura pueden establecer la diferencia. Pero nosotros somos cuidadosos cuando plantamos. Algunas variedades son más resistentes al frío que otras. Algunas crecen mejor en lo alto o en lo bajo de una colina, a otras les conviene estar orientadas hacia el este que hacia el sur, o hacia el sur en lugar del oeste.

–¿Y cómo sabes las que darán resultado aquí?

–Prueba y error.

–¡Dios Santo! Eso ha de ser caro.

–No necesariamente. Cuando quisimos producir uvas Chenin Blanc, plantamos algunas vides en distintos lugares. –Miró las hileras que había a su lado–. Fue aquí donde crecieron mejor, de modo que ordenamos más y plantamos un bloque. Este hace muchos años que está aquí.

–¿Tuvieron que suprimir otra especie para hacerles un lugar?

–No en este caso. Habíamos probado las Gewürzt aquí

y no dieron resultado, pero en cambio prosperaron allá, a un lado. Lo que es bueno para una vid no lo es necesariamente para otra. Y todavía queda el factor climático. Los patrones del clima cambian. Algo puede andar bien durante tres años y luego dar un resultado espantoso durante otros dos. Cuando una vid se marchita y muere, uno sabe que la ha plantado en el lugar o en el momento equivocado.

Siguieron caminando sin rumbo fijo. «El lugar equivocado en el momento equivocado.» Las palabras no se borraban de la mente de Olivia.

–Como nosotros –dijo Olivia en voz baja. Él se detuvo y asintió. –El lugar equivocado en el momento equivocado –reflexionó ella.

–Sí. –Simon miró colina abajo.

Al observarlo, a Olivia le pareció más buen mozo que nunca, con su pelo castaño recién lavado, su recio mentón recién afeitado, sus hombros anchos relajados, listo para trabajar.

–Tal vez dentro de cinco años –bromeó ella para distender la situación–, yo sea una renombrada azafata del Plaza y mi hija haya cautivado a los editores hasta el punto de que le supliquen que escriba sus experiencias. Ella puede llegar a ser la próxima Eloise. Está bien, en ese momento tendrá quince años, pero eso no importaría. Hay lectores para las aventuras y las angustias de los adolescentes. Ella podría escribir *El diario de Tessa Jones* y yo sería su asistente. Nos pagarían grandes anticipos que nos permitirían vivir durante años en la opulencia. Y entonces yo me jubilaría y nos mudaríamos a este lugar y yo ya no tendría que preocuparme por conseguir trabajo y un colegio para Tess.

Podría haber seguido con su visión si, con una risita, Simon no le hubiera rodeado los hombros, acercándola a su cuerpo y guiándola de regreso a la casa. Fue el gesto de un amigo, un gesto que no contenía ninguna amenaza, la clase de gesto que más podía enamorar a Olivia.

Olivia se duchó pensando en Romeo y Julieta y se vistió pensando en Antonio y Cleopatra. Pensaba en Scarlett y Rhett cuando desayunó las exquisiteces preparadas por Susanne, y se encaminó a las oficinas de Natalie pensando en Gwyneth y Brad. Ella y Simon no eran trágicos, pero esa mañana sentía cierta tristeza. No la ayudaba estar trabajando sola, ni que el trabajo en cuestión fuera restaurar algunas de las fotografías más nuevas de Natalie. Había colocado sus tintas y pinceles sobre el escritorio y era un trabajo que le encantaba, pero que no requería la misma concentración que escribir. Se distrajo muchas veces. La lucha entre lo que era y lo que podría haber sido era muy fuerte.

Natalie lo notó cuando se reunió con ella a mediodía.

–Pareces preocupada. ¿Te puedo ayudar en algo?

Olivia tapó los frascos de tinta y suspiró.

–No. Solo que me pregunto dónde estaré en otoño. El verano pasa con demasiada rapidez. –Mientras limpiaba los pinceles, cambió de tema–. Me alegra que Susanne esté aquí. Me parece encantadora. –De hecho si Susanne tenía ideas negativas acerca de Olivia y Simon, o de Olivia y Natalie, no permitía que se notaran. Se mostraba amistosa con Olivia cada vez que se encontraban–. Y es una cocinera maravillosa.

–Sin duda mucho mejor que yo –acotó Natalie–. Yo cocinaba mientras mis hijos fueron pequeños, pero la mía era una cocina funcional. Preparar la comida era solo una tarea más que tenía que cumplir en un día lleno de ocupaciones.

–Pero usted tenía una cocinera ¿no? –dijo Olivia, contenta de volver a la vida de Natalie.

–No mientras mis hijos eran pequeños. En esa época, era yo o nadie. Me temo que abrí más latas de las que debí haber abierto. Mis chicos crecieron a base de espaguetis. A los varones no les importaba con tal de que fueran abundantes, pero siempre sospeché que Susanne se prometió que alimentaría a sus hijos mejor que yo a los míos. Y lo hizo. Todavía lo hace. Para ella, cocinar es un arte. Para mí, una molestia. Contraté una cocinera antes de que pudiéramos permitírnoslo, porque estaba desesperada. Tenía demasiadas cosas que hacer.

Esos primeros años después de la guerra no fueron fáciles. Teníamos dinero de la venta de las fábricas y del préstamo del banco y decidimos cuáles eran las cepas que creíamos prosperarían aquí. Alexander hizo viajes a Europa para comprar. Estábamos experimentando. Estábamos viviendo a base de sueños de futura prosperidad, vendíamos maíz y patatas para pagar ropa, aceite y maquinarias. En algunos aspectos, nuestra existencia era tan magra como durante la Depresión.

La diferencia estaba en la actitud. Durante la Depresión, el estado de ánimo de la gente era sombrío. Durante la guerra, la fragilidad de la vida obligaba a contener el aliento. Luego, con la victoria fresca, reinaba el optimismo.

Yo lo vivía y lo respiraba. Debía hacerlo. En aquel momento era yo quien impulsaba la creación de un viñedo. Era mía la responsabilidad de que prosperara. Alexander estaba más que dispuesto a aceptar responsabilidades cuando una vid nueva fracasaba, pero éramos Carl y yo quienes sentíamos más profundamente cada fracaso. Alexander quería hacer famoso el nombre de Asquonset. Carl y yo sencillamente queríamos que las uvas crecieran.

–¿Alexander alguna vez se preguntó cuáles serían sus sentimientos por Carl? –inquirió Olivia.

–No.

–Entonces usted los ocultó bien.

–¿Ocultarlos? –repuso Natalie–. El motivo que nos mantenía en estrecho contacto era tan legítimo que Alexander lo aceptó sin vacilar. Además, no había nada que no debiera aceptar. A mediados de los cincuenta, Carl administraba la granja. Se encargaba de todo lo que Alexander no quería hacer. El hecho de que Carl estuviera aquí permitió que Alexander anduviera por Europa, que asistiera a degustaciones de vino en Nueva York, o que visitara a amigos en Newport. Alexander le tenía simpatía a Carl. Confiaba en él. No sospechaba nada. Yo no le daba motivos para que lo hiciera.

Allí estaba la gran pregunta.

–Ya –dijo Natalie–. Veo que hay algo que no te animas a preguntarme.

–No es eso...

–Pero te lo estás preguntando.

–Me estoy preguntando lo que sin duda se preguntarán sus hijos. –¿No lo había sugerido Susanne sin rodeos?

–La respuesta es no –afirmó Natalie, alzando el mentón–. Nunca traicioné a mi marido. Ni una sola vez. Tal vez haya pasado más tiempo con Carl que con Alexander, pero era por motivos de trabajo. Por así decirlo, Carl y yo teníamos el mismo proyecto. Mis hijos pueden culparme por eso, pero jamás quebranté mis votos matrimoniales.

–¿No sintió el impulso de quebrantarlos? –preguntó Olivia.

En ese momento pensaba en Simon, en esa química pura que había entre ellos y adivinaba que lo mismo debía haber sucedido entre Natalie y Carl.

Natalie lo meditó, frunció el entrecejo y meneó la cabeza. Por fin suspiró.

–No me permití sentirlo. Me habitué al hecho de tener a Carl como compañero de trabajo.

–Un casto matrimonio diurno.

–¡No! –replicó Natalie, pero hizo una pausa, pensando en lo que acababa de decir Olivia–. Bueno, supongo que sí. En realidad nunca lo pensé de esa manera. Pero por lo menos era mejor que nada. Y llegó a ser satisfactorio. –Sus miradas se encontraron–. Pero nunca quebranté mis votos matrimoniales –repitió–. Estaba decidida a que mi matrimonio fuera un éxito.

–¿Y lo fue?

–Sí, pero no resultó fácil. Durante la guerra Alexander había estado en su elemento. Sacaba el tema a colación cada vez que podía, y en ese momento hablaba de espionaje. Al principio supuse que era lo que más le había gustado: el secreto y la excitación. Pero viviendo con él comprendí que había más. Le gustaba la rigidez de los reglamentos. Le gustaba ser un oficial superior. –Le dirigió a Olivia una mirada de mujer a mujer.

–Entiendo. Él quería dirigir así también a su familia. ¿Y usted qué hizo?

–Le di el gusto. Mantenía la casa tan limpia como podía y ordenaba nuestras vidas con la mayor exactitud posible. Le servía el desayuno en el comedor con el diario junto a su taza. Durante las comidas, le servía el primer corte de carne y me aseguraba de que los chicos no molestasen mientras él dormía la siesta. Es algo que ellos recordarán. Se quejaban, como si la culpa fuese mía, cuando yo solo cumplía directrices. Permití que Alexander las diera, sabiendo que muy pronto estaría haciendo otra cosa y las olvidaría. Sí, era como un juego. Pero dio resultado. Él estaba satisfecho y yo podía trabajar con Carl para darle al viñedo un impulso de futuro. –Se echó atrás con una sonrisa–. Y como suele decirse, el resto es historia.

Olivia esperó en silencio, luego rió, sorprendida.

–Espero que no piense detenerse aquí.

La expresión de Natalie era serena.

–Bueno. Ya tienes los hechos básicos. Estaba enamorada de Carl, pero Alexander nunca lo supo. Siempre respeté las necesidades de mi marido. Murió creyendo que era el centro de mi vida. Si mis hijos se enteran de ello, tal vez, en la bondad de sus corazones, acepten que ahora me case con Carl.

–Pero no ha hablado sobre la década de los cincuenta –insistió Olivia.

–¿Qué quieres saber?

–Cómo creció el viñedo, conocer la participación que usted y Carl tuvieron en ello. Quiero que me hable de los años sesenta. Quiero saber cómo creció la Casa Grande y cuándo decidieron edificar la bodega. Quiero saber si alguna vez sus hijos participaron en el negocio y, si no fue así, por qué. Quiero saber lo que pensaron al ver que usted trabajaba en una época en que las mujeres no lo hacían, y qué sucedió entre usted y Brad.

Se detuvo. Natalie se apretaba los dedos contra los labios y su actitud era suplicante.

Con suavidad, Olivia agregó:

–Quiero saber por qué no lo ha invitado a la boda.

A Natalie se le humedecieron los ojos y Olivia estuvo a punto de cambiar de tema. Pero se trataba de algo importante.

–¿Qué sucedió? –insistió en un susurro.

Por algunos instantes, Natalie no se movió. La humedad de sus ojos no llegó a convertirse en lágrimas. Después inhaló, se enderezó y dejó caer la mano. Mientras se estudiaba un nudillo, dijo:

–Fue hace mucho tiempo.

Sonó el teléfono. Olivia lo ignoró.

–No está en ninguna fotografía. Creí que solo era porque no estaba aquí.

Natalie se puso de pie para mirar las fotografías en las que había estado trabajando Olivia. Cuando el teléfono volvió a sonar, pidió:

–¿Podrías atender, por favor?

Olivia lo hizo.

–¿Sí?

–Soy Anne Marie, Olivia. Acaba de volver a llamar ese tipo que te busca. Insiste en que tiene algo muy importante que decirte y se molestó mucho cuando me negué a darle tu número.

Olivia se pasó una mano por la frente. No podía creer que Ted siguiera insistiendo, cuando ella lo había rechazado con una franqueza rayana en la grosería. Pero ¿quién más podía ser?

–¿Estás segura de que se trata del mismo hombre?

–Sí. Le reconocí la voz.

–¿Amenazó con venir aquí?

–No, pero supongo que es solo cuestión de tiempo. No le costará conseguir la dirección. ¿Quieres que llame a la policía?

Ya una vez Olivia había amenazado con hacerlo y luego tuvo un terrible sentimiento de culpa. Y, lo mismo que entonces, no quería poner en peligro la carrera de Ted. Todavía no.

–Ted es un pelmazo –le dijo a Anne Marie–, pero no es peligroso. Si vuelve a llamar, corta la comunicación.

–¿Tu admirador secreto? –preguntó Natalie cuando ella colgó.

–Mi admirador anónimo. ¡Pobre Ted! Está tratando de llamarme desde el trabajo, sin duda sin apartar la vista de su reloj de pulsera. –Miró el reloj que había sobre el escritorio de Natalie–. ¡Oh, Dios! Es tarde. Debo llevar a Tess al Yacht Club. –Preocupada por haber perdido la noción del tiempo, se volvió para disculparse ante Natalie.

Pero Natalie le hizo un gesto indicando que no tenía importancia.

–De todos modos, hoy no tengo ganas de seguir hablando.

–Pero volveremos a este tema –advirtió Olivia yendo hacia la puerta.

Natalie no contestó y permaneció allí, de nuevo con aspecto suplicante, cosa que despertó aún más la curiosidad de Olivia. Si no fuese tan tarde, habría seguido hablando del tema. Pero Tess era su primera prioridad. Las madres responsables no permitían que sus hijos llegaran tarde a clase. Bajó corriendo por la escalera y salió de la casa, intrigada porque Tess no había ido a buscarla y convencida de que su hija la estaría esperando en el coche... a menos que la niña hubiera dejado pasar el tiempo deliberadamente. A Tess le gustaba navegar, pero no las clases de navegación.

No la encontró en los escalones de entrada. Tampoco en el coche. Ni en el jardín.

Buscó por el camino. Tampoco. Tess no estaba en el viñedo, aunque con las vides ahora tan altas, si anduviera por allí no le resultaría fácil verla. Pero Simon tampoco estaba allí, lo cual era un alivio.

–La ha llevado Susanne –le informó Jill, quien en ese momento salía al porche.

Olivia se le acercó.

–¿Susanne? ¡Dios mío! ¡Ella no tenía por qué hacerlo!

–Pues estaba encantada –dijo Jill, sentándose en un escalón–. De todos modos tenía que salir a comprar y llevar a Tess al club le recordó los viejos tiempos. Creo que Susanne está deseando ser abuela.

–Pero Tess debe de creer que me olvidé de ella.

Jill sonrió.

–Nosotras le echamos la culpa a Natalie. Le dijimos que ya que Natalie te retenía trabajando, llevarla era responsabilidad nuestra.

–Como si no tuvierais nada más que hacer –comentó Olivia sentándose junto a Jill–. Tú te pasas el día en la oficina.

–Por elección propia. Me mantiene ocupada.

Olivia tenía afinidad con Jill: ninguna de las dos se apellidaba Seebring, ambas tenían treinta y tantos años, y las dos enfrentaban problemas provocados por un hombre.

–¿Has hablado con Greg?

–Sí, hablamos, pero no hablamos, si sabes a lo que me refiero.

–Eso es propio de los Seebring. Yo estaba con Susanne cuando Natalie descubrió que había llegado. Se saludaron amistosamente. No hubo mención de ningún desacuerdo ni ofensa por parte de ninguna de las dos. –Con más suavidad, preguntó–: ¿Cómo te sientes?

–Mejor. Tengo mis malos momentos, pero aquí todo me tranquiliza.

–¿A pesar de trabajar en la oficina?

–Aun así. –Miraba las vides que flanqueaban el camino–. Siempre me ha encantado este lugar.

–¿Y a Greg no? ¿Ni siquiera un poquito?

Jill estaba pensativa.

–Sí, pero con una especie de mezcla de amor y odio. Él siempre sintió que aquí aumentaban las presiones.

–¿Qué clase de presiones?

–La necesidad de sobresalir. De destacar. Tú sabes que los padres suelen lograr que el hijo sienta eso.

–En realidad no lo sé –contestó Olivia–. Mi madre sabía que yo nunca sería brillante. No tuvo la menor esperanza de llegar a enorgullecerse de su hija. Así que desapareció de mi vida.

–Así pues, si hubieras sido brillante, ella se habría quedado a tu lado. Yo diría que esa es una enorme presión.

Olivia no lo había considerado desde ese punto de vista.

–Pero era distinto. Mi madre y yo no éramos nadie. Esta familia tiene un apellido importante. Y los apellidos importantes traen aparejadas grandes presiones.

–No estoy de acuerdo. Todos queremos gozar de la aprobación de nuestros padres. Grandes apellidos, apellidos normales, ningún apellido, no hay ninguna diferencia. Queremos darles el gusto a nuestros padres. En ese sentido, Greg no es el único. Él asegura que esas expectativas no le corresponden, sobre todo viniendo de Natalie, pero ¡diablos! no es el primer hijo que tiene que seguir los pasos de un hermano mayor.

–¿Brad?

–Exacto.

–¿Lo conociste?

–¿Yo? ¡Ni siquiera Greg lo conoció! Había dieciocho años de diferencia entre ellos. Brad se había ido antes de que Greg naciera. Y yo diría que eso empeoró la situación. Diría que Natalie quiso que Greg estuviera a la altura de un modelo que en realidad era una fantasía.

–¿Natalie? ¿Y Alexander?

Jill frunció el entrecejo.

–No –contestó–. Fue Natalie. –Levantó la vista al oír que se acercaba un coche–. Aquí está Susanne.

Olivia no pudo por menos que notar que Susanne iba al volante del vehículo del viñedo, distinguido por el logo más que por la BMW. «Esto indica algo», pensó.

Se levantó y estaba junto a la puerta cuando Susanne la abrió.

–Lo siento, Susanne. Perdí la noción del tiempo. Gracias por haber llevado a Tess al club.

Susanne le quitó importancia con un gesto de la mano.

–De todos modos me dirigía hacia allí. –Rodeó el vehículo y abrió el maletero. Estaba lleno de provisiones.

–¿A Tess le molestó que yo no hubiera llegado a tiempo? –preguntó Olivia levantando una bolsa. Susanne tomó otra bolsa.

–No, más bien diría que le molestó que no la dejara ir de compras conmigo. Deduzco que la clase de navegación no le gusta demasiado.

–Le encanta navegar. Lo que pasa es que no se siente cómoda con el resto de los chicos.

Jill se acercó para coger una bolsa, pero Susanne le dio una palmada en el brazo.

–¡Deja eso! –ordenó en voz baja, dirigiéndole una mirada insegura a Olivia.

–Ella lo sabe –dijo Jill, mientras sopesaba las bolsas hasta que encontró una liviana–. Me ha jurado que no lo dirá. Estábamos hablando de Brad.

–¡Oh! San Brad. –Con una mano le pasó una segunda bolsa a Olivia y ella tomó otra–. No llegó a caminar sobre las aguas, pero estuvo cerca.

Olivia miró alternativamente a una y otra.

–No está aquí, pero está siempre presente.

–Siempre lo ha estado –aseguró Susanne mientras encabezaba el grupo hacia la casa–. Por supuesto que no ha sido tan grave para mí como para Greg. Yo era la mujer. Nadie esperaba que fuera como Brad... ni que él se me pareciera. Él nunca tuvo que lavar platos, ni hacer camas, ni planchar camisas. ¡Oh, Dios! ¡Cómo discutimos por eso! Mamá siempre lo mantenía un poco apartado... lo consideraba superior. ¡Me resultaba odioso!

–Pero le pusiste su nombre a tu hijo, Susanne –le recordó Olivia mientras subían los escalones.

–Era lo que correspondía que hiciera... Ya sabes, el primer varón que nace en cada una de tres generaciones. Pero puedes estar segura de que mi Brad sabe lavar platos. Y también sabe cocinar. Si hubo algo que supe enseñarle, fue eso. –Mientras cruzaban el porche, miró a Olivia–. Jill jura que no puede comer bocado, de manera que tú eliges. ¿Qué quieres que prepare para la comida? ¿Carne, puré de patatas y ensalada, o salmón grillé con arroz y verduras?

Olivia sonrió.

–Salmón grillé –decidió, sintiéndose una hermana más y encantada de que fuese así.

El salmón estaba maravillosamente preparado, hermosamente presentado con una guarnición de arroz salteado rodeado de verduras en juliana. Susanne lo acompañó con un Chardonnay de la serie White Riverside. De postre tomaron mousse de chocolate.

Olivia insistió en que ella y Tess lavarían los platos en agradecimiento por haber llevado esa tarde a la pequeña a su clase. Pero en cuanto la encimera quedó limpia y las luces de la cocina se apagaron, Olivia corrió al loft, tomó una carpeta con las páginas que había escrito hasta la fecha y volvió a bajar. Susanne estaba planificando las comidas del día siguiente.

Olivia colocó a su lado la carpeta.

–Esto es lo que llevo escrito sobre la historia de tu madre. Es probable que deba corregirla más, pero es legible. Si quieres, échale una mirada.

Se alejó antes de que Susanne le dijera que lo haría, pero cuando más tarde volvió a la cocina en busca de un vaso de leche para Tess, tanto Susanne como la carpeta habían desaparecido.

23

El clima mejoró. Con la llegada de agosto, el sol brillaba con más intensidad, moderando el aire de mar y caldeando los días. Las vides crecieron en altura y adquirieron un verde más brillante y el pelo de Olivia ya estaba bastante largo como para que el viento se lo desordenara en lugar de enredárselo.

–Sol y calor –dijo con cierta timidez cuando una mañana Simon hizo un comentario sobre su pelo–. Es bueno para las uvas y para la cabeza.

–Y tú lo sabes bien –respondió él.

Si era así debía agradecérselo a él. Natalie sabía mucho sobre el tema, pero estaba muy ocupada tratando de arreglárselas con poco personal y la proximidad de la boda. Y en los momentos en que Olivia podría haber hablado sobre uvas con Carl, él siempre estaba practicando con Tess en la cancha de tenis. Parecía gustarle tanto como a la pequeña, sobre todo ahora que ella adelantaba en el juego. En la actualidad acertaba más pelotas que las que erraba y de vez en cuando obligaba a Carl a correr para devolverle un lanzamiento. Las clases duraban más de una hora y muchas veces las retomaban cuando Tess volvía del Yacht Club y hasta después de la cena. Los días todavía eran bastante largos y lo permitían.

Y ese día, aun desde el amanecer, prometía ser abrasador. «¿Y por qué –se preguntó Olivia– estoy aquí fuera con Simon a esta hora del día cuando me siento más vulnerable? Porque ahora somos amigos», decidió, y al pensarlo se sintió segura. Tenían temas de conversación, su búsqueda de trabajo, los problemas de lectura de Tess o los gatitos de *Buck*. Aunque el tema favorito de ambos era siempre las uvas. Lo cual no quería decir que la atracción hubiera desaparecido por completo. Con el regreso del sol, la piel de Simon estaba tan bronceada como en junio. Se le pelaba la nariz, se le pelaban los hombros... todo lo cual resultaba atractivo y muy viril. Tenía las gafas encima de la cabeza, estaba listo para trabajar, pero en ese momento sus ojos eran de un azul tan profundo como el cielo. ¡Ah, sí! La atracción seguía allí, y a veces tan fuerte que Olivia debía cerrar los ojos y pensar en otra cosa. Pero Simon cooperaba: no le miraba la boca ni los pechos. La miraba a los ojos o clavaba la vista en el suelo.

–Agosto y septiembre son grandes épocas de crecimiento –dijo en ese momento mientras caminaban entre hileras de vides–. Si tenemos sol y calor podremos compensar toda la lluvia y el frío que tuvimos en junio y julio.

–¿Quiere decir que esas lluvias no afectarán al vino? –preguntó Olivia, alentándolo a proseguir.

Le gustaba mirarlo mientras hablaba de su trabajo porque era evidente que disfrutaba haciéndolo. Su rostro adquiría una expresión suave, sus ojos azul oscuro se llenaban de calidez.

–Todo afecta al vino. Por eso cada cosecha es distinta. Pero la lluvia no será negativa, siempre que ahora tengamos sol. Si las uvas solo maduran a medias, es otra cosa.

–Entonces ¿qué hacéis?

–Hacemos vino rosado. O zumo de uvas.

–¿Y si no vuelve a llover ni una gota desde ahora hasta la vendimia?

–¿Ni una gota en dos meses? Sería un problema. Si la tierra se reseca, las hojas cierran sus poros para conservar el agua que tienen. Pero si queremos que se produzca la fotosíntesis, el dióxido de carbono debe entrar por esos poros. Y sin fotosíntesis, las hojas no producirán azúcar para pasársela a la fruta. –Se detuvo y apartó con suavidad un grupo de hojas–. ¿Ves ese poste?

Olivia lo veía, pero solo porque él acababa de señalarlo. Apenas tenía un metro de alto, era angosto y estaba tan cerca del que sostenía el enrejado que resultaba casi invisible.

–Eso es irrigación gota a gota –explicó él–. Se surte de agua fresca del río. Si llegara a haber sequía, podemos regar la tierra de una manera que no moje las uvas. No hemos tenido que usar a menudo ese sistema, pero considerando el mercado que hemos creado, conviene prevenir.

–¿Y el calor intenso? ¿Puede arruinar una vendimia?

–Podría. Hemos plantado vides que prosperan en el clima fresco que tenemos aquí, frente a la costa. El exceso de calor por lo general significa que las uvas maduran más pronto y que hay que cosecharlas antes. Es algo de lo que yo puedo ocuparme.

–¿Y hay algo de lo que no puedas ocuparte? –preguntó Olivia, dudando que fuera mucho.

–Los huracanes –contestó él sin vacilar–. Se rumorea que esta será una mala temporada.

–¿Aquí?

En los siete años que Olivia llevaba en Cambridge solo había visto vientos fuertes. Por supuesto que Rhode Island se encontraba en la costa. Sin embargo, Nueva Inglaterra era Nueva Inglaterra.

–En el Caribe ya hubo dos.

–Pero por lo general en esta zona no tenéis problemas, ¿verdad?

–Sí que los tenemos.

–¿Cómo protegéis las vides de un huracán?

–Lo único que podemos hacer es tratar de que sean plantas sanas, lo cual significa que uno hace lo que normalmente se hace en agosto. Se las sujeta, se quita el exceso de hojas, se controlan las pestes. A partir de este momento debo ser muy cuidadoso con las fumigaciones. Algunas no están permitidas en un período previo a la vendimia. Y si tenemos que adelantar la vendimia y la fumigación está prohibida sesenta y seis días antes, quiere decir que estamos hablando de este momento.

Olivia pensó en la vendimia y por un instante lamentó saber que no estaría allí para presenciarla, para participar en ella.

–¿Cómo sabéis cuándo hay que cosechar las uvas?

–Por el sabor y la acidez. Hay una máquina que registra el contenido de azúcar y de ácido. Cosechamos cuando las uvas tienen el equilibrio óptimo. Si sucede en un grupo de vides antes que en los otros, empezamos a cosechar las que están maduras.

–¿Usáis una máquina?

–Si queremos adelantarnos a una helada temprana, tal vez, pero yo prefiero que se haga a mano. Para eso contratamos mano de obra extra. Y este año más que nunca, porque tengo dos ayudantes menos. –La miró mientras seguían caminando–. Y hablando de eso, ¿qué tal es la nueva cocinera?

–¿Susanne? –preguntó Olivia en broma.

–No; me refiero a la de verdad.

–¡Ah! Fiona. –Olivia tardó en encontrar las palabras adecuadas–. Es joven... y se esfuerza por cumplir. Se enorgullece de saber cocinar y no le gusta tener a Susanne en la cocina, pero Susanne es mejor cocinera que ella. Le está tratando de enseñar, pero Fiona se resiste. La verdad, no creo que dure mucho en Asquonset.

–¿Y Susanne? –preguntó Simon con cautela.

–Bueno, por lo menos no habla de irse. Creo que se está divirtiendo. Aunque nunca lo admitirá.

–Ya falta menos de un mes para la boda. ¿Alguna noticia de Greg?

–Anoche hablé con él –dijo Jill cuando Susanne se lo preguntó. Acababan de desayunar y estaban sentadas en el patio–. Está en Dallas con un cliente.

Susanne echó atrás la cabeza.

–¿Piensa venir?

Ya no se trataba de intentar que él compartiera la culpa. Ella ya no se sentía culpable. Estaba allí, ocupada y, a decir verdad, se estaba divirtiendo. Llenaba sus días haciendo lo que más le gustaba y, por una vez, contaba con un público que apreciaba su cocina. Pero Jill no estaba tan contenta como ella.

–Todavía no.

–Pero ¿vendrá a la boda?

–Él dice que no –contestó Jill–. Creo que está equivocado, pero si me animo a sugerirlo, se pone a la defensiva. Y tú, ¿qué piensas hacer?

Hacía menos de una hora que Mark le había hecho la misma pregunta.

–Si lo que me preguntas es si me siento mejor con respecto a la boda ahora que he visto juntos a mamá y a Carl, la respuesta es no. Hacen una buena pareja y están enamorados... es evidente. Pero eso también convierte en una burla la relación de mamá con mi padre. No; solo me quedaré aquí hasta solucionar el problema de la cocinera.

Jill se inclinó hacia delante.

–No creo que Fiona sea la solución.

Susanne lo sabía.

–Pero tal vez el problema de Fiona sea yo. Quizá resulte buena cuando yo me vaya y ella se quede a cargo de todo.

–Tal vez en ese momento ella esté más contenta... pero ¿y nosotros? ¿De dónde saca Fiona algunas de las combinaciones que hace? ¿Cordero bañado en cardamomo? ¿Camarones sobre un lecho de higos asados? ¿Helado de kiwi con trozos de cacahuete? Me refiero a que la innovación es una cosa, pero si se lleva demasiado lejos resulta incomible. Creo que deberías quedarte un poco más, Susanne.

Una pequeña parte de Susanne estaba dispuesta a hacerlo. Cuando sus hijos eran pequeños, pasaban casi todos los veranos en Asquonset. A ellos les encantaba el aire libre, el calor, la brisa del mar. Les encantaba jugar con su abuelo.

Jugar con su abuelo. No con su abuela, pensó Susanne. Alexander era quien los llevaba en volandas y jugaba con ellos a la pelota. De acuerdo que lo hacía cuando sus compromisos se lo permitían y siempre era severo si los juegos se le escapaban de las manos, pero era él quien los llevaba al Yacht Club y les compraba caramelos en Pindman's. Los chicos habrían seguido veraneando allí si Susanne no se hubiera negado. Pero ella allí no podía relajarse, porque su modelo de madre, Natalie, jamás se relajaba. Si no se dedicaba a la jardinería, Natalie estaba arreglando roperos con Marie, o revolviendo el cobertizo, o reuniéndose con su contable, o invitando amigos a almorzar. Era como si siempre tuviera algo que hacer que la alejara de Susanne y los chicos. Por eso Susanne allí se sentía superflua.

Era evidente que algunas cosas nunca cambiaban. Desde su llegada, Natalie no había pasado con ella más de veinte minutos seguidos. Por supuesto que no se trataba exactamente de que se encontrara con amigos para almorzar en el club ni que estuviera planeando reuniones para antes del casamiento. Cuando no se encerraba en el loft estaba fuera, muchas veces hablando por el teléfono móvil. Era lógico, debía contratar gente para que limpiara las alfombras o podara los rododendros. Pero Susanne era su hija y estaba allí por ella. Si Natalie no le dedicaba tiempo, ¿qué incentivo tenía para quedarse?

–Me quedaré solo hasta que Fiona se adapte –decidió–. Mamá no puede hacer nada con ella. Está demasiado ocupada.

–Está presionada por el diseño de la nueva etiqueta. Es una decisión de marketing muy importante. Natalie está muy involucrada en eso, Susanne.

Susanne bufó.

–No cabe duda de que le gusta creer que lo está.

–Lo está –insistió Jill–. Yo me paso el día entero en la oficina. Ella es quien se encarga del marketing, y no solo desde la muerte de Alexander. Siempre ha estado involucrada. ¿Has leído algo de lo que escribió Olivia?

Susanne cerró los ojos y alzó la cara hacia el sol.

–No.

–Deberías. Es muy ilustrativo.

–Es su versión de las cosas. Mi padre no está aquí para darnos la suya.

Le encantó que Jill no supiera qué contestarle... pero su alegría fue breve. Cuando Jill por fin le respondió, su voz sonó más razonable de lo que a Susanne le habría gustado.

–No se trata de una competición, Susanne. Nadie está

tomando partido. Natalie no denigra a Alexander. Simplemente cuenta la parte que tuvo en el crecimiento de Asquonset. ¿Por qué crees que siempre supimos tanto sobre Alexander y tan poco sobre Natalie? Pues porque él hablaba y ella no. Ahora se está abriendo. Creo que deberías leer su historia, Susanne.

Empezamos despacio. Allí donde estuviera, Alexander creaba un viñedo en la imaginación de la gente que lo escuchaba, pero aquí, en casa, lo que hacíamos eran más bien experimentos y elevar oraciones.

La imagen era importante. Era la opinión de Alexander y yo estaba de acuerdo. A principios de los cincuenta agregamos el primer piso a la Casa Grande, tal vez antes de poder permitírnoslo con comodidad, pero con dos chicos muy movidos necesitábamos espacio y debo admitir que la obra embelleció la casa. Incorporamos fotografías de la casa a nuestros folletos de publicidad y ventas. Una vez más, significaba cultivar la imagen del éxito antes de que lo tuviéramos, pero no le hacíamos mal a nadie. No se trataba de que no estuviéramos en camino. Teníamos uvas para vender.

Las primeras vides que prendieron definitivamente fueron las Chardonnay. Plantamos media hectárea, luego una más, después dos en años sucesivos. No pensábamos producir el vino nosotros mismos. Ni siquera creíamos que esa sería nuestra fuente de ingresos. Nuestra meta consistía en agregar más hectáreas al viñedo mientras encontrábamos otras variedades que pudieran prosperar. Para lograrlo, vendimos zumo de nuestras uvas a viñedos europeos.

¿Por qué te sorprende? Los viñedos europeos también tienen años buenos y años malos. Hoy en día todos tenemos ases en la manga para minimizar los años malos, pero en los cincuenta los métodos eran menos refinados. En un mal año, un viñedo europeo podía mezclar el zumo de sus uvas con el de las nuestras y producir un vino muy respetable. Si el producto de nuestro trabajo iba a parar al menos fino de sus vinos no tenía importancia. Nos pagaban lo que

les vendíamos. Eso significaba que teníamos dinero para comprar más vides.

Nos manteníamos con el maíz y las patatas.

Pero tienes razón, eso no era suficiente. Sobre todo cuando se trataba de mantener a una familia que crecía. Ni para pagar los viajes de Alexander, la maquinaria, los fertilizantes, fungicidas y pesticidas.

¿Cómo nos las arreglábamos? Perdí muchas noches de sueño antes de encontrar una respuesta, y después, cuando actué, perdí muchas noches de sueño preocupada por la posibilidad del fracaso. Por suerte eso no sucedió. Había llegado el momento de poner en práctica la idea de los suburbios.

Permíteme retroceder un poco. En el pueblo había un tipo que creció aquí y que era amigo de mi hermano y de Carl. Nos visitó cuando Brad murió y luego él también partió para la guerra, pero lo hirieron y al año estaba de vuelta. Había perdido un ojo y aunque juraba que todavía estaba en condiciones de seguir combatiendo, le dieron de baja. Solíamos encontrarnos en Pindman's. Yo compartía con él mis sueños de llegar a tener un viñedo y él los suyos de crear una urbanización.

Henry Selig siempre pensaba en grande y había quienes se reían de él. Yo nunca lo hice, para que él no se burlara de mi sueño.

Cuando terminó la guerra, le perdí la pista. Yo estaba muy ocupada tratando de ordenar mi vida y él se mudó a Nueva York. Sin embargo, volvió y de repente su sueño era muy sensato. Había una miríada de soldados que acababan de volver de la guerra, muchos de ellos con títulos universitarios, con esposas, familias crecientes y empleos con buenos sueldos. Esos hombres querían comprar casas en lugares donde los chicos pudieran jugar al aire libre y donde sus esposas pudieran plantar flores.

Henry sabía edificar casas. Sabía planear una urbanización que incluyera cientos de ellas, y sabía lo que quería hacer. Había pueblos pequeños a poca distancia de Providence y grandes extensiones de tierra que él estaba en condiciones de comprar. En otros estados brotaban las urbanizaciones. Él no veía motivo para que no brotaran también en Rhode Island.

Lo único que necesitaba era el dinero para comprar las tierras y financiar la compra de materiales de construcción.

Yo tenía dinero. No era mucho, sería solo una entre muchos inversores, pero había separado una suma del préstamo que nos otorgó el banco. En su momento no sabía por qué lo hacía. En aras de la seguridad, supongo. Había vivido la Depresión. Me gustaba saber que tenía algo ahorrado, solo por si acaso.

No, Alexander no sabía que lo tenía.

¿Por qué no? ¡Dios mío! ¿Cómo explicarlo? Tal vez yo sintiera que me correspondía algo después de haber sido tan defraudada. Tal vez me preocupara la posibilidad de que él lo gastara o lo perdiera. Sí, supongo que se trataba de un asunto de falta de confianza. Necesitaba saber que tenía algo propio.

No le dije nada a Alexander de la propuesta de negocios de Henry Selig. Y tampoco se lo comenté a Carl. Yo estaba trabajando tanto como cualquier hombre en Asquonset, decidida a convertir el viñedo en un éxito. Desde mi punto de vista, ese dinero me pertenecía.

Fue una sabia inversión. En el término de un año se completó la construcción del primer grupo de casas y se vendió hasta la última de ellas. Yo recibí cinco veces más de lo que había invertido. Así que deposité en el banco la cantidad original y algo más y volví a invertir en la fase siguiente del proyecto de Henry. Fue aún más exitosa. De nuevo, agregué parte de la ganancia a mi cuenta y reinvertí el resto. Henry nunca me falló. Pasó de edificar casas a edificar edificios de oficinas y luego galerías. Hasta el día de hoy sigo recibiendo intereses de algunas de esas inversiones.

Estuve asustada durante la primera fase. La lógica me indicaba que sería un éxito, pero en caso contrario mis ahorros habrían desaparecido. Una vez comprobamos el éxito de las inversiones inmobiliarias, ya no hubo más miedo.

Bueno, en un momento lo hubo. Durante el tiempo en que vivió en Nueva York, Henry se relacionó con el mundo del teatro: autores, directores, actores y actrices. Henry ya estaba en Rhode Island, con parte de mi dinero en la mano, cuando Joe McCarthy y su comisión comenzaron a cuestionar a los integrantes del mundo del espectáculo acusándolos de comunistas. Entre ellos salió a relucir el nombre de Henry. Se dijo que sería llamado a declarar. En realidad, nunca llegaron a citarlo. Supongo que pensaron que aun en caso de que tuviera amigos izquierdistas, él mismo era un capitalista tan evidente que su sola presencia significaría una burla para la caza de brujas que estaban llevando a cabo. Pero fueron unos meses de nerviosismo. Condenaban a la gente por simples rumores. Señalaron a Henry porque era amigo de otros que habían sido señalados y yo, a mi vez, era amiga de Henry.

Pero, como dicen, todo está bien si termina bien... McCarthy terminó siendo censurado, Henry terminó siendo rico y yo obtuve el dinero que marcaría una enorme diferencia en nuestro estilo de vida, mientras esperábamos que nuestras vides se convirtieran en oro. Volvimos a ampliar la Casa Grande, y esa vez también la decoramos. Contratamos una cocinera y comenzamos a recibir amigos. Contratamos un peón, aramos nuevos terrenos y plantamos tres veces más vides que las proyectadas. Compramos maquinaria moderna y agrandamos el cobertizo. Comenzamos a embotellar vino.

No digo que no hubiéramos podido hacerlo sin mis inversiones inmobiliarias, pero creo que habría sido más duro y, sin duda, habríamos tardado más. Mis ganancias establecieron la diferencia. Fueron el pequeño empuje que nos hacía falta. Me alegra haber podido hacer eso por Asquonset.

Natalie se echó atrás. Parecía perpleja.

–Es extraño, hace mucho que no pensaba en eso. Nunca fue algo en que me haya explayado. No lo hablé con Alexander, ni siquiera muchos años después.

–¿Debido al ego de Alexander? –preguntó Olivia.

–Porque era irrelevante. Pude haber invertido diez veces el dinero que invertí en el viñedo, pero si no hubiera sido por las horas en que nos matamos a plantar y cuidar esas vides, a investigar nuevos métodos de enrejados y a ensayar nuevos pesticidas, no nos habría quedado más que un puñado de maleza. –Hizo una pausa.

El silencio formaba parte de la rutina de ambas. Olivia había aprendido a utilizar esas pausas para aclarar sus pensamientos. En ese momento, al hacerlo, sintió que le faltaba algo. Repasó sus notas pero no logró saber lo que era. Así que dijo:

–Descríbame un día cualquiera.

Natalie sonrió.

–El día cualquiera no existe cuando uno está criando chicos y cultivando uvas, cuando uno anda tanteando el camino, tratando de crear una empresa sin siquiera saber cómo hacerlo.

–Pero quien lo logró no fue Alexander, sino usted.

Natalie permaneció un instante pensativa.

–Supongo que si hubiera que ponerle etiquetas a las cosas, se podría decir que yo era la persona que tomaba las decisiones y Carl las ponía en práctica. Alexander era nuestra imagen. Viajaba. Hacía publicidad boca a boca. Cuando llegamos a embotellar suficiente vino como para comenzar a vender, él sabía exactamente a quién recurrir. En ese sentido Alexander era una maravilla. No administraba bien el dinero, ni era hábil cuando se trataba de arar y podar, pero era nuestra carta de presentación.

–¿Tenía buena relación con los chicos? –preguntó Olivia, y de repente se dio cuenta de que eso era lo que faltaba. La historia de Natalie carecía de ese elemento personal.

–Era maravilloso con los chicos –contestó, pero su sonrisa se borró con rapidez–. ¡Ah! Al principio fue difícil. Ya te lo dije. Cuando volvió de la guerra era un desconocido para los chicos y ellos para él. Después de un año o dos, cuando los chicos crecieron y se familiarizaron con él, eso cambió. Supongo que Alexander descubrió que no eran distintos a los adultos. Si jugaba con ellos, los chicos lo querían. Él exigía que en la casa se siguieran determinadas reglas, pero era yo quien las hacía cumplir. Yo era la malvada, él el bueno. Posiblemente haya ayudado que él viajara tanto, porque siempre era una novedad que estuviera en casa. Nunca volvía de un viaje sin un juguete o un recuerdo para los chicos. –Suspiró y volvió a sonreír–. Los chicos lo adoraban, cosa que lo hacía muy feliz, y cuando Alexander era feliz, mi vida era más fácil.

–¿Fue una vida dura?

–¿En un sentido físico?

–En lo que se refiere a vivir en una pequeña granja en la costa.

–En los cincuenta empezó a resultarme más fácil. De repente teníamos lavadoras y secadoras, lavaplatos, aspiradora, calefacción central y termostatos. Teníamos dos coches y tres televisores. No era una mala vida.

–¿Y usted era feliz?

–Muy feliz.

–¿Realmente feliz?

–Sí –contestó Natalie tras reflexionar–. Supongo que te estarás preguntando qué sentía por Carl en ese momento.

–Por Carl, Alexander y los chicos. Usted me está dando información con respecto al crecimiento del viñedo. Yo quiero enterarme del aspecto emocional del asunto.

Natalie se quedó pensativa.

–Lo del viñedo me fascinaba. Siempre fue una fuente de alegría para mí. Hasta el día de hoy, el solo hecho de caminar entre las vides me levanta el ánimo.

–¿Con Carl?

–Con o sin él –contestó, pero aclaró–: Con él es mejor. Ama este lugar tanto como yo. Invirtió aquí mucho trabajo y está orgulloso de su obra.

–Y usted lo ama.

–Sí.

–¿Y Alexander? ¿Cómo fue su matrimonio con él?

Natalie lo pensó y comenzó a hablar con lentitud.

–Una dura tarea. Al y yo teníamos puntos de vista muy distintos. Yo cedía casi todo el tiempo. En ocasiones, me molestaba. De alguna manera, él me frustró. Yo hubiera querido que fuera... que fuera...

–¿Más parecido a Carl?

El suspiro de Natalie fue una confirmación.

–No lo era, por supuesto. Nunca habría podido serlo. Y si de repente hubiera sido así, me habría confundido muchísimo. Yo había estructurado nuestra vida de manera que se pudieran compaginar sus necesidades y las mías. –Hizo una pausa, frunció el entrecejo y apretó los labios–. Había momentos de tensión, pero siempre pasaban. En general tuvimos un buen matrimonio. –Dirigió a Olivia una mirada sincera–. Yo era feliz, Olivia. Alexander no era Carl, pero Carl estaba dentro de mi vida. Tenía lo mejor de ambos mundos. Sí, yo cumplía con mi deber cuando se trataba de hacer lo que a Alexander le gustaba, pero también disfrutaba de muchas de ellas. Me gustaba ir a fiestas. Me gustaba salir a comer. Me gustaba viajar a Nueva York para ir al teatro. No pretendo hacerme pasar por una mártir.

–¿Y fue feliz como madre? –preguntó Olivia. Pensó que Natalie nunca lo había mencionado.

Por lo visto, ella tampoco lo sabía. Se estudió la falda durante un largo momento antes de levantar la vista. Su mirada estaba llena de consternación.

–Quiero a mis hijos. Sufro cuando ellos sufren. –Le temblaba la voz. Respiró hondo para recuperar la compostura–. Pero con los años nos fuimos distanciando.

–¿Por qué?

Natalie volvió a clavar la mirada en el regazo. Alzó las cejas.

–Posiblemente porque yo estaba ocupada en muchas cosas. Durante los años cincuenta y sesenta nuestra vida social fue muy activa. Nos hicimos socios de Yacht Club y empezamos a ofrecer fiestas. Yo participaba activamente en grupos comunitarios. Todo eso exigía tiempo, además del que le dedicaba al viñedo. A medida que los chicos crecían, era cada vez menos necesario cuidarlos, de manera que centré mi atención en otras cosas.

–Pero usted estaba aquí con ellos todas las mañanas y todas las noches –argumentó Olivia. Ella habría dado cualquier cosa con tal que su madre hubiera hecho lo mismo–. Estaba físicamente presente.

Pero Natalie no permitió que la disculpara con tanta facilidad.

–Estaba físicamente presente, pero mentalmente lejos. Creo que a los chicos no les brindé ni el tiempo ni la atención que necesitaban. Y creo que hasta el día de hoy es algo que les duele.

En eso Olivia coincidía con ella. Susanne hasta había llegado a hablar de favoritismo hacia uno de los hijos en perjuicio de los demás.

–¿Y qué me dice de Brad?

Natalie cambió de postura en el sillón de paja. Cuando terminó de acomodarse daba la impresión de que se había preparado para enfrentar la pregunta.

–Brad era mi hijo mayor.

–Lo sé.

–Fue el primer varón.

–Sí.

–Greg nació dieciocho años después. Entonces nuestra vida era muy distinta. Vivíamos en la prosperidad.

–¿Greg fue una sorpresa?

–No; queríamos otro hijo.

Pero hubo algo en su manera de decirlo, una pequeña vacilación. Como si ella también lo hubiera percibido, agregó con rapidez:

–Yo quiero a Greg. Lo quise desde el instante en que nació. He seguido su carrera de una manera que él ni siquiera sospecha.

Olivia trató de leer entre líneas.

–Pero ¿le resultó conflictivo tener un tercer hijo?

Natalie dudó un minuto en contestar.

–Ya tenía treinta y seis años. Mis días estaban repletos de actividades.

–Entonces ¿por qué?

–Alexander y yo vivíamos uno de esos períodos de tensión que ya te mencioné.

–¿Es decir que tuvo un hijo para salvar el matrimonio?

Natalie pareció volver a la vida.

–Lo sé, lo sé muy bien. La gente de tu edad cree que ese es el peor motivo para tener un hijo, pero no es así, Olivia. No es así. Alexander quería otro hijo. Decía que se había perdido los primeros años de los otros. Se sintió muy feliz cuando quedé embarazada y eso me hizo feliz también a mí. Y como resultado, además tuve a Greg.

Greg, quien nunca llegó a conocer a su hermano mayor. Olivia preguntó en voz baja:

–¿Qué le sucedió a Brad?

Natalie permaneció inmóvil, hasta que movió la boca y apretó los labios. Levantó la vista para mirar a Olivia. La tristeza de sus ojos era sobrecogedora.

Brad nació durante los primeros y sombríos días después de que los hombres partieron para la guerra. Considerando las circunstancias, las salas de maternidad estaban sorprendentemente llenas. Éramos muchas las que nos encontrábamos en la misma situación, jóvenes y un poco asustadas, que dábamos a luz a nuestros bebés sin la presencia de los padres. Éramos una especie de club estudiantil femenino. En realidad, seguimos en contacto durante muchos años.

Mi parto duró casi un día entero antes de que Brad naciera, pero a partir de ese momento mi hijo fue un encanto. Era silencioso y dulce. A partir del mes, sonrió. Y eran sonrisas, verdaderas sonrisas. Muy reales. Juro que el bebé sabía cuánto las necesitaba yo durante esos días de tanta preocupación y miedo.

Fue siempre así, como si Brad viviera pendiente de mis estados de ánimo y mis necesidades. Cuando me sentía sola, se abrazaba a mí. Cuando me sentía triste, me sonreía con la boca llena de cereales. ¿Cómo no reír con él? ¿Cómo no pensar que, sin lugar a dudas, había algo bueno en el mundo? Esa criatura era un regalo. No sabes cuántos domingos me sentaba en la iglesia y agradecía haberlo tenido.

Susanne nació dos años después. Fue un parto más fácil y yo ya conocía la rutina de cuidar un bebé, así que fue como si ella simplemente encajara dentro de la familia. Y Brad se portó bien. No hubo ataques de celos ni rabietas para llamar la atención. Por supuesto que a él nunca le faltó la parte que le correspondía de mi atención.

Sin duda Susanne dirá que le presté demasiada atención a Brad. Tal vez tenga razón, tal vez a ella la descuidé un poco. No me exigía nada. Hacía lo que tenía que hacer sin problemas: comía, dormía, crecía. Yo siempre consideré que se me parecía. Supuse que al crecer llegaría a hacer las mismas cosas que yo.

Brad era otra cosa. Era varón. Tenía ante sí un mundo de oportunidades. Yo quería que tuviera abiertas todas las opciones... y él prometía conseguirlo todo. A los cuatro años ya sabía leer y sobresalía en el colegio, pero sabía manejar la situación. Poseía una innata modestia y un enorme tacto que lo convertían en un chico popular. Era el capitán de todos los equipos del colegio. Tenía amigos, amigos y más amigos. Era bondadoso. Los demás chicos se le acercaban y lo seguían.

Aquí debo aclarar algo. Tal vez yo haya demostrado preferencia por Brad, y Susanne tal vez se sintió un poco dejada de lado. Pero una vez que el desconocimiento entre ella y su padre desapareció, se convirtió en la niña de los ojos de Alexander. Mi marido era más estricto con Brad de lo que nunca fue con ella. Si Brad estuviera hoy aquí, confirmaría lo que te estoy diciendo.

Pero no está aquí y tú quieres saber por qué.

Dame un minuto. Perder un hijo ha de ser lo más doloroso que una madre pueda vivir. Es un tema del que siempre me resulta difícil hablar.

Brad era la imagen de la salud. Nunca tuvo un cólico. Ni siquiera se resfriaba. A los nueve o los diez años era fuerte y fornido, alto y confiado para su edad. Apenas un mes después de cumplir los once, tuvo fiebre. El miedo fue instantáneo. A nuestro alrededor, la polio había alcanzado proporciones de epidemia. Enviamos a Susanne a casa de amigos que no tenían hijos. Rogamos habernos equivocado.

La fiebre continuó durante días antes de que se presentara otro síntoma, y entonces fue terrible porque lo supimos. Nuestro muchacho tan saludable, nuestro muchacho fuerte no podía alzar la cabeza de la almohada ni levantar las piernas. Era un caso típico. Yo estaba a su lado durante todas las horas del día colocándole toallas tibias sobre las piernas en las que tenía contracciones musculares, pero no fue suficiente. Cuando empezó a tener problemas para respirar, lo internamos en un hospital.

Jamás olvidaré lo que fue ver a mi hijo en un respirador artificial. Nunca olvidaré lo indefensa que me sentía cuando él me miraba, suplicándome en silencio que lo curara. Brad sabía lo que tenía. Sabía lo que podía suceder. Era suficientemente mayor para saberlo.

¿Recuerdas ese horrible accidente de aviación que sucedió hace poco, el del avión que cayó en picado sin motivo aparente? Toda esa gente murió después de vivir una espiral de la muerte durante la que debieron de darse cuenta de lo que sucedía. Piensa en lo que deben de haber sufrido las familias.

Yo viví eso con Brad. Se fue debilitando más y más. Luchaba por respirar y abrir los ojos. Hasta el final supo lo que le sucedía. Su cuerpo cedió antes que su mente. Fue la peor experiencia de mi vida.

Natalie se interrumpió. Durante unos minutos siguió sentada, mientras el dolor se le reflejaba en la cara. Después, sin más, se puso de pie y salió de la oficina.

Olivia permaneció largo rato inmóvil, y cuando por fin reaccionó no fue para escribir lo que acababa de oír. Depositó el papel y el lápiz sobre el escritorio y salió en busca de Tess.

24

Natalie había perdido a Brad, lo mismo que Simon perdió a Liana, un hecho mucho más trágico porque se trataba de criaturas. Nadie escapa a la muerte. Pero un niño... un niño es todo inocencia y esperanza.

Olivia sintió el impulso de abrazar a Tess, pero su hija estaba navegando... aun así su necesidad la llevó a considerar la posibilidad de ir en coche al Yacht Club y esperarla en el muelle. Y tal vez lo habría hecho si en ese momento Susanne no hubiera abierto la puerta mosquitera para gritar:

–¡Teléfono para ti, Olivia!

Olivia dio un respingo y pensó que se trataba de un accidente de navegación. Corrió hacia la casa y al subir los escalones de piedra su gesto debía de ser de terror porque Susanne le dijo:

–Es solo Anne Marie.

«¿Solo Anne Marie?» Olivia volvió a pensar en Ted, y no fue un pensamiento tranquilizador. Si él insistía en llamarla, tal vez ella tuviera que tomar medidas. Inquieta, cogió el teléfono del vestíbulo.

–¿Qué sucede?

–Aquí hay un hombre que quiere verte.

Olivia dejó caer la cabeza. Cerró los ojos y se apretó la sien con una mano.

–¿Un metro setenta, delgado, pelo corto y negro?

–No –contestó Anne Marie en un susurro–. Más de uno ochenta, corpulento y más de sesenta años. Es el que te ha estado llamando. Le he reconocido la voz.

Olivia se irguió. Si no era Ted, ¿sería un amigo de este?

–¿Cómo se llama?

–No me lo ha dicho.

–Bueno, me niego a hablar con él a menos que diga su nombre.

Anne Marie se dirigió al hombre que al parecer estaba a su lado. Mientras ellos mantenían un diálogo inaudible, Olivia alzó las cejas con expresión de perplejidad mientras miraba a Susanne. Ambas levantaron la vista cuando Natalie bajó la escalera, pero Olivia apenas había alcanzado a notar su palidez cuando Anne Marie volvió a hablar.

–Dice que no lo conoces, pero que tiene algo para ti de tu madre.

El corazón de Olivia comenzó a palpitar.

–Pregúntale de dónde viene. –Mientras se mordía la mejilla miró nerviosa a Susanne y Natalie, que parecían percibir la importancia de esa llamada.

–Viene de Chicago –informó Anne Marie–. Se llama Thomas Hope.

–Voy para allá –dijo Olivia con voz temblorosa y colgó–. Conoce a mi madre –les dijo al salir a Natalie y Susanne, pero cuando llegó al coche, ellas también subieron en él.

Olivia iba a protestar, pero se dio cuenta de que le haría bien que la acompañasen. Ella conocía algunos de los secretos más íntimos de los Seebring. Correspondía que ellas participaran en ese aspecto íntimo de su propia vida. Además era un consuelo tenerlas a su lado.

Ella sabía protegerse, pero la emocionaba que esas mujeres la quisieran tanto como para acompañarla.

Ninguna de ellas habló durante el corto trayecto hasta el camino principal y luego hacia el este, rumbo a las oficinas. A Olivia le temblaban las manos. Aferró el volante con fuerza y pensó en qué podía haberle enviado su madre.

Cuando llegó al aparcamiento y vio un autómovil con matrícula de Illinois, no vio dentro a ninguna mujer.

Estacionó y se encaminó a la oficina. Thomas Hope estaba en la pequeña recepción, con Anne Marie. En cuanto oyó entrar a Olivia, el desconocido se volvió hacia la puerta. Era alto, pero no resultaba amenazador. Parecía más fastidiado que enojado, no obstante aun ese fastidio desapareció en cuanto la miró.

–Yo soy Olivia –se presentó ella.

–Ya –contestó él en voz baja–. Te pareces a ella, y eres tozuda como ella. Me has arrastrado hasta aquí por no haber querido atender mis llamadas. Le prometí a ella que te entregaría esto. –Le tendió un sobre grueso.

Olivia lo miró. Un sobre como ese podía contener el valor de una semana de vacaciones. Tal vez Carol quisiera encontrarse con ellas en algún lugar hermoso como San Francisco, o divertido como Disneyworld. Un sobre como ese podía contener varios capítulos de unas memorias como las que ella estaba escribiendo para Natalie. Carol tal vez quisiera decirle cosas que ella podría haber leído semanas antes, de no haber estado tan segura de que quien la llamaba era Ted. Un sobre así podía contener un frondoso árbol genealógico. Podía contener nombres.

Atemorizada, incapaz de extender una mano para tomarlo, Olivia se abrazó el cuerpo con los brazos.

–¿Por qué no me lo trajo ella misma?

–Murió hace dos meses. Tardé bastante en conseguir tu número...

A Olivia se le paró el corazón.

–¿Murió?

–Tenía un problema biliar. Yo llamaba a dos apartamentos distintos de Cambridge y en uno no sabían dónde estabas y en el otro no me lo querían decir.

–¿Ha muerto? –preguntó Olivia, incrédula aún frente al hombre que debía de haber viajado por lo menos dos días para darle la noticia.

Thomas Hope le acercó el sobre.

–Aquí tienes la necrológica, junto con su talonario de cheques y todo lo demás. Tengo algunas cosas en el coche.

Al ver que ella no iba a coger el sobre, lo depositó sobre el escritorio de Anne Marie. Luego salió por la puerta justo en el momento en que entraba Simon.

–¿Quién es ese hombre? –preguntó él, mirando hacia atrás. Y de repente Olivia también quiso saberlo.

Salió corriendo rumbo al aparcamiento. Thomas Hope estaba abriendo el maletero de su coche.

–¿Cómo conoció a mi madre? –preguntó Olivia, sin importarle que el tono de su pregunta encerrara una acusación.

–Vivíamos juntos.

–¿Estaban casados?

Él levantó una caja pequeña.

–No, no estaba casado con Carol.

–¿Usted estaba casado?

–Mi mujer se niega a darme el divorcio –contestó él mientras apoyaba la caja pequeña sobre otra más grande y levantaba las dos–. Carol lo sabía. Nunca le mentí. ¿Dónde quieres que deje estas cajas?

–Problema biliar. ¿Qué problemas tenía en el hígado?

–Los que uno tiene cuando bebe demasiado. Supongo que sabías que ella bebía, ¿no?

–No, no lo sabía. ¿Mi madre recibió las cartas que le mandé?

–Todo lo que puede haber recibido está en estas cajas. ¿Dónde quieres que las ponga?

–Démelas a mí –terció Simon.

–¿Por qué no me contestaba? –preguntó Olivia.

Thomas Hope cogió otra caja.

–Posiblemente porque cuando estaba sobria consideraba que no tenía derecho a hacerlo.

¿Que no tenía derecho? ¿Cómo que no tenía derecho? Una madre siempre tiene derecho.

–¿Sabía que tenía una nieta?

–Sí, lo sabía.

Olivia estaba estupefacta.

–¿Cómo es posible que lo supiera y no quisiera conocerla?

Simon tomó la segunda caja y desapareció.

Hope cerró el maletero.

–Eso es todo. Antes de morir Carol hizo limpieza y tiró todo lo que no fuera importante. En esas cajas hay algunas fotografías y libros. Cuando estaba sobria, tejía. Así que también hay algunas cosas tejidas por ella. Creo que quería que tú las tuvieras. –Sacó del bolsillo las llaves del coche–.

No hizo testamento. Tendrás que aceptar mi palabra de que esto es todo lo que tenía.

Subió al coche y puso en marcha el motor.

«¡Espere! –tuvo ganas de gritar Olivia mientras permanecía como paralizada–. ¿Cómo era mi madre? ¿Qué hacía? ¿Trabajaba? ¿Alguna vez hablaba de mí? ¿Usted la quería?» Pero no le salían las palabras. Como petrificada, lo observó dar marcha atrás y luego alejarse. Aturdida, miró a Simon, quien estaba de pie a su lado.

–Tal vez sea una trampa –dijo–. Tal vez mamá quiera hacerme reaccionar.

Natalie se le acercó con el sobre en la mano.

–Dijo que dentro estaba la necrológica.

Olivia vaciló, pero por fin abrió el sobre. El primero de los papeles era un recorte de diario, una breve necrológica.

Olivia volvió a leerla. De repente se sintió vacía y perdida.

Natalie le apoyó una mano en el brazo en un gesto de consuelo.

–¿Podemos hacer algo para ayudarte? –preguntó Susanne.

Olivia trató de pensar en algo, pero no tenía que encargarse de ningún funeral. Ni siquiera tenía que hacer una llamada telefónica. Lo único que debía hacer era decírselo a Tess. La niña no conocía a su abuela. Carol nunca había sido parte de sus vidas. Olivia sólo la había mencionado pocas veces y siempre de pasada. Nunca alentó las esperanzas de Tess y nunca compartió con ella el sueño de que un día se reconciliarían, que llegarían a ser tres generaciones de una familia, unidas y felices.

Pero ese sueño ya era imposible. A medida que la realidad cobraba cuerpo, Olivia sintió necesidad de hacer algo... cualquier cosa. Frenética, miró a Simon y luego a Susanne y Natalie.

–Creo... que necesito correr. –Se dirigió al coche.

Cuando subió, Simon se inclinó junto a la ventanilla.

–¿Estás bien? –preguntó, con tanta suavidad que a ella se le llenaron los ojos de lágrimas.

Se obligó a sonreír.

–Sí, descuida. –Puso en marcha el motor y esperó a que él se apartara para poner marcha atrás y salir de allí.

Minutos después estaba en la casa. Subió por las escaleras e instantes después volvió a bajar vistiendo camiseta, shorts y zapatillas. Llegó al camino de entrada y empezó a correr.

El aire era cálido; el sol de la tarde, fuerte. El pavimento irradiaba calor que se convertía en oleadas cuando pasaba algún coche. Poco después a Olivia comenzaron a dolerle los pulmones, luego las piernas, pero no le importó. Consideraba que era más lógico que estuviera dolorida que entumecida y volvió a apurar el paso. Sudaba y se secaba con el dorso de la mano las gotas que le corrían por la nariz.

Sus zapatillas golpeaban rítmicamente el pavimento. Pasó junto al sendero de Simon y siguió corriendo, un kilómetro, luego otro y otro más. Al llegar al sendero de la derecha que conducía a la playa lo tomó, para correr un kilómetro más. Allí, sobre el suelo de tierra, el batir de sus zapatillas era más apagado. Y se fue apagando cada vez más a medida que se aproximaba al mar hasta quedar por fin ahogado por el sonido de las olas cuando abandonó el sendero para acercarse a la playa.

Corrió de una roca a la otra hasta llegar a una grieta demasiado ancha para cruzar, de manera que se detuvo. Vio varios veleros. Se preguntó si Tess estaría en alguno de ellos... esperaba que así fuera, que su hija permaneciera a bordo un rato porque ella no estaba preparada para hablar, para explicar, para enfrentar sus emociones. Las olas rompían con estruendo contra las rocas y la espuma le salpicaba la cara.

Jadeando, se dejó caer sobre una roca. Cuando los jadeos se convirtieron en sollozos, apoyó la cara contra sus rodillas. No recordaba la última vez que había llorado. Le resultaba extraño hacerlo... o tal vez lo extraño fuera lo profundo de su llanto. Esos sollozos nacían en el fondo de su corazón. Eran hondos y dolorosos y reflejaban un sentimiento que no debería tener, pero que tenía.

–Olivia.

Se volvió para apartarse de la voz de Simon, pero no podía dejar de llorar. Le parecía imposible contener la angustia que sentía.

Simon se sentó junto a ella mirando hacia el lado opuesto, le pasó un brazo por los hombros y la acercó a sí. Y Olivia lloró contra el brazo de él, todavía sacudida por sollozos desgarradores.

Poco a poco fueron cesando, sobre todo debido a la extenuación, pero el dolor seguía. En ese momento Olivia no podía controlarse, estaba al borde del derrumbe emocional. Su respiración era irregular. Estaba física y emocionalmente extenuada e infinitamente agradecida de poder apoyarse en Simon.

–¡Dios, qué rápido corres! –dijo él, y en otras circunstancias, ella habría reído.

Simon tenía el brazo mojado, Olivia no sabía si por el sudor o por sus lágrimas.

–No se suponía que ella debía morir hasta que... hubiéramos podido hablar.

Simon le acarició la cabeza, moviendo los dedos sobre su pelo.

–Quería que Tess la conociera y la quisiera. Yo misma quería quererla... quería que me viera como una adulta y que también me quisiera.

–Lo sé.

–Tal vez ella haya tenido... una faceta distinta... No sabía que bebía.

–Ya ha terminado, Olivia. No puedes seguir torturándote.

Pero ella siguió torturándose.

–¡Qué relación familiar tan desperdiciada! –exclamó casi con tanto enojo como dolor.

Simon siguió acariciándola con suavidad. Olivia se volvió para mirarlo. Ella necesitaba ese apoyo. Le amortiguaba el dolor.

–Podría haberme querido.
–No se trata de eso –explicó Simon.
–¿Cómo lo sabes?
–Ninguna madre puede no querer a su hija. A veces simplemente no quiere quererla.
–Pero ¿por qué no?
–A veces tiene sus propios problemas.
–El problema de mamá era yo. Llegué al mundo en el momento equivocado y cometí todos los errores imaginables.
–No se trataba de ti.
–¿Cómo lo sabes?
Él la apartó para mirarla y concedió con suavidad:
–No lo sé. No conocí a tu madre. Lo que sí sé es que las madres están hechas para amar a sus hijos. Mírate a ti con Tess. La quieres, aunque no siempre sea perfecta ni fácil, pero por nada del mundo la cambiarías. Así es el amor de madre. Tu madre te quería. Si no pudo demostrártelo, el problema debe de haberlo tenido consigo misma, no contigo.
Olivia quería creerle. Los ojos de Simon eran idénticos al azul del cielo al alba. ¡Tenía tanta necesidad de creerle!
–Quizá si hubiera podido verme ahora... si hubiera comprobado la clase de madre que soy... la clase de trabajo que hago y la clase de gente para quien trabajo... tal vez ahora me habría querido.
Pero Carol Jones había muerto. Por una vez Olivia no podía simular. Ahora las fantasías no podían ayudarla. Ninguna historia la ayudaría a engañarse y a no asumir la realidad.
El dolor le llegó de la mente al corazón. Una vez más sintió el impulso de abrazar a Tess.
–Tengo que volver –susurró. Se apartó de Simon y se pasó las manos por la cara para borrar las huellas de sus lágrimas.
Cuando se puso de pie le temblaban las piernas, pero Simon estaba a su lado y, al igual que le había sucedido esa tarde cuando Natalie y Susanne subieron con ella al coche, eso le resultó reconfortante.

Esa noche, ella y Tess abrieron las cajas. Encontraron fotografías de Carol con Olivia y de Olivia sola. Encontraron los trabajos escolares de Olivia, los mejores, decidió esta. Encontraron una pulsera de hospital tan pequeña que costaba imaginar que alguna vez hubiera podido rodear el tobillo de Olivia y también encontraron el yeso que rodeó el brazo de Olivia cuando se lo rompió a los siete años.

Había un ramito de flores secas sobre el que Olivia lloró. Lo había llevado prendido a su vestido del baile de graduación, un vestido que Carol no la ayudó a comprar ni la vio lucir, aunque eso fue algo que Olivia no le contó a Tess.

–Es increíble que lo haya guardado –exclamó la niña, sorprendida–. ¡Me parece tan dulce que lo haya hecho!

Olivia pensó en lo que le había dicho Simon, que Carol sin duda quería estar junto a su hija pero que debía de tener problemas que se lo impedían. Tal vez fuera cierto. Si Carol no había podido asistir a su propia fiesta de graduación porque estaba embarazada de Olivia, era probable que le produjera demasiado dolor asistir a la de su hija. De ser así, el hecho de haber rescatado el ramito de Olivia del cubo de la basura para conservarlo durante tantos años era, como decía Tess, muy dulce.

¿Qué tenía de malo imaginar eso? ¿Qué tenía de malo permitir que Tess lo creyera?

Olivia abrazó a su hija.

–Sí, fue muy dulce. ¡Muy dulce!

–No llores, mamá. ¡Te lo pido por favor! Me duele que estés triste.

–¡Es una suerte tan grande tenerte a ti!

–¡Ay! Me estás apretando demasiado.

–Lo siento –dijo Olivia aflojando los brazos.

–¿Qué más tenemos?

Había un par de chales tejidos, uno gris y otro azul. A Olivia se le puso la carne de gallina al sacarlos de la caja, porque se preguntó cómo habría sabido su madre los colores preferidos de ambas. Buscó una nota en el fondo de la caja, pero no la había.

Encontraron una bolsa con cremallera llena de alhajas, ninguna de las cuales era valiosa, aunque a Tess todas le parecieron adorables. Se puso en la muñeca un pequeño reloj de pulsera.

Encontraron un diario también con cremallera y una vez más Tess fue todo ojos.

–¡Ábrelo, mamá!

Pero Olivia no estaba dispuesta a hacerlo delante de su hija. Temerosa de lo que hubiera podido escribir Carol, lo sujetó debajo de un muslo. Sin embargo, instantes después pudo más su curiosidad y volvió a sacarlo. El cierre cedió con facilidad. Olivia abrió el libro por una página en blanco. Pasó a la siguiente, también en blanco, lo mismo que la tercera. Pasó las páginas con rapidez, buscando alguna escrita.

–¿Nada? –preguntó Tess consternada.

Olivia volvió a recorrer las páginas con rapidez y se detuvo de nuevo en la primera. Allí las palabras «Carol Jones» habían sido escritas con esmero, pero eran las únicas que había en todo el libro.

–¿Para qué tenía un diario si nunca escribió nada en él? –preguntó Tess.

Olivia lo pensó. Era una crueldad que Carol les hubiera ofrecido una esperanza para arrebatársela al instante siguiente. Se negaba a creer que su madre hubiera sido una mujer cruel.

En su mente resonaron las palabras de Simon. «Tu madre te quería. Si no pudo demostrártelo, el problema debe de haberlo tenido consigo mismo, no contigo.»

–Tal vez haya sido disléxica –sugirió Olivia–. A ti te resulta odioso escribir.

–Yo escribiría en este diario.

De repente el pasado se convirtió en una discusión inútil. Había tristeza en ese diario en blanco, pero podía producir algo bueno.

–Bueno, tal vez por eso lo guardó en esta caja. Tal vez quería que lo tuvieras tú.

Los ojos de Tess se iluminaron.

–¿Te parece?

Olivia no podía imaginar mejor legado.

–Sí, me parece.

Sonriendo, Tess apretó el diario contra su corazón.

Alentada por ese pequeño placer que era producto de tanto dolor, Olivia sacó el último objeto que contenía la caja. Era una pequeña carpeta de cuero, apenas del tamaño suficiente para guardar un par de fotografías. Contenía dos, una de cada lado.

Tess contuvo el aliento.

–¿Quiénes son? –susurró.

Olivia no tenía la menor idea. Nunca había visto antes a ninguna de las personas fotografiadas, pero de repente la idea de que pudiera estar emparentada con Natalie le pareció absurda. Había llegado el momento de enfrentar la realidad.

–¿Tal vez mi abuela?

–¿Y tu abuelo? ¿El día de su boda?

Era lo que pensaba Olivia, más por la ropa que llevaban que por sus rostros. Ambos sonreían con serenidad.

–Parecen muy buenos –dijo Tess.

Olivia asintió con un nudo en la garganta.

–¿Crees que estarán vivos?

Olivia tragó con fuerza y respiró hondo para tranquilizarse.

–No si nos guiamos por la necrológica de tu abuela.

Pero Tess se negaba a renunciar a la esperanza.

–Quizá haya una dirección en el sobre. Si la hubiera podríamos ir a buscarlos.

El sobre era lo único que les faltaba ver. Olivia no había vuelto a abrirlo desde que guardara en él la necrológica. Con el resto de las cosas no había ninguna nota personal. Si Carol había escrito una, debía de estar allí.

Una nota personal podía contener explicaciones, palabras de amor, el nombre del padre de Olivia...

Olivia deseaba esas tres cosas con desesperación, hasta el punto de que tenía ganas de guardar el sobre en un cofre de seguridad de un banco sin haberlo abierto. De esa manera podría aferrarse a la esperanza de que hubiera una nota, aunque no fuera así.

Pero venció la razón, porque Olivia estaba cansada de simular.

Abrió el sobre y sacó la licencia de conducir de Carol y su tarjeta de la Seguridad Social. Sacó la chequera de un banco cuya cuenta había sido cerrada tres años atrás. Sacó varios recortes de diarios. El primero de ellos era la reseña de una exposición de arte donde se exhibían fotografías «restauradas por Otis Turman y Olivia Jones».

Apenas se había recuperado de ver eso, cuando Olivia encontró las necrológicas de los padres de Carol, muertos con seis años de diferencia, pero en la misma década. Eso significaba que ambos estaban vivos cuando nació Tess.

Furiosa también por eso con su madre, Olivia tomó lo último que quedaba en el sobre, un trozo de papel doblado en tres, sin duda una nota. Pero el papel estaba en blanco y solo servía para cubrir una libreta de banco. En este caso no se trataba de una cuenta cerrada. La última entrada de intereses estaba fechada tres meses antes, es decir un mes antes de la muerte de Carol. Pero la fecha no mantuvo durante mucho tiempo la atención de Olivia. Lo que la dejó atónita fue la última línea de la cuenta bancaria.

Tess estaba a su lado.

–¿Ciento cincuenta y tres dólares?

Estupefacta, Olivia contestó en voz baja.

–No, cariño. Son ciento cincuenta y tres mil dólares.

Tess inclinó la cabeza y se ajustó las gafas.

–¡Uau! ¡Eso es mucho!

–Sí, lo es. –Olivia se llevó una mano al pecho. Parpadeó y miró los números, pero estos no cambiaron. Dejó la chequera y abrazó a Tess. Cerró los ojos y aspiró el perfume de ella mientras se balanceaba atrás y adelante–. Tu abuela nos ha proporcionado un paracaídas. Significa que podrás recibir la mejor educación que se pueda comprar con dinero.

–¿Y qué me dices de la mejor ropa?

–La ropa te la compro yo. La educación te la dará ella.

–¿Ella dijo eso?

–No. Pero es lo que desearía.

–¿Y qué me dices de la mejor ropa para ti?

–Este dinero es para pagar colegios.

–¿Y las mejores vacaciones para ti?

–No.

–¿Por qué no? –preguntó Tess, perpleja.

Varias horas después, cuando Tess dormía y la casa estaba en silencio, Olivia comprendió por qué no quería el dinero que Carol le había dejado. Con la comprensión llegó el enojo y la necesidad de tomar aire.

Metió la chequera en el bolsillo de sus shorts, salió de la casa y buscó el sendero que cruzaba el bosque. La luna brillaba con fuerza iluminando un cielo tachonado de estrellas. Olivia en parte caminaba, en parte corría hacia la casa de Simon y, en el trayecto, su enojo se convirtió en furia, tan tremenda que temblaba cuando llegó a la puerta de la cabaña.

Cuando llamó, Simon estaba en el sofá, leyendo. Al verla a través de la puerta mosquitera, se puso de pie. Tenía un aspecto casi adormilado, con el pelo revuelto y las gafas debajo del puente de la nariz. Se las ajustó con una mano mientras abría la puerta con la otra.

Olivia entró, le tendió la libreta y, cruzando los brazos, lo observó mientras él examinaba la libreta. Leyó el contenido con expresión impasible y estaba por decir algo cuando, con sabiduría, percibió la expresión de Olivia. Cerró la boca y asintió de manera casi imperceptible.

Fue la señal que ella necesitaba.

–¡Estoy furiosa! –exclamó–. ¿Cómo pudo hacerme esto? ¿Creía que lo que yo quería era dinero? ¿Era eso lo único que le importaba en la vida? ¿Dónde estuvo durante los últimos veinte años? –Miró alrededor como aturdida, y puso los brazos en jarras y adelantó el mentón–. ¿De dónde sacó ese dinero? Quiero saberlo, pero como ella no está aquí para decírmelo lo único que puedo es hacer conjeturas. No tenía una carrera y no ganó la lotería y, si bebió hasta matarse, debe de haber gastado mucho en bebida. Así que ¿de dónde salió todo este dinero?

Se sujetó la frente con una mano y clavó la mirada en el suelo.

–¿Sus padres? Lo dudo. –Su mirada se encontró con la de Simon–. Nunca hubo un ingreso importante en esta cuenta, solo una serie de pequeños ingresos a lo largo de una docena de años, y eso solo en esta cuenta. El ingreso inicial es bastante importante como para sugerir que hubo otras cuentas anteriores, probablemente también con una serie de pequeños ingresos.

Resopló con enojo y se acercó a la ventana.

–Supongo que ahorró dinero desde que yo era pequeña, y eso está bien y es bueno y honorable, pero no sensible. –Giró sobre sí misma y exclamó–: Yo tenía que comprar mi propia ropa. Trabajaba en un supermercado local, a veces siete días a la semana, incluso durante los días de fiesta y después del colegio, porque ella decía que no tenía dinero y yo no tenía nada que ponerme. Compraba mis propios tejanos. Compraba mis propias camisas. Compraba mi propia ropa interior. La primera vez que me compré un sostén tuve que hacerlo sola y por mi cuenta, con dinero que ganaba cuidando niños.

Olivia recordaba la horrible vergüenza que sintió al comprar ese sostén, pero solo ahora, al mirar la situación desde el punto de vista de una madre con una hija propia, su dolor fue realmente agudo. Olivia jamás enviaría a una hija suya a hacer sola algo así. Era un asunto femenino, una experiencia que había que compartir. ¡Por nada del mundo perdería ese momento de la vida de Tess!

Comenzó a caminar hacia el vestíbulo. *Buck* estaba en su cesta, pero los gatitos jugaban en el suelo. Ella apenas los vio.

–Está bien –Se volvió hacia Simon, tratando de razonar–. A los niños hay que enseñarles el valor del dinero, pero ¡diablos!, yo estaba allí completamente sola. ¿Sabes lo que hubiera significado para mí que me diera diez dólares para comprarme el suéter que quería porque todas mis compañeras de clase tenían uno? ¿Sabes lo que habría significado para mí que me hubiera acompañado a comprar ese sostén? ¿Sabes lo que habría significado un poco de ayuda? Cuando nació Tess tuve que buscar un nuevo apartamento porque en el que vivía no se admitían bebés. Así que allí estaba yo con una recién nacida en brazos y el primer apartamento que alquilé no tenía nevera. Bueno, no tuve tiempo para mudarme a otra parte y necesitábamos una nevera. Así que compré una y pagué cuotas durante casi dos años porque...

Se le llenaron los ojos de lágrimas. La soledad dolía.

–¿Era esa una lección que tenía necesidad de aprender? ¿No habría podido ayudarme un poquito? ¿Mandarme ropa de bebé? Allí estábamos, yo empujando a Tess en su cochecito de segunda mano por los lugares más bonitos de Atlanta y rodeadas de madres con cochecitos relucientes y sus bebés con ropa de primera calidad. Era lo que también yo quería para mi hija, pero no podía permitírmelo. ¿No habría podido mandarme un vestidito? ¿No habría podido ir a visitarnos?

»¡Pues no! –continuó Olivia con un bufido–. Ella estaba demasiado ocupada yendo al banco para ahorrar dinero. Así pues –agregó con tono burlón–, eso nos lleva de nuevo al principio: ¿cómo consiguió ese dinero? ¿De su sueldo? ¿Lo robaba? ¿O era dinero ganado a cambio de sexo, dinero que le dejaban sobre una ruin mesa de noche, hombres ruines cuando acababan con su cosa ruin? –Se estremeció.

Simon se plantó delante de ella.

Olivia lo miró.

–No lo quiero, Simon. No quiero su dinero. Antes no fue una cuestión de dinero, y ahora tampoco. Yo quería su tiempo. Yo quería una madre a mi lado en las reuniones de las *girls-scouts*, como mis amigas. Es encantador pensar que ella coleccionaba artículos sobre mi trabajo con Otis, pero ¿no podía llamarme? Mi número figuraba en la guía. Durante todos esos años me ocupé de eso para que ella pudiera encontrarme, pero no quiso. Nunca consiguió darme aliento, ni ahora ni antes. Yo se lo doy a Tess todo el tiempo, aunque no le vaya bien, pero si se esfuerza por intentarlo merece el elogio. ¿No crees que yo merecía algo? –Suspiró, temblorosa–. No se trataba de dinero. Era una cuestión de amor.

Él la estrechó contra sí.

–¡Ah, cariño! Pero ella te quiso. Solo que no lo demostró como tú esperabas.

Olivia trató de menear la cabeza pero entre las manos y el pecho de Simon no pudo hacerlo. La voz de él era profunda pero suave.

–Sí. Te quiso. Olvida el dinero. Piensa en Thomas Hope. Lo obligó a prometer que te entregaría sus cosas. Y no fue fácil para él. No se trataba de cruzar la ciudad. Chicago queda lejos de aquí, pero él hizo ese largo viaje en coche porque ese fue el último deseo de tu madre. Su último deseo fue que tuvieras todos sus efectos personales.

–Eso no es suficiente –murmuró Olivia, aunque su resistencia comenzaba a desvanecerse.

–¿Viniendo de una mujer que se negó a abrir su vida a su hija y su nieta? Yo diría que sí alcanza. Podría haberse olvidado de todo. Pero quería que tú tuvieras algo suyo. Podría haber donado el dinero para obras de caridad, pero quería que lo tuvieras tú. ¿Importa cómo lo obtuvo? ¿Realmente importa?

–Sí –contestó Olivia.

Pero sabía que él tenía razón. No tenía importancia.

–Nosotros creemos tener todas las respuestas –prosiguió Simon en voz baja–. Creemos conocer un camino mejor. Yo me he pasado cuatro años maldiciendo a Laura por no haber visto que se acercaba esa lancha para poder apartarse a tiempo, pero yo no era el que timoneaba. No controlaba la situación. Pero como no me gusta el resultado, creo que de haber estado allí habría actuado de otra manera, pero no estaba allí. –Enronqueció–. No estaba allí, Olivia, y Laura no era yo. Hizo lo que pudo. Lo mismo sucede con tu madre. Podemos suponer todo lo que queramos, pero ¿de qué sirve? Lo único que logramos es mancillar su recuerdo. –Lanzó un profundo suspiro y murmuró–: ¡Déjalo estar, Olivia!

Olivia lo rodeó con sus brazos. A pesar de que él también experimentaba un dolor terrible, era fuerte. Comprendía lo que sentía Olivia y la tranquilizaba en un momento en que, de otra manera, ella podría haberse desmoronado. Era lo que el dolor le hacía a la gente. En el interior de Olivia, donde antes estaban los sueños sobre su madre, ahora solo había un agujero negro. Se sentía vacía. Con excepción de Simon, no había nada que pudiera mantenerla a flote.

Simon era fuerte. Los latidos de su corazón resonaban en el oído de Olivia. Su cuerpo exudaba energía y calidez. Tal vez él fuese solo otro sueño, uno que ella no tenía por qué soñar, pero en ese lugar y en ese momento, llenaba el vacío.

No supo con seguridad si fue ella misma quien alzó la cabeza o si fueron las manos de él las que lo hicieron, pero las bocas de ambos se encontraron. Olivia le tocó la espalda y los hombros, el mentón y el cuello. Simon era real, un consuelo tan increíble que se dejó llevar. Olía a hombre. Y sentía lo que siente un amante, si los temblores que ella percibía en sus músculos eran una indicación. Simon susurró su nombre. Ella ahogó el sonido en otro beso profundo. Sin embargo, cuando él la llamó por segunda vez, había apremio en su voz.

–No deberíamos hacer esto –susurró Simon, mirándola a los ojos–. No sería justo. Esta noche no. Estás demasiado vulnerable.

–Pero necesito ayuda –susurró ella y esperó, rezando para que él no la dejara, porque formaba parte del sueño.

La habían dejado sola demasiadas veces. Por una vez, solo una, quería que alguien se quedara a su lado.

Simon lo hizo. Se quedó. La abrazó como si él mismo participara del sueño, como si estuviera dispuesto a permanecer allí para siempre. La estrechó y la besó. La desvistió entre caricias que lograron que se sintiera plena, deseable, y cuando él se quitó la ropa y colocó las manos de Olivia sobre su cuerpo, respiraba con tanta agitación, estaba tan decididamente excitado, que ella se sintió mucho más femenina y fuerte.

Simon la condujo a su cama y se dejó caer sobre ella, deteniéndose solo para preguntarle si estaba bien y luego asumió las riendas... y hasta eso fue un regalo. Entonces, amándolo sencillamente, confiando sencillamente en él, Olivia se le entregó como pocas veces había hecho. Él la premió con un orgasmo maravilloso. Cuando todo terminó, ella experimentó una mágica plenitud.

No hablaron. Las palabras sobraban, pero hicieron el amor dos veces más antes de que él la acompañara de regreso a la Casa Grande.

La noche siguiente, cuando ella salió, Simon estaba apoyado contra el viejo arce. No sabía si ella aparecería... y tampoco sabía si quería que apareciera, pero no cabía duda de que su cuerpo lo deseaba. Él estaba confundido. Olivia era distinta a cualquier mujer que hubiera conocido, más parecía un hada que una mujer. Solo podía suponer que las hadas debían de tener una manera especial de atraer a los hombres.

La tomó de la mano, la condujo de regreso a la cabaña y volvió a hacerle el amor. Y fue tan satisfactorio y excitante como la noche anterior... y tal vez igualmente equivocado. Pero aunque solo fuese algo momentáneo, él merecía un poco de placer en la vida. No tenía expectativas ni planes de futuro. Hacía cuatro años que había dejado de planificar. Pero encontraba placer en descubrir lo que a ella le gustaba y experimentaba un puro orgullo masculino en el momento en que ella gritaba su nombre y se arqueaba sobre la cama. Y también experimentaba la completa satisfacción que produce el acto sexual. Y hasta le gustaba el silencio compartido de la caminata de regreso a la Casa Grande justo antes del amanecer.

¿Cómo no regresar esperanzado la noche siguiente? Esta vez ni siquiera lograron llegar a la cabaña. Ella no llevaba nada bajo el camisón, y estaba ávida de él. Y él ya estaba listo. Solo tuvo que apoyar la espalda contra un árbol. Le resultó fácil levantarla, fácil sostenerla cuando llegaron al clímax. Él nunca había hecho el amor así... y se lo habría dicho de no haberle resultado demasiado revelador.

Además, lo que compartían en la oscuridad no eran conversaciones sino sensaciones. Cuando salía el sol, llegaba la realidad.

Ese mes de agosto, para Simon la realidad llegó en forma de un huracán que amenazaba desde la cuenca del Atlántico. No era el primero de la temporada y sin duda no sería el último, pero daba muestras de convertirse en uno de los más fuertes. A pesar de que todavía se encontraba lejos, Simon mantenía el ojo avizor en su probable recorrido, que por el momento indicaba que pasaría peligrosamente cerca de Rhode Island.

Pensar que un huracán podía azotar el viñedo era mejor que pensar que Olivia se marcharía en septiembre.

25

Susanne no había estado tanto tiempo separada de Mark desde el verano que pasó en Asquonset con los chicos, y entonces él por lo menos pasaba con ellos una semana o dos. En cambio ese verano aprovechaba el tiempo que ella se encontraba en Rhode Island para hacer viajes de negocios que de otra manera tendría que dejar para el otoño. Aunque hablaban por teléfono todos los días, Susanne estaba deseando volver a su casa para verlo entre un viaje y otro.

Entonces ella lo conjuró. Estaba en la fría bodega del sótano de la Casa Grande buscando el Pinot Noir de la vendimia indicada para servir con lo que había preparado para la cena cuando oyó un sonido en la escalera y levantó la vista. Había poca luz, pero la visión era inconfundible. Él estaba allí, con la mano sobre la baranda y le sonreía.

–¿Qué hace una diosa como tú en un lugar oscuro y frío como este? –bromeó.

Susanne rió. No era una aparición. Olvidó el vino, corrió hacia la escalera y le echó los brazos al cuello.

–Estaba esperando que me rescataran –dijo, dándole un sonoro beso–. Me has leído el pensamiento.

–Te he echado de menos.

–¿Estamos en Detroit?

Mark sonrió.

–No. Ya estaba en el aeropuerto, cuando decidí cancelar el viaje a Detroit. Fue el mejor impulso que he tenido en mi vida. –La abrazó y agregó con burlona severidad–: No me gusta que estés aquí durante tanto tiempo.

–Ya lo veo –contestó ella, calentándose las manos contra el cuerpo de su marido–. Estás más delgado. Te dejé toneladas de comida, pero no parece que hayas comido nada.

Él la apartó para mirarla.

–Se supone que debías haberme contestado que a ti tampoco te gusta estar aquí tanto tiempo.

–Bueno, no me gusta. Antes tú siempre venías más pronto.

–Tampoco es lo que se supone que debías decir –comentó él en tono de broma–. Deberías decir que odias este lugar, que tu madre te saca de quicio y que, a pesar de todo lo que ella diga, no te interesa formar parte del equipo.

–Es cierto, no me interesa. Pero no odio este lugar. Si quieres que te diga la verdad, me he divertido bastante.

Él le acarició la mejilla con el dorso de la mano.

–Te habría resultado fácil decir lo contrario, aunque no te habría creído. Estás demasiado bien, toda bronceada y descansada.

–El bronceado se lo debo al sol. Ha sido un agosto perfecto. En cuanto a que esté descansada, no es más que un sueño. Despedí a la segunda nueva cocinera contratada por mi madre.

–¿La despediste?

–Era una chica imposible. Esta vez yo me encargaré personalmente de entrevistarlas. Mamá no tiene la menor idea de cocina y por eso mismo no conoce las cualidades que debe tener una aspirante a cocinera. Me tomará una semana conseguir alguna que valga la pena.

–¿Y mientras tanto?

–Puedo seguir cocinando otra semana. No es difícil.

–Y te encanta.

–Siempre me ha encantado.

–Ojalá te dedicaras a hacer algo así.

Susanne le siguió la corriente.

–¿Como qué?

–Dímelo tú. En un mundo ideal, ¿qué harías?

Ella lo pensó un instante.

–Pues abriría un restaurante... pero en ese mundo ideal yo solo tendría treinta y cuatro años.

–Puedes abrirlo ahora –dijo él en tono confiado.

Pero Susanne era realista.

–No puedo. Ser dueña de un restaurante conlleva una enorme responsabilidad. Exige mucho tiempo y esfuerzo. Yo tengo cincuenta y seis años.

–No es ser exactamente una anciana.

–No, pero ¿por qué voy a querer trabajar tanto a mi edad?

–Entonces abre un restaurante pequeño. O un lugar para desayunos. Podrías servir desayunos todas las mañanas y comida un par de noches por semana. Y podrías inaugurarlo aquí mismo, en la ciudad. Quiere decir que tendrías una clientela de temporada. Podrías cerrar durante el invierno y eso nos permitiría hacer algo divertido.

Susanne lo miró. Por lo visto Mark hablaba en serio.

–¿Y vivir aquí? ¡Vamos, Mark! Somos neoyorquinos.

–Pero nunca tuvimos una casa de verano. Esta podría serlo.

–Ajá. De acuerdo. Podríamos vivir aquí y observar a mamá jugando con Carl.

Mark bajó los brazos con que la sostenía por la cintura.

–Hace semanas que estás aquí. ¿No ha mejorado nada en ese sentido?

–Todavía siguen decididos a casarse. A Dios gracias, para la fiesta ella ha contratado un servicio de comidas. Yo de ninguna manera me haría cargo de cocinar.

–¡Vamos, Susanne!

–Lo digo en serio. Sigo pensando que está mal que se case.

–¿Has leído la historia de tu madre?

Susanne suspiró. Lamentaba haberle hablado a Mark de esas memorias.

Cada vez que hablaban, él la acosaba con preguntas.

–No –contestó–. Tengo otras cosas que leer.

Él se pasó los dientes por el labio inferior en un gesto que Susanne conocía bien. Se preparaba para decir algo que a ella no le gustaría. Antes de que pudiera hacerlo, le advirtió:

–No me digas que mis otras lecturas pueden esperar.

–Pueden esperar –dijo él con suavidad–. Esto es más importante.

–Para mamá. No para mí.

–También debería serlo para ti. Ella no es exactamente una desconocida.

–Está cometiendo un grave error.

–¿Por qué? –preguntó él–. ¿Por casarse con Carl? ¿Qué cambiará, aparte del hecho de que no seguirá durmiendo sola? ¿Por qué te molesta tanto eso?

Susanne frunció el entrecejo. Mark siempre había sido su mayor apoyo, motivo por el cual en ese momento la pregunta la confundió.

–¿Y por qué te molesta a ti que me moleste?

–Porque te quiero. Porque sé que eres una persona generosa y llena de amor. Porque en ti todo esto está fuera de lugar.

–Natalie es mi madre –le recordó Susanne–. Cuando se trata de madres, las reglas cambian.

Él asintió.

–Me parece bien. Y lo comprendo. Pero no creo que deban excluir el sentido común.

–¿Me estás diciendo que no tengo sentido común?

–No. Bueno, tal vez. Pero solo cuando se trata de tu madre. Y por otra parte tal vez no sea una cuestión de sentido común, sino de amplitud de criterio. Eso me asusta un poco.

–¿Por qué? –preguntó Susanne. El tono de Mark la estaba inquietando–. Este es un asunto que se refiere a mi madre y a mí, no a ti y a mí.

–En cierto sentido sí –contestó Mark, de repente suave, casi implorante–. Yo pienso mucho en lo que debe de ser envejecer. Pienso en las cosas que me gustaría hacer cuando no tenga la presión del trabajo. Podría actuar como mis padres y quedarme sentado esperando la muerte, pero cuando uno hace eso, la muerte llega más rápido. Yo quiero vivir, Susanne. Quiero intentar cosas nuevas. –Jamás se lo había dicho antes.

–¿Como qué?

–No sé. Tal vez enseñar. Quizá aprender a pintar. Tal vez viajar a alguna parte y que no sea en uno de esos viajes programados. No lo sé, Susanne. El asunto es que necesito estar abierto a cosas distintas. Pero si quiero que dé resultado, es necesario que tú también estés abierta a ellas. Jamás te obligaría a hacer algo que no quisieras. Pero hay cosas que nos gustan a los dos. Nos espera un mundo entero, siempre que tengamos el valor de aprovecharlo. Hace un momento, al llegar, vi a Carl en la pista de tenis con esa chiquita y te aseguro que él no representa un día más de setenta años. Y se debe a que es un hombre activo. Así quiero ser yo –se tocó la cabeza–, pero el asunto comienza aquí arriba. Si no puedes aceptar un cambio en la vida de tu madre, nunca podrás aceptar un cambio en la nuestra.

Susanne tragó saliva.

–Hay cambios y cambios.

–De acuerdo –dijo Mark–, y no sabemos qué clase de cambios se nos presentarán. Nuestros hijos pueden llegar a odiar lo que decidamos hacer, pero ¿eso significa que está mal? ¿Significa que no debemos hacerlo? Lo que está bien para nosotros no necesariamente está bien para ellos, así como lo que está bien para Natalie no necesariamente lo está para ti. Ella no te está pidiendo a ti que te cases con Carl. –Hizo una pausa y luego prosiguió con rapidez para que ella no pudiera discutirle–. Quizá yo muera antes que tú. Si fuera así y tuvieras la posibilidad de ser feliz con otro hombre, sería el primero en decirte que no perdieras la oportunidad. Y si nuestros hijos tuvieran problemas con eso, sería solo por estrechez de miras.

Susanne se envolvió el cuerpo con los brazos.

–¿Como yo?

Mark estuvo por negarlo pero se interrumpió.

–Habla con ella, Susanne. Y si no puedes hablar, lee sus memorias. Se lo debes.

Simon estaba en un extraño lugar, ni aquí ni allá, en varios sentidos. Por ejemplo, con respecto al clima. Por una parte, era ideal. El sol estaba haciendo su efecto mágico sobre las hojas, las cuales alimentaban de azúcar a las uvas, que ahora crecían y se agrandaban y no tenían hongos. Por otra parte, la depresión tropical en el Atlántico se había convertido en una tormenta tropical que seguía aumentando.

Por ejemplo, Susanne. Por una parte confiaba en que él dirigiría el viñedo tal como lo hubiera deseado su padre. Por otra parte se negaba a hablar con Simon de nada que no se refiriera al viñedo, por miedo de que él olvidara su lugar y se creyera un integrante de la familia.

Por ejemplo, Olivia. Por una parte llenaba su vida de pasión, una pasión que él nunca había conocido, lo cual no significaba que le quitaba nada a Laura, solo que Olivia era distinta. Por otra parte ella se iría como máximo en el término de tres semanas.

Por ejemplo, Tess. Era una calamidad, aunque una calamidad encantadora. Aun en ese momento estaba acechándolo desde la siguiente hilera de vides.

–Sé que estás allí –exclamó Simon–. ¿Me estás siguiendo por algún motivo especial?

Hubo una pausa y luego una voz que decía:

–¿Cómo supiste que estaba aquí?

–Tus zapatillas son de color naranja y muy grandes. ¿Es lo que impone la moda?

–Son del año pasado –contestó ella, agazapándose para espiarlo por debajo de las uvas–. Las de este año son distintas, pero mamá no me permitió comprar un par. –Comenzó a arrastrarse por debajo de las vides.

Simon la detuvo.

–¡Oye! Cuidado con las uvas. Si quieres venir, rodéalas.

Tess echó a correr, pero era algo que él podía soportar. Levantó la mirada cuando ella rodeó la otra hilera de vides y se le acercó. Tenía una mano en el bolsillo y un aspecto bastante inocente.

–Bueno, esas sí parecen uvas –dijo Tess–. ¿Qué sabor tienen?

–Dímelo tú –contestó Simon arrancando una.

Tess se la metió en la boca e hizo una mueca.

–Amargas.

–No tanto como ayer. Y menos lo estarán mañana.

Tess miró las vides, que eran mucho más altas que ella.

–¿Estás podando de nuevo?

–No. Solo verificando. Quiero saber si los pájaros se están comiendo mis uvas.

–Y si se las están comiendo, ¿qué haces?

–Disparo un cañonazo.

–¿Para matarlos?

–No. Solo los asusto con el ruido para alejarlos. No es un cañón verdadero. Solo una máquina que hace el estruendo de un disparo cada tantos minutos.

Tess movió la mano que tenía dentro del bolsillo. Con la mano libre se apartó un mechón de la cara. Lo miró a través de las gafas de una manera que conmovió a Simon. Por una vez en la vida parecía vacilar antes de formular una pregunta.

–¿Qué? –preguntó él pero no quería emocionarse.

–¿Decidiste qué harás con los gatitos?

–Todavía no.

–Supongo que no los llevarás lejos y los dejarás a un lado del camino, ¿verdad?

–Te dije que no lo haría.

Tess jadeó y sacó la mano del bolsillo. Instantes después volvió a meterla y trató de adoptar una actitud indiferente.

Simon se aclaró la garganta.

–¿Cuántos tienes ahí dentro?

–¿Cuántos qué? –preguntó ella con aire inocente.

Simon levantó los ojos al cielo, lanzó un suspiro y se puso en cuclillas. Ya en plan de conspirador, preguntó:

–¿Es *Bruce*?

Tess había bautizado a cada uno de los gatitos, declarando que aunque fuera muy pronto para conocer el sexo de cada uno, *Buck* se las había arreglado perfectamente bien, aun llamándose *Buck*.

–*Tyrone* –susurró ella.

–Déjame verlo.

Tess sacó el gatito del bolsillo y le besó la cabecita.

–Tiene uñas muy afiladas, pero es la criatura más dulce del mundo –dijo sonriendo.

Simon quedó deslumbrado y no precisamente por el gatito.

–¿Alguien te dijo alguna vez lo bonita que es tu sonrisa?

Él habría podido jurar que Tess se ruborizaba.

–Los chicos no dicen esas cosas. Y yo tampoco les sonrío.

–¿Ni siquiera sonríes al contarles lo de los gatitos?

Tess se puso a *Tyrone* debajo del mentón.

–La gata de una de las chicas acaba de tener crías. La de ella tuvo seis.

–¡Ah! Así que la historia de ella fue mejor.

–Todo lo que ella hace es mejor –aclaró Tess, ahora con tono solemne–. Todo lo que todos ellos hacen es mejor. Te aseguro que no me echarán de menos cuando me vaya.

–¡Por supuesto que sí!

–Si lo hacen será porque yo los hago sentir importantes. Soy la única que nunca hace nada bien.

–¿Qué, por ejemplo?

–Timonear. Siempre muevo el timón en la dirección equivocada. Me olvido de qué lado sopla el viento, así que cambio el curso del velero. La última vez que me sucedió, la botavara casi golpeó a uno de los otros chicos.

–Bueno, pero sin duda conoces bien la jerga.

–No soy ninguna idiota –contestó ella a la defensiva, pero suavizó el tono–. Lo que pasa es que no es fácil. Hay que pensarlo mucho. Me gusta más el tenis. La pelota pasa sobre la red y uno le pega.

Simon conocía bien ambos deportes. Si tuviera que elegir entre ellos, no dudaría.

–Sí, la pelota llega y uno le pega. Siempre lo mismo. ¿Y qué me dices de la pista, plana y dura? El mar es mucho más interesante. Tiene distintos estados de ánimo y sonidos. Y una vez que uno ha navegado bastante, no es tan difícil. El tenis te resulta más fácil solo porque lo has practicado más.

–Pero podré jugar al tenis en cualquier parte donde vivamos. Pero no podré navegar en cualquier parte.

–Eso depende del lugar donde vivas.

Tess murmuró casi en un susurro:

–No sé dónde será.

A Simon se le ocurrió que tantas mudanzas debían de perjudicar a la pequeña.

–Sea donde sea, tendrás habilidades que antes de este verano no tenías. Impresionarás a tus amigos.

–Tal vez con el tenis. Navegando, no.

–Navegando también. Lo único que te hace falta es estar más tiempo a bordo. Yo podría llevarte a navegar.

Sus palabras reverberaron entre las vides. Simon no podía creer que las hubiese pronunciado.

Tess estaba igualmente incrédula.

–¿Lo dices en serio? ¿Es cierto? ¿Me llevarás a navegar?

–Podría –contestó él, de repente indeciso–. Me refiero a que tendrías que pedirle permiso a tu madre y a lo mejor ella no quiere.

–Me lo dará –aseguró Tess, excitada–. Sé que me lo dará.

–También... también existe el problema de conseguir el velero. No tenemos ninguno que se parezca al de tus clases.

–Pero la señora Adelson tiene uno. Seth me lo mostró. –Comenzó a caminar hacia atrás–. Él también podría venir con nosotros. Me refiero a que no puede oír las olas y hay que tocarle el brazo para avisarle cuando corre el riesgo de que la botavara lo golpee, ¡pero es muy buen chico! –En ese momento Tess ya corría hacia atrás.

–¿Qué estás haciendo? –preguntó Simon, repentinamente asustado.

Sin dejar de correr, ella se volvió y le contestó por sobre el hombro.

–Voy a pedirle permiso a mamá. Si ella dice que sí, ¿podemos salir a navegar hoy mismo?

–¿Hoy? No... Hoy no puedo.

–Entonces mañana.

–No sé... se avecina un huracán... ¡y ese gatito debe volver a su casa!

Podría haberse ahorrado el esfuerzo de hablar. Tess ya había desaparecido.

Olivia había dejado caer accidentalmente una de las camisetas Asquonset de Tess en una carga de ropa con lejía, lo cual significaba que lo que había sido burdeos por la tarde, era de un anaranjado brillante por la noche. No era un hecho excepcional. Hacía mucho que Tess había aprendido a encontrar por lo menos algo bueno en un color desteñido. En ese caso lo bueno era que la camiseta hacía juego con sus zapatillas.

Por supuesto que esa mañana tenía puestas ambas cosas, que fue lo que permitió a Olivia saber que estaba en el viñedo con Simon. Las vides estaban altas y exuberantes, pero el anaranjado brillante de Tess todavía destacaba entre ellas. ¿Y Simon? Él era bastante alto como para que se le viera.

Además, Olivia tenía la ventaja de la altura. Estaba frente a la ventana de la oficina de Natalie observando a Simon, cuando vio a Tess. No alcanzaba a oír lo que decían, pero no se apresuró a bajar. Ahora confiaba en Simon. Cuando Tess se encaminó a la casa, corría como cuando estaba excitada. Olivia calculó que le quedaban dos minutos antes de que su hija entrara en tromba en la oficina.

Estudió los sobres que tenía en la mano. Habían llegado con la correspondencia de la mañana. Eran tres cartas. Dos de colegios que aceptaban a Tess y la tercera contenía una oferta de empleo para ella.

Los colegios se encontraban en Cambridge y Providence. La oferta de trabajo era en Pittsburg.

La vida nunca era fácil.

–¿Usted es Olivia?

Ella miró hacia la puerta. Aparte de la ropa moderna, de una expresión de cansancio en los ojos y de la tensión que se le notaba en la boca, el hombre que estaba allí de pie era idéntico a Alexander. Olivia sonrió.

–Y usted es Greg.

–¿Cómo lo ha sabido? –preguntó él. En realidad no se trataba de una pregunta, porque no esperó la respuesta–. Estoy buscando a mi mujer. ¿Sabe dónde está?

–Hace una hora estaba en la oficina.

Él adelantó el mentón en un gesto de agradecimiento y tuvo que hacerse a un lado cuando Tess entró corriendo, pero enseguida salió.

–¡Simon me va a llevar a navegar! –exclamó Tess. Tenía los ojos grandes, las pecas brillantes, la boca una dulce curva–. Seth puede venir con nosotros, pero tenemos que pedirle a la señora Adelson que nos preste el barco. ¿Quieres llamarla, mamá? ¿Por favor? ¿Lo harás ahora mismo? –Juntó las manos frente a su nariz como si con ese gesto pudiera frenar su excitación–. Simon prometió enseñarme todo lo que no sé. ¡No sabes lo que esto significa para mí!

Olivia se sobresaltó... y su sobresalto no tenía ninguna relación con el hecho de que *Achmed* se hubiera levantado del sillón de Natalie y lanzara suaves gruñidos. Olivia sabía el tiempo que había transcurrido desde la última vez que Simon se acercó al Yacht Club y conocía el motivo de su actitud.

–¿Te va a llevar a navegar?

–Tal vez no hoy, pero mañana sí, sin falta.

–¿Él mismo te lo dijo?

–Sí, de verdad. –Se tranquilizó–. Ya sé lo del accidente. Uno de los chicos me lo contó, pero Simon no tuvo nada que ver con eso. No estaba allí. Yo no tengo miedo de salir al mar con él.

Olivia supuso que no debía tener miedo. Pero no era eso lo que la hacía dudar. Se preguntaba si tendría algún significado que Simon diera por terminado su exilio del mar por el bien de Tess... o si ella estaría imaginando algo que no tenía ningún significado profundo.

Achmed caminaba en círculos alrededor de Tess, una actitud muy poco característica en él y de repente Olivia comprendió el motivo.

–¿Llamarás? –preguntó su hija.

–En cuanto le devuelvas a su madre el gatito que tienes en el bolsillo.

Tess alzó los ojos al cielo.

–El gatito está bien.

–Llévaselo a la madre y yo haré la llamada.

–Está bien. Ya voy. –Corrió hacia la puerta, pero antes de salir se volvió a acercar a Olivia y le dio un abrazo muy fuerte.

Cuando Tess se fue, Olivia todavía conservaba en las manos las tres cartas. En silencio las depositó sobre el escritorio para ocuparse después de ellas.

–Arriba, segunda puerta a la derecha –le indicó Anne Marie a Greg.

Él asintió y subió las escaleras de dos en dos y cruzó el vestíbulo, cubierto por una nueva alfombra gris. Las paredes estaban pintadas de un gris muy suave y los muebles de un sorprendente color borra de vino. «Asquonset ha cambiado mucho», pensó al pasar. De haber estado más cansado, habría creído que se encontraba en la oficina de cualquiera de sus tres últimos clientes.

La segunda puerta a la derecha estaba abierta. Allí vio a Jill, sentada ante un escritorio, pero un hombre inclinado sobre algo que ambos estaban estudiando le impedía verla bien. Greg golpeó con suavidad el marco de la puerta.

Cuando los ojos de Jill se encontraron con los suyos con expresión de sorpresa, a él lo recorrió la misma oleada de placer que había experimentado ocho años antes, la noche en que la conoció. Suponía que ahora el hilo que los unía debía de ser más débil, sobre todo después de lo sucedido últimamente entre ellos, pero no era así. Por lo menos en lo que a él se refería. No estaba seguro con respecto a ella. Un par de ojos muy abiertos podían significar una docena de cosas distintas.

Greg apretó en un gesto de intimidad el hombro de su mujer y extendió la mano libre para estrechar la del jefe de ventas de Asquonset.

–¿Cómo estás, Chris?

–Muy bien, gracias a tu mujer. Ha sido un envío del cielo. –Y dirigiéndose a Jill agregó–: No me comentaste que vendría Greg.

–No lo sabía –contestó Jill en un tono que por lo que

Greg sabía podía reflejar sorpresa, placer o indignación. En un tiempo había creído poder leerle los pensamientos, pero ya no estaba tan seguro. Ese escritor tenía razón, ella era Venus para su Marte.

–Podemos terminar esto más tarde –le dijo Chris–. Te dejo con tu marido. –Se encaminó a la puerta y la cerró a sus espaldas.

Jill miró los papeles que cubrían su escritorio. Su hombro estaba tenso bajo la mano de Greg, como si ese contacto la resintiera. Sintiéndose rechazado, él metió la mano en el bolsillo y preguntó en voz baja:

–¿En qué estás trabajando?

Ella se humedeció los labios.

–Tratamos de introducir nuestros vinos en nuevos mercados. Natalie ha estado trabajando en una nueva campaña con una agencia de publicidad. El eslogan es: «Verdaderamente Asquonset». Esta es la faceta de marketing y de ventas. Necesitamos que reconozcan nuestro nombre. Tratamos de extender el mercado hacia el oeste, de ir acercándonos al territorio de vinos de California. –Bebió un trago de agua de una botella y le dirigió una rápida mirada–. ¿Qué te trae por aquí?

–¿Qué crees?

–Podrías haber venido para estropear los planes de boda de Natalie.

–Tal vez lo intente como segundo objetivo, pero el primero eres tú.

Ella hizo una mueca.

–Me parece una analogía desagradable.

–Se suponía que debías reírte. Y antes de eso se suponía que deberías haberme arrojado los brazos al cuello, diciendo lo cariñoso que soy por haber venido y lo fascinada que estás de verme.

Ella apartó la mirada.

–Has sido muy cariñoso al venir.

–Pero no te fascina verme.

–Sí, me fascina. Lo que pasa es que... no estaba preparada.

–Soy tu marido. ¿Desde cuándo necesitas estar preparada para verme?

Ella lo miró a los ojos.

–Desde que comprendí que, a pesar de que te amo y necesito estar contigo, también necesito trabajar. Lo que hago aquí me encanta. Y por la noche me siento satisfecha, siento que he vencido un desafío, como nunca lo volví a sentir desde que dejé de trabajar para casarme contigo. Pero también comprendo que si remotamente fuese posible que yo trabaje en los próximos años, tendrá que ser a partir de una mayor cooperación y compromiso por parte de los dos.

Greg se encontraba de nuevo en el mismo estado en que estaba antes de que ella hubiera ido a visitar a su madre: completamente confuso. Pero en ese momento estaba demasiado cansado para tratar de aclararse.

–Por favor, te pido que repitas eso en cinco palabras, o menos.

–Estoy embarazada.

Jill no parpadeó, solo lo miró alzando apenas las cejas. Sus palabras golpearon a Greg como si acabara de inhalar sales de amoníaco.

–¿Embarazada? –Era lo último que esperaba. Jill lo había dejado. Hacía dos meses que no estaban juntos–. ¿Embarazada?

–Significa que voy a tener un hijo.

Para ellos los hijos habían sido siempre algo que quedaba para el futuro, algo vago. Y de repente ya no lo era. En ese instante alcanzaba a imaginar a un hijo de ambos como un ser viviente. Y era sorprendente... de un dorado brillante.

Tuvo ganas de abrazar a Jill, pero ella no parecía sentir esa necesidad y él prefirió no arriesgarse a que lo rechazara. De manera que simplemente preguntó:

–¿Cuándo?

–En febrero. Me quedé en mayo.

Greg pensó en esa época. Mayo había sido una pesadilla de viajes para él. Solo hubo un momento, un corto fin de semana, durante el que estuvieron juntos el tiempo suficiente para hacer el amor.

–¿En la playa de Delaware?

Ella asintió.

–Tú estabas muerto de aburrimiento.

–Aburrido no. Tenso, estresado por una encuesta que había salido mal. –Se mesó el pelo. Embarazada. ¡Por Dios! Jill iba a tener un hijo suyo–. ¿Cuánto hace que lo sabes?

–Me enteré justo antes de venir a Asquonset.

Él tardó un momento en digerirlo.

–¿Lo sabes desde principio de julio? ¿Y solo me lo dices ahora?

–No quería decírtelo por teléfono.

–Podrías haber volado a Washington.

–No. No podía. Necesitaba tiempo para pensar.

Él retrocedió.

–Si estás pensando en abortar, olvídalo. Quiero ese bebé.

Jill sonrió por primera vez.

–Bueno, por lo menos me alegra saberlo.

–Un aborto no. Y tampoco una separación formal. ¡Si eso era lo que querías no debiste quedarte embarazada!

Esa frase trocó en lágrimas la sonrisa de Jill.

–¡So idiota! –exclamó, levantándose de la silla y pasando junto a Greg–. ¿Así que no debí quedarme embarazada? ¿Crees que lo hice yo sola? ¿Crees que fue la inmaculada concepción? ¿Te pusiste un preservativo? ¿Alguna vez te has puesto un preservativo? No. Ni una sola vez te has ofrecido a hacerlo. –Abrió la puerta de un tirón y salió en tromba, pero instantes después estaba de vuelta y cerró la puerta dando un portazo–. Y no existe ninguna ley que diga que una mujer embarazada no pueda divorciarse. Baja de las nubes, Greg. Yo no dependo de ti.

–¿Quieres que nos divorciemos? –exclamó él.

–¡No! ¡No quiero! ¡En realidad no sé lo que quiero! Solo quiero que nuestra vida sea distinta.

Bueno, por lo menos era algo, pensó él. «Distinta» era mejor que «terminada».

Le dolía el cuello, tenso hasta el extremo. Se lo masajeó para aflojar los músculos.

–¿Distinta en qué sentido?

–Ya te lo he dicho –contestó ella. Estaba apoyada contra la puerta y lo miraba con sus grandes ojos. Esa vez, sin embargo, en esos ojos él vio un desafío–. No quiero que me sigas ignorando. No quiero estar siempre después de tu trabajo. No quiero sentirme un apéndice.

«Lo que necesita es que le presten atención», pensó Greg. Como si él tuviera todo el tiempo del mundo. Como si se pasara la vida sentado y sin hacer nada.

–¿Y cómo me voy a ganar la vida si no cumplo con mi trabajo?

–Hay maneras, Greg. Hay maneras. Mírate. Estamos a mediados del verano y estás pálido. Tienes ojeras y arrugas alrededor de la boca. Estás extenuado. ¿Es así como quieres vivir?

–Estoy extenuado porque mi mujer no está cerca para facilitarme un poco las cosas.

–¡Por favor! Estabas extenuado antes de que yo me fuera.

–Bueno, ahora estoy peor. Te necesito en casa, Jill.

–Y yo estoy pensando en quedarme aquí.

–¿Aquí? ¿Por qué?

–Porque me necesitan. Desempeño un papel. Aquí soy alguien. Me gusta ser alguien, Greg.

Él echó atrás la cabeza y cerró los ojos.

–¡Oh, Dios! –exclamó–. Así no llegaremos a ninguna parte. –Dejó caer la cabeza. Su mujer estaba allí tan cerca y sin embargo tan lejos... una rubia maravillosa con elegancia y clase. Eso fue lo primero que le gustó de Jill. Tenía clase, sin ser arrogante. Y eso no había cambiado–. No pareces embarazada –dijo en voz baja.

–Cuando estoy vestida, no.

–Quítate la ropa. Déjame ver.

En los ojos de Jill apareció otra expresión, una dureza

que podía ser odio, y Greg se sintió decididamente inquieto.

–Eso es lo peor que podías decir –repuso ella en voz baja.

–Lo siento. No lo dije de una manera negativa. Quise decir... es algo tan distinto... mi hijo... nuestro hijo. ¿Está mal que quiera ver los cambios operados en tu cuerpo?

–La intimidad es para gente que se quiere.

–Nosotros nos queremos. –¿No se lo había dicho ella por teléfono no mucho tiempo antes? Pero ahora tenía esa expresión en los ojos. No podía ser odio. No era más que enojo–. Por lo menos, yo te quiero.

–No, Greg. Tú te quieres a ti mismo. –Abrió la puerta, invitándolo a salir–. Tengo mucho trabajo.

Greg no estaba acostumbrado a que lo echaran. Su primer instinto le indicó que debía desafiarla. ¡Diablos! Ella era el único motivo por el que había ido a ese lugar, y el viaje fue una verdadera molestia, sobre todo porque decidió hacerlo en el último momento. Tuvo que viajar a Baltimore para tomar el único vuelo disponible hasta Providence y una vez allí hubo de alquilar un coche. Y de hecho no podía quedarse allí más que un par de días. Había clientes que lo esperaban. No tenía tiempo para esa clase de juegos.

Pero algo le dijo que esa no era la actitud indicada. Tenía que calmar el mal humor de Jill. Para ello podía darle un día o dos de tiempo. Sin embargo quedaba pendiente una pregunta:

–¿Qué se supone que debo hacer mientras tú trabajas?

La respuesta de Jill fue tan rápida y directa que pareció haber estado esperando que él se lo preguntara.

–Ve a ver a tu madre. Habla con ella. Pregúntale lo que es el amor. Mejor aún, lee sus memorias. Te indicará los sacrificios que alguien es capaz de hacer cuando quiere bastante a otra persona.

Greg se frotó la nunca. Tenía frío y se sentía solo, separado de Jill, cuando lo único que quería era tomarla entre sus brazos, abrazarla con fuerza y decirle que todo se solucionaría entre ellos. Pero, por primera vez, se preguntó si sería así.

Jill bajó la cabeza, negándole hasta ese último contacto de la mirada.

Sin saber qué más hacer, Greg salió.

26

Esa noche Simon comió con la familia. Quería hacer sentir su presencia. Con la llegada de Mark y de Greg, eran muchas las personas que estaban en contra de Carl. Quería estar allí si su padre necesitaba ayuda. Y lo mismo con respecto a Olivia. Si gracias al número creciente de miembros de la familia se sentía una extraña, quería que ella tuviera un aliado.

Eran más a la mesa, aunque Susanne estuvo más tiempo levantada que sentada en su silla. Simon ya sabía que era una gran cocinera, pero esa noche se lució. Sirvió una sopa ligera de almejas y luego lomo relleno de hierbas con guarnición de patatas asadas y una ensalada de espinacas con trozos de pera y queso. De postre tomaron *crème brulée.*

Conversaron sobre la comida y la alabaron. Hicieron comentarios sobre el cuerpo y el buqué del Cabernet Sauvignon que Carl descorchó. Hablaron sobre el Cabernet Napa Valley con que a menudo se comparaba ese vino. Hablaron sobre la tormenta llamada *Chloe* que en ese momento cruzaba el Atlántico Norte y ganaba fuerza. Greg no le hablaba directamente a Jill. Mark no le hablaba directamente a Susanne. Greg y Susanne no le hablaban directamente a Carl.

Pero Simon no debía haberse preocupado por Olivia. Dado que era considerada la persona más neutral de la mesa, todo el mundo hablaba con ella y Olivia conversaba con todos con naturalidad. Simon hasta disfrutó al verla manejar a los Seebring a su manera inimitable. A ella no la contenía el orgullo. No le importaba declararse ignorante y hacer preguntas, y a Tess tampoco. Sin duda, Simon jamás había conocido a dos personas tan curiosas como ellas.

Esa actitud daba un espléndido resultado en ese grupo pero, por supuesto, allí todos se esmeraban por comportarse lo mejor posible. Nadie quería provocar una discusión. Nadie decía nada que remotamente pudiera parecer una crítica. Todo era atención y amabilidad.

Pero la tensión era tan grande que Simon se alegró cuando terminaron de comer y pudo excusarse y salir al porche.

Allí se le reunió Carl, con expresión de idéntico alivio. Pero en lugar de hablar de lo sucedido, su padre prefirió sacar el tema de *Chloe*.

–Es fuerte, ¿verdad?

–Podría serlo –contestó Simon–. Se alimenta de la baja presión que dejó *Beau*. Él se fue agotando paulatinamente. Por desgracia no parece que a ella le suceda lo mismo. No es una amenaza para Florida ni para las Carolinas, a menos que gire, pero las corrientes de aire no predicen que lo hará. Indican que avanzará hacia el norte, justo al oeste de las Bermudas, y que ganará fuerza hasta llegar a tierra.

–¿Dónde?

–Aquí. –Era lo que decía el último boletín del Centro Nacional de Huracanes–. Pero ¿quién sabe? Los huracanes son inconstantes. Las corrientes de aire cambian. Tal vez *Chloe* quede colgada alrededor de las Bermudas y muera. –Observó las hileras de vides a la luz del crepúsculo. En ese momento estaban saludables, pero silenciosas y quietas. Ni siquiera se movían las hojas de los árboles distantes. Hasta los pájaros estaban en silencio. Sin duda parecía la calma que precede a la tempestad, a pesar de que Simon sabía que era muy pronto para eso. En esa etapa había poco que hacer, aparte de orar y esperar. Sus pensamientos cambiaron de rumbo. Apoyando una mano sobre la baranda del porche, miró a su padre–. ¿Todavía echas en falta a mamá?

Carl no apartó la mirada del viñedo.

–No era solo mi esposa. También era mi amiga.

–¿Volver a casarte te hace sentir culpable?

–¿Culpable? –Meneó la cabeza–. No. Traté de ser un

buen marido para Ana. Creo que fue feliz. Pero ya hace cuatro años que murió.

Simon conocía bien esos cuatro años. Los había vivido día a día, mes a mes.

–Tal vez lo mejor sería no amar tanto. Así uno no pierde tanto si las cosas salen mal.

Carl apoyó la cadera contra la ancha madera de la baranda. Habló en voz baja.

–¿Tú puedes dejar de amar? Yo nunca pude. En cuanto a la pérdida, forma parte de la vida. Lo aprendí cuando era muy joven.

–¿Cuando Natalie se casó con Al?

Carl observó al campo cada vez más oscuro.

–Durante los años de la guerra, me encerré en un sentido emocional. Recibí medallas al valor, que no lo fue en absoluto. Era temeridad. Simplemente no me importaba lo que pudiera sucederme, porque ella ya no me estaba esperando aquí.

–¿Qué te hizo cambiar de idea?

Carl inhaló con lentitud.

–Todas aquellas muertes. Yo no estaba allí cuando liberaron los campos de concentración, pero vi las fotografías. Oí historias. Si miras a los ojos a cualquiera de los testigos de primera mano, sabrás lo que es el horror.

Simon pensó que su padre pocas veces hablaba de la guerra y que, cuando lo hacía, era de temas más ligeros, como los bares de Marsella. Entonces hablaba con tranquilidad. Establecía hechos. Pero en ese momento parecía torturado.

–Siempre me pregunté qué sería peor, que desapareciera de este mundo una familia entera o que desaparecieran todos los integrantes de una familia salvo uno. –Antes de mirar a Simon, durante un minuto quedó como perdido en la tragedia–. De repente el hecho de que amara a Natalie dejó de ser el fin del mundo. Lo mismo sucedió cuando perdí a tu madre. Duele. Uno nunca se acostumbra al dolor. Pero en algún momento, uno lo pone en perspectiva con el resto de su vida.

–¿En qué momento?

Carl se encogió de hombros.

–El momento es distinto para cada uno. Como un resfriado. Algunas personas se liberan de él en dos días, otras tienen la nariz enrojecida durante una semana. Lo único que uno sabe es que en algún momento empieza a sentirse mejor. Respira mejor, duerme por la noche, siente ganas de hacer cosas.

–Sí, pero uno se mantiene lo más lejos posible de un vecino a quien le han diagnosticado una enfermedad contagiosa. Uno no busca problemas.

Carl sonrió.

–Pero si ese vecino se desmaya frente a tu puerta, ¿lo dejarás allí tirado?

–Eso es llevar el ejemplo a un extremo –dijo Simon.

–No. Es solo llevarlo al punto en que correr el riesgo es preferible a mantenerse a salvo. Si yo hubiera protegido mi corazón y nunca me hubiera casado, no habría vivido todos esos buenos años con Ana y no te tendría a ti. Así que perdí a Ana y sufrí el dolor y tuve la tentación de alejarme de todo lo que pudiera volver a provocarlo. –Hablaba con voz ronca por la emoción–. Solo que soy tan afortunado que tengo otra oportunidad. ¿Comprendes eso? ¿Lo comprendes, Simon?

Dentro, justo al lado de la puerta mosquitera, en la oscuridad, Susanne estaba apoyada contra la pared. No importaba el cansancio, pero la cena había sido agobiante. Le dolía la cara de tanto forzar una sonrisa, le dolía el corazón de tanto simular que no sucedía nada. Pensaba respirar un poco de aire fresco cuando oyó a Carl y Simon conversar en el porche. Lo primero que pensó fue en volver a la cocina. Entonces oyó la voz de Carl y algo en su tono la obligó a permanecer allí, inmóvil.

No quería escuchar, no quería oír lo que él decía, pero le resultaba imposible moverse. Escuchó hasta la última palabra y, cuando volvió a la cocina, la embargó la serenidad.

Y mientras lavaba, fue incapaz de olvidar lo que Carl acababa de decir, cómo lo había dicho. No lo dijo en voz alta ni con intención de defenderse. No mencionó a Alexander ni al viñedo, solo a Simon, Ana y Natalie. Eran ellos lo único que le importaba. Y cuando terminó en la cocina y apagó las luces, Susanne comprendió que ese «algo» que percibió en la voz de Carl no era nuevo. Estaba allí, preso en su recuerdo, algo importante en la vida de Asquonset.

Carl Burke nunca había sido demasiado conversador, pero cuando hablaba sus palabras tenían el sonido de la verdad.

Susanne subió la escalera y fue al dormitorio que había sido suyo desde que se le agregó el primer piso a la Casa Grande. El corazón se le oprimió al ver allí las cosas de Mark. Los desacuerdos entre ellos siempre la angustiaban. Mark era una persona notable... mucho más que ella. Era más bondadoso, más compasivo, una persona más grande que ella... y no se refería a tamaño físico.

Desilusionada de sí misma, se encaminó al cuarto de vestir. Allí estaba el libro de Natalie, una serie de hojas dentro de un sobre. Lo disimuló entre dos ejemplares brillantes de *Food and Wine* y lo llevó a la planta baja. Mark estaba leyendo en la sala de estar. Levantó la vista cuando ella pasó a su lado, camino de la biblioteca, pero ninguno de los dos habló.

Susanne se instaló en un rincón del largo sofá de cuero en que siempre se sentaba su padre y recordó las noches pasadas allí con él, sintiéndose protegida por un recuerdo del pasado. Hizo a un lado las revistas, sacó el manuscrito del sobre y comenzó a leer.

Mucho más tarde, Greg se levantó en silencio de la cama. Si Jill estaba despierta lo disimuló, y él no pudo saber si dormía o no. Estaba acostada de un lado y le daba la espalda.

Su respiración era regular. Hacía horas que él estaba despierto, escuchándola, y comprendió que lo único peor que no tener a Jill a su lado por la noche era tenerla pero fuera de su alcance... como sucedía en ese momento. Desde el camisón que la cubría desde el cuello hasta la punta de los pies, hasta la sábana que se había subido hasta el mentón y hasta el hecho de que ni una vez se había dado vuelta ni le había dicho una palabra de aliento... todo en ella decía: NO TOCAR.

Quedándose en Asquonset, él demostraba que era masoquista. Ignoraba por qué no volvía a su casa.

Sí, lo sabía. Si volvía a su casa, quería tener a Jill consigo. La vida en Washington sin ella era solitaria y árida, y pasarse la vida viajando sin saber si a su regreso ella estaría allí se le antojaba igualmente horrible. Y sería aún peor ahora que estaba enterado de lo del bebé. Simplemente, no podía dejarla en Asquonset.

Pero tampoco podía dormir, e intentarlo empeoraba su insomnio. Se puso una bata y revisó su maleta en busca de algo que leer. Lo único que encontró fueron informes, pero no tenía ganas de leer informes. Considerando su estado de ánimo actual, se sentía incapaz de juzgarlos. En plena oscuridad, su mirada se dirigió hacia la cómoda donde la luna iluminaba un grueso sobre de papel manila. Sabía lo que era y su contenido no le interesaba más que los informes. Pero de todos modos lo tomó y se descubrió llevándolo a la cocina.

Lo hizo a un lado y, mientras pensaba que su propia nevera estaba tan vacía como él sin Jill a su lado, se preparó algo para comer. Había un recipiente con helado y un puñado de dulces. Calentó un vaso de leche y lo bebió con lentitud, con la esperanza de que le diera sueño y le aliviara ese mal momento.

Pero seguía completamente desvelado.

Convencido de que nadie lo vería y como no tenía nada mejor que hacer, sacó las hojas del sobre, las colocó sobre la mesa de la cocina y comenzó a leer.

Olivia se levantó con las primeras luces del día. Se arrodilló junto a la ventana hasta que vio a Simon, luego bajó la escalera y salió. Cuando lo alcanzó, Simon ya se encaminaba hacia las vides.

Al verla, la tomó de la mano y comenzó a avanzar con rapidez. Solo se detuvo cuando estuvieron a cubierto de los árboles y entonces, sonriendo, la alzó. La llevó a lo más profundo del bosque antes de depositarla sobre un colchón de hojas.

Después de haberlo tenido presente en sus sueños y ahora al verlo, olerlo y oírlo, Olivia estaba completamente excitada. Cuando él la penetró, lanzó un grito de placer, el mismo placer que sintió cuando él apartó su camisón y tomó con la boca uno de sus pechos. Por mucho que hicieran el amor, Simon siempre la sorprendía con esa sensación de totalidad que le hacía sentir. Ya debería estar acostumbrada a Simon, a su aroma de hojas de vid un día y de bosque fresco al siguiente. Debería haber empezado a aburrirse, pero cuando estaban juntos siempre había algo nuevo, algo distinto, más profundo, más luminoso, más esclarecedor.

Ese día eran palabras. Tenían un acuerdo tácito sobre no hablar del futuro, y él lo cumplió, pero solo hasta que ambos llegaron al orgasmo y permanecieron tendidos lado a lado, recuperando el aliento con lentitud.

Entonces Simon musitó:

–No te vayas tan pronto.

Ella volvió la cabeza para observarlo. Él miraba el cielo, mostraba su rudo perfil y una inhabitual expresión vulnerable.

–¿De aquí? –preguntó ella–. ¿De Asquonset?

–Tienes suficente dinero en el banco. No necesitas salir corriendo.

–Sí, lo necesito –contestó ella, porque sabía que quedándose solo empeoraría las cosas–. Tess tiene que ir al colegio. Debo instalarla en alguna parte.

–¿Por qué no en Providence? Podría ir y venir con Sandy.

–Pero yo no tengo trabajo en Providence. Me han ofrecido un empleo en Pittsburg.

Él volvió la cabeza y las miradas de ambos se encontraron.

–No me lo habías dicho.

Olivia se sintió culpable, coaccionada y decidida, por ese orden.

–Todavía no he decidido si lo aceptaré.

–¿Es un buen empleo?

–Sí, trabajaría a tiempo completo en un museo. Cerca hay un buen colegio para Tess. No pueden aceptarla ahora, pero es posible que a mediados de año haya una vacante. En cuanto nos mudemos, quieren entrevistarla y hacerle una prueba. Mientras tanto ella podría asistir a una escuela pública.

–Pittsburg.

Olivia habría pronunciado ese nombre una docena de veces y todavía le resultaba extraño.

–Como te dije, todavía no me he decidido.

–¿Qué estás esperando?

–Una oferta mejor –contestó ella y se sentó. Se abotonó el camisón–. Algo más cerca nos facilitaría la mudanza. Quiero que Tess pueda empezar enseguida en la mejor escuela posible. Pienso esperar una semana más. Si no se presenta otra cosa, será Pittsburg. En realidad nunca he estado allí, pero me han hablado bien del lugar.

–¿Como qué? –preguntó Tess.

–Como bonitas casas donde vivir y bonitas tiendas donde hacer compras. Y restaurantes a orillas de un río. ¿Sabías que en el centro de Pittsburg se cruzan tres ríos? Hay un museo de aviación, con toda clase de elementos de Carnegie y Frank Lloyd Wright, y la Torre del Aprendizaje. También un zoológico.

Estaban en la cama de Olivia, donde esta había encontrado a Tess a su regreso. Tess estaba dibujando pero dejó con rapidez el cuaderno y quiso saber dónde había estado su madre. Olivia le dijo que había salido a caminar. Después de pensarlo, agregó que había tenido una oferta de trabajo y se lo contó a su hija.

–¿En Pittsburg hay McDonald's?

–¡Por supuesto!

–¿Y Pindman's?

–No. Pindman's es único. No tiene sucursales.

–En Pindman's ya nos conocen. Y eso me hace sentir bien.

–Esa es la diferencia entre un pueblo pequeño y una gran ciudad. En la ciudad uno tarda más en conocer gente. Pero ¿recuerdas el Seven-Eleven de Cambridge? Llegamos a conocer al encargado. ¿Y la tienda donde vendían yogur?

–¿Por qué no nos quedamos aquí? –preguntó Tess, y a Olivia le dolió el corazón.

–Porque aquí no tengo trabajo.

–Podrías conseguirlo.

–No la clase de empleo que necesito. Aquí a nadie le hace falta una restauradora de fotografías.

–También eres escritora.

Apenas. Esforzándose. A costa de lágrimas y sudores.

–Solo durante este verano.

Y posiblemente nunca más. Olivia no sabía si Natalie estaba o no conforme con su trabajo. Nunca le hacía ningún comentario al respecto. Olivia ni siquiera sabía si había leído el borrador de sus memorias.

–Yo quiero ir a Braemont con la señora Adelson –dijo Tess–. Es la mejor maestra que he tenido.

–Siempre conservarás los conocimientos que ella te ha dado. La llevarás contigo allá a donde vayas.

Tess no parecía creerlo. Al ver que su hija fruncía el entrecejo y adelantaba el mentón, Olivia se preparó para una discusión.

Pero al instante siguiente la niña se suavizó. Dirigió a su madre una mirada de ternura.

–Me gusta mucho estar aquí, mamá. Ojalá pudiéramos quedarnos.

–A mí también me gustaría, cariño –comenzó Olivia, pero cuando extendió las manos para abrazarla Tess se deslizó de la cama. En pocos segundos había cruzado el baño y se encontraba en su propio dormitorio–. A mí también me gustaría –repitió Olivia, hablando para sí misma mientras recogía el cuaderno de dibujo de Tess y sacudía las sábanas con más fuerza de la necesaria–. Pero no puedo simular. –Quitó las sábanas del colchón–. Esta no es mi familia. –Quitó la colcha con fuerza inusitada–. Mi trabajo está casi terminado. –Arrojó las almohadas sobre la ropa de cama–. Debo irme.

Tomó el cuaderno de dibujo y estaba a punto de ponerlo en su sitio cuando se sintió atraída hacia el asiento de la ventana. Dedicó varios minutos a compadecerse por no ser una Seebring, por no tener allí un trabajo permanente, por no ser tan importante para Simon Burke como para que él prefiriera morir antes que permitir que se marchase.

Entonces pensó en su madre. Se estaba acostumbrando a la idea de que Carol había muerto. No le gustaba, pero aceptaba lo que era imposible cambiar. Hasta se estaba acostumbrando a la idea de que tal vez, solo tal vez, Simon tuviera razón. Quizá, a su manera, Carol la había querido. El dinero sin duda le vendría bien para enviar a Tess a un colegio privado y después a la universidad. Y quizá su hija hasta pudiera obtener un título importante en arte. La niña tenía talento.

Sonriente, con placer y orgullo, Olivia abrió el cuaderno. Contenía dibujos del viñedo y de la Casa Grande, y dibujos de *Buck* con sus gatitos, dibujos de Olivia que la presentaban alternativamente como un ángel y como una bruja, un dibujo de Carl con su raqueta de tenis y uno de Natalie en calidad de reina, dibujos de Simon agazapado arrancando hojas de una vid y sentado en la máquina de cortar cercas, reparando el enrejado con sus guantes de trabajo y con gatitos en las manos, y leyendo un libro con sus gafas caídas sobre el puente de la nariz.

Los dibujos de Simon aumentaban en número a medida que progresaba el cuaderno. Sin duda eran los más recientes y también eran demasiados para la paz de espíritu de Olivia. No necesitaba un título universitario para comprender que Tess se estaba encariñando con él. Y esa era la mejor razón para que se mudaran a Pittsburg. Los cariños podían ser destruidos al nacer. Ojos que no ven, corazón que no siente.

Ella y Tess estaban mejor solas y libradas a su suerte. Así estarían más seguras. Ella podía garantizarle amor a su hija. Algo que nadie más podía hacer.

Simon recorría las hileras de vides buscando problemas, o indicios de problemas, tratando de distraerse con trabajo para no pasar el día entero en la oficina esperando informes de la tormenta. Pero todas las vides estaban bien. Bien podadas, con la tierra aireada y húmeda, las uvas crecían redondas y llenas. La dulzura llegaría. Ese sería el tema de las semanas siguientes... suponiendo que un huracán no lo estropeara todo.

Tenía un mal presentimiento con respecto a *Chloe,* y no se trataba de una paranoia. El huracán era real, crecía y se dirigía hacia allí. Según los boletines que recibía por fax, *Chloe* era un huracán de tercera categoría, con vientos de más de ciento ochenta kilómetros por hora. Se dirigía al norte a una velocidad que lo haría llegar a tierra en menos de cuarenta y ocho horas, y no daba señales de cambiar de rumbo, de disminuir ni de agotarse.

Mientras Carl y Natalie seguían el curso de la tormenta por televisión en la Casa Grande, Simon rastreó imágenes de satélite en su ordenador. Estudió los mapas de radar que le enviaba el Centro Nacional de Huracanes. Recibió correos electrónicos de amigos que le deseaban suerte. Su contacto en el Centro solo le sugirió que tapiara las aberturas de las casas.

De ser posible, él habría protegido las vides de la misma manera, pero las vides... las que sobrevivieron a una primavera demasiado lluviosa y que ahora prosperaban, tendrían que defenderse solas.

27

Decidida a comenzar a separarse de Simon, a la mañana siguiente Olivia no bajó al patio a reunirse con él. Ni siquiera se asomó para ver si estaba allí, sino que se quedó en su cuarto haciendo una especie de mapa de los lugares donde había pedido trabajo. Era hora de que volviera a enviar cartas, de eliminar de la lista los lugares donde el «no» era la respuesta definitiva y dedicarse a trabajar sobre los otros.

Bajó con Tess solo cuando estimó que los demás estarían despiertos y sin duda lo estaban, distribuidos por la cocina, mirando la pantalla del pequeño televisor ubicado sobre la encimera. Olivia no tuvo necesidad de preguntar si *Chloe* había cambiado su curso. No cabía duda de que no era así.

Y era igualmente evidente que todos rogaban que el huracán modificara su rumbo. Sin iniciar conversaciones insustanciales y después de conformarse solo con huevos pasados por agua sobre un picadillo hecho con los restos de la comida de la noche anterior, el grupo se dispersó. Olivia estaba deseando alabar lo que acababan de comer. Jamás había probado algo tan sabroso. Hasta entonces nunca había tenido oportunidad de comer un picadillo de lomo, pero como Susanne estaba tan preocupada como los demás, omitió sus halagos.

Lo mismo sucedía con respecto a comentarios o conversaciones sobre la tormenta. Por lo visto había que mantener una apariencia de normalidad durante el mayor tiempo posible.

Jill fue a la oficina a trabajar. Susanne fue al mercado a hacer compras. Tess se encaminó con Sandy a leer a la biblioteca. Olivia subió al loft a ordenar fotografías.

Poco rato después, Natalie se reunió allí con ella. No tenía noticias de la tormenta e, igual que los demás, parecía no querer hablar sobre ella. Y lo hizo con eficacia. Esa mañana, en una sola hora de trabajo, identificó todos los rostros de las fotografías que para Olivia eran desconocidos, incluyendo el de la mujer misteriosa que tanto la intrigaba.

Se llamaba June Ellenbaum. Más que amiga de Natalie, lo era de su hermano y había muerto de neumonía a principios de los cuarenta.

Olivia sonrió con tristeza. Acarició el cuello elegante de *Achmed* y el ronroneo del gato la tranquilizó tanto que pudo reconocer:

–Cuando trabajaba en el estudio de Otis, solía mirarla e imaginaba que a lo mejor era mi abuela, tía abuela o algo así.

–¿Y ahora?

Olivia siguió acariciando la cabeza sedosa de *Achmed*.

–Ya no puedo seguir imaginando tonterías. Tal vez por fin esté madurando. Ese tipo de suposiciones pueden ser negativas. Impiden que uno acepte una realidad imposible de modificar.

Hubo otro silencio. Natalie agregó:

–Quédate aquí, Olivia. Quédate después de la boda.

Olivia levantó la mirada.

–¿Perdón?

–Tess podría ir a Braemont y tú podrías ser mi asistente.

–Usted no necesita una asistente. Sobre todo después de la boda y cuando el libro esté terminado. –Hasta ese momento Olivia todavía no había recibido el veredicto de Natalie sobre su trabajo. Casi tenía miedo de preguntar.

–Pero quiero tener una asistente. Te aseguro que hay trabajo más que suficiente para tenerte muy ocupada.

–Usted no me necesita aquí.

–No se trata de eso. Quiero tenerte aquí.

Olivia debería haber quedado encantada. No mucho tiempo antes soñaba con que tal vez pudiera suceder algo parecido. Pero ahora no quería dejarse enredar por sus sueños. Era la lección aprendida con la muerte de su madre.

–Me han ofrecido un trabajo en Pittsburg. –Le contó a Natalie lo del empleo en el museo.

Sin dejarse amilanar, Natalie sonrió.

–Ahora también te han ofrecido un empleo aquí.

–Pero el de Pittsburg se refiere a trabajos de restauración. Soy una excelente restauradora.

–Y el que te ofrezco aquí es para manejar a la gente. También eres excelente en eso. –La sonrisa de Natalie desapareció y adoptó una expresión seria y formal–. Te necesito, Olivia. Me gusta saber que estás aquí. Hasta ahora nunca había tenido una asistente personal. Me refiero a una asistente realmente «personal». Mira todo lo que has hecho por mí.

–No he hecho mucho. No soy la mejor redactora del mundo.

–He leído lo que has escrito.

Olivia trató de mostrarse indiferente.

–¿Ah, sí?

–¡Por supuesto! ¿Creíste que no lo haría? He leído esas páginas en cada una de sus etapas.

–No lo sabía. –Contuvo el aliento y estudió el rostro de Natalie, en busca de alguna señal de aprobación. Lo único que vio fue sorpresa.

–¿No te lo dije? Creí haberlo hecho. Supongo que he estado muy ocupada.

A Olivia se le ocurrió que estaba sintiendo lo que Susanne y Greg experimentaban con su madre. Pero ella no era hija de Natalie y no pensaba esperar un solo minuto más. Tenía necesidad de saber la verdad.

–Bueno. ¿Qué le ha parecido?

–Maravilloso –contestó Natalie, todavía sorprendida–. ¿Lo dudabas?

–Sí, lo dudaba. Nunca había escrito antes algo así.

Natalie volvió a sonreír.

–Bueno, me ha encantado. Es claro y legible. Refleja la situación y también las emociones. No creo que nadie pudiera haber hecho un trabajo mejor.

Olivia se sentía mareada.

–¿En serio? Gracias. Sin duda lo dice por cortesía, pero de todos modos me gusta oírlo.

–Te aseguro que no se trata de cortesía. Te lo digo con toda honestidad. Nadie podría haberlo hecho mejor, y no solo me refiero a mis memorias sino a todas las otras cosas que has hecho por mí. Ya no soy joven. Me gusta tener a alguien que se ocupe de los detalles y tú eres excelente en ese sentido. Podrías trabajar aquí o allá, en el loft. Allá siempre nos hace falta ayuda. O podrías trabajar en la bodega. En realidad necesitamos que alguien sea el lazo de unión entre la oficina y la bodega.

Deseando creer y luchando por no hacerlo, Olivia tomó el ofrecimiento con ligereza.

–Bueno, eso sí que es exagerar.

–De ninguna manera. Tu problema es que no te valoras lo suficiente. No te das cuenta de lo que has hecho, hasta qué punto me has facilitado las cosas. Tengo setenta y seis años, necesito que me ayuden, y tú me brindas esa ayuda sin hacerme sentir que ya estoy a mitad de camino de la tumba.

–¡No es así! Cualquiera con un dedo de frente se daría cuenta de eso.

–Te estoy hablando muy en serio, Olivia. –Su expresión lo demostraba–. Yo quería que mis hijos se involucraran con Asquonset, pero no fue así. Tampoco les importa a los hijos de mis hijos, como habrás podido ver por las veces que mis nietos me han visitado este verano, o sea, ninguna. En cambio tú has estado aquí y a ti te importa Asquonset. Quiero que te quedes.

–No puedo –contestó Olivia.

–¿Por qué?

Ella no podía explicarlo. ¿Cómo explicar que le aterrorizara algo que parecía ideal?

Natalie suspiró.

–Bueno, piénsalo. Ahora debo ir a la oficina, pero no estoy dispuesta a cejar. Has sido muy valiosa para mí. Has hurgado y me has impulsado. Me has obligado a hablar sobre temas difíciles. Necesitaba hacerlo.

–La puerta del cuarto de Brad sigue cerrada –dijo Olivia, y Natalie volvió a encerrarse en sí misma.

–No te comprendo.

–Nada ha cambiado. Así que, después de todo, no he hecho mucho. Susanne y Greg siguen molestos y esa puerta sigue cerrada.

Natalie desvió la mirada.

–¿Por qué está cerrada? –insistió Olivia.

Hasta entonces nunca había sido tan osada y no estaba segura si lo que quería era herir a Natalie o enfurecerla para que retirara su ofrecimiento... o simplemente quería poner a prueba su aprobación.

Cualquiera fuese el motivo, Olivia prefería hablar sobre Natalie en lugar de hablar sobre sí misma, y Brad era una asignatura pendiente.

–¿En ese cuarto todo está igual que cuando él murió?

Natalie asintió.

–¿Usted entra a menudo?

Natalie apretó los labios. El gesto dejó al descubierto arrugas que por lo general disimulaba el optimismo.

–De vez en cuando.

–¿En esa historia hay más de lo que usted me ha contado?

Natalie se cubrió la boca con una mano, moviendo los dedos sobre las arrugas como si quisiera alejarlas, y sin duda lo hizo porque cuando bajó la mano y esbozó una sonrisa triste, las arrugas habían desaparecido.

–Siempre hay más en la historia de alguien cuya vida fue segada tan pronto. Pero esa historia no tiene cabida en estas memorias.

A la hora del almuerzo, en la cocina todo el mundo se situó más cerca del televisor. El tiempo de la aparente indiferencia había llegado a su fin.

Hablaba una periodista que se encontraba de pie en la playa cercana de Newport.

«Como ustedes pueden ver –dijo echando una mirada

por encima del hombro–, la playa ofrece un aspecto normal, pero todo indica que esto cambiará dentro de muy poco. *Chloe* azota las Bermudas y sigue una trayectoria nornoroeste. Se acaba de dar a conocer una alerta de huracanes para la costa sur de Nueva Inglaterra. Las últimas estimaciones predicen que *Chloe* llegará a tierra mañana a mediodía. Es una tormenta importante. Hoy mismo esperamos ver las primeras nubes sobre esta zona. Aquellos que recuerden al huracán *Gloria* en 1985 o al *Donna* en 1960 saben lo que deben hacer. Para los demás, los que se preguntan cómo prepararse para esta emergencia, nos conectamos ahora con el cuartel general de la Cruz Roja...»

Natalie bajó el sonido del televisor y se dirigió a los demás.

–Yo recuerdo a *Gloria,* y a *Donna.* También recuerdo a *Carol* y a *Edna* en 1954. Todo indica que sufriremos un corte de luz. Tenemos linternas y lámparas para huracanes, pero debemos asegurarnos de que funcionen. Greg, necesitamos baterías de repuesto y combustible para lámparas. ¿Te puedes encargar de eso? Si llega a producirse una inundación, es probable que se contaminen nuestros depósitos de agua, de manera que nos hará falta mucha agua embotellada. Y además debemos tener alimentos en polvo y en lata, por si nos quedamos sin nevera. Y hablando de neveras, debe funcionar el frío máximo y es importante que las puertas se abran lo menos posible. Las ventanas de la casa tienen persianas, de modo que no será necesario taparlas con tablones, pero debemos entrar el mobiliario del patio. ¿Mark?

–¡Hecho! –contestó Mark, tan relajado como de costumbre.

Ni Greg ni Susanne estaban tan relajados, por lo menos cuando se trataba de Natalie. Olivia casi esperaba que alguno de ellos la acusara de darle una importancia desmedida a la tormenta. Al ver que no lo hacían, se inquietó. Por lo visto sabían lo que era tener que enfrentarse con un huracán. Eso o estaban cansados. Ambos solo reaccionaron asintiendo. Susanne se ocupó de preparar sándwiches de pollo. Greg y Mark salieron.

–¿Qué puedo hacer yo? –preguntó Jill a Natalie.

Natalie abrazó a su nuera.

–Pues cuidarte mucho –murmuró, sin duda porque ya estaba enterada de la llegada de su nieto–. Siéntate. Come. Mira la televisión y avísanos si hay algún cambio.

–¿Y yo? –preguntó Tess–. Quiero ayudar.

Natalie frunció el entrecejo.

–Tú puedes ser la conexión entre Simon y nosotros. Él estará en su oficina, verificando la tormenta. Recibe constantes boletines por el ordenador. Tú puedes encargarte de transmitirnos cualquier nueva información.

–Simon me va a llevar a navegar –informó Tess a Natalie.

Natalie se sobresaltó, pero sonrió.

–Hoy no podrá llevarte.

–¿Por qué tienen nombres de mujer los huracanes?

–No siempre. Antes de *Chloe* tuvimos a *Beau*. En los años setenta comenzaron a ponerles nombres masculinos. Ahora los alternan, un varón, una mujer, un varón, una mujer.

–¿Quiénes les ponen nombre?

–No sé. Simon debe de saberlo. Pregúntaselo.

–Yo lo sé –dijo Carl, quien acababa de entrar y alcanzó a oír la pregunta–. En las islas del Caribe hay una comisión que se encarga de eso. Tienen nombres preparados para todo el año. La lista se repite cada seis años, a menos que haya un huracán muy fuerte. Entonces retiran ese nombre de la lista.

–¡Hola! –dijo Natalie con una sonrisa y le ofreció la mejilla para que Carl la besara.

Cuando él la besó y le deslizó una mano por la cintura, Olivia lanzó un suspiro. Era maravilloso observar a esa pareja.

–Me detuve en el club –dijo él–. El barco está bien amarrado.

Tess estaba junto a él.

–¿Por qué los que nombran los huracanes son personas del Caribe?

Carl le apoyó con suavidad una mano en la cabeza.

–Porque los huracanes del Atlántico por lo general golpean allí con más fuerza, así que ellos tienen preferencia para ponerles nombres.

–¿Los huracanes también golpean los viñedos de California?

–No. En California casi nunca hay huracanes.

–¿Por qué no?

–Porque los huracanes se mueven de este a oeste. Aquí nosotros recibimos huracanes que se forman en tormentas del África. Tienen un océano entero para ir tomando fuerza. En cambio, al este de California solo hay tierra. Los huracanes no se inician sobre tierra firme.

–¿Por qué no?

–Porque necesitan agua, y preferentemente cálida. Por eso la mayoría de los huracanes nos golpean en agosto y septiembre. Es la época en que el Atlántico está más caliente.

–¿Qué noticias hay de la ciudad? –preguntó Natalie.

–Están resonando las escotillas.

–¿Eso qué quiere decir? –preguntó Tess.

Olivia intervino.

–Quiere decir clavar las cosas para que no se vuelen. Vamos, cariño. Es hora de comer. –Se volvió hacia Natalie–. ¿Y yo qué puedo hacer?

Cerrando un ojo, Natalie parecía repasar mentalmente una lista.

–Puedes llamar a los expertos en jardines. Quiero que nuestro nombre encabece la lista de la limpieza después de la tormenta. –Emitió un pequeño sonido–. Echo de menos a Joaquim. Todos los servicios estarán cubiertos de pedidos, pero no puedo permitir que para la boda el parque esté lleno de hojas y de todos los desechos arrastrados por la tormenta. Garantízame que vendrán. ¡Ah! Y por favor, llama al que nos preparará la comida de la boda y al florista, solo para estar seguros de que, preocupados por *Chloe,* no cometerán algún error. Y llama también a la calígrafa.

–Ayer le mandé un fax –contestó Olivia–. Dentro de

una semana tendrá listas las tarjetas para la ubicación de los invitados en las mesas.

–Bien. –Natalie se apretó la frente–. Y ahora, ¿he olvidado algo?

A media tarde el oleaje se había embravecido. Cancelaron la clase de navegación de Tess, junto con todas las demás actividades del Yacht Club. En Pindman's, postergaron una conferencia sobre el envasado de hortalizas, para que los posibles asistentes pudieran prepararse para la tormenta. Lo mismo sucedió con una comida en beneficio de la iglesia.

La periodista de televisión, ahora desde Narragansett Point, se esforzaba por apartarse de la cara el pelo enmarañado por un viento furioso.

«La alerta de tormenta ahora ha sido convertida en una alerta de huracán porque se espera que *Chloe* llegue a tierra firme en menos de veinticuatro horas. El gobernador ha anunciado que mañana las oficinas estatales permanecerán cerradas para todos los que no integren el personal de emergencias. La Guardia Nacional ha sido puesta en alerta máxima. Muchas tiendas también han cerrado sus puertas. Más tarde anunciaremos una lista completa de vuelos cancelados.»

La puerta mosquitera se cerró ruidosamente. Tess entró corriendo en la cocina, se apoyó contra la encimera y, casi sin aliento, informó:

–Simon dice que apenas evitaremos estar en el ojo del huracán. No es algo que lo alegre.

Carl gruñó.

–No. Supongo que no. Si uno se encuentra en el ojo del huracán, por lo menos tiene un pequeño respiro entre los ventarrones. Muchas veces el punto de mayor fuerza de un huracán se encuentra a alrededor de noventa kilómetros de su ojo. Allí es donde golpea con más ferocidad.

Tess se ajustó las gafas y lo miró.

–¿Nos golpeará muy fuerte?

–No será nada que no podamos controlar –le aseguró él.

–Dice Simon que algunas personas se están marchando.

–Deben de ser los que viven a orillas del mar. En el caso de un huracán como este, uno se preocupa por la crecida que provoca la tormenta.

–¿Qué es una crecida?

–A causa de los vientos del huracán, el mar crece y provoca inundaciones.

–¿Y hasta qué altura crece?

–Depende de la tormenta. Simon debe de saber cuáles son los pronósticos para esta.

–Iré a preguntarle –declaró Tess, pero Olivia le señaló una silla. Su hija había corrido de la casa a la oficina de Simon más veces de las que ella podía contar. El pobre hombre merecía un descanso.

–Susanne necesita que alguien la ayude a pelar mazorcas. –Olivia tomó una gran bolsa de papel que había sobre la encimera y la colocó frente a Tess–. Tú eres la mejor para eso. Yo me encargaré de ir a hacerle esa pregunta a Simon.

Olivia salió de la cocina. La tarde, de repente, se había puesto pavorosamente oscura. El aire era denso, pesado y muy húmedo. Atajando por detrás de la casa, corrió hasta el sendero del cobertizo. La luz del primer piso estaba encendida. Olivia entró al cobertizo, subió corriendo la escalera y avanzó hasta donde brillaba la luz.

Simon estaba sentado frente al ordenador, con la silla echada hacia atrás. Tenía las manos enlazadas detrás de la cabeza y una pierna cruzada.

–Hola –dijo Olivia y se acercó al monitor–. ¿Qué tienes ahí?

–Una fotografía del radar. –Separó las manos y le apoyó una en la espalda–. Las transmite el Centro Nacional de Huracanes. Las perspectivas no son buenas.

Olivia le estudió el rostro. Ya conocía bien sus facciones y notó que tenía los ojos más hundidos de lo habitual.

–Estás extenuado.

Simon resopló y la miró.

–Esto no es más que el principio.

Movió la mano hasta la cintura de Olivia. Ella quiso creer que su presencia lo reconfortaba. Por eso estaba allí. Era una amiga.

–¿Qué clase de daños puede provocar?

Él se encogió de hombros.

–Depende de la fuerza que tenga cuando llegue aquí. Si entre este momento y entonces se llegara a debilitar, el daño podría ser insignificante. Pero de cualquier otra manera, el coste aumentará.

–¿Cuál sería el peor de los casos?

–Que nos arrasara con vientos de ciento cincuenta kilómetros por hora y nos borrara del mapa.

–¿Que nos borrara...?

–Destrozaría las vides. Esa clase de viento es feroz. Las vides no son de acero.

–Pero yo creía que en tierra firme los huracanes perdían fuerza.

–Sí, después de unas horas. Nosotros vamos a recibirlo directamente desde el mar. Es decir, con plena fuerza. Y no solo se trata del viento, sino también de la lluvia. La lluvia torrencial empapa la tierra. Si las vides absorben demasiada agua y con demasiada rapidez, las uvas se hinchan y se rajan. Si se rajan, se pudren. Si absorben demasiada agua, el zumo se diluye y la cosecha es pobre. Cualquiera de las dos posibilidades es desastrosa.

Olivia se aferró a una débil esperanza y dijo en un susurro:

–El huracán todavía puede cambiar de rumbo y alejarse de la costa.

Simon no parecía esperanzado.

–Es posible, pero si no lo hace enseguida, sus vientos nos afectarán. *Chloe* es grueso y grande. Mira esto. –Pulsó unas teclas y apareció otra imagen en pantalla. Mostraba a *Chloe* con el aspecto de un típico huracán, una especie de molino con un agujero en el medio. Simon señaló el ancho que tenía–. Tiene casi cuatrocientos cincuenta kilómetros de ancho.

Olivia no tenía ningún parámetro de comparación.

–¿Quiere decir que es muy grande?

–Sí.

El ordenador emitió un pitido. Simon apartó la mano de la espalda de Olivia, se inclinó y entró en su correo electrónico. Instantes después tenía un nuevo mensaje en pantalla.

Olivia lo leyó.

–¿Quién es Pete G.?

–Un amigo que trabaja en la Administración Nacional Oceánica y Atmosférica. –Tecleó una rápida respuesta y la envió.

–¿Puedes explicarme qué quiere decir eso del diferencial derecha-izquierda?

–Que el viento es más fuerte en el lado derecho del ojo del huracán. En este momento *Chloe* sopla a ciento ochenta kilómetros a la derecha y a ciento sesenta y cinco a la izquierda. Así pues, es una tormenta muy fuerte.

Olivia se apoyó contra el escritorio. Deseó poder hacer algo.

–Lo siento, Simon.

Él sonrió.

–No es tuya la culpa.

–Pero no es justo. Las viñas por fin se habían secado. Brillaba el sol. Todo pintaba bien.

–Más que bien –la corrigió él–. El sol ha endulzado las uvas. Es como hervir almíbar. Cuanto más fluido excesivo se pierde, más intenso es el sabor que queda. Pero bueno, esa es historia pasada. El momento más importante de la temporada de maduración siempre coincide con la época de los huracanes. Sucede todos los años.

–¿No se puede hacer nada?

–Nada.

–Hemos puesto hombres en la Luna. ¿Por qué no podemos amansar un huracán?

–¡Ah! Lo hemos intentado. Hemos dejado caer yoduro de plata en el ojo. Según una teoría científica, debía dar resultado, pero no fue así. Desarrollamos una cobertura líquida para expander sobre el mar bajo una tormenta para que esta no se pudiera alimentar del agua, pero las olas deshacen la maldita cobertura. Hasta hemos hablado de la posibilidad de dejar caer armas nucleares en el ojo del huracán, pero ¿puedes imaginar lo que sería una lluvia radiactiva? –Tomó la mano de Olivia–. Así es esta vida. Los granjeros somos apostadores. ¿No lo sabías?

Ella meneó la cabeza, completamente perdida en los ojos de Simon. Fríos y duros, había pensado una vez. No había nada frío ni duro en ellos. Eran del azul más profundo que pudiera imaginarse. Inteligentes, cálidos y compasivos, suaves y bondadosos, expresaban preocupación, y ella estaba loca por esos ojos.

Él le apretó la mano con suavidad.

–No me mires así –dijo.

–No te estoy mirando a ti –contestó ella, aceptando el desafío–. Estoy mirando a través de ti. ¿Sabes lo que veo?

Simon sonrió y meneó la cabeza.

–¿Qué ves?

–El reflejo de una pantalla de televisión. Es lo que sucede cuando uno permanece sentado demasiado tiempo frente a uno de esos aparatos. Empieza a resplandecer en la parte de atrás de tu cabeza. Me refiero a que por algo se utilizan protectores de pantalla. Ven a la Casa Grande. Te hace falta un descanso.

Él arqueó una ceja.

–¿Y crees que eso será un descanso? Allí hay una guerra fría. ¿O no lo habías notado?

Ella no pudo por menos que reír.

–No es tan terrible.

–Nadie habla con nadie.

–Bueno, ahora hablan de la tormenta. –Apretó los dedos alrededor de los de él y lo tironeó–. ¡Vamos! Ven conmigo. Tú sabes más que ninguno de ellos. Mientras estemos sentados esperando, podrás explicarnos lo que está sucediendo.

Simon fue, pero no tuvo que explicarle nada a nadie. La cobertura televisiva de la tormenta prácticamente había anulado el resto de los programas. Los canales contaban con un ejército de reporteros y expertos para contestar todas las preguntas imaginables.

Había tres televisores en la Casa Grande: el pequeño de la cocina, uno de tamaño mediano en la sala de estar y otro de pantalla grande en el estudio. La comida fue estilo bufé en el comedor, pero prácticamente nadie se sentó a la mesa. Hubo muchas idas y venidas: todos comían un poco, luego cambiaban de lugar, caminaban, y comían otro poco. Había pocas conversaciones, poca unión entre las parejas que deberían estar unidas.

«No es nada del otro mundo –se dijo Olivia–. Está a punto de desencadenarse una tormenta. Se mueven de un lado al otro tratando de que todo el mundo conserve la calma.»

Pero no era solo eso. Susanne se excusó y se retiró a su dormitorio en cuanto todos terminaron de comer. Para entonces Greg ya se había retirado. Natalia se quedó un rato pero estaba distraída y por fin, extenuada, subió a acostarse. Simon le dirigió una mirada a Olivia y salió. Jill se tendió sobre el sofá de la biblioteca con un brazo sobre el pecho y la mirada en cualquier parte menos en el televisor. Mark se había tumbado en un sillón cercano con el mentón apoyado en un puño.

La tensión crecía y ellos seguían esperando.

Cuando Mark se reunió con ella, Susanne estaba acostada pero despierta en la oscuridad. Tendida de costado pero dándole la espalda, oyó los pasos de su marido, el crujir de la ropa que se quitaba y por fin sintió que el colchón se hundía a su lado y que las sábanas se ponían tensas.

Durante un instante todo siguió en silencio. Entonces se oyó el más suave de los susurros.

–¿Susanne?

Ella tuvo ganas de simular que dormía, pero estaba demasiado inquieta. Necesitaba hablar con alguien.

–Estoy despierta –contestó, volviéndose hasta quedar de espaldas.

–¿Pensando en la tormenta?

–No. Pensando en mamá. Estoy en la mitad del libro. Se presenta a sí misma como alguien bastante excepcional.

–Lo es.

–No; quiero decir que se da mucha importancia. Por ejemplo cuando dice que hace años Asquonset se habría perdido si no fuera por ella.

Mark se puso de costado y se apoyó sobre un codo.

–¿Y fue así? –preguntó, como si no le pareciera un absurdo.

–No sé. Es lo que ella dice. O implica. ¿Alguna vez oíste hablar de inversiones inmobiliarias?

–¿De tu padre?

–No, de mamá.

Mark tardó en contestar.

–Recuerdo que una vez, hablando con ella, me impresionó todo lo que sabía sobre el negocio inmobiliario. No mencionó concretamente que tuviera inversiones en ese sentido, pero no me sorprendería que las tuviera. Sabía de qué estaba hablando.

Era una novedad para Susanne.

–A mí nunca me habló sobre el negocio inmobiliario.

–¿Alguna vez se lo preguntaste?

Susanne le dirigió una mirada aguda. En la oscuridad no alcanzaba a distinguir bien el rostro de Mark, pero le brillaban los ojos.

–¿Por qué iba a hacerle esa pregunta?

–No, nunca se la habrías hecho. A eso me refiero. En cambio yo sí tenía un motivo para hablar del tema. Hago inversiones inmobiliarias. Debí de comentar algo que inició la conversación.

Susanne tuvo ganas de discutirle. Pero Mark era un hombre muy lógico.

–Está bien –dijo, contemplando la premisa de Natalie desde un punto de vista distinto–. Si tú tuvieras que atribuir el éxito de este viñedo a una sola persona, ¿a quién se lo atribuirías?

Mark se volvió a tender de espaldas y miró el techo.

–¿El éxito del viñedo mismo? –Volvió la cabeza sobre la almohada–. A Carl.

–¿No a mi madre?

–Creo que ella convirtió esto en un negocio. Pero el éxito del viñedo en sí se lo atribuyo a Carl.

–¿Y qué me dices de mi padre? ¿Qué le atribuirías a él?

Mark lo pensó un minuto.

–Hizo maravillas en publicidad y logró que se conociera el nombre del viñedo y la bodega. Si uno menciona Asquonset, la gente enterada piensa en Alexander.

–¿Crees que fue hábil? Ya sabes a qué me refiero: inteligente, astuto. Un buen hombre de negocios.

–Era muy inteligente. Debió ser escritor. Tenía aptitud para el drama y sabía manejar las palabras.

–Pero ¿era un buen empresario?

Mark contestó en tono muy cariñoso y como quitando importancia a lo que iba a decir.

–No sé. Los datos sobre inversiones que me dio nunca resultaron buenos. Pero te aclaro que no estoy hablando mal de un muerto. Él sería el primero en reírse a carcajadas de los datos que me dio y yo sobreviví.

Susanne lo miró en la oscuridad.

–¿Por qué nunca supe eso?

–¿Que yo he sobrevivido?

–Que los datos de inversiones que papá te daba no eran buenos.

Mark hizo una breve pausa.

–¿Para qué te lo iba a decir? –repuso–. ¿Qué sentido hubiera tenido? ¿Quién va a destruir la imagen de un hombre frente a su propia hija?

–Pero yo debí saber la verdad.

–Tu padre era un gran hombre.

–Pues –contestó Susanne, dolida porque no solo su madre sino también su marido la habían mantenido al margen– aquí no hizo mucho que valiera la pena.

–¿Natalie dice eso?

–Natalie no dice eso –argumentó Jill.

Estaba acostada de espaldas pero tan lejos de Greg como le era posible.

Molesto por la actitud de su mujer, él se sentó.

–Te aseguro que está muy cerca de afirmarlo. Lo único que le falta es castrar al pobre tipo.

–Greg, yo leí el libro. No es así. Simplemente aclara que aunque todos creían que él dirigía el viñedo, no era así. Tú creciste aquí. ¿Alguna vez viste a Alexander tomar decisiones cotidianas?

–Lo vi promocionar el viñedo en todos los lugares que visitaba.

–Eso es cierto. En ese sentido fue maravilloso. Pero no sabía mucho sobre uvas. Tampoco se encargaba de la parte contable de la empresa.

–Mi madre tampoco lo hacía. Para eso estaba el contable.

–Está bien –aceptó Jill–. Déjame replantear la frase. Él ni siquiera leía los balances que el contable les presentaba.

–¿Y Natalie sí?

–Sí. Si lees su libro con atención, te darás cuenta que sí.

Greg miró hacia la ventana. Las cortinas se movían con suavidad, pero el aire en el cuarto seguía siendo cálido. De repente sintió necesidad de respirar. Se levantó y abrió la ventana de par en par. Se apoyó contra el antepecho y sacó la cara al viento que, a pesar del olor a tormenta, le resultó tranquilizador.

En voz más baja dijo:

–Ella habla como si hubiera creado personalmente este lugar.

–Y es algo que tú te niegas a aceptar –contestó Jill, pero su tensión también se había suavizado.

Sus palabras ya no eran tanto un desafío sino una observación, hasta casi una pregunta.

El viento seguía agradable. Llevaba consigo el aroma de tierra y de hojas y despertaba recuerdos enterrados durante años. Greg había ayudado a plantar muchas vides. Había recordado haber ayudado a podar y cosechar. Eran buenos recuerdos.

Los recorrió en busca de su padre, pero terminó con las manos vacías.

–Está bien –concedió–. Puedo aceptar parte de la historia. Acepto que haya perdido las fábricas de calzado, pero no fue el único soldado que volvió de la guerra para encontrarse sin nada. También puedo creer que Natalie haya ganado dinero en el negocio inmobiliario y que haya permitido que Carl tomara las decisiones del viñedo mismo. ¡Diablos! Había estado enamorada de él. Me parece natural que haya tratado de favorecerlo.

Jill levantó la cabeza de la almohada.

–No lo favoreció. Permitió que dirigiera el viñedo porque él sabía hacerlo. –Se reclinó–. El amor no tuvo nada que ver con eso. Fue puro pragmatismo.

Greg apoyó la frente en un brazo.

–Tal vez ella haya querido castigar a mi padre por haber perdido las fábricas. Quizá lo haya dejado de lado para hacer quedar bien a Carl. O tal vez lo único que pretende es quedar bien ella misma.

–Natalie no dejó de lado a Alexander –insistió Jill–. Solo comprendió cuál era la habilidad de tu padre y permitió que hiciese lo que mejor sabía.

Greg se irguió.

–Dices que se lo permitió. ¿Has visto? Ella le permitió hacerlo. Como si él fuera un imbécil a quien había que dar de comer en la boca.

Jill se volvió para darle la espalda.

–Esta conversación no tiene sentido. Eres demasiado cabezota.

De repente, en un acto de desesperación, Greg se acercó a la cama.

–Estoy tratando de no serlo. Estoy tratando de compartir contigo mis pensamientos. ¿No es eso lo que quieres? ¿Que comparta todo contigo? –Al ver que Jill no se movía, Greg continuó con más suavidad–. Mira, intento comprender el punto de vista de mi madre pero está en contra de todo lo que me enseñaron cuando era pequeño. Me enseñaron que mi padre era fuerte. Yo siempre me he identificado con esa fuerza, siempre traté de imitarlo. ¡Y ahora ella dice que papá no era fuerte!

Jill se volvió para mirarlo.

–No, no es eso lo que dice. Dice que ella fue más fuerte de lo que todos vosotros creéis. ¿Te parece tan terrible?

–No –contestó Greg–. Está bien. Tal vez explique algunas cosas. Si ella dirigía este lugar, si estaba consumida por el trabajo, se explica que no le hayan quedado fuerzas para atendernos más a nosotros. Yo solía hacer viajes con mi padre. Él tenía negocios en Nueva York o Filadelfia y lograba que yo me divirtiera, me hacía sentir que le gustaba que estuviera con él. En cambio siempre sentí que para Natalie yo era... una especie de tarea. Papá me demostró mucho más cariño del que ella me demostró jamás.

Y era algo que Greg echaba de menos. Echaba de menos la cálida sonrisa de Alexander, que su padre le palmeara la espalda, los abrazos que le había dado hasta mucho después que dejó de ser un niño. Y ahora también la cálida sonrisa de Jill, la mano que ella apoyaba en su pecho, su manera de mirarlo, como si no hubiera nadie en el mundo que le importara más.

Quería recuperar todo eso. Pero no se animaba a tenderle los brazos. No se podía arriesgar al rechazo. Le faltaba el coraje necesario.

Cuando un soplo de viento entró en el dormitorio, Greg entrecerró la ventana. Después, sintiéndose indefenso e impotente, se dejó caer en el sillón alejado del cuarto y esperó que le llegara el sueño.

Una hora después, seguía esperando. Tomó el manuscrito de Natalie y bajó a leer. Cuando terminó, el viento silbaba en las esquinas de la casa, chasqueaba a través de los árboles y crujía entre las vides. El sol apenas había salido, y la fuerza de la tormenta todavía no había llegado.

28

Simon pasó casi toda la noche en su oficina. Quería monitorizar los datos del fax y estudiar las últimas fotografías por satélite de la tormenta. De su ordenador volaban correos electrónicos a otros de Miami, Atlanta y Charleston, pero las respuestas que recibía eran más palabras de consuelo que consejos. Había poco que decir y aún menos que hacer. Así que se preocupaba. Le preocupaban las vides, la vendimia, el futuro de Asquonset. Le preocupaba Olivia. Durmió durante un par de horas en el sofá de la oficina y a la madrugada volvió a su cabaña para ducharse y cerrar las persianas. Los gatitos ya andaban por todas partes. Cuando Simon fue a prepararse un café, estuvo a punto de tropezar con dos que jugaban en la cocina. Levantó uno, *Oliver,* el más pequeño de la camada, tan cálido y suave, con aspecto de tonto con sus orejas demasiado grandes, y tan confiado, con sus ojos también demasiado grandes, que se sintió tentado de quedárselo.

Pero los gatitos crecían y se convertían en gatos y los gatos morían. Ya bastaba que se hubiera encariñado tanto con *Buck*. No quería encariñarse también con sus crías.

Corrección: no quería encariñarse más de lo que ya estaba con los gatitos.

Últimamente el cariño parecía un problema para él. Se preguntó qué mensaje tendría eso. Carl le había dicho que lo sabría cuando le llegara el momento, pero no era tan simple. Muy bien. Si quería quedarse con un gatito o dos, podía hacerlo. Pero no podía quedarse con Olivia y Tess, sobre todo si estaban decididas a irse.

Una vez volvió a salir, el viento se llevó consigo todo pensamiento que no fuera *Chloe.* El huracán avanzaba de acuerdo al horario previsto. La diferencia era notable, aún en la hora transcurrida desde que había recorrido ese mismo camino hasta su cabaña. Por sobre sus cabezas, las ramas de los árboles estaban más agitadas que poco tiempo antes. El amanecer había llegado y se había ido, pero el cielo seguía oscuro.

Una vez de regreso en la oficina, leyó con creciente consternación los últimos faxes recibidos. Enseguida bajó fotografías de radar. Leyó dos correos electrónicos que lo esperaban.

Sus fuentes estaban todas de acuerdo y las noticias no eran buenas.

–Está seca –anunció con incredulidad en cuanto entró en la cocina.

El viento creciente lo obligó a esforzarse para cerrar la puerta.

Olivia estaba cortando trozos de melón. Se detuvo, inquieta por la expresión frenética de Simon.

–¿Quién está seca?

–*Chloe.* Chocó con otro sistema de tormenta y perdió casi toda su lluvia.

Susanne dejó de batir una mezcla para tortitas.

–¿Perdió viento?

–No. Está más fuerte que nunca. –Se mesó el pelo mientras maldecía en voz baja–. Un huracán seco. Cuesta creerlo. Forman parte del folclore local, pero para mí será la primera vez. Algunos los llaman «huracanes de los cien años», lo cual indica lo infrecuentes que son.

–¿Un huracán seco es mejor o peor? –preguntó Olivia.

–Ni mejor ni peor. Solo nos presenta un problema distinto. No tendremos que preocuparnos por la posibilidad de que torrentes de lluvia inunden las vides e hinchen las uvas. Solo tendremos que preocuparnos de que las hojas se sofoquen.

–¿Se sofoquen?

–En un huracán seco –explicó él con nerviosismo–, el

viento embravece las olas del mar. Sin lluvia suficiente para mantener el agua salada en su lugar, esta vuela junto con el viento. Cuando el viento cese, nuestras hojas estarán cubiertas de sal que les obstruirá los poros. No podrán respirar, se cerrarán y morirán. Las hojas son la vida y la sangre de la vid. Sin ellas, las uvas no recibirán ni un gramo más de azúcar. No madurarán. La temporada de crecimiento terminará.

–Pero todavía falta un mes para la vendimia –dijo Susanne con ansiedad.

–No me lo recuerdes –murmuró él.

–¿Qué podemos hacer? –preguntó Olivia–. Tiene que haber algo. No es posible permitir que todo termine así.

–Tendremos que lavar las uvas –contestó él, tomando el teléfono. Marcó un número–. En cuanto el viento amaine lo suficiente para que el mar se calme, saldremos con mangueras y lavaremos todas las hojas, una por una.

Olivia y Susanne se miraron. Sería un trabajo ingente.

–¿A quién llamas? –preguntó Susanne.

–Al cuartel de bomberos –contestó Simon, e inclinó la cabeza para iniciar la conversación–. ¿Jack? Soy Simon Burke. Me dicen que el huracán llega seco. En cuanto pase, aquí nos harán falta mangueras. ¿Puedes echarnos una mano?

El cuartel de bomberos fue solo uno de los recursos a los que apeló Simon. Mientras devoraba tortitas con la misma rapidez con que Susanne las preparaba, llamó a todos sus conocidos que tuvieran un vehículo de cuatro ruedas, una espalda fuerte y una manguera.

Parecía recuperar fuerzas con cada llamada, o tal vez fuera la comida. Olivia volvió a llenar su vaso de zumo de naranja, se llenó su taza de café y hasta cubrió con mantequilla y miel las últimas tortitas que Simon comió mientras hablaba por teléfono.

Para entonces, todos los demás estaban despiertos, el televisor encendido y el viento sacudiendo las persianas cerradas.

Tess, asustada por el ruido y la oscuridad, permanecía muy cerca de Olivia.

Natalie no se alejaba del teléfono, preocupada por Carl, quien estaba ayudando a Simon a conseguir voluntarios para lavar las vides una vez pasara la tormenta.

Greg se mantenía al margen del grupo, estudiando su ordenador portátil, cavilando.

Susanne cocinaba como afiebrada... y todo el mundo comía. Apenas habían terminado de desayunar cuando ella sacó del horno una tarta de café para que no tuvieran hambre hasta la hora del almuerzo, que consistió en un guiso de pescado. Apenas habían terminado de lavar y guardar los platos cuando metió un pollo al horno para asarlo. El aroma de ajo y tomillo comenzaba a esparcirse por la casa cuando, con un aullido de viento a sus espaldas, Simon y Carl entraron a la cocina.

Olivia vio alivio en la cara de Natalie. Ella había vivido su propia pequeña pesadilla de saber que esos dos hombres estaban fuera en medio del viento: un árbol caído que destrozaba la camioneta, un cable eléctrico suelto que los electrocutaba mientras cruzaban una calle del pueblo, el viento feroz que los barría del camino para arrojarlos solo Dios sabía donde. Con *Chloe* sobre ellos en ese momento, era un alivio para ambas saber que estaban dentro de la casa. Olivia se sentía más segura viendo allí a Simon, y cuando se sentía a salvo le resultaba más fácil tranquilizar a Tess.

Susanne preparó más café y sirvió un plato de pastas que había horneado en algún momento entre el guiso de pescado y el pollo. La televisión mostraba imágenes de árboles arqueados y olas gigantescas. El ocasional golpe de alguna rama contra las paredes de la casa lograba que los gatos buscaran un escondite y que todos subieran al primer piso para comprobar los daños.

Las luces titilaron y luego se estabilizaron. Instantes después volvieron a titilar. Poco antes de la comida se apagaron. Junto con la repentina oscuridad llegó el cese abrupto de todo sonido que no fuera el golpeteo de las persianas y el aullido del viento. A los pocos minutos se distribuyeron linternas y se encendieron las lámparas. La cocina se convirtió en el único lugar de reunión, con su radio a batería y sus cálidos aromas. La escena le resultó familiar a Olivia. Conjuró las fotografías que había restaurado para Otis, la de esa familia de la Depresión cuyos rostros había retocado, cuya casucha había recorrido, cuya unión envidiaba.

El momento y las circunstancias eran distintos pero existía la misma unidad de espíritu. Las lámparas irradiaban un tono sepia, los aromas eran de sustento y confort. Estaba con personas a quienes quería, todos reunidos alrededor de una mesa de madera con una radio en el centro. Tess se reclinaba contra ella. Pasó un brazo alrededor del pecho de su hija. A espaldas de la niña y oculto por la penumbra, Simon deslizó una mano en la suya.

Su cámara no habría podido captarlo todo. Solo podía hacerlo una mente, conservándolo para la eternidad como un recuerdo especial en un marco dorado. Era un momento fuera del tiempo, un momento en el que esa pequeña tajada de realidad era seductora.

Pero la realidad contenía otras tajadas, ninguna tan idílica. En primer lugar estaba el viñedo. El viento que azotaba la casa estaba causando estragos en el campo. El destino de las uvas estaba en juego. En esa familia nadie podía olvidarlo durante mucho rato.

Además, allí el problema no era solo *Chloe*. Greg continuaba alejado. Estaba en el mismo cuarto que los demás, pero apartado y solo, a pesar de que ya ni siquiera podía usar su ordenador. Y Susanne seguía cocinando con frenesí pero sin placer alguno.

¿Era todo debido a la preocupación que les provocaba Asquonset? ¿Era eso probable viniendo de las dos personas que habían organizado sus vidas de una manera que excluía cualquier relación con uvas y vino?

Olivia no lo creía. Adivinaba que habían leído las memorias de Natalie.

La expresión de Natalie decía que ella suponía lo mismo. A pesar de la entereza con que trataba de enfrentar la tormenta, cuando miraba a sus hijos había una duda en su expresión.

¿Alguno de ellos habría cambiado de opinión? Olivia ni por un instante lo notó. Ni siquiera cuando Natalie decía algo y todos los demás la miraban. Si algo indicaba la presencia de problemas, era eso. Preocupación, tensión, corrientes subterráneas de algo personal y explosivo... todo fue creciendo a medida que la tarde declinaba.

Olivia trataba de mantenerse fuera del camino de los demás. Todo lo que sucedía era cosa de los Seebring y ella allí no era más que una persona de paso. Le leyó un libro a Tess en la biblioteca. Jugaron en la sala de estar y fueron al baño juntas, para brindarse apoyo moral. Pero cuando Olivia faltaba mucho rato, Natalie iba en su busca. Susanne le agradeció que la ayudara a limpiar la cocina, Tess se sobresaltaba cada vez que una teja se desprendía del tejado y Olivia quería estar cerca de Simon. Sin duda, el lugar donde había que pasar la tormenta era en la cocina, junto a los demás.

Las voces de la radio tapaban las conversaciones, llenando el espacio con informaciones que muchas veces no tenían relación con *Chloe,* pero que resultaban una bienvenida distracción. En un determinado momento, Simon salió de la casa, solo para volver instantes después, despeinado, empapado de agua de mar y descorazonado por no haber podido llegar hasta las vides.

–No puedes remediarlo –dijo Natalie y él asintió, pero Olivia se dio cuenta de que no estaba tan seguro. Las vides eran sus hijas. Para él era doloroso estar sentado allí dentro, sano y salvo, mientras ellas sufrían.

Olivia espió por las persianas, pero fuera el mundo era de un gris impenetrable. Cuando cayó el crepúsculo hasta ese poco de gris desapareció. La comida transcurrió en silencio. Nadie tenía hambre. Se habían pasado el día comiendo. Obligados a seguir confinados todavía durante otra hora, estaban más nerviosos que nunca. La casa parecía sofocante. El vino quedó sin probar. Los cubiertos hacían un sonido chirriante sobre los platos. Persistía el golpeteo de las persianas. El viento aullaba sin cesar.

Poco después de las diez, la tormenta emocional llegó a su cenit.

Tess se había quedado dormida en la biblioteca, envuelta en un chal. Jill leía en la sala de estar. Mark hacía un crucigrama en el salón. Simon estaba intentando de nuevo ver cómo estaban las vides.

Olivia seguía sentada ante la mesa de la cocina escuchando la radio con Natalie, mientras Susanne envolvía en papel de aluminio una fuente de pastas recién horneadas. Cuando Greg entró en busca de agua, le ofreció una. Él meneó la cabeza y se acercó a la nevera.

Susanne depositó la fuente de pastas sobre la encimera, se apoyó contra esta y dijo, a nadie en particular:

–Supongo que aquí no me queda nada por hacer. Está todo listo. ¿Y ahora qué hago?

Olivia conocía ese dilema. Podían irse a la cama, pero los informes de la radio afirmaban que la tormenta comenzaba a alejarse y en cuanto el viento amainara hasta el punto de permitir que regaran, todos serían necesarios en el viñedo. Y eso podía suceder en treinta minutos o en dos horas. En cualquier caso, acostarse parecía inútil.

–Podrías leer –dijo Natalie con inocencia, pero fue la gota que colmó el vaso.

Susanne la miró.

–Eso ya lo he hecho. He leído hasta la última palabra que escribió Olivia.

Greg se volvió de la nevera, silencioso pero alerta.

Olivia comenzó a ponerse de pie, pero Natalie le apoyó una mano en el brazo e hizo un casi imperceptible gesto negativo con la cabeza.

–Quédate. Necesito una aliada.

–Si en tu libro has dicho la verdad, ¿para qué necesitas una aliada? –preguntó Susanne–. Si lo que dices fuera cierto, ¿no sería evidente?

–Es cierto.

Greg se ubicó cerca de su hermana.

–En realidad no importa si es o no cierto. De cualquier manera estás condenada.

Natalie no perdió la serenidad.

–¿Por qué?

–Porque si lo que dices en tus memorias es verdad, admites que mentiste con respecto a tu vida.

–¿Lo has leído?

–Leí cada página. Habla de una vida erigida sobre mentiras.

Natalie meneó la cabeza.

–No. Nunca mentí.

–Entonces fueron mentiras de omisión –arguyó Susanne–. No dijiste toda la verdad.

–Que es lo mismo que mentir –agregó Greg.

–Guardaste secretos.

–Mantuviste en ascuas a papá.

Olivia se puso de pie.

–Yo no tengo por qué estar aquí. Este es un asunto de vosotros tres.

–Siéntate, Olivia –ordenó Natalie en voz baja pero firme.

Olivia se sentó.

Natalie se dirigió a su hijo.

–¿Qué te hubiera gustado que le dijera a tu padre? ¿Que solo me casé con él por dinero? ¿Que estaba enamorada de otro? ¿Que si no fuera porque mi madre me imploró que me casara con él, habría esperado y me habría casado con Carl? ¿Qué sentido hubiera tenido que lo dijera?

–Honestidad –dijo Greg.

–¿Hubiera sido más bondadoso? ¿Más positivo? ¿Habría logrado que tu padre se sintiera mejor? –Natalie meneó la cabeza–. No lo creo. Habría causado un daño irreparable a un matrimonio que llegó a ser bastante bueno.

–¿Bueno? Pero estaba basado en mentiras –insistió Greg–. Y en mentirnos también a nosotros. Nos mantuviste a oscuras con respecto a lo que estaba sucediendo aquí.

Natalie alzó la voz.

–¿Qué querías que os dijera? ¿Que tu padre no era un hombre de negocios? ¿Que su entusiasmo por la guerra lo cegó a todo lo que estaba sucediendo aquí? ¿Que cuando volvió y descubrió que no nos quedaba un centavo, no supo qué hacer?

–No se puede decir que no tuvierais un centavo. Las fábricas tenían algún valor.

–Tu padre no lo comprendió hasta que yo se lo señalé. Estaba paralizado.

–Nos lo podrías haber dicho –siguió insistiendo Susanne–. ¿Por qué fue necesario que nos enteráramos de todo esto a través de unas memorias?

–Porque yo no podía hablar del asunto –contestó Natalie en un tono a la vez de autorreproche y de dolor–. Porque decirles algunas cosas a los propios hijos es... difícil. Porque me hace daño hablar del asunto. Porque el único motivo que me impulsa a decíroslo ahora es porque necesitáis saber de dónde proviene mi relación con Carl. –Se suavizó–. ¿Para qué iba a decir cosas negativas acerca de vuestro propio padre? Vosotros lo queríais. ¿Para qué iba a hablar sobre lo que él no hizo, cuando después logró tantas cosas? ¿Qué tiene de malo que haya hecho crecer a Alexander ante los ojos de sus hijos? Era un hombre maravilloso. Y esa es una verdad absoluta. Lo que hacía, lo hacía bien.

–Tú lo manipulabas –acusó Greg–. Le dirigías la vida.

–Nos manipulaste a nosotros –intervino Susanne–. Diste y retuviste información de un plan maestro que solo tú conocías.

Natalie sonrió con tristeza.

–No existió ningún plan maestro. Nunca existe un plan maestro en trabajos de granja. Yo quería que Asquonset prosperara. Esa era mi meta. Solo hice lo que tenía que hacer.

–Para salvar el viñedo. ¿El viñedo era lo único que te importaba?

–No, Susanne. Alexander me importaba. Mi matrimonio me importaba. Vosotros, mis hijos, me importabais.

–Pudiste habernos engañado –murmuró Greg mientras cruzaba los brazos y los tobillos.

Natalie no contestó.

–Nunca estabas aquí –continuó él, acusador.

Susanne asintió.

–Siempre estabas en alguna otra parte, haciendo algo más importante.

Olivia quería huir de allí. Murmuró con suavidad:

–Yo no debo estar aquí.

Natalie le dirigió una mirada dura.

–Tú querías formar parte de una familia. Bueno, esto es formar parte de una familia. En las familias hay cables pelados y falta de comunicación. En las familias hay que aceptar cosas que uno nunca aceptaría en un amigo. Con un amigo uno simplemente se despide y ya está. En cambio, con la familia no es así.

Olivia estaba demasiado sobresaltada para moverse, y menos para contestar.

Natalie se volvió hacia Susanne.

–No más importante. Lo que yo hacía nunca era más importante que estar con vosotros. Solo era más exigente. Estaba trabajando.

–Bueno, yo nunca lo supe –exclamó Susanne–. Creí que tu tiempo lo ocupaba la vida social. ¿Cómo pudiste permitir que creyera eso? Yo necesitaba tu aprobación. Hacía lo que creí que hacías tú, lo que creí que tú querías que hiciera. Durante todos estos años debes de haber creído que yo era una... total nulidad.

–Nunca –dijo Natalie meneando la cabeza–. Ni una sola vez. Quería que tú tuvieras una vida más fácil. Lo que yo hacía era duro.

–Tú no eras la primera mujer que trabajaba –argumentó Greg–. Y no tenías por qué hacerlo. Papá habría encontrado la manera de mantenernos. Tal vez si tú no hubieras tomado todo en tus manos, él habría tenido más motivos para hacerlo.

Natalie dudó.

–Quizá lo habría hecho. Tal vez tú o Susanne habríais manejado la situación de una manera distinta a la mía. Tal vez me haya equivocado. Pero la verdad es que creí que debía hacer lo que hice. Culpadme, si es lo que queréis, pero fue lo que creí. Y no me estoy quejando de haber trabajado mucho. Simplemente digo que lo hice.

–Asumiste demasiadas responsabilidades –la acusó Greg–. Todo pudo haber resultado mal. El negocio inmobiliario pudo haber sido un fracaso. El viñedo pudo fracasar. Papá podría haberse dado cuenta de lo que estabas haciendo.

–¿De lo que estaba haciendo? –repitió Natalie, irguiéndose–. Solo trataba de convertir Asquonset en un viñedo rentable.

–Corriste riesgos sin siquiera consultar a papá.

Natalie suspiró.

–A tu padre no le interesaba el negocio inmobiliario, ni las variedades de cepas que importábamos. Lo único que le interesaba era hablar de la guerra con cualquiera que quisiera escuchar... y yo no fui la única que corrió riesgos. Allá él si arriesgó mucho más de lo necesario.

–Así es la guerra.

–Así es la vida –corrigió Natalie–. Todo lo bueno implica riesgos. Aun en este momento. Podríamos sentarnos sobre nuestros laureles, decirnos que hemos creado unos vinos importantes y que nuestras cuentas están saneadas. En cambio, estamos a punto de lanzar una nueva campaña publicitaria, y sí, es muy cara, y sí, implica un riesgo, pero ¿la meta no es crecer? En definitiva, ¿el crecimiento no es lo más importante de la vida?

–Mamá, tienes setenta y seis años –le recordó Susanne.

–¿Y?

–¿Cuándo vas a parar?

–Cuando muera. Hasta ese día estaré aquí.

–Corriendo riesgos –dijo Susanne, ya en voz más baja.

Natalie esbozó una sonrisa.

–¡Bueno, cariño! ¡Eso es lo que me mantiene joven! Los riesgos y los desafíos me mantienen viva. Todo el mundo necesita metas por delante. Lo cual no quiere decir que yo no podría encontrar otras cosas que hacer, y que no me retiraría ahora mismo si alguno de vosotros quisiera hacerse cargo del viñedo, pero no es así.

–No nos necesitas –dijo Greg–. Tienes a Simon.

Olivia apartó su silla y se puso de pie.

–Me voy. Esto está llegando a puntos que yo no... que yo no...

–¿Que tú no qué? –repuso Natalie frunciendo el entrecejo–. ¿Que no quieres oír? Yo diría que si hablamos de Simon tú tienes algo que ver, pero no, corres a refugiarte en tu cuarto. ¡Por amor de Dios, deja de huir, Olivia! ¿No crees que ya es hora?

Olivia estaba tan petrificada que no encontró una respuesta.

Temblorosa, volvió a sentarse, pero en el borde de la silla. Natalie volvió a dirigirse a Greg.

–Simon no se hará cargo de nada –dijo con inusitada fiereza–. Está desempeñando el papel que desempeñó su padre, pero el viñedo nunca fue de Carl. Era mío.

Greg no cedió un ápice.

–Si lo que dices en tus memorias es cierto, para todos los propósitos prácticos Carl tenía iguales responsabilidades en la empresa. Erais tú y Carl. Papá se mantenía en un segundo término. ¿Vosotros dos os reíais de eso?

–Si Carl alguna vez se hubiera reído de tu padre –dijo Natalie con voz acerada–, yo le habría pedido que se marchase. Alexander era mi marido. No iba a permitir que nadie se riera de él, y yo nunca lo hice. Lo quería. Me habría gustado llegar a convertirlo en un viñatero, pero a él no le interesaba esta parte del negocio. No tenía la paciencia necesaria de quedarse aquí, nutriendo las vides. Era una persona sociable, mucho más que yo, de manera que le di la responsabilidad de la faceta del negocio que exigía habilidad social. Y él era feliz. Se sentía importante. Era importante. Tenía una buena vida. Yo le di todas las satisfacciones que pude.

De repente Greg se indignó.

–Él te dio un apellido cuando Carl no quiso hacerlo. Él te proporcionó un motivo para mantener vivo este lugar, cuando Carl sencillamente se fue sin ti. Él merecía más que una simple... satisfacción. Tenía derecho a recibir más.

Fue como si Natalie cobrara vida. Su rostro estaba tenso, cada arruga visible. Movió la cabeza en una especie de leve tambaleo.

–¿Que tenía derecho? ¿Derecho? Esa es una palabra peligrosa, Greg. Ten cuidado en tu manera de usarla. La gente no tiene derecho a cosas. Se las tiene que ganar. Y eso vale para el dinero, el respeto y el amor. Y vale para una casa y un coche. Y para un viñedo. –Tenía los ojos llenos de fuego–. ¿Derecho? Tu padre me falló. Estuvo a punto de destruirme. Pero permanecí a su lado. Trabajé para que las cosas resultaran bien, aun cuando eso significara quitaros tiempo y atención a ti y Susanne. Yo trabajé porque él no lo hizo. Le di más de lo que le hubiera dado cualquier otra persona en mi lugar. ¿Tenía derecho a más? No lo creo. Si él lo creía, estaba equivocado y si os pasó esa idea horrible a vosotros... estuvo doblemente equivocado. Convéncete, Greg, que no tienes derecho a nada que no hayas ganado, ¡empezando por tu mujer!

¡Oh, Dios!, pensó Olivia. Era una riña en serio. Pero no se atrevía a moverse. Mejor permanecer inmóvil para que se olvidaran de que estaba allí.

Con las manos apretadas sobre la mesa, Natalie atacó a Greg en su problema personal más íntimo.

–Pareces creer que Jill te pertenece, como si se tratara de una posesión. ¿Qué has hecho para merecerla? ¿Le has dado tu apellido? ¿Le has proporcionado un lugar donde estar mientras tú viajas? ¿Le has dado dinero para que compre ropa o comida? Despierta, Greg. Los tiempos han cambiado. Jill no necesita nada de eso. Puede proporcionárselo ella misma. En lo que a Jill se refiere, a lo único que tienes derecho es a que te escuche y te dé una segunda oportunidad, porque hizo votos cuando se casó contigo y te lo debe. Por lo que veo, no te has ganado nada más. Y nunca lo harás, si sigues creyendo que el mundo está en deuda contigo. Nadie está en deuda contigo, Greg, y Jill menos que nadie. Si quieres tenerla, tendrás que reconquistarla, pelear por ella. Ganártela.

Greg debió de asimilar algo de lo que Natalie decía, porque parecía herido. Tragó con fuerza pero no intentó hablar.

Susanne preguntó en voz baja:

–¿Por qué has dicho todo eso?

Con el entrecejo fruncido, Natalie colocó las manos sobre la falda.

–No lo lamento. Era necesario decirlo.

Olivia estaba de acuerdo con ella. Tenía ganas de ponerse de pie y vitorear. Tenía ganas de anotar cada una de las palabras de Natalie e imprimirlas para que Jill las viera, y después ella misma se encargaría de describir la expresión herida de Greg. ¡Lo tenía muy merecido!

Greg por fin pudo hablar, pero seguía tembloroso.

–Está bien. Entiendo lo que dices. Pero es necesario decir algo más.

–¿Qué? –preguntó Natalie.

–¿Por qué era tan especial Brad?

La mirada de Olivia voló hacia Natalie, quien de repente apenas parecía respirar.

–Fue mi primer hijo.

Susanne agregó con escepticismo:

–¿Nada más que por eso?

Natalie comenzó a hablar, pero se interrumpió. Frunció el entrecejo. Parecía aturdida.

Atrapada, pensó Olivia, y contuvo el aliento.

Susanne adoptó un tono suplicante.

–Siempre fue la luz de tus ojos. Brad no podía hacer nada malo. Ni vivo ni muerto. Contra eso, nosotros nunca tuvimos una oportunidad.

–Yo siempre supe que papá me quería –dijo Greg–. Nunca estuve seguro acerca de ti.

–¡Oh! –suspiró Natalie, de repente llorosa–. Yo os quise. Os quise a los dos.

–Pero querías más a Brad –agregó Greg, vencido.

–¡No! ¡No! Es solo que él... murió... –Frunció el entrecejo y estudió la mesa–. Esa pérdida me resultó casi intolerable.

Susanne preguntó en voz baja:

–¿Porque era hijo de Carl?

Olivia quedó petrificada. Ya no oía el viento ni el golpeteo de las persianas. Había un silencio total en la habitación. Natalie no dijo una sola palabra.

–El factor tiempo coincidiría –dijo Greg, más con el tono de quien soluciona un rompecabezas que en el de quien profiere una acusación–. Si tú estabas con Carl antes de que él se fuera, eso habría sido un mes antes de que te casaras con papá. No te habría resultado difícil que creyera que Brad era hijo suyo.

«Si tú estabas con Carl.» Era la pregunta del millón. Olivia nunca tuvo el coraje de formularla. Esperó, preguntándose cuál sería la respuesta. Susanne también parecía razonar en voz alta.

–¿Recordáis a Barbie Apgar, mi amiga de la infancia? Su madre siempre afirmó que había nacido tres semanas antes de lo que figuraba en la partida de nacimiento. Declaraba que durante la guerra los registros civiles estaban desordenados porque las oficinas tenían poco personal y todo el mundo estaba pendiente de lo que sucedía en Europa. Los Apgar nunca supieron cuándo celebrar el cumpleaños de Barbie. Se convirtió en la broma familiar.

–Brad era idéntico a ti –le dijo Greg a Natalie–. Se nota en todas las fotografías. Tenía tus facciones, tu tez. ¿Quién se habría dado cuenta si no era hijo de papá?

–Jeremiah y Brida –dijo Susanne–. Ellos estaban aquí. Habrían sabido si había una discrepancia en las fechas, pero según lo que tú escribiste, te aconsejaron que te casaras con papá. Querían que Carl se casara con una muchacha irlandesa. Y tu padre estaba enfermo, de manera que no debió de haber contado bien las fechas. Y además él quería el dinero antes de que terminara la guerra, lo cual significa que no estaba aquí para destapar la olla.

–Por aquí no había nadie durante los primeros cinco años después del nacimiento de Brad –dijo Greg–. Papá no estaba. Carl tampoco. ¿Quién pudo haberlo sabido?

Todas las miradas convergían en Natalie. Olivia le tenía una enorme compasión pero, igual que los demás, quería conocer la verdad.

Natalie no lo negó. Tenía una expresión implorante, pero no dijo una sola palabra. Olivia estaba sacando sus propias conclusiones cuando un sonido rompió el silencio.

Llegaba desde la puerta que daba al vestíbulo. Allí, en la sombra, lejos del centro de la luz de las lámparas, estaba Carl. Miraba a Natalie estupefacto.

–¿Es verdad? –preguntó con voz ronca, adelantándose con lentitud un solo paso.

Natalie se llevó una mano a la boca. Siguió muda.

–¿No lo sabías? –le preguntó Susanne a Carl, quien meneó la cabeza, pero el gesto duró más de lo que hubiera durado una simple negativa. Parecía aturdido–. Tenías que saber que era una posibilidad –insistió Susanne–. ¿No lo adivinaste?

Carl seguía mirando a Natalie. Empezó a hablar y se detuvo. Frunció el entrecejo, inclinó la cabeza, hizo una mueca que parecía dirigida a lo que en ese momento le pasaba por la cabeza. Era muy doloroso ver sufrir así a un hombre bondadoso, dulce y de buen corazón. Olivia miró a Susanne, luego a Greg, pensando que alguno de ellos se apiadaría de Carl. A decir verdad, ninguno de los dos parecía enojado con él. Natalie había mantenido a Carl al margen de eso, lo mismo que mantuvo a Alexander al margen de muchas cosas.

Carl se pasó una mano por la boca. Clavó la mirada en el suelo. Luego, como si todavía no comprendiera, miró a Susanne.

–Yo aprendí a mantenerme apartado –dijo, y aun en ese momento su voz sonaba muy distante–. Tenía que hacerlo. Cuando me enteré de que vuestra madre se había casado con otro, yo... se me derrumbó el mundo. Durante un tiempo, lo único que hice fue luchar. No os quepa duda de que ayudé al país en su esfuerzo de guerra –agregó, pero sin asomo de sonrisa. Volvió a fruncir el entrecejo y se pasó una mano por la nuca–. Después volví a Asquonset y todos los días tuve que ver la alianza en el dedo de Natalie. Todos los días tuve que veros a Brad y a ti, Susanne. Aprendí que así debía ser. Yo no podía modificar nada. Todo estaba hecho.

–¿Cómo pudiste quedarte aquí? –preguntó Greg en un tono compasivo que a Olivia le resultó un alivio.

Los ojos de Carl se aclararon.

–¿Preguntas cómo pude quedarme? ¿Cómo me iba a ir? Natalie estaba sola. Su marido todavía seguía en Europa y ella tenía dos niños, un padre enfermo y una granja que era necesario atender. Me dije que me quedaría hasta que volviera Alexander, pero desde el principio me resultó claro que él no era granjero y entonces, lo mismo que antes, no pude dejar a Natalie sola con todo el trabajo sobre sus hombros.

–¿Cómo pudiste mirar a mi padre a los ojos? –preguntó Susanne.

Carl se irguió, como si aceptara el desafío.

–¿Por qué no iba a mirarlo a los ojos? Nunca comprometí a su esposa. Cualquier relación romántica que hubiera tenido con ella terminó con su matrimonio. No tenía nada que ocultar, nada de que avergonzarme. –Miró a Natalie–. No tenía la menor idea de que Brad fuera hijo mío. Tal vez, de haberlo sabido, habría hecho algo. Tal vez entonces me habría resultado un problema mirar a Al a los ojos, pero lo ignoraba todo. Yo estaba en Europa luchando en una guerra, soñando con poder volver aquí y casarme con el amor de mi vida. Y entonces quedé petrificado. Fui el último en enterarme de la boda. Y ahora he sido el último en enterarme de lo de Brad. –El dolor volvió a reflejarse en sus ojos. Suspiró.

De repente la puerta de entrada se abrió y Simon entró en tromba. Estaba empapado y despeinado por el viento, pero había alivio en sus ojos.

–El viento ha amainado. ¡Vamos!

29

Simon tuvo la vaga sensación de que la tensión que reinaba en la cocina era demasiado grande para que hubiera sido causada solo por la tormenta, pero en ese momento no era lo que le preocupaba. Lo preocupaban las vides. Cada minuto contaba.

–¿Alguien está dispuesto a ayudar? –preguntó, confuso cuando cinco pares de ojos lo miraron con expresión atontada.

Natalie fue la primera en reaccionar y se puso rápidamente de pie.

–¡Sí, por Dios! ¿Por dónde quieres que empecemos?

–Trabajaremos de arriba abajo, comenzando por las Cabs. Donna ya está allá afuera. Ella le indicará a cada uno lo que debe hacer. –Sacó un trozo de papel del bolsillo, húmedo y arrugado. Por suerte la tinta de los bolígrafos no se corría. Le parecía preferible que Natalie se quedara dentro de la casa haciendo llamadas. Era un trabajo menos duro–. Toda esta gente está esperando que les avisemos para venir a ayudar. Habrá que llamarlos.

–Olivia se encargará de las llamadas. Yo iré fuera.

De repente Carl se colocó a su lado y dijo en voz ronca:

–Deja que Olivia haga el trabajo físico.

Natalie se volvió para enfrentarlo.

–Puedo haber cometido muchas equivocaciones en la vida, pero entregarle al viñedo todo lo que tengo no fue una de ellas. Iré fuera, Carl, y si muero lavando esas hojas será la voluntad de Dios. –Pasó junto a Simon y salió.

–¿A qué se debe su actitud? –preguntó Simon a Carl.

Con expresión de enojo, Carl simplemente siguió a Natalie. Segundos después salió Greg.

–Voy a buscar a Mark –dijo Susanne y salió en dirección contraria.

Simon y Olivia quedaron solos. Él se mesó el pelo; su ropa y sus manos estaban tan cubiertos de sal como las vides.

–¿Me he perdido algo?

–Nada que no puedas saber después –contestó Olivia–. ¿Estás bien?

Él sintió que se le estrujaba el pecho. Hacía mucho que nadie le preguntaba si estaba bien.

–Solo un poco cansado –dijo, consiguiendo esbozar una sonrisa–. Anoche no dormí mucho.

–¿Y cuánto tiempo necesitaremos para terminar esta noche?

–No más que unas horas o el daño será irreversible. La adrenalina me mantendrá en marcha hasta entonces. –Le entregó la lista de llamadas–. Empieza por el cuartel de bomberos. Ellos traerán luces. ¿Dónde está Tess?

–En la biblioteca. Antes de salir la avisaré para que no se asuste si al despertar no encuentra a nadie en la casa.

–Tráela contigo –dijo Simon, y de repente eso le resultó tan importante como las vides. El viñedo era como su hijo, pero Tess era la hija de Olivia, y Olivia le importaba. Le importaban ambas. La expresión dubitativa de Olivia le recordó lo cretino que había sido con ellas cuando llegaron. Todavía tenía necesidad de que lo absolvieran de eso–. Tess podrá ayudar –dijo–. No es un trabajo peligroso, solo aburrido, pero Tess es inteligente y fuerte. Cada persona que nos ayude le proporciona mayores oportunidades a las uvas. –Al notar que Olivia todavía no estaba segura, agregó–: La mantendré cerca.

¿Cerca de la casa? ¿Cerca de los demás? ¿Cerca de mí? Las palabras eran vagas, aun tratándose de Simon. Fuera cual fuese el significado que Olivia eligió, por lo visto bastó para convencerla. Al verla asentir, Simon sonrió, sintiendo agrado por primera vez en la noche.

–Iré a buscarla –dijo Olivia.

Pero Simon quería hacerlo él mismo. Recordaba lo que era darle algo a una niña y recibir a cambio una expresión de alegría. Tess no tenía seis años y esa no era una mañana de Navidad, pero si ese verano había aprendido a conocer algo a Tess, sospechaba que le gustaría que le pidiera ayuda. Y quería estar allí para ver su reacción.

–Yo lo haré –dijo, encaminándose hacia la biblioteca–. Tú empieza con esas llamadas.

Pero Olivia lo siguió a la biblioteca. Si ya no estuviera enamorada de él, se habría enamorado al ver la suavidad con que liberó la cabeza de Tess de la manta y la despertó. Admitir ese amor, pensarlo, comprenderlo por primera vez, le provocó fuertes palpitaciones. Bueno, era un hecho, estaba enamorada de Simon. No tenía sentido negarlo. Todo en él la atraía: su cuerpo, su mente, su manera de ser. Y ahora, además, su manera de tratar a Tess. Eso era de vital importancia. Tess era el centro de su vida. Olivia jamás podría enamorarse de un hombre que no lo comprendiera, que no sintiera lo mismo. Y por lo que veía desde la puerta de la biblioteca, Simon lo comprendía y compartía su sentimiento. No alcanzaba a percibir lo que decía en ese suave murmullo, pero hubiera jurado que percibió un elemento de excitación. Sin duda lo notó en el rostro de Tess cuando la pequeña hizo a un lado la manta y se puso de pie, completamente despierta de inmediato, con más entusiasmo del que había demostrado por nada en meses.

En realidad no era así. Se había mostrado igualmente ansiosa por salir a navegar con Simon, pero esta era una actividad más realista.

Si las vides se salvaban, Tess estaría orgullosa de haber ayudado. Sería un buen punto final para el verano.

El peligro, por cierto, consistía en que Tess pudiera tomarle más cariño a Simon. El corazón de Olivia ya estaba perdido, pero le habría gustado ahorrarle eso a Tess. Pero ¿cómo hacerlo cuando Simon tomó la mano de Tess para llevarla de regreso a la cocina donde sacó un trapo del cajón y se lo metió en los shorts?

–Para tus gafas –dijo–. Yo sé lo que es eso.

Si Olivia hubiera podido encargar un padre ideal para Tess, ese habría sido Simon.

Aferró la lista de las llamadas y los miró salir juntos. Su corazón los siguió al exterior, dejándole un vacío dentro del pecho que sabía tardaría mucho en cicatrizar. Pero lograría hacerlo. Tenía que hacerlo. No le quedaba alternativa.

¿Y Tess? Si después de todo lo que estaban viviendo, la unión entre ella y Simon se fortalecía, ¿qué hacer? Razonando como solo puede hacerlo una madre que quiere que su hija apunte a una meta bien alta, Olivia decidió que, dadas las opciones existentes, prefería que Tess supiera que existían hombres como Simon.

El instinto natural de Susanne le indicaba que debía quedarse en la cocina preparando cafetera tras cafetera de café en la cocina de gas, ya que la eléctrica no funcionaba. Su instinto también le indicaba que debía preparar sándwiches y otras delicias para toda la gente que llegara a ayudar.

Pero tenía necesidad de salir de la casa, por lo menos durante un rato. Tenía que respirar aire fresco, tenía que estirar los brazos y las piernas. Una vez que Donna la hubiera ubicado en una hilera de vides con una manguera conectada a los caños de irrigación, le haría falta poca concentración, aparte de tener cuidado de mantener el viento a sus espaldas. Y lo que ella más necesitaba en ese momento era tiempo para ventilar su mente.

Mark trabajaba en la hilera siguiente. Al principio no alcanzó a verlo en la oscuridad, hasta que llegaron los coches de los bomberos e instalaron una serie de luces. Y entonces hubo mucho que ver, no solo a Mark. De repente el viñedo se convirtió en un mundo de luces que bien hubiera podido competir con la Quinta Avenida en Navidad. El agua se arqueaba con suavidad sobre las hojas superiores con un reflejo trémulo que la luz refractaba. En ese momento el viento era suave, casi una brisa. Con tantas mangueras que rociaban las hojas Susanne inevitablemente se mojó, pero el aire no era demasiado frío y el espectáculo del viñedo le resultaba compensación suficiente.

Trabajando de esa manera, luchando por salvar algo

que le importaba más de lo que quería admitir, se sentía llena de energía. Sin embargo se le ocurrió que gran parte de esa energía se la transmitía su madre, que trabajaba allí fuera en medio de la niebla. Algo acababa de suceder allá en la cocina. Susanne había leído las memorias de Natalie y consiguió no emocionarse, pero el hecho de haberla visto dolida, con Carl enojado y Brad flotando entre todos ellos, y de comprobar que Greg estaba tan necesitado de respuestas como ella, logró que algo se abriera en su interior. Por primera vez en la vida comprendió que Natalie era humana. Era humana y tenía defectos. Comprenderlo permitió que el enojo de Susanne desapareciera, dejándole contemplar la vida de su madre con la misma honestidad que le habían exigido. Y debía admitir que, con defectos y todo, Natalie era una persona extraordinaria.

Susanne tenía ganas de volver a leer esas memorias. Quería llegar a conocer a esa otra mujer que fue su madre, llegar a conocer a esa persona que cometió su cuota de errores, pero que sin duda logró crear algo valioso.

En realidad, Asquonset era un lugar maravilloso. Susanne había olvidado hasta qué punto era hermoso. Y de pie allí, en ese momento, oliendo la tierra mojada y el agua fresca del río que llegaba a través de las mangueras y lavaba las hojas, al pensar en su madre, una mujer de setenta y seis años que seguía siendo tan vital como ella querría ser cuando llegara a esa edad, Susanne se sintió inspirada.

Greg tenía la sensación de estar sosteniendo tres mangueras. Solo una de ellas rociaba agua. Las otras dos rociaban pensamientos, una pensamientos de Natalie, la otra pensamientos de Jill, y esos pensamientos se entrecruzaban, lo rociaban, le inundaban la mente. Entonces desde Huntington llegó un camión de salvamento e instaló una serie de luces sobre las vides Gewürztraminer, donde él se encontraba. Alcanzó a ver a su mujer en la hilera siguiente y de repente la inundación cesó y pudo volver a pensar con claridad. Sí, era posesivo y no podría superarlo con rapidez. Pero también se sentía protector, que era un rasgo mucho más honorable.

Arrastrando consigo la manguera, se tiró cuerpo a tierra y avanzó sobre el estómago entre las vides, como Carl le había enseñado a hacer años antes para no perjudicar las uvas. Se puso de pie cerca de Jill y siguió rociando las vides desde ese lado. Tuvo que hablar muy fuerte para que ella lo oyera por sobre el ruido del agua.

–¿Quieres que me haga cargo de tu manguera por un rato?

–No –respondió ella–. Estoy bien.

–¿Estás segura de que esto no te hará mal?

–¿Crees que haría algo que pudiera perjudicar a mi hijo? –contestó ella.

Greg retrocedió. No. Jill no haría nada que pudiera perjudicar a su hijo. Lo sabía. También sabía que no debía declarar lo obvio diciendo que la criatura también era suya. Por furioso que estuviera con Natalie por haberle dicho cómo debía tratar a su mujer, sabía que su actitud debía cambiar si quería ser un buen padre. Podía serlo. Podía ser tan buen padre como Alexander, no, un padre mejor, porque también sería él quien ganara el sustento de su familia. Eso permitiría que Jill estuviera cerca de sus hijos, a diferencia de Natalie, que no había podido estar cerca de los suyos.

Por supuesto que Jill aseguraba que quería trabajar. Era algo que él tendría que aceptar. Lo mismo que su propio control del tiempo. No valdría mucho como padre si seguía viajando como hasta el momento. Y así tampoco lograría ser un buen marido... aunque no pensaba decirle nada de eso a su madre. Si acortaba sus horas de trabajo y viajaba menos, sería porque quería estar con Jill, no porque su madre le hubiera indicado que debía hacerlo. Natalie no tenía ningún derecho de decirle lo que debía hacer. Ella no era ninguna santa. Y él debía admitir que la incomodidad que Natalie sintió al final de la escena le provocó satisfacción.

Más allá de eso, todavía le dolía el rechazo de su madre. Hasta entonces ella nunca le había hablado así. Nunca lo había criticado tanto. Mientras crecía, la falta de atención de Natalie siempre le había resultado suficiente muestra de desaprobación.

Se preguntó si no habría estado equivocado, si tal vez eso no había sido desaprobación, si Natalie no habría estado solo... ocupada... como acababa de decir.

Y con esa honestidad que él la acusó de no poseer, debía conceder que Natalie había creado algo bastante hermoso en Asquonset. Ahora el viñedo era mucho más grande que diez años antes. La cantidad de personas que habían acudido a ayudar lo atestiguaba.

–¿Has visto el camino de entrada? –le preguntó a gritos a Jill–. Está lleno de coches. Es como si todo el pueblo hubiera venido a ayudar.

–¡Es un tributo a tus padres! –gritó ella, temiendo que él se enojara, pero no fue así. Solo lo llevó a pensar de nuevo con honestidad. Había estado equivocado con respecto a ciertas cosas.

–Tal vez sea un tributo a Natalie. Y a Carl. Sin embargo no es un tributo a mi padre –dijo–. Por lo visto él no hizo tanto como yo creía.

–¡Por supuesto que sí! –lo contradijo Jill–. Solo que hizo cosas distintas a las que tú creías. Si alguien no hubiera recorrido el mundo vendiendo nuestros vinos, ¡Asquonset se habría ido al garete!

Se movió por la hilera para rociar más vides.

Él la siguió alentado por lo que Jill acababa de decir. Estaban lado a lado, mirando en direcciones opuestas, y Greg prestaba atención a lo que estaba haciendo, pero sus pensamientos volvían a Washington, retrocedían casi ocho años al tiempo en que acababa de conocer a Jill. La Jill que estaba allí, ahora, en Asquonset, se parecía a aquella. Era segura. No tenía miedo de hacerle frente.

La vida conyugal había enmudecido a Jill.

No, la enmudeció él. Le cortó las alas e inmovilizó. Pretendió que el amor que ella le tenía fuese incondicional, tan incondicional como nunca sintió que fuese el de su madre.

«¡Ah! ¡Yo os quise, os quise a los dos!» Las palabras de Natalie volvieron a su mente, junto con el leve rocío que provocaba la brisa cada vez más suave. Volvió a oír la agitación con que las pronunció y a ver sus ojos llenos de lágrimas. Hasta entonces nunca había visto así a su madre. Lo incitaba a creerla... lo llevaba a preguntarse si la vería distinta como madre una vez también él tuviera hijos. El asunto de Brad había quedado ahora en un contexto completamente nuevo. Se preguntó lo que habría sentido de haber estado en la piel de Natalie.

Quería hablar con Jill acerca de todo eso, acerca de cómo serían ellos como padres, porque de repente eso le parecía más importante que cualquier asunto profesional que tuviera que atender. Pero hablar no era fácil, por lo menos cuando se trataba de asuntos tan personales. En definitiva, tal vez ni siquiera le gustaría lo que Jill dijera. Ese era el riesgo. «Todo lo bueno involucra un riesgo.» Natalie también había dicho eso y él no podía ignorar sus palabras.

En su trabajo, él asumía riesgos. Había luchado para lograr que su empresa tuviera éxito y se había ganado el respeto de sus clientes y sus colegas.

El asunto era si sabría ser igualmente capaz para enfrentar sus problemas conyugales.

A las dos de la mañana, Olivia habría mandado a Tess a la cama de haber creído que la niña le haría caso, pero Tess estaba completamente compenetrada con su misión. De alguna manera, en esa jungla de vides y reflectores se había encontrado con Seth y con un chico de su clase de navegación, que estaban ahí para ayudar, en compañía de sus respectivas familias. Los tres se turnaban con la manguera, aliviando a los demás, y se movían de una hilera de vides a la siguiente. Trabajaban a la par de los adultos, a pesar de sus ocasionales estallidos de risa.

Solo un poco antes del amanecer, Olivia supo que habían ganado. Vio una expresión de alivio en los ojos cansados de Simon, vio el vigoroso apretón de manos que le daba a sus amigos que, uno a uno, iban recogiendo sus mangueras y regresaban a sus coches. Los reflectores se apagaron. Se desconectaron las mangueras. Simon y Donna rociaron las últimas vides y luego Donna y su familia también se fueron.

Cuando el sol estaba bastante alto como para que sus primeros rayos expusieran los daños causados por *Chloe*, los únicos que seguían en pie eran Olivia, Simon y Carl. Desde el porche de la Casa Grande observaban la escena. El camino de entrada estaba sembrado de desechos, y aunque gran parte procedía de los árboles, en el montón había también sarmientos y algunas vides.

Olivia vio cómo Simon iba hacia el lugar donde crecían las Riesling. Algunos lugares vacíos estropeaban el orden perfecto que existía allí el día anterior.

–¿Hasta qué punto ha sido un desastre? –le preguntó a Carl.

Él respiró hondo, exhausto.

–Hemos perdido algunas vides. Era inevitable con un viento como ese. Pero la sal no produjo ninguna pérdida. Considerando las circunstancias, pudo haber sido mucho peor. Volveremos a plantar. Ya lo hemos hecho antes. –Apenas hizo una pausa–. ¿Puedo hacerte una pregunta, Olivia?

Simon torció por una hilera de vides. Solo entonces Olivia se volvió y notó que Carl la estaba estudiando. Sus ojos eran idénticos a los de Simon, con cuarenta años más de vida, y estaban llenos de extenuación y dolor.

–¿Natalie te dijo algo acerca de Brad? –preguntó con voz ronca–. Cuando estabas escribiendo sus memorias, ¿te dijo que Brad era... mío?

El corazón de Olivia se contrajo de pena por él.

–No. No me dijo nada.

Carl miró hacia el viñedo.

–¿Lo adivinaste?

–No; sabía que había algo que no se decía con respecto a Brad. Pero no supuse que fuera eso. –Hizo una pausa–. ¿Y usted lo adivinó? ¿Alguna vez se lo preguntó?

Carl no contestó. Olivia ni siquiera estaba segura de que hubiera oído su pregunta. Continuaba contemplando el campo, pero en ese momento con mirada ausente. Ella se dio cuenta de que, al entrar en la casa, Carl tenía los ojos llenos de lágrimas.

Carl quería sentir enojo. Quería atacar a Natalie por los años que tuvo que vivir sin ella, todos los años en que tuvo que desempeñar el papel de segundón frente a Alexander, los años en que creyó que Brad era hijo de otro hombre.

Pero cuando terminó de subir la escalera, su corazón se detuvo un instante. Natalie estaba allí vistiendo un hermoso camisón largo, los brazos desnudos, elegante, la cabeza inclinada. Estaba apoyada contra la pared junto a la puerta cerrada del cuarto de Brad y parecía tan triste y vulnerable que él no pudo seguir sintiéndose desilusionado y mucho menos enojado. Hacía más de setenta años que la amaba. Creyó en ella durante todo ese tiempo. Aun durante los días negros que siguieron a su boda con Alexander, él supo que ella lo había hecho todo de buena fe.

Y ahora venía a enterarse de eso.

Tenía la ropa húmeda y estaba cansado. Le dolían todos los huesos pero fue su dolor interior lo que lo impulsó a acercarse a ella. Se apoyó contra la puerta, a su lado, mirando el zócalo de la pared de enfrente, mientras asumía una verdad personal y hacía una suave confesión.

–Solía soñar con que fuera mío. Cuando volví de la guerra lo miraba para ver si había en él algo de mí, pero solo te veía a ti.

La voz de Natalie sonó quebrada.

–Hubo una química entre vosotros dos que nunca existió con Al.

–¿Al lo sabía?

–No. Le molestaba que yo tuviera preferencia por Brad pero nunca supo por qué. –Se rodeó el cuerpo con los brazos y murmuró con fiereza–: ¡Por supuesto que era mi preferido! Fue lo único que me quedaba de ti. Y después también lo perdí a él.

Se le deslizó una lágrima por la mejilla. Carl se volvió hacia ella y le apoyó un dedo en el mentón, queriendo reconfortarla.

–Tú nunca me perdiste. Siempre fui tuyo.

Cuando Natalie lo miró, Carl comprendió que las lágrimas no eran nuevas. Había estado llorando antes de su llegada.

–Yo quería decirte que era hijo tuyo, Carl. No sabes cuántas veces estuve a punto de hacerlo. –Hizo un gesto con la mano–. Pero me contuve porque pensé que solo te provocaría más dolor. –Se llevó un pañuelo de papel a la nariz. Tardó en bajarlo–. Yo os miraba a los dos y notaba la satisfacción que él te provocaba, y me decía que no tenía importancia que no supieras toda la verdad, que si te la decía solo lograría cambiar nuestras vidas y que eso heriría a Brad. Yo lo quería. Era algo que el mundo me permitía hacer. Lo quería con toda mi alma.

30

–¿Quieres mover la luz, cariño? –pidió Simon.

Tess enfocó la luz sobre el lugar en que estaban trabajando. Instantes después iba alcanzándole clavos a medida que él los necesitaba. Estaban colocando el suelo de lo que sería una sala de estar de techo alto y claraboya. Formaba parte de los agregados que Simon le estaba haciendo a su cabaña. Los otros, ya terminados gracias a la ayuda de sus amigos del pueblo, eran dormitorios.

–La cuerda está estirada hasta el límite –comentó Olivia desde la puerta. Estaba apoyada contra la pared de madera recién construida, con las manos en los bolsillos de los tejanos y tres gatos a sus pies. Eran *Buck* y dos de sus hijos, *Oliver* y *Tyrone*, que habían decidido conservar. Ambos crecían a ojos vistas, pero ni ellos ni la madre se aventuraron a adelantarse a Olivia hasta que cesó el martilleo–. Es la prueba de que, por esta noche, debéis dejar de trabajar.

–Solo unos centímetros más –contestó Simon señalando una pila de tablas de arce–. Ahora necesito una tabla corta, Tess. –Ella eligió una. Simon la colocó junto a la anterior y la clavó.

Olivia debió haber insistido en que dejaran de trabajar. Se estaba haciendo tarde, estaban en noviembre y hacía frío. A pesar de tener las paredes ya terminadas y aisladas, allí todavía no había calefacción, lo cual era agradable cuando uno se acostaba bajo edredones en los dormitorios. Pero bajo ese techo tan alto hacía tanto frío como en un granero. Además, Tess todavía tenía que hacer algunos deberes. Se estaba aclimatando a la escuela de Braemont, donde era más feliz que en colegios anteriores, pero la escuela no hacía preferencias entre sus alumnos. Allí no se excusaban dificultades de aprendizaje. Las maestras sabían exactamente con qué se enfrentaban y conocían la manera de hacer rendir a sus alumnos. Eso significaba que les exigían trabajar.

Pero había que tener en cuenta que Tess se sentía parte vital de la tarea y a Simon le encantaba que lo ayudara. Y no se trataba solo de un gesto cariñoso. La hacía trabajar, tanto cuando fumigaban las viñas, cuando cosechaban las uvas, cuando navegaban o cuando construían una habitación.

Olivia no hubiera podido pedir más para su hija. Si existía un hombre en el mundo que captaba lo que era la ética del trabajo, ese era Simon.

Siempre con las manos en los bolsillos, tocó su anillo y enseguida sacó la mano para volver a mirarlo. Ni en sus sueños más descabellados habría podido imaginar un anillo de compromiso más hermoso. Un único y perfecto solitario flanqueado por pequeños diamantes rectangulares, engarzado en platino con una sencillez que destacaba la perfección y el brillo de las piedras. Era exquisito en todo sentido y más aún porque las piedras pertenecían al broche que Carl le había regalado a Ana cuando nació Simon. Y antes de eso había sido de la madre de Carl.

Ser dueña de una reliquia familiar, formar parte de una tradición familiar, era más de lo que Olivia esperó nunca. Ya hacía dos meses que tenía el anillo en su poder y todavía lo tocaba con frecuencia como para asegurarse de que estaba allí, de que era real. Y además iba a recibir otro. El resto de los diamantes pequeños del broche de Ana estaban siendo engarzados en una banda de platino que haría juego con la que usaba. Esa sería su alianza de matrimonio. Su alianza de boda. Resultaba difícil de creer.

Planeaban casarse el fin de semana de Acción de Gracias. Olivia tuvo necesidad de que transcurriera todo ese tiempo para poder asimilar que la relación con Simon era real. El amor era algo intangible. A una persona como Olivia, que había pasado toda una vida considerándose indigna, le costaba creer lo sucedido. Pero por fin logró convencerse.

Por ejemplo, compartir a Simon con el viñedo. Después de la vendimia, Simon tuvo que oxigenar la tierra, aplicar fertilizantes, reemplazar las vides destruidas por *Chloe* y eliminar otras que eran demasiado viejas para dar frutos. En algunas ocasiones, algo lo demoraba y él tardaba en volver a la casa. La primera vez que sucedió, Olivia temió que él hubiese cambiado de idea con respecto a la relación entre ellos y que lo ocultaba tras el pretexto del trabajo. La segunda vez que sucedió, simplemente permaneció alerta. La tercera vez estaba bastante relajada y aprovechó la demora para pasar un rato a solas con Tess.

No hubo una cuarta vez. Eso, y muchas otras cosas, le indicaron la necesidad que tenía Simon de estar con ella. Y, al comprobar esa devoción, ni la persona más desconfiada del mundo podía seguirlo siendo durante mucho tiempo. Estaban cada vez más unidos y ya eran los mejores amigos. Veían las cosas de la misma manera, ya se tratara de agregar una parte a la casa o de educar a Tess.

Conversaban. Reían. Se enamoraban cada vez más.

Natalie les propuso una boda importante, pero Olivia y Simon también coincidían en eso. Querían que la ceremonia fuera íntima, de modo que no enviaron invitaciones formales. En cambio invitaron por teléfono a sus amigos más queridos.

Susanne y Mark asistirían. Hasta tenían su propio lugar donde alojarse porque habían comprado una casa en la playa a varios kilómetros de la entrada del viñedo. Era una casa baja, con una larga galería y un edificio aparte para garaje que Susanne convertiría en apartamento para sus hijos o en habitaciones con desayuno incluido para veraneantes. Cada pocas semanas ella viajaba hasta allí desde Nueva York y, mientras cuidaba la decoración de la casa principal, evaluaba lo que haría con el otro edificio. Susanne y Natalie estaban comenzando a sincerarse y reiniciar su relación, aunque por momentos les costaba porque renacían las antiguas costumbres. Pero Susanne y su familia habían asistido a la boda de Natalie y Carl. Considerando la resistencia inicial de Susanne, eso significó un gran paso adelante.

Los pasos que dio Greg fueron más cortos. Asistió a la boda y estuvo bastante amable, pero Olivia sospechaba que detrás de esa actitud estaba Jill. Como si eso formara parte del trato, al día siguiente ella volvió a Washington con él y, aunque desde allí continuaba haciendo trabajos de marketing para Asquonset, pasaron varias semanas sin que nadie tuviera noticias de Greg. Entonces él llamó a Carl, tal vez porque le resultaba más fácil que hablar con su madre. Informó que la situación mejoraba entre él y Jill, que hacían terapia juntos con un psicólogo y que estaban comprando el ajuar para el bebé. También le pidió a Carl que le dijera a Natalie que irían a Asquonset para el festival de la vendimia, y por cierto que lo hicieron. Todavía existía cierta tensión, pero los momentos de placer que compartían eran más genuinos. Greg y Natalie conversaron bastante: sobre Alexander, Jill y el bebé, sobre las modificciones que él tal vez introduciría en su trabajo para poder estar más en Washington con ellos.

Jill le prometió a Olivia que estarían allí para la boda.

Olivia se sentía orgullosa de poder considerarla su amiga.

–Bueno –anunció Simon–. Ya está.

Tess señaló un punto más alejado.

–Creí que llegaríamos hasta allí.

–Llegaremos mañana. –Se sentó sobre los talones–. Mientras tanto, mira lo que hemos hecho. Es espectacular.

Pero Tess acababa de ver los gatos. Corrió hacia ellos, se sentó y cruzó las piernas. *Oliver* enseguida saltó hacia ella, trepó por su camiseta y comenzó a jugar con un mechón de pelo que le caía sobre el hombro.

–¿Y tus deberes? –le preguntó Olivia mientras Simon recogía las herramientas.

–¡Este pequeñín es tan amoroso! –arrulló Tess.

–¿Y tus deberes? –repitió Olivia.

Tess le dirigió lo que podía haber sido una mirada de enojo si la luz hubiera sido mejor y sus gafas estuviesen más limpias. Pareció darse cuenta de ello, se puso de pie, se acercó a Simon y le dio un beso antes de salir sin mirar a su madre.

Simon también se puso de pie y se acercó a Olivia mientras se limpiaba las manos en los tejanos.

–Lamento la actitud de Tess.

Olivia sonrió.

–No lo lamentes. –Levantó el rostro y le pasó los brazos por la cintura–. No me importa ser la villana de la película. Prefiero que le gustes tú.

–Está tratando de ponernos a uno contra el otro.

–Creo que esto no es más que el principio. Espera a que empiece a conducir un coche. Espera a que empiece a salir con chicos.

–Ya sabremos manejar la situación –contestó él. Apoyó las manos en las caderas de Olivia y se inclinó hacia ella. Cuando respiró hondo, ella percibió la fuerza de su cuerpo–. ¿Sabes lo feliz que soy? –preguntó con satisfacción.

Olivia no pudo contestar. Nunca podía hacerlo cuando él le decía cosas como esa. Eran palabras demasiado reales, demasiado honestas, demasiado sentidas desde el fondo del corazón. A ella siempre la dejaban muda. Así que sonrió.

Él le devolvió la sonrisa.

–¿No tienes nada que contestar?

Ella meneó la cabeza.

–¿Así que aquella mujer que cuando llegó nunca se callaba, que replicaba a todo lo que yo decía, ahora no tiene nada que decir?

Ella volvió a menear la cabeza y su ancha sonrisa compensó las lágrimas que le inundaban los ojos.

–¿Quieres que entremos un poco en calor?

Olivia asintió, pensando que aquel hombre malhumorado y pétreo que era Simon cuando se conocieron, había adquirido una manera de expresarse absoluta e inequívocamente perfecta. Y a pesar de que ella no lo merecía, de todos modos se quedaría con él.

Título de la edición original: *The Vine Yard*
Traducción del inglés: Valeria Watson,
cedida por Plaza & Janés Editores, S. A.
Diseño: Serifa
Fotografía de la sobrecubierta: Gettyone

Círculo de Lectores, S. A. (Sociedad Unipersonal)
Travessera de Gràcia, 47-49, 08021 Barcelona
www.circulo.es
1 3 5 7 9 2 0 1 0 8 6 4 2

Licencia editorial para Círculo de Lectores
por cortesía de Plaza & Janés Editores, S. A.

Depósito legal: B. 35024-2002
Fotocomposición: Anglofort, S. A., Barcelona
Impresión y encuadernación: Printer industria gráfica, s. a.
N. II, Cuatro caminos s/n, 08620 Sant Vicenç dels Horts
Barcelona, 2002. Impreso en España
ISBN 84-226-9697-5
N.º 33019